D1857493

FISCHER LOGO

für den Spielraum im Kopf

Ein Kaleidoskop logischer Unterhaltung,
rätselhafter Spiele
und verständlich verfaßter Wissenschaft

Über dieses Buch Der junge Akademiker und Gelegenheitsdetektiv Vic Newman wird zu einer Party am Physikalischen Institut in Vermont eingeladen und erwartet nicht mehr und nicht weniger als ein geselliges Wochenende in intelligenter Gesellschaft. Er gerät jedoch in eine Coctailparty mit tödlichem Ausgang: Ein Nobelpreisträger wurde vergiftet. Und sein Rivale wird verdächtigt... Für wissenschaftlich höchste Kreise kommen unangenehme Verdachtsmomente ins Spiel. Und der Psychologe Vic, der doch an Physik nicht das geringste Interesse hat, muß sich einige Vorträge über die Superstring-Theorie anhören.
Daß der Fall schließlich gelöst werden kann, ist jedoch weniger naturwissenschaftlicher als weiblicher Logik zu verdanken: Vics Chefin, Sabina Swift, verließ sich auf ihr Gefühl – und einen guten Roman.

Über die Autorin Die Amerikanerin Dorothy Sucher hat die unterschiedlichsten Berufe ausgeübt, bevor sie mit diesem Kriminalroman – äußerst erfolgreich übrigens – als Autorin debütierte.

Dorothy Sucher

Nobelpreisträger morden nicht

Ein physikalischer Kriminalroman

Aus dem Amerikanischen von
Anne Steeb-Müller und Bernd Müller

Fischer
Taschenbuch
Verlag

Deutsche Erstausgabe
Veröffentlicht im Fischer Taschenbuch Verlag GmbH,
Frankfurt am Main, Oktober 1990

Die Originalausgabe ›Dead Men Don't Give Seminars‹
erschien im Verlag St. Martin's Press, New York
Copyright © 1988 by Dorothy Sucher
Für die deutsche Ausgabe:
© 1990 Fischer Taschenbuch Verlag GmbH, Frankfurt am Main
Umschlaggestaltung: Manfred Walch, Frankfurt am Main
unter Verwendung eines Fotos aus dem Film ›Blues Brothers‹
Gesamtherstellung: Clausen & Bosse, Leck
Printed in Germany
ISBN 3-596-10223-5

1

Ich traf meine Chefin Sabina Swift beim Malen an, auf einem Gartenstuhl im Schatten eines Ahornbaumes. Sie trug einen gestärkten weißen Kittel, wie immer, wenn sie mit Farben umgeht. Ich sage ihr jedesmal, daß sie darin aussieht wie eine Zahnärztin, aber das erzähle ich nur, um sie aufzuziehen. In Wahrheit sieht sie aus wie die Chefchirurgin an einem städtischen Großkrankenhaus. Das liegt an ihren kühlen blauen Augen und an der Autorität, die ihre leicht oberlastige fünfundvierzigjährige Gestalt ausstrahlt.
Ich winkte. Sie winkte nicht zurück, was mich keineswegs überraschte, obwohl ich gerade nach zehnstündiger Fahrt in Vermont angekommen war, wo ich mit ihr und ihrem Mann das Wochenende verbringen sollte. Schließlich war sie mit Malen beschäftigt. Immer eins nach dem anderen. Ich begab mich dorthin, wo sie sich niedergelassen hatte. Vor ihr stand ein Tisch mit ordentlich aufgefächerten Tuben Ölfarbe, einem Topf voller winziger Pinsel und einer fünfzehn mal fünfundzwanzig Zentimeter großen Leinwand. Für ihre Begriffe war das großformatig. Die meisten ihrer Bilder messen zehn mal fünfzehn Zentimeter. Sabina beugte sich vor und plazierte einen gelbgrünen Punkt auf ihre Leinwand – mit einem Pinsel, der kaum drei Borsten hatte, jedenfalls so wenige, daß er unter Haarausfall zu leiden schien. Ich sagte: »Mein Gott, Sie haben sich einen Baum vorgenommen! Jetzt glaube ich wirklich, daß Sie Urlaub machen.« Zu Hause malt sie nichts als Blumen, eine Blume pro Bild. An jedem Bild arbeitet sie mindestens einen Monat.
»Eine Rottanne«, sagte sie. »Die sind in dieser Gegend heimisch. Ich fand es angebracht, mal ein bißchen zu experimentieren. Möchten Sie heute abend mitkommen zur Cocktailparty des Instituts, Vic?«
»Warum nicht? Ich hab' noch nie vierzig theoretische Physiker auf einem Haufen gesehen, ganz zu schweigen von zwei Nobelpreisträgern ... jede Menge geballter Geisteskraft.«
»Und ich hab' nicht mal Hochschulabschluß.«
Das ist ein wunder Punkt bei ihr. Sie hat davon nicht viele, jedenfalls läßt sie sich nicht oft etwas anmerken. Sabina hat es nicht nötig, sich um ihren verpaßten Abschluß Sorgen zu machen. Sie ist einer der intelligentesten Menschen, die mir je begegnet sind, und obendrein einer der gebildet-

sten. Das meiste, worüber sie Bescheid weiß, hat sie sich selbst angeeignet, durch Reisen und ständige Lektüre. Wie dem auch sei, ich merkte, daß sie die Aussicht nervös machte, sich unter lauter Akademiker zu mischen. Ich sagte: »Zugegeben, die wissen mehr über Physik als Sie. Na und? Schließlich ist das ihr Fachgebiet. Sobald es um andere Dinge geht, stecken Sie sie in punkto Denkvermögen allemal in die Tasche.«
Ein blauer Tupfer landete neben dem grünlichen Punkt auf der Leinwand. Bei dem Tempo würde das Bild lange brauchen, bis es fertig war.
»Seien Sie versichert, Victor, daß ich darüber keinen Schlaf verlieren werde«, bemerkte sie trocken.
Sie nennt mich immer dann Victor, wenn ich ihr ein wenig zu nahegetreten bin. Ansonsten heiße ich Vic. »Sagen Sie, gibt's hier eine Dusche?« erkundigte ich mich.
Sie setzte einen roten Punkt auf die Leinwand. Das mit Terpentin gefüllte Töpfchen, in dem sie daraufhin mit ihrem winzigen Pinsel herumrührte, hatte früher Babynahrung enthalten, und die Dose, in der sie ihn mit den Borsten nach oben abstellte, Orangensaft. Sie erhob sich und wischte sich die Hände an ihrem Kittel ab. Warum sie das tat, ist mir schleierhaft: Sie hat nie Farbe daran – und bitte fragen Sie mich nicht, wie sie es schafft, sie derart sauberzuhalten. Die Frau ist zwanghaft ordentlich. Mir gegenüber behauptet sie, daß sich darin ein präziser, methodischer Verstand ausdrückt, und dann kommt sie mir mit Zen: »Das Innere bestimmt, was uns umgibt.« Ich persönlich habe wie jeder psychologisch geschulte Mensch den Verdacht, daß es eher damit zusammenhängt, wie ihre Mutter bei ihrer Reinlichkeitserziehung vorgegangen ist. Leider fehlen mir entscheidende Daten zu diesem wichtigen Thema. Ich muß mir merken, Sabina danach zu fragen, sobald ich soweit bin, mich nach einer neuen Stellung umzusehen.
Sie sagte: »Holen Sie Ihr Gepäck, dann zeige ich Ihnen Ihr Zimmer.«

Frisch geduscht, rasiert und hoffnungsfroh nach *Brut* riechend, war ich zwei Stunden später bereit für die Cocktailparty. Nicht, daß ich damit gerechnet hätte, dort einer schönen Physikerin ohne Anhang zu begegnen, aber schließlich habe ich ein Anrecht auf meine persönlichen Phantasien. Meistens bleibt es beim Phantasieren; irgendwie interessiere ich mich kaum jemals für die Frauen, die mich anziehend finden, obwohl es mir leichtfällt, in ihrer Gegenwart den Geistreichen zu spielen. Leider machen diejenigen, die ich attraktiv finde, einen maulfaulen Idioten aus mir. Ich habe so meine Theorien, was das betrifft, aber darauf will ich hier nicht näher eingehen. Jedenfalls gefällt mir der Gedanke, daß ich aus jeder schmerzlichen Begegnung etwas lerne, und eines Tages...
Ich hatte meine besten Jeans angezogen, ein Paar neue weiße Tennis-

schuhe und ein nagelneues blaukariertes Flanellhemd, wie es meiner Ansicht nach dem ländlichen Anlaß entsprach. Ich hatte gehört, in Vermont gehe es locker zu, und ich wollte nicht aufgeputzt erscheinen.

Sabina hatte es geschafft, sich eine feminine Erscheinung zuzulegen, wie immer, wenn sie abends ausgeht. Ich nehme an, die Verwandlung ist auf Kosmetik zurückzuführen, und darauf, was sie mit ihrem Haar anstellt. Für ihr Alter sieht sie nicht übel aus. Sie hat ein herzförmiges Gesicht mit spitz zulaufendem Grübchenkinn, eine Stupsnase und einen vollen, stark geschwungenen Mund, der sich rasant zu einem mißbilligenden Schlitz verziehen kann. Ihre Haut am Halsansatz könnte straffer sein, und um die blaßblauen Augen herum hat sie Falten, die ihrem Gesicht Charakter verleihen. Sie hat etwas Irisches. Um ihren vollen Busen hatte sie etwas drapiert, das halb Pullover und halb Schal war und, wie sie mir versicherte, aus Vermontwolle bestand. Dazu trug sie einen engen knielangen Rock aus grauem Mohair. Um die Taille herum ist sie mit der Zeit ein wenig fülliger geworden, aber sie hat immer noch gute Beine mit zarten Knöcheln, auf die sie wohl recht stolz ist, denn sie trägt gern extrem dünne Strümpfe und teure Schuhe mit hohen, nadelspitzen Absätzen. Heute abend waren die Strümpfe grau getönt mit dezenten Silbertupfen, und die Schuhe aus schwarzem Wildleder. An ihren Ohren baumelten verschlungene Silberringe. Sie sah elegant aus.

Ich war stolz, sie zu meiner Karre eskortieren zu dürfen, und riß mit einer Verbeugung die Beifahrertür auf. Sie steckte den Kopf hinein und sagte: »Wie können Sie nur so ein dreckiges Auto fahren? Ein echter Saustall auf Rädern.«

Aufgebracht sagte ich: »Daß Sie dafür kein Verständnis aufbringen, muß am Generationsunterschied liegen.« Mein Auto ist ein neun Jahre alter VW-Bus, also eines der besten, geräumigsten, haltbarsten Fahrzeuge, die je gebaut wurden. Außerdem ist es eines der billigsten, was bei dem Gehalt, das Sabina mir zahlt, einen erheblichen Pluspunkt darstellt. Ich sehe nicht ein, warum ich darauf verzichten soll, eine Menge Zeug darin unterzubringen, sonst wäre der viele Platz ja vergeudet.

»Wir nehmen den Mercedes«, sagte sie und fügte, um mich zu besänftigen, hinzu: »Sie dürfen ans Steuer.«

Ich chauffierte sie zum Physikalischen Institut Champlain Valley. Es lag auf einem Hügel über dem Champlain-See, den wir mit seinen Segelbooten bereits erkennen konnten. Er funkelte in der spätnachmittäglichen Sonne. Am anderen Ufer staffelten sich blaue und purpurne Berggipfel bis weit in den Norden des Staates New York.

»Was für ein Ausblick«, sagte ich, während wir die lange, kiesbestreute Auffahrt zum Verwaltungsgebäude hinauftuckerten. »Physiker wissen offenbar zu leben. Arbeiten diese Kerle hier eigentlich jemals?«

»Sie tauschen Ideen aus, Vic.«
»Das hört sich nicht grade schweißtreibend an. Würde mir nichts ausmachen, damit einen Monat zuzubringen.«
Sie zog die Augenbrauen hoch. »Da seien Sie mal lieber nicht so sicher. Es ist nicht einfach, Ideen dieser Art auszutauschen. Jedesmal, wenn ich Bruno nach seiner Arbeit frage, kann ich seinen Antworten kaum folgen.«
»Ihnen geht's auch so? Das beruhigt mich.«
Wir näherten uns einem weißen Schindelhaus, das auf drei Seiten von einer Veranda umgeben war. Sabina sagte: »Das ist das Verwaltungsgebäude. Früher war es ein Farmhaus. Das ganze Gelände war früher eine Farm, beziehungsweise mehrere. Die Seminare werden in der Scheune abgehalten, wo in ungefähr einer Stunde auch die Cocktailparty stattfindet. Das kleine Gebäude dort drüben, übrigens eine ehemalige Dorfschule, ist die Institutsbibliothek. Außerdem gibt es noch eine ganze Reihe weiterer Gebäude, die als Büros und Unterkünfte für wichtige Gäste fungieren.«
»Wie kommt's, daß man Ihnen davon keins angeboten hat?«
Sie schüttelte den Kopf. »Victor, Sie müssen bedenken, daß in dieser Gruppierung Status nur von einem Faktor abhängt – Leistung auf dem Gebiet der Physik. Die Konkurrenz unter diesen Leuten ist intensiv. Mein Beruf mag den Physikern zwar als Kuriosität erscheinen – was sie mich auch merken lassen –, aber von Bedeutung ist einzig und allein, daß Bruno zwar recht kompetent, aber kein Physiker von absolutem Weltrang ist. Hier können Sie anhalten.«
Ich parkte neben einer hohen Tanne. An der Auffahrt standen viele Autos, die Mehrzahl durch Aufkleber an der hinteren Stoßstange als Mietwagen ausgewiesen. Die Angehörigen des Instituts waren aus der ganzen Welt eingeflogen. »Ich muß mal eben hinauf in Brunos Büro. Wir treffen uns in einer Stunde in der Scheune«, sagte Sabina. Wir stiegen aus dem Wagen, und sie wandte sich einem langen, niedrigen gelbgestrichenen Bau weiter oben am Hang zu, der aussah, als habe er seine Laufbahn als Hühnerstall begonnen. Ihre Pfennigabsätze versanken bei jedem Schritt im Boden. Ich fragte mich, ob sie wohl bequeme Schuhe dabeihatte. Die würde sie hier nämlich brauchen.
Ich arbeite für Sabina Swift seit nahezu fünf Jahren – seit ich es satt hatte, Gebrauchtwagen zu verkaufen. Davor war ich psychiatrischer Pfleger auf einer Station für chronisch Kranke des Landeskrankenhauses Maryland gewesen. Der Job war zwar nicht gerade ideal, weder im Hinblick auf meine Aufgaben, noch von der Bezahlung her, aber immerhin bestand eine logische, wenn auch häufig minimale Verbindung zu dem, was ich als Psychologiestudent an der Universität gelernt hatte. Man hatte mich

während meiner Studienzeit mehr als einmal gewarnt, daß ich nicht damit rechnen könne, im Bereich der Psychologie einen anständigen Job zu finden, solange ich nur die Magisterprüfung hatte. Aber ich hatte es satt, Examina durchzustehen, und ging davon aus, daß meine Berater nicht berücksichtigt hatten, daß einem dynamischen, eifrigen, kreativen Bewerber wie mir zwangsläufig eine brillante Zukunft bevorstehen mußte. Das war jugendliche Arroganz, wie ich in den Monaten nach meinem Abschluß feststellen mußte. Schließlich war ich so hungrig und demoralisiert, daß ich begeistert zusagte, als Crownsville mir eine Stelle anbot, bei der zu allem Überfluß kaum mehr als der Mindestlohn heraussprang. Und das, obwohl ich mir geschworen hatte, nie an einem Landeskrankenhaus zu arbeiten.

Aber der Job dauerte nur ein Jahr – ein Jahr, das ich mit der Verabreichung von Elektroschocks, Feuchtpackungen und anderen Ruhigstellungsmaßnahmen verbrachte, mit dem Beseitigen von Exkrementen und einem gelegentlichen Ping-Pong-Spiel mit den gesünderen Patienten. Ohne auf die Verfassung der Patienten Rücksicht zu nehmen, verfolgte der Staat seine aufgeklärte Politik der »Deinstitutionalisierung«, indem er viele von ihnen zwang, das Krankenhaus zu verlassen und sich mehr schlecht als recht draußen durchzubringen, wo sie jederzeit zusammengeschlagen und beraubt werden konnten – oder Schlimmeres. Bei diesem Thema rege ich mich zu leicht auf, deshalb lassen wir es wohl besser fallen. Wie auch immer, erst wurden die Patienten entlassen, dann das Personal – die zuletzt eingestellten als erste. So kam es, daß ich anfing, das Loblied gebrauchter Mazdas zu singen.

Hätte mein Vater damals noch gelebt, wäre mir vielleicht sein weiser Rat zuteil geworden, etwa: »Warum promovierst du denn nicht?« – vielleicht hätte er mir sogar angeboten, einen Teil der Seminarkosten zu übernehmen. Aber er ist gestorben, als ich zwanzig war, nachdem er mich seit dem Tod meiner Mutter dreizehn Jahre lang allein großgezogen hatte; das kam also nicht in Frage. Er hatte mir das Haus in Bowie hinterlassen, einer großen, ausgedehnten Stadt mit Vorortcharakter. Kann sein, daß ich der einzige studentische Hausbesitzer der Universität Maryland war. Ich vermietete mehrere Zimmer und deckte damit meine Unkosten. Außerdem hielt ich so ein wenig die Einsamkeit in Zaum. Aber lieber wär's mir gewesen, wenn der alte Herr am Leben geblieben wäre. Ich vermißte ihn sehr.

Jedenfalls war er nicht mehr da, als ich eines Tages Sabinas Anzeige in der *Washington-Post* entdeckte: »Gesucht: wendiger, fleißiger, intelligenter Mensch von durchschnittlichem Aussehen für vielseitige und interessante Arbeit, gelegentlich gefährlich. Unregelmäßige Arbeitszeit.« Die Anzeige reizte mich, obwohl ich, was das Aussehen anging, wohl ein wenig überqualifiziert war. Aber ich konnte jederzeit ein paar Tage auf die Rasur verzichten und meine Frisur in Unordnung bringen. Mein Vater hätte sofort sein Veto gegen die ganze Sache eingelegt, aber ich war auf mich allein gestellt, deshalb antwortete ich auf die Anzeige. Und da bin ich nun, staatlich lizensierter Privatdetektiv – obwohl ich mich noch ab und zu mit dem Gedanken trage, zu promovieren und als Psychiater zu praktizieren, falls ich das Leben in Verbrecherkreisen irgendwann leid bin.

Ich sah zu, wie Sabina in ihren hochhackigen Schuhen den Hügel hinaufkletterte. Sie hatte mich einfach stehenlassen, so daß ich eine Stunde lang die Zeit totschlagen mußte. Ich beschloß, auf dem Institutsgelände spazierenzugehen. Der Länge des Zauns nach zu urteilen, an dem ich soeben entlanggefahren war, umfaßte es mehrere hundert Hektar des Staates Vermont. Ich schlenderte die Zufahrt hinauf und bemerkte, daß die meisten der geparkten Wagen unverschlossen waren; bei einigen steckte sogar noch der Schlüssel im Zündschloß. Automatisch stellte sich der Gedanke ein: »Wie kann man nur, die werden bestimmt geklaut.« Dann sagte ich mir, daß ich aufhören konnte, dauernd an Verbrechen zu denken. Wir waren hier nicht in Washington D. C., sondern in Vermont, das von allen fünfzig Bundesstaaten die drittniedrigste Verbrechensquote hat. Ein wohltuender Gedanke – genau wie der Gedanke, daß Abby Rademacher zu Hause geblieben war, um das Büro zu hüten und Washingtons alljährliche Hitzewelle auszuschwitzen. Ich mußte daran denken, Abby anzurufen. Sie hatte versprochen, zwei meiner Fälle im Auge zu behalten. Bei der Gelegenheit konnte ich beiläufig erwähnen, daß hierzulande Temperaturen von zwanzig Grad herrschten, daß eine kühle Brise vom See heraufwehte und daß man nach Sonnenuntergang ein Feuer im Kamin als angenehm empfand.

Lächelnd umrundete ich eine mächtige Tanne. Auf der anderen Seite wurde mein Lächeln unerwartet von einer gutaussehenden schwarzhaarigen Frau mit slawischen Wangenknochen erwidert, die in einem hölzernen Gartenstuhl auf dem Rasen saß und sich Notizen machte – vermutlich ging es um Physik. Während ich die Granitstufen zur vorderen Veranda des Verwaltungsgebäudes erklomm, wo ich hoffte, die eine oder andere Karte der Umgebung vorzufinden, fragte ich mich, wer sie wohl sei.

Die hölzerne, mit Fliegendraht bespannte Tür schlug hinter mir zu. Ich stand in einer großen Eingangshalle. An den Wänden hingen Anschlagbretter, auf denen physikalische Vorträge, Wildwasserfloßfahrten und Wandertouren in die Bergwelt der Umgebung angekündigt wurden. Der Empfangstisch war nicht besetzt.

»Jemand da?« rief ich. Niemand antwortete. Auf einem Tisch standen eine Kaffeemaschine und ein Blech mit Schmalzgebackenem. Ich hatte gerade zweimal von einem Kringel abgebissen, als hinter mir eine strenge Frauenstimme sagte: »Die sind Angehörigen des Instituts vorbehalten, wenn Sie nichts dagegen hätten.«

»Ah, in flagranti ertappt«, sagte ich und drehte mich um. Wer diese Dame auch sein mochte, man konnte sofort sehen, daß Public Relations nicht zu ihren Stärken gehörte. Sie war eine kleine, spindeldürre Frau um die Fünfzig mit verspannten, rasiermesserscharfen Kiefern. Ihr dichtes, rotgefärbtes Haar wurde von einem Haarnetz gebändigt, so daß der Eindruck entstand, sie habe sie sich als billige Perücke aufgesetzt. Ihre kalten Knopfaugen funkelten mich an, als hätte sie mich beim Diebstahl der Pläne für die Wasserstoffbombe erwischt. Ihre schmalen Füße schienen sich in den Boden zu krallen wie die Pfoten eines kleinen, aber wehrhaften Tiers, das sein Territorium verteidigt.

Ich schenkte ihr ein gewinnendes Lächeln und sagte: »Hallo, ich bin Victor Newman.« Der Ausdruck in ihrem Gesicht änderte sich nicht, deshalb fügte ich hinzu: »Ich bin Gast von Professor Bruno Herschel.« Auch das genügte ihr nicht. Professoren, schien ihre Miene auszudrücken, waren eine der niederen Lebensformen, und sie wollte so wenig mit ihnen zu tun haben wie irgend möglich. Ich ignorierte ihre Körpersprache und fragte: »Arbeiten Sie hier?«

»Ich bin Judith Wiley.« Damit meinte sie offensichtlich meine Frage ausreichend beantwortet zu haben, ebenso wie alle anderen, die ich noch zu stellen gedachte. Sie wandte sich ab und gab mir zu verstehen, daß sie persönlich das Gespräch für beendet hielt.

Ich wußte nicht, was ihr Problem war, aber daß sie eins hatte, war nicht zu übersehen. Die Frau strahlte nichts als Feindseligkeit aus. Ich hatte keine Lust, mich tiefenpsychologisch eingehender mit ihr zu befassen, deshalb fragte ich höflich: »Haben Sie zufällig ein paar Karten der Umgebung von Burlington zur Hand?«

Sie fauchte: »Eine Karte von Vermont, eine Stadtübersicht von Burlington und ein Plan des Institutsgeländes sind in den Unterlagen inbegriffen, die jeder Teilnehmer bei seiner Ankunft erhält.«

»Haben Sie vielleicht ein paar Exemplare übrig?«

»Man kann nicht von uns erwarten, daß wir für die Gäste der Teilnehmer auch noch Karten bereithalten.« Ihre Stimme war rauh, ihre Aussprache gestochen scharf, und als sie »Gäste« sagte, betonte sie das Wort, als würde es sich um eine Art Ungeziefer handeln. Dann wandte sie sich zum Gehen. Ich war entlassen.

Ich hob ein wenig die Stimme. »Ach, wirklich? Warum denn nicht?« Sie fing an, mir auf die Nerven zu gehen.

Ein drahtiger Mann mit großer Brille und hellem, schütterem Haar erschien im Treppenhaus und sauste in gebückter Haltung, als wolle er für einen potentiellen feindlichen Angreifer eine möglichst kleine Zielscheibe bieten, geradewegs an uns vorbei zum Empfangstisch.

Judith Wiley wirbelte herum. »Wo waren Sie?« verlangte sie zu wissen. »Warum waren Sie nicht an Ihrem Tisch?«

Das bleiche Gesicht des Mannes errötete, und er warf einen Blick in meine Richtung. »Also, ich war doch nur *eine* Minute weg, Judith.«

»Und wann sind Sie heute morgen gekommen?«

»Judith, also wirklich. Ich war pünktlich. Mal eben austreten mußte ich, wenn's Ihnen recht ist.«

Judith blähte die Flügel ihrer kleinen, spitzen Nase und verschränkte die Arme über der schmalen Brust. »Um welche Zeit, will ich wissen?«

Ich unterbrach das Verhör. »Wissen Sie, ich kann nicht einsehen, warum Sie keine Karte übrig haben. Steht das Institut etwa am Rande des Bankrotts?«

Sie fauchte: »Mr. Newman, ich habe heute viel zu tun. Sie müssen ein andermal wiederkommen.« Dann machte sie auf dem Absatz kehrt, und ihr magerer, in Schwarz gehüllter Rücken verschwand im Treppenhaus.

Meine Augen begegneten denen des kleinen Mannes. »Was für eine bezaubernde Dame«, verkündete ich so laut, daß sie es hören konnte, falls ihr danach war. Er warf mir einen zustimmenden Blick zu, antwortete jedoch nicht. Ich lehnte mich auf seinen Tisch und sagte mit gedämpfter Stimme: »Ist die etwa immer so? Was der wohl über die Leber gelaufen ist?«

Er warf einen Blick über die Schulter. Im Treppenhaus erklang aus der Richtung, in die Judith verschwunden war, das Geräusch einer zugeschlagenen Tür. Der kleine Mann atmete erleichtert auf. »Jetzt hockt sie wieder in ihrem Bau«, sagte er. »Wenigstens vorübergehend. Hören Sie, ich gebe Ihnen eine Karte, aber sprechen Sie mit niemandem darüber. Neuerdings besteht sie auf diesen unsinnigen Sparmaßnahmen. Ich meine, was kostet schon eine Xerox-Kopie, verglichen mit dem Etat des Instituts?« Er zog eine Schublade auf und begann diverse Papiere hervorzuholen. »Okay, Karten. Dann hätt' ich hier noch eine Aufstellung der Teilnehmer und ihrer Adressen. Restaurants. Touristische Sehenswürdigkeiten...«

»Ist sie etwa Ihre Chefin? Haben Sie nie das Bedürfnis, sie zu erwürgen?«

»Dauernd. Aber es ist nun mal so, daß ich die Stelle nötig habe.« Er beugte sich vor und sagte in verschwörerischem Ton: »Hören Sie, wenn Sie in Zukunft etwas brauchen, fragen Sie mich. Inoffiziell. Sie dürfen Sie nicht fragen. Ich bin Gerald Ainsworth.«

»Ich heiße Vic Newman.«

»Ihren Namen hab' ich aber nicht auf der Liste.«

»Ich bin kein Physiker. Ich bin Gast von Professor Herschel und seiner Frau. Sie ist meine Chefin.«

In seine Augen, die durch die runden, dicken Brillengläser vergrößert wurden, trat ein wacher Ausdruck. »Ist das nicht Sabina Swift, die Detektivin?« Ich nickte, worauf er mich mit größerem Interesse in Augenschein nahm als zuvor. »Und Sie sind ebenfalls Detektiv. Hmm.« Er rückte näher an mich heran. »Könnte es sein, daß hier oben etwas vorgeht, von dem man mich nur noch nicht informiert hat?«

»Nicht, daß ich wüßte, Gerald.«

»Ach, seien Sie nicht so«, schmeichelte er. »Wo ich Ihnen doch eine Karte besorgt habe.«

»Nein, wirklich. Ich bin nur hier, um mich von der Hitzewelle in Washington zu erholen.«

»Na ja –« Er sah mich prüfend an, keineswegs überzeugt. Dann zuckte er die Achseln. »Jedenfalls möchte ich wetten, daß Ihre Arbeit faszinierend ist. Ich hab' mir schon des öfteren überlegt, ob mir das nicht auch liegen könnte.« Er unterbrach sich, hielt den Kopf schief und blickte zu mir auf – ich war einen halben Kopf größer als er. Offensichtlich hoffte er, ich würde ihn auf der Stelle engagieren, so daß er Reißaus nehmen konnte vor seiner derzeitigen Vorgesetzten. Als ich ihm den Gefallen nicht tat, seufzte er und ließ sich hinter seinem Tisch nieder.

Die Gegensprechanlage summte vernehmlich. »Verflixt«, sagte er und legte einen Schalter um.

»Kommen Sie in mein Büro«, sagte Judiths schnarrende Stimme. »Augenblicklich.«

Er streckte dem Kasten der Sprechanlage die Zunge heraus und sagte: »Bin sofort bei Ihnen.« Er stand auf, zuckte noch einmal die Achseln und murmelte: »Ave, Caesar! Die dem Tod Geweihten grüßen dich.« Dann sauste er ab ins Treppenhaus.

2

Draußen war wie aus dem Nichts eine große, graue Wolke erschienen und hatte sich vor die Sonne geschoben. Die Brise vom See herauf war mehr als kühl. Meine Begegnung mit der gräßlichen Judith und ihrem unzufriedenen Assistenten hatte meine Neugier geweckt. Ich ließ mich auf der Verandaschaukel aus Korbgeflecht nieder und sah die Informationsblätter durch, die Gerald mir gegeben hatte. Judith Wiley war als »Verwaltungssachbearbeiterin« aufgeführt, Gerald Ainsworth als »Sekretariatshilfe«. Ich konnte mir unter Verwaltungssachbearbeiterin viel vorstellen, nahm jedoch an, daß Judith früher einmal Sekretärin gewesen war und den wichtigtuerischen Titel erhalten hatte, als das Institut erweitert wurde.

Am unteren Rand des Blattes mit allgemeinen Informationen standen die Worte: »Sollten Sie zusätzliche Informationen benötigen, wenden Sie sich bitte an Judith.« Aha. Zum Beispiel dann, wenn man eine Karte brauchte. Ich fragte mich, warum sie befördert worden war, und wie sie es mit ihrer unverträglichen Art schaffte, die Stelle zu behalten. Wer war ihr Vorgesetzter? Ich blätterte die Papiere durch. Offenbar war das ein gewisser Dr. Florian Gawthrop, Direktor des Instituts, der außerdem als Verwaltungsdekan eines Neuengland-College genannt wurde, von dem ich noch nie gehört hatte. Ich konnte mir nur schwer vorstellen, daß Florian Gawthrop die Zusammenarbeit mit Judith als Vergnügen empfand.

Eine wütende Männerstimme unterbrach meinen Gedankengang. »Hör mir gefälligst zu!« Der Sprecher hatte einen starken französischen Akzent.

Eine Frauenstimme, ebenfalls mit Akzent, der sich jedoch eher mitteleuropäisch anhörte, antwortete in schrillem Ton: »Ich denke nicht daran, Jean-Paul. Wir haben uns nichts mehr zu sagen.«

Unter einem Zuckerahorn entdeckte ich die Frau, die mir vorhin zugelächelt hatte. Sie warf wütend ihr dunkles Haar zurück. Dann schrieb sie etwas in ihr Notizbuch, wobei sie betont den Mann ignorierte, der sich über sie beugte. Er war ein untersetzter, dunkelhäutiger, mediterraner Typ um die Dreißig mit mächtigen Schultern und einem Gesicht, das recht gut ausgesehen hätte, wäre es nicht wutverzerrt gewesen. »Ich habe

noch einiges zu sagen, Magda. Und du wirst mir zuhören! Ich lasse mich von keiner Frau wie ein Fünfzehnjähriger abkanzeln. Ich bin ein Mann, und meine Ehre verletzt niemand ungestraft!«
Sie zog die Schultern hoch. »Deine Ehre! Wenn ich so was schon höre! Deine Vorstellungen stammen aus dem Mittelalter, sie langweilen mich. Wir sind hier nicht auf deiner lächerlichen kleinen Insel.«
»*Putain*!« Er riß ihr den Kugelschreiber aus der Hand und hielt ihn mit erhobenem Arm hoch, so daß es einen Augenblick aussah, als wolle er damit auf sie einstechen. Dann schleuderte er ihn ins Gras.
»Wie kannst du es wagen!« Sie sprang auf und verpaßte ihm eine Ohrfeige. »Du störst mich bei der Arbeit. Ich muß mich auf ein Seminar vorbereiten.« Sie wandte ihm den Rücken zu, drückte ihr Notizbuch an die Brust und schickte sich zum Gehen an.
Er packte ihren Arm. »Deine Arbeit! Immer heißt es, deine Arbeit! Wenn Magda Tenofska ein Seminar abhält, hat die ganze Welt im Staub zu knien!« Er nahm ihr auch noch das Notizbuch ab und fing an, einzelne Seiten herauszureißen. Der Wind erfaßte sie und blies sie über die kiesbedeckte Zufahrt. »Nicht *soviel* halte ich von deiner Arbeit!« Er schnippte dicht vor ihrem Gesicht mit den Fingern. Sie versuchte, ihm das Buch zu entwinden, doch er lachte haßverzerrt auf und hielt es mit ausgestreckten Armen hoch, so daß sie es nicht erreichen konnte. »Spring!« schrie er, als sie daranzukommen versuchte. »Nun spring schon, du Weibsbild!«
Sie wurde ganz ruhig, nur ihre Brust hob und senkte sich. Mit tödlich gelassener Stimme sagte sie: »Jeder weiß, was du von meiner Arbeit hältst, Jean-Paul. Du bist krank vor Neid – weil es dir nicht gelungen ist, einen akademischen Posten zu ergattern.«
»Das liegt am hiesigen System. Meine Schuld ist es jedenfalls nicht«, sagte er mit gekränkter Stimme. »Amerika ist korrupt und materialistisch. Es ist unmoralisch, daß die Frauen überall ihre Finger drin haben. Jetzt gibt es an der Universität zu allem Überfluß eine Quotenregelung! Das ist lächerlich! Für einen Mann bleibt nichts mehr übrig.«
»Dann geh doch wieder nach Hause! Vielleicht kannst du in deinem Dorf Schweine züchten!« Ihre Augen blitzten. »Aber nein, du baust lieber im Auftrag des Pentagon Kriegsspielzeug. Das ist keine Physik, das ist Maschinenbau!« Sie zog die Schultern hoch und fügte mit schneidender Stimme hinzu: »Für einen Korsen bist du ein recht guter Physiker. Aber was will das schon heißen?« Sie wandte sich ab.
Seine Miene verdüsterte sich. Er packte wieder ihren Arm und zerrte sie herum. Dann schlug er ihr ins Gesicht. Ich konnte aus zwanzig Metern Entfernung den Schlag hören. Ihre Knie knickten ein, und sie ging zu Boden.

»He!« brüllte ich und sprintete auf die beiden zu. Sie versuchte, durch Herumrollen seinen Füßen zu entgehen, die nun wütend nach ihr traten. »He, Leute, was soll das?« fragte ich und zog ihn von ihr weg.
Er drehte sich um und schlug wie besessen nach mir. Ich legte ihm die Hände auf beide Schultern und hielt ihn auf Armeslänge von mir fern. Ich war fünfzehn Zentimeter größer als er, und meine Reichweite war ebenfalls größer. »Beruhigen Sie sich!« sagte ich laut. »Jean-Paul! Beherrschen Sie sich doch!« Der Klang seines Namens drang zu ihm durch. Genau das hatte ich erreichen wollen. Ich sah, daß er mich jetzt zum erstenmal richtig wahrnahm. Sein Gesicht zeigte einen Anflug von Unsicherheit, obwohl er weiterhin mit den Fäusten ruderte. Ich sagte laut und deutlich: »Sie wollen doch keine Rauferei anfangen, Jean-Paul. Nicht auf einer Physikertagung. Sie wollen sich beruhigen. Sie wollen gehen und sich das Gesicht waschen und wieder anfangen, rational zu denken. Hab' ich nicht recht?« Ich hatte in Crownsville am Krankenhaus gelernt, wie man durchgedrehte Patienten beruhigt. Das war eine Fähigkeit, die sich nach wie vor bezahlt machte.
Jean-Paul ließ die Arme hängen, und die Wut wich aus seinem Gesicht. Ich sah ihm an, daß er allmählich die Situation erfaßte und merkte, daß er sich nicht von seiner besten Seite gezeigt hatte. Ich ließ ihn los, worauf er herumwirbelte und die Zufahrt entlang davonrannte. Das Notizbuch warf er von sich, so daß es mit flatternden Seiten auf dem Kies landete. Mir war es recht, daß er die Flucht ergriffen hatte. Unnötige Gewalt liegt mir nicht.
Magda begann sich hochzurappeln. Auf ihrer einen Wange prangte ein dunkelroter Fleck. Ich half ihr beim Aufstehen. »Alles in Ordnung mit Ihnen?«
»Dieses Schwein, dieser Abschaum, am liebsten würde ich ihn umbringen!« Sie zappelte so lange, bis ich sie losließ, und begann, im Eiltempo über die Zufahrt davonzuhinken. Sie wollte ihm doch tatsächlich hinterher! Demnach konnten ihre Verletzungen nicht allzu schlimm sein.
Ich erwischte sie am Arm und sagte: »He, Magda. Nun müssen Sie sich aber auch wieder beruhigen.«
»Haben Sie gesehen, was er mit meinem Manuskript gemacht hat? Lassen Sie mich los!« Sie versuchte, mich abzuschütteln.
»Ich lasse Sie los, wenn Sie versprechen, sich zu beherrschen. Einverstanden?«
»Ich –« Sie sah mich abschätzend an. Ich war mir nicht sicher, ob sie nun attraktiv war oder nicht. Ihre tiefliegenden Augen waren groß und dunkel, mit gelbbraunen Flecken. Ihre Haut war cremefarben, bis auf die gerötete Stelle an ihrer Wange, wo Jean-Paul sie erwischt hatte, und das dichte schwarze Haar fiel ihr bis über die Schultern. Aber ihre Augen-

brauen waren zu schwer, fast wie die eines Mannes. Die Wölbung ihres Stirnbeins war für eine Frau massiv, und ihre Nase war leicht abgeflacht. Im Profil war sie richtiggehend häßlich; von vorn jedoch, wie ich sie im Augenblick sah, war sie eine erstaunlich gutaussehende Frau, und zudem offenbar nicht zimperlich. Sie war ungefähr fünfundzwanzig Jahre alt. Nach einer Weile zog sie erneut die Schultern hoch, und ein winziges Lächeln umspielte ihre Lippen. »Ich bin ganz ruhig. Sie werden mich jetzt loslassen, und dann sammeln wir mein Manuskript auf. Gut?«

»Gut. Bei Ihnen alles in Ordnung?«

»So einigermaßen.« Sie legte die Hand an eine schlanke Pobacke. »Hier hat er mich getreten, ist aber nicht so schlimm. Und das hier?« Sie berührte ihre Wange, bewegte probehalber ihre Kiefer und verzog das Gesicht. »Nicht gerade schön. Und die Knie. Das ist, glaube ich, alles.« Sie hob vorn den Saum ihres bestickten Bauernrocks an und inspizierte ihre Knie. Sie waren zerschunden und blutig, verschmutzt mit Kieseln von der Zufahrt. Ansonsten war nichts an ihnen auszusetzen. Sie zog wieder die Schultern hoch. »Ist nicht so wichtig. Ich werd's überleben.« Sie hob ihr Notizbuch auf, und wir gingen den Kiesweg entlang, wobei ich die verstreuten Seiten aufhob. Ich warf einen Blick darauf, ehe ich sie weiterreichte – sie waren mit endlosen Gleichungen vollgeschrieben, die mir nichts sagten. Sie merkte es und sagte: »Ich war dabei, für Dienstag ein Seminar vorzubereiten. Ich beschäftige mich mit Supersymmetrie.«

»Supersymmetrie?« Der Begriff sagte mir nichts – wenn es ihn überhaupt gab.

Sie nickte. »Ich habe die Kondensationsgrößen supersymmetrischer Meßtheorien berechnet.«

»Klingt faszinierend.«

»Ich dachte, ich hätte eine einfachere Methode der Rückführung gefunden, aber dann ist ein Problem aufgetaucht.«

»Was für eine Schande.«

»Sie müssen unbedingt am Dienstag mein Seminar besuchen.«

»Nichts, was ich lieber täte, aber am Dienstag bin ich nicht mehr da. Ich bin nur übers Wochenende hier.«

Sie zog die Augenbrauen hoch. »Sie sind also gar kein Physiker?«

»Ich fürchte, nein. Kommt es denn darauf an?«

»Ob es darauf ankommt?« Sie starrte mich verständnislos an. Kein Humor, oder ein Sprachproblem? Ich war mir nicht sicher, obwohl ihr Englisch, vom Akzent abgesehen, recht gut zu sein schien. Sie sagte: »Ich dachte mir gleich, daß ich Sie noch nie gesehen habe. Ich bin Magda Tenofska. Und Sie?«

»Vic Newman.«

Sie schüttelte meine Hand, wie es bei Europäern üblich ist. Dabei packte sie fest zu. »Ich danke Ihnen für Ihre Hilfe.« Sie schien über die Behandlung, die ihr soeben von Jean-Pauls Seite widerfahren war, nicht sonderlich erschüttert zu sein. Ich konnte nicht umhin, zu überlegen, ob sie es vielleicht nicht anders gewöhnt war. Ich sagte: »Nehmen Sie mir die Frage nicht übel, aber worüber hat sich Ihr Freund eigentlich so aufgeregt?«

»Jean-Paul?« Sie zog die Schultern hoch. »Wir haben eine Weile zusammengelebt, aber dann haben wir uns getrennt. Er wird nicht damit fertig. Außerdem läuft seine Karriere nicht gut, und meine ausgezeichnet. Vermutlich ist es das, was ihm wirklich zu schaffen macht.«

»Sind Sie eine bessere Physikerin als er?«

Sie hob stolz den Kopf. »Manche Leute sind dieser Ansicht.«

»Und, haben sie recht?«

Sie deutete ein Lächeln an, dann verzog sie das Gesicht und legte die Hand an ihre Wange. »Ja, sicher. Da werde ich wohl einen Eisbeutel drauflegen müssen. Ich gehe jetzt nach Hause. Ich muß mich auch noch für die Cocktailparty umziehen.«

Ich begleitete sie zu ihrer Unterkunft. Der Weg dorthin führte durch ein Waldstück. Nachdem einige Augenblicke vergangen waren, sagte ich: »Sie haben erwähnt, daß Jean-Paul fürs Pentagon arbeitet. Ich hätte nicht gedacht, daß man es Ausländern erlauben würde, auf so hoher Ebene Geheimnisträger zu werden.«

»Er ist seit sieben Jahren im Land und hat hier promoviert. Außerdem ist er nicht direkt dem Pentagon unterstellt. Er arbeitet bei einer Firma in der Nähe von Boston, die viele Rüstungsaufträge hat, insbesondere auf dem Gebiet der Luftbildtechnik. Wie sicherheitsrelevant seine Position ist, weiß ich nicht. Ich glaube, er arbeitet nur in der theoretischen Abteilung.« Der Pfad verengte sich. Ich hörte Wasser rauschen, und wenige Minuten später kam ein Bach in Sicht. Wir gingen ein Stück daran entlang, dann überquerten wir ihn auf zwei zusammengenagelten hölzernen Planken. Als wir am anderen Ufer angekommen waren, sagte Magda: »Ich weiß nicht, was ich mit Jean-Paul anfangen soll.« Sie schüttelte ratlos den Kopf, als sei die Erfahrung, etwas nicht zu wissen, neu für sie. »Wie er mich verfolgt, ist unerträglich.« Sie zog auf charakteristische Weise die Schultern hoch. »Wenn ich gewußt hätte – aber woher hätte ich es wissen sollen? Wir haben uns im Doktorandenseminar kennengelernt, und wir waren beide Ausländer. So hat alles angefangen. Nur seine Einstellung zu Frauen ist alles andere als progressiv.«

»Ist mir auch aufgefallen.«

»Wir waren eine Weile zusammen, bis ich ihn verlassen habe. Er hat sich sehr dumm angestellt. Also, Sie haben's ja gesehen. Er ist kein schlechter Mensch, nur eigensinnig. Er gibt nicht so leicht auf.«

Sie sagte das mit einem Anflug von Genugtuung, der mich auf den Gedanken brachte, daß ihre Beziehung zu Jean-Paul womöglich nicht ganz so endgültig vorbei war, wie sie behauptete. Ich führte mein derzeitiges Projekt zur Erforschung der weiblichen Psyche fort, indem ich mich erkundige: »Sind Sie in ihn verliebt?« Es fiel mir leicht, zu fragen, weil ich entschieden hatte, daß Magda mich nicht interessierte. Sie war mir zu nüchtern, zu ernsthaft – jedenfalls zu irgendwas.
»Ach, verliebt«, sagte sie ungeduldig. »*Er* ist es, der von Liebe spricht. Aber was steckt dahinter? Das Recht, unzählige Forderungen zu stellen?« Ein Schatten fiel auf ihr Gesicht. »Habe ich darum Polen verlassen? Und meine Mutter...«
»Sie sind Polin? Wie lange sind sie schon hier?«
»Vier Jahre.«
»Ihr Englisch ist ausgezeichnet. Haben Sie vor, auf Dauer dazubleiben?«
»Ach, man hat so viele Pläne. Und wenn man die Wahl hat – manchmal hat man sie, manchmal nicht...«
Der Pfad beschrieb einen Bogen und führte aus dem Wald heraus. Vor uns stand auf einem Hügel ein kleines, aber prachtvoll erhaltenes Vermonter Farmhaus, das ringsherum von Blumen umgeben war. Die Fassade war silbergrau verwittert, Tür und Fensterläden blau gestrichen. So sahen also die Unterkünfte für bedeutende Gäste aus, die Sabina erwähnt hatte. Ich fragte mich, was eine fünfundzwanzigjährige Physikerin wie Magda geleistet haben mußte, um derart erstklassige Unterbringung zu verdienen.

3

Auf der Veranda des silbergrauen Farmhauses schüttelte Magda mir noch einmal die Hand. Sie tat es förmlich, nicht mit jener tiefempfundenen Dankbarkeit, die ich von einer soeben erretteten Jungfrau erwartet hätte. »Wirklich zu schade, daß Sie nicht zu meinem Seminar kommen können«, sagte sie und machte die Tür auf.

Von drinnen ertönte eine Stimme. »Maggie, sind Sie das?« Gleich darauf erschien eine knochige Frau in einem wenig eleganten, aber teuer aussehenden gemusterten Seidenkleid in der Tür. Sie hatte graublondes Haar und einen »vernünftigen« Kurzhaarschnitt. Ihr blankgeschrubbtes Gesicht ohne eine Spur von Make-up wirkte irgendwie jugendlich, obwohl sie über vierzig sein mußte. Ihre Stirn war von Sorgenfalten zerfurcht.

»Wo sind Sie nur gewesen?« rief sie, als sie Magda entdeckte. Mich ignorierte sie. »Sie werden noch zur Cocktailparty zu spät kommen, wenn Sie sich nicht gleich umziehen – Oh!« Sie trat auf die Veranda. »Was ist denn mit Ihrem Gesicht?« Sie nahm Magdas Kinn in die Hand und drehte ihre Wange ins Licht. »War das etwa –« Sie schien mich zum erstenmal zu bemerken und verstummte. Als sie Magdas Prellung untersuchte, flakkerte in ihren Augen Entrüstung auf, aber auch so etwas wie Verzweiflung. »Diese Bestie!« flüsterte sie. Dann seufzte sie. »Ich weiß nicht, was Moore-Gann dazu sagen wird, wenn es ihm zu Ohren kommt.«

Ich hatte gerade gehen wollen, aber der Name machte mich neugierig. Hervé Moore-Gann war einer der beiden Nobelpreisträger auf dieser Tagung. Was für eine Verbindung bestand zwischen ihm und Magda?

»Und Ihre Beine – die sind ja ganz blutig!« Die ältere Frau bückte sich und hob Magdas Rock an. »Nun sehen Sie sich Ihre Knie an!« rief sie anklagend. Sie benahm sich betulich, geradezu mütterlich, wie eine Hausfrau, die ihr Leben damit verbringt, sich um unwichtige Kleinigkeiten zu kümmern, die andere lieber ignorieren.

»Ist doch nichts dabei, Theresa«, sagte Magda mit gelangweilter Stimme, jedoch ohne sich ihr zu entziehen. Es schien ihr gutzutun, daß die ältere Frau soviel Aufhebens um sie machte. Wahrscheinlich bereitete es ihr sogar Vergnügen, sie in Aufregung zu versetzen.

Theresa wandte sich an mich und fragte: »Ist es denn zu glauben? Ihre Knie sind noch nicht einmal gesäubert worden!«

Ich kam mir vor wie ein Sanitäter, dem man vorwirft, seine Pflichten vernachlässigt zu haben, obwohl ich wirklich nicht für Magdas Knie verantwortlich war. Theresa schien ein Talent zu besitzen, bei anderen Schuldgefühle auszulösen. Ich sagte: »Theresa, wir sind uns, glaube ich, noch nicht vorgestellt worden. Ich bin Vic Newman.«
Sie schaltete augenblicklich auf liebenswürdige Höflichkeit. Ich konnte nicht erkennen, ob das unwillkürlich geschah, wurde jedoch das Gefühl nicht los, daß sie genügend Übung hatte, um dieses Verhalten jederzeit reproduzieren zu können, egal wie ihr zumute war. Sie sagte: »Guten Tag. Ich bin Theresa Moore-Gann. Freut mich sehr, Sie kennenzulernen«, und schenkte mir ein Lächeln, das Freundlichkeit ausdrücken sollte, aber völlig unpersönlich war.
Das war also die Frau von Hervé Moore-Gann. Ich hatte sein Bild schon oft in der Zeitung gesehen, und einmal hatte ich mit einem Physikstudenten zusammengewohnt, bei dem ein Poster von Moore-Gann über dem Schreibtisch hing. Darauf war der bedeutende Mann mit schimmernder Glatze abgebildet, wie er an einem Bleistift kaute und scheinbar gedankenverloren in die Ferne blickte. Es gab sogar T-Shirts mit Moore-Ganns Bild zu kaufen – der Gipfel des Ruhms.
Die Liste der Konferenzteilnehmer, die ich auf der Veranda des Verwaltungsgebäudes durchgesehen hatte, besagte, daß Theresa Moore-Gann auch Physikerin war; es waren mehrere Vorträge von ihr vorgesehen. Ich fragte mich, wie sie damit fertig wurde, im Schatten ihres berühmten Mannes zu leben.
Sie legte den Arm um Magdas Taille und sagte, diesmal mit einem Lächeln, das mir möglicherweise deshalb echter vorkam, weil ich darin einen Anflug von Schmerz entdecken konnte: »Diese junge Dame ist die beste Studentin meines Mannes. Wir alle erwarten Großes von ihr.« Ihr Arm schlang sich fester um Magda, und sie geleitete sie in Richtung Tür. Magda ließ sich willig abführen. Ich rührte mich nicht von der Stelle, und nach einem Moment sagte Theresa mit resignierter Höflichkeit zu mir: »Bitte kommen Sie doch herein.«
Wir gingen in die Küche. Theresa setzte Magda auf einen Stuhl und eilte zur Spüle, um eine Schüssel Wasser und ein Handtuch zu holen. Flink machte sie sich mit Wasser und Seife über die verschrammten Knie her und sagte: »Kann sein, daß das ein bißchen brennen wird, meine Liebe.«
Magda atmete hörbar ein und sagte in weinerlichem Ton: »Weh tut es.«
Mir fiel ein, daß sie es wesentlich stoischer hingenommen hatte, als ihr Freund – beziehungsweise ihr ehemaliger Freund – sie zusammengeschlagen hatte.
Theresa blieb unbeirrt: »Halten Sie still. Sie wissen doch, wenn Sie sich eine Infektion holen, wird Moore-Gann einen Grund finden, mir die

Schuld zuzuschieben. Waren Sie schon einmal hier am Institut, Dr. – tut mir leid, wie war noch mal Ihr Name?«
»Vic Newman.« Ich überlegte mir, zu wie vielen hundert Fremden sie hatte liebenswürdig sein müssen, seit sie mit Hervé Moore-Gann verheiratet war. »Kein ›Doktor‹, nur einfach Vic. Ich bin übers Wochenende bei Professor Herschel und seiner Frau zu Gast.« Theresas Lächeln hellte sich auf. Ihre fahlen blauen Augen, die leicht hervorstanden und ausgesprochen intelligent wirkten, inspizierten mich so, als würde sie mich zum erstenmal richtig wahrnehmen. »Oh, Bruno ist ein uralter Freund. Er war häufig sonntags bei uns zum Brunch für die Doktoranden. Hat er vor, zur Cocktailparty zu kommen?«
»Ich glaube schon, Mrs. Moore-Gann.«
»Nennen Sie mich Theresa. Nun, für Ihren Aufenthalt am Institut haben Sie sich ein gutes Jahr ausgesucht, Vic. Sie sollten sich die Mühe machen, einige Vorlesungen zu besuchen, auch wenn es Ihnen ein wenig schwerfällt, dem Vortrag zu folgen. Es wird ausschließlich von *String*-Theorien und von Supersymmetrie die Rede sein, was ziemlich interessant werden dürfte. Das sind neue und revolutionäre Ideen. Demnächst werden Sie in der Presse davon lesen.« Sie lächelte mir zu. »Dann können Sie sagen, Sie hätten es aus erster Hand. Wußten Sie, daß das Institut dieses Jahr sein zwanzigjähriges Bestehen feiert? Das ist auch der Grund, warum – na ja, lassen wir das.«
»Sie wollte sagen, das ist der Grund, warum Moore-Gann und Sachs beide hier sind«, sagte Magda auflachend.
»Also, Maggie«, sagte Theresa und fuhr an mich gewandt fort: »Ich bin, was das Institut angeht, recht sentimental. Mein Mann und ich waren im Gründungsjahr hier und haben wenige Monate später geheiratet.« Ihre Lippen verzogen sich zu einem nach innen gekehrten Lächeln, und momentan sah sie jung und hübsch aus. »Seither waren wir nie mehr da.«
»Warum denn nicht, wenn es Ihnen so gut gefällt?« fragte Magda.
»Ach, warum schon«, sagte Theresa ausweichend. »Hervé bekommt so viele Einladungen.« An mich gewandt fügte sie hinzu: »Es ist schön hier, aber ich persönlich ziehe das Hochgebirge vor. Mein Mann und ich unternehmen Klettertouren.« In ihrem gemusterten Seidenkleid wirkte Theresa nicht wie eine Bergsteigerin. Allerdings sah ich jetzt, nachdem sie es erwähnt hatte, daß ihre nackten Arme kräftig waren, und ihre Bewegungen geschmeidig. Während sie Magdas Knie wusch, war sie mühelos in die Hocke gegangen, und als sie das Gewicht verlagerte, um nach dem Handtuch zu greifen, waren ihre glatten Wadenmuskeln hervorgetreten. »So! Sauber sind sie. Ich gehe mal eben nachsehen, ob ich irgendwo Mercurochromtinktur finden kann. Daß wir keine im Haus haben, weiß ich. Warten Sie hier auf mich, Maggie.«

Sie verließ die Küche, und wir hörten, wie die Vordertür zuschlug. Magda sprang auf. »Wir sehen uns bei der Cocktailparty«, sagte sie. »Ich ziehe mich jetzt um und gehe hin.«
»Wollen Sie denn nicht warten, bis Theresa wiederkommt?«
»Theresa ist lieb, aber ein bißchen zu –« Sie zog die Schultern hoch. »Jedenfalls lasse ich mir von ihr nicht die Knie rot anmalen. Was ihr fehlt, sind eigene Kinder, sie spielt zu gern die frustrierte Mama. Manchmal ist das recht irritierend.«
Ich ging. Auf die Cocktailparty war ich jetzt richtig gespannt. Es würde interessant werden, Hervé Moore-Gann und seinen Preisträgerkollegen Saul Sachs kennenzulernen und sie auch noch im gleichen Raum zu erleben. Vor zwanzig Jahren hatten sie zusammengearbeitet und sich schließlich den Nobelpreis geteilt, aber nach Brunos Aussage hatten sie sich so zerstritten, daß sie nicht einmal mehr miteinander redeten. Sachs hatte sich jahrelang geweigert, auf Veranstaltungen zu sprechen, auf denen Moore-Gann anwesend war, und niemand schien zu wissen, wie er dazu gekommen war, die Tagung zum zwanzigjährigen Bestehen des Physikalischen Instituts Champlain Valley zu besuchen, wo er seinem früheren Mitarbeiter begegnen mußte.
Ich machte mich zur Scheune auf. Im Westen stand die Sonne tief am Himmel, und die Berge am New Yorker Ufer des Champlain-Sees ragten purpurfarben aus dem Dunst. Die Temperatur war in der letzten Dreiviertelstunde um zehn Grad gefallen.
Als ich die gigantische Rottanne umrundete, wäre ich beinahe über einen nackten Riesen gestolpert, der dort den Fuß auf eine Schaufel gestützt hatte. Na ja, genaugenommen trug er Sandalen und hatte den muskelbepackten Körper mit engen, durchgeschwitzten Nylonshorts notdürftig bedeckt. Er hatte eine schulterlange, buschige rote Mähne und ein ebenmäßiges, aber ausdrucksloses Gesicht, als würde sich dahinter nicht viel abspielen. »Hoppla!« sagte ich und fand gerade noch rechtzeitig die Balance wieder, um nicht in einen Graben zu fallen, den der Riese soeben mit Dünger vollschaufelte. Neben ihm standen mehrere Sträucher, deren Wurzeln in Sackleinen gehüllt waren, und warteten darauf, eingepflanzt zu werden.
»Hallo«, sagte er und lud einen Spaten voll Dung ab. Dann legte er die Arme auf den Schaufelgriff und grinste breit. Seine perfekten Zähne blitzten in der Sonne.
»Hallo«, antwortete ich. »Sind Sie der Gärtner?«
»Erraten.« Er hörte nicht zu grinsen auf. »Sind Sie einer von den Professoren auf der Tagung?«
»Nein, ich bin hier nur Gast.«
»Gast. Oho.« Es war lange her, seit ich jemanden so glücklich gemacht

hatte wie offenbar diesen jungen Mann. Er grinste immer noch. Er sagte: »Die haben Köpfchen. Echt Köpfchen.«
»Schon möglich. Jedenfalls freut es mich, Sie kennengelernt zu haben.«
»Ich bin Jordan«, sagte er. »Ich pflanze ein. Büsche.«
»Das ist nicht zu übersehen.«
»Und wie heißen *Sie*?«
»Vic.«
»Der Name Vic gefällt mir, Vic.«
»Danke.« Jordan mochte ja ein Bild von einem Mann sein, im Oberstübchen schien er jedoch nicht viel zu haben. Ich beschloß, mich nicht weiter darüber aufzuregen, daß mir die Art nicht gefiel, wie er mich anstarrte.
»Muß jetzt gehen«, sagte ich und ging.
Er stand da und sah mir nach, während ich in Richtung Scheune den Hügel hinaufkletterte. Als ich mich nach ihm umsah, grinste er immer noch.

4

In der Scheune waren mindestens hundert Leute versammelt, Physiker mit ihren Ehepartnern und Freunden, dazu die Angestellten des Instituts. Die Einrichtung bestand aus einer zusammengewürfelten Ansammlung von Stühlen, Tischen und Schiefertafeln, sowie diversen Lampen, die wenig dazu beitrugen, den großen, fensterlosen Raum bis unter die Dachsparren aufzuhellen. Das ungefähr drei Meter hohe, zweiflügelige Scheunentor hing in den Scharnieren, so daß es beim Öffnen am Zementboden entlangscheuerte. An der gegenüberliegenden Wand prasselte ein Feuer in einem großen Feldsteinkamin. Ich fühlte mich magisch davon angezogen. Auf einem Tisch standen Plastikbecher und *Bloody-Mary*-Cocktails in Krügen bereit. Ich bediente mich. Der erste Schluck versetzte meinen Geschmacksnerven einen Schock, und beim zweiten fingen sie zu vibrieren an, als wollten sie Samba tanzen. Ich riß eine Tüte Kartoffelchips auf und holte mir eine Handvoll heraus. So lokker war die Atmosphäre.

Ich nahm die Party in Augenschein. Sie hatte eine merkwürdige Form. An jedem Ende der Scheune stand eine dichtgedrängte Menschenmenge. Dazwischen wanderten ein paar Unschlüssige in einer Art Niemandsland umher. Eine bipolare Party, würde der Physiker sagen. Ich schloß daraus, daß jeder der Preisträger im eigenen Kreise hofhielt. Nichts von wegen Begegnung.

Ich schlenderte zu einem langen Tisch, an dem mehrere Frauen damit beschäftigt waren, ein Büffet aufzubauen. Ich hatte, seit ich in Washington losgefahren war, wenig gegessen, und brauchte Ballast, um die Bloody Marys davon abzuhalten, mir die Magenwände zu zerfressen. Im Näherkommen sah ich, daß eine der Frauen die schreckliche Judith war. Im Augenblick hatte sie offensichtlich nichts weiter zu tun, als mit einem Stengel Broccoli in einer Quarkschüssel herumzurühren. Sie sagte etwas zu der Büffetbesatzung – was, konnte ich nicht hören –, und wurde von den Frauen zwar nicht unverschämt, aber doch bewußt ignoriert.

Die Bloody Mary hatte mich milde gestimmt, und natürlich bin ich ohnehin ein netter Kerl; ich dachte voller Sympathie, wie sehr die arme Judith unter der Ablehnung leiden mußte, die ihre feindselige, gehässige Art

hervorrief, und begrüßte sie freundlich: »Hallo, Judith, gelungene Party.«
Doch in ihren Augen war und blieb ich eine Unperson. Sie sah durch mich hindurch, biß ihrer Broccolistange den Kopf ab und ging davon.
Ich war erschüttert. Was hatte die Frau nur? Oder hatte ich mit meiner Bitte um eine Landkarte gegen ein ungeschriebenes Gesetz des Instituts verstoßen?
»Kümmern Sie sich nicht um Judith«, sagte eine Frau hinter dem Tisch, eine schlanke Person unbestimmten Alters mit einem kurzen, glänzendschwarzen Pagenkopf und länglichen, baumelnden Ohrringen. Ich sah sie mir genauer an und stellte fest, daß sie kein Teenager mehr war, obwohl ihre Figur in dem enganliegenden gelben Kleid eine ziemliche Sensation darstellte. Sie hatte eines dieser ledrigen, schmalen und dennoch gutaussehenden Gesichter, wie man sie an Frauen sieht, die viel Zeit damit verbracht haben, in Florida in der Sonne zu liegen, in Texas über die Prärie zu reiten oder in der Chesapeake Bay zu segeln. Die Frau sah aus, als habe sie all das getan, wenn nicht noch mehr. Ihre Augen funkelten mich an. Oder irrte ich mich, und es lag an der silbernen Farbschicht, die sie geschickt auf das ganze Lid aufgetragen hatte, passend zu ihren Ohrringen und der schweren Silberkette mit Türkisen um ihren Hals? Ihre dunkle Haut und die gebogene Nase ließen sie wie eine indianische Priesterin aussehen. Sie gab ein perlendes, kehliges Lachen von sich und begutachtete mich spöttisch. Sie wies mit dem Kopf in die Richtung, in der soeben Judiths Rücken entschwand, und fügte hinzu: »Vermutlich leidet sie unter schweren sexuellen Frustrationen.«
»Eine interessante Theorie. Erzählen Sie mir mehr«, sagte ich.
»Wo soll ich anfangen?« antwortete die Priesterin. Sie bot mir eine Platte mit gebratenen Hähnchenteilen an. »Mögen Sie Beine? Oder lieber Brüste?«
Die junge blonde Frau im duftigen rosa Kleid, die der Priesterin zur Hand gegangen war, schüttelte den Kopf und sagte: »Judith ist richtiggehend krank.« Sie schenkte mir ein tröstliches Lächeln, das irgendwie professionell wirkte, wie das einer Kindergärtnerin. Sie sprach mit Südstaatenakzent. »Machen Sie sich nichts daraus, sie geht mit *allen* so um. Wissen Sie, was sie zu Gerald Ainsworth gesagt hat, dem Mann am Empfang? Ich wollte meinen Ohren nicht trauen –«
Gerald suchte sich diesen Moment aus, um mit einem enormen Rad Cheddarkäse im Arm an den Tisch zu taumeln, deshalb bekam ich nicht mehr zu hören, was Judith zu ihm gesagt hatte. Ich half ihm, den Käse auf ein Tablett zu legen. Die blonde Frau machte eine Schachtel Sesamcracker auf und schüttete sie in einen Korb. Ich nahm mir welche.
Gerald bedankte sich und fragte, ob mir die Party gefiele.

»Ausgezeichnet. Wer mixt bei Ihnen die Bloody Marys?«
»Ich bin derjenige, welcher«, sagte er stolz und wischte sich abgebröckelte Käserinde von der Krawatte.
»Altes Familienrezept?«
»Nein, ich schütte einfach die Zutaten in ein *gigantisches* Faß – also, in einen Mülleimer aus Plastik, nagelneu natürlich, aber verraten Sie's trotzdem keinem – und dann schmecke ich so lange ab, bis ich meine, daß was draus geworden ist.«
Ich sah ihm an, daß er ausgiebig abgeschmeckt hatte. »Jedenfalls schmeckt es«, sagte ich.
»Stark genug?«
»Ich würde sagen, ja.«
Gerald lehnte sich über den Tisch und sagte zu der Büffetbesatzung: »Haben die Damen sich schon mit Vic Newman bekanntgemacht? Er ist Privatdetektiv, also sehen Sie sich vor, was Sie ihm erzählten.« Hatte er mitgekriegt, daß die Blonde seinen Namen genannt hatte? »Er arbeitet für die Detektivin Sabina Swift. Sie ist mit Professor Herschel verheiratet.«
»Ach, wirklich?« sagte die Blonde, und ich wußte gleich, was jetzt kommen würde. »Wie faszinierend!« Sie flatterte nach Südstaatenart mit den Wimpern. »Ich bin Charlene. Eine Freundin von mir aus Arlington hat einmal unter *sehr* peinlichen Umständen in der italienischen Botschaft ihre Perlen verloren, und Sabina Swift hat sie ihr wiederbesorgt.«
»Ich erinnere mich an den Fall«, sagte ich. Charlenes Freundin hatte die Perlen im Bett des sechzehnjährigen Botschaftersohns verloren, mit dem sie sich angefreundet hatte, während ihr Mann im Erdgeschoß an einem Empfang zu Ehren einer Industriellendelegation aus Mailand teilnahm. Auf dem Tisch stand ein Krug mit Bloody Mary, und ich füllte mein Glas nach.
Charlene beugte sich vor und wollte mich beschwatzen: »Was ist eigentlich *wirklich* passiert? Ich weiß nur, was Millicent mir darüber erzählt hat, hatte aber immer das Gefühl, daß mehr dahintersteckt.«
Ich schüttelte den Kopf. »Tut mir leid, darüber muß ich Stillschweigen bewahren. Berufsethik.«
Charlene nickte feierlich. »Das verstehe ich völlig, ich bin nämlich Krankenschwester. Alles streng vertraulich.« Sie kicherte. »Sollten Sie je Kopfschmerzen bekommen, wär' es mir ein Vergnügen, ihnen zwei Aspirin zu verabreichen.«
»Darf ich denn auch am nächsten Morgen anrufen?«
»Lieber nicht, mein Mann ist morgens immer *schrecklich* griesgrämig.«
Die Priesterin hob ihr Glas und sagte: »Wenn ich diese medizinische Konsultation unterbrechen dürfte: Vic, ich bin Vita Sachs. Ist zufällig

noch etwas in diesem Krug?« Ich füllte ihr Glas auf. Das war also die Frau von Saul Sachs, dem anderen Ehrengast. Sie entsprach im Gegensatz zu Theresa Moore-Gann nicht meiner Vorstellung von der Frau eines Nobelpreisträgers. Vita war eher ein dramatischer Typ; Gestik und Mienenspiel fielen bei ihr leicht überlebensgroß aus, als ginge es darum, ein unsichtbares Publikum zu beeindrucken. »Sie sind also bei Bruno zu Gast«, sagte sie. »Ich habe schon gehört, daß er herkommen wollte.« Sie sah mir über die Schulter, als wollte sie nach ihm Ausschau halten, und einen Moment lang glaubte ich zu erkennen, daß die silbernen Lider einen intriganten, ängstlichen Blick verbargen. Als sie ihn entdeckt hatte, winkte sie, hauchte »Bruno!« und warf ihm eine Kußhand zu. Dabei wurde ihr Gesicht von einem so strahlenden Lächeln aufgehellt, daß ich mich zu fragen begann, ob ich mir den angespannten Blick nur eingebildet hatte.

»Bei Bruno und Sabina, ja.«

»Ich bete Bruno an. Wir sind uralte Freunde.« Gleichgültig fügte sie hinzu: »Sabina kenne ich nur flüchtig.«

Dann traf eine Schar Physikerfrauen mit Töpfen ein und begann, sie mit Fragen zum Thema Abwasch zu bombardieren. Sie entließ mich, indem sie zärtlich meinen Arm tätschelte. »Wie es scheint, bin ich hier für die Fressalien zuständig. Fragen Sie mich nicht, wie die es geschafft haben, mich dafür einzuspannen.« Sie zuckte die Achseln und wandte sich den Neuankömmlingen zu. »Sie können Ihren Kram vorübergehend hier abstellen. Hab' ich nicht irgendwo eine Schachtel Putzmittel gesehen?« Sie bückte sich und begann unter dem Tisch danach zu suchen. Dabei schmiegte sich ihr gelbes Schlauchkleid so eng an ihre formvollendete Kehrseite, daß ich die Ränder ihrer dünnen Bikinihöschen sehen konnte. Aufs angenehmste animiert schlenderte ich zu Bruno hinüber, den ich in der Nähe des Kamins ausgemacht hatte. Er hatte sich auf die Zehenspitzen gestellt und winkte mit beiden Armen, um meine Aufmerksamkeit zu erregen. Sabina und Magda standen neben ihm. Alle drei hatten Bloody Marys in der Hand.

»He, Vic!« sagte Bruno, als ich bei ihnen ankam, und umarmte mich stürmisch. Sein Kopf reichte mir kaum bis an die Schulter. Er gehört zu den Leuten, bei denen man immer das Gefühl hat, sie bräuchten einen neuen Haarschnitt. Sein struppiger graumelierter Bart wirkt ewig schief, als hätte er sich voll des guten Willens darangemacht, ihn zu trimmen, sich dann jedoch auf ein Theorem oder dergleichen besonnen, das der sofortigen Niederschrift bedurfte. Er trug eines seiner schäbigsten Tweedjacketts sowie weite Hosen, die vorn mit Kreide beschmiert waren und hinten eine blanke Seite hatten (theoretische Physiker üben eine sitzende Tätigkeit aus). Die Hosen wurden von einem alten Ledergürtel mit drei ausgeleierten Löchern hochgehalten. Brunos Bundweite hat die Tendenz, sich zu vergrößern, und alle paar Monate hungert er sich fünfzehn Pfund herunter, die sich sofort heimlich wieder ansetzen. Wenn Sabina einen Grundsatz hat, dann den, daß es aufs Äußere ankommt; trotzdem nimmt sie Brunos unordentliche Art mit mäßiger Kritik hin. Warum? Weil er dafür sorgt, daß sie Mensch bleibt, und weil sie sich über diese Tatsache im klaren ist.

Bruno wollte von mir wissen, wie lange ich für die Fahrt nach Vermont gebraucht hatte, welche Route ich genommen hatte, warum ich nicht die benutzt hatte, die er mir einzureden versucht hatte, und wieviel Benzin ich verbraucht hatte. Ich war ihm gefällig und lieferte sämtliche Details.

Mittlerweile fragte Sabina Magda über *String*-Theorien aus. »Sie behaupten also, daß diese Theorie in einer Welt mit den üblichen vier Raum-Zeit-Dimensionen nicht zur Anwendung gebracht werden kann«, sagte sie und sah so verstört und grimmig aus wie immer, wenn sie etwas nicht versteht. »Das will mir als ernsthaftes Problem erscheinen. Die Welt, in der wir leben, hat doch bloß vier Dimensionen.«

»Nur insofern, als sie uns bewußt sind«, wandte Magda ein. »Möglicherweise gibt es mehr Dimensionen, als wir wahrzunehmen fähig sind.«

»Ich bin es nicht gewohnt, in diesen Begriffen zu denken«, sagte Sabina. Sie war offensichtlich fest entschlossen, sich ein für allemal die String-Theorie anzueignen. »Könnten Sie mir vielleicht ein Beispiel geben?« Sie trank ihre Bloody Mary auf einen Schluck aus. Ich konnte es ihr nicht verübeln.

Magda runzelte die Stirn. Die schwache Beleuchtung der Scheune verriet, daß sie phantastisch aussah in ihrem schlichten weißen Strickkleid mit hohem Kragen, das sich an ihre Kurven schmiegte. Das lange, dichte schwarze Haar rahmte ihr Gesicht ein. Sie hatte sich stark geschminkt, um die Rötung an ihrer Wange zu verbergen. Das weiße Gesicht mit dem scharlachroten Mund, den kantigen Wangenknochen und den geraden dunklen Brauen sah aus wie die Maske eines japanischen Kabuki-Tänzers.

Kaum auf den Gedanken gekommen, daß ich die Frage meines Interesses an ihr vielleicht noch einmal überdenken sollte, sprudelte ich auch schon los: »Magda, Sie sehen hervorragend aus.«

Sie ignorierte mich. Ich lenkte sie vom Thema ab. »Stellen Sie sich einen Käfer vor«, sagte sie zu Sabina, »der am Strand entlangkrabbelt. Es ist denkbar, daß dieser Käfer die Welt als Fläche wahrnimmt. Er versteht, sagen wir, die Begriffe Länge und Breite – er kann vor und zurück, er kann sich seitlich bewegen – und möglicherweise noch den Zeitbegriff. Was *Höhe* bedeutet, entgeht ihm völlig, obwohl sie für uns eindeutig existiert.« Ich notierte in Gedanken unter der Rubrik weibliche Psycho-

logie: »Nie einer Physikerin ein Kompliment machen, wenn sie gerade aufgefordert wurde, ein Beispiel zu geben.«
Sabina nickte. »Es könnte also andere Dimensionen geben, die wir Menschen nicht mitbekommen.«
»Ja«, sagte Magda. »Mich fasziniert dabei die Frage, ob es je möglich sein wird, die Existenz dieser anderen Dimensionen zu verifizieren. Die zugrundeliegenden Theorien sind allesamt *wunderschön*, mit so herrlichen mathematischen Eigentümlichkeiten, daß einfach etwas Wahres dran sein muß.«
»Und Sie sagen, die Theorie gilt für ein *zehn*dimensionales Universum? Wie kommen Sie auf zehn?« Sabina war nach wie vor bei der Sache. Allerdings erkannte ich an dem Blick, den sie auf ihr leeres Glas warf, daß sie anfing, die Anstrengung zu spüren. Ich beschloß, ihr Nachschub zu besorgen.
»Bin gleich wieder da«, sagte ich und nahm ihr das Glas ab.
Ich schlängelte mich durch die Menge. Hinter meinem Rücken hörte ich, wie nun auch Bruno sich ins Zeug legte. »Ich persönlich halte Schönheit nicht für ein vertretbares Kriterium, muß ich sagen. Meiner Meinung nach –«
Als ich den Tisch mit den Getränken erreichte, stieß ich auf Charlene, die blonde Krankenschwester. Vita war nirgends in Sicht – ich hätte nichts dagegen gehabt, ihr noch einmal über den Weg zu laufen. Was machte es schon, daß sie alt genug war, meine Mutter zu sein? Charlene sagte: »Welches Sternzeichen haben Sie, Herr Detektiv?« Ich sagte: »Fische.« Es stellte sich heraus, daß sie Jungfrau war. Die Leute beschweren sich über das geistlose Geschwätz, das auf Cocktailpartys üblich ist, aber ich finde, es hat viele Vorteile, wenigstens im Vergleich zur Physik. Charlene hatte sich intensiv mit Astrologie auseinandergesetzt, aber ich mußte mich entschuldigen, ehe ich von sämtlichen Schlußfolgerungen erfuhr, die sie daraus gezogen hatte. Ich hatte schließlich eine Mission zu erfüllen.
Bis ich mit Sabinas vollem Glas zurückgefunden hatte, war das Thema zu der Frage übergegangen: »Was bewegt den theoretischen Physiker?«, und Hervé Moore-Gann hatte sich der Gruppe angeschlossen. Ich erkannte ihn sofort, obwohl er wesentlich kleiner war, als er auf den Fotos ausgesehen hatte – höchstens einsachtundfünfzig. Der berühmte kahle Schädel mit der ausladenden Stirn glänzte im Kaminfeuer. Seine Augen standen riesengroß und hellwach in einem schmalen Gesicht, dessen Ausdruck sich beim Sprechen nicht änderte, als habe es jemand in Gips gegossen. Im Augenblick hörte er gespannt zu, während Sabina sagte: »Ich würde meinen, daß es vorrangig Neugier ist, die Sie motiviert – der Wunsch, verborgene Wahrheiten aufzudecken, die unter der Oberfläche des Sichtbaren liegen.«

Ich überreichte ihr den Drink. Sie nahm ihn, ohne die Augen von Moore-Gann abzuwenden.

Er sagte: »Ist es das, was *Sie* bewegt, meine Liebe? Ich habe gehört, Sie seien Detektivin.«

Sabina zögerte. Es ist ihr zuwider, mit »meine Liebe« angesprochen zu werden, aber ich merkte, daß sie beschloß, es ihm durchgehen zu lassen, weil sie unbedingt hören wollte, was er zu sagen hatte. »Aber sicher«, sagte sie spröde. »Das, und die Berufsehre.«

Er nickte. »Natürlich. Die Befriedigung einer erfolgreich abgeschlossenen Aufgabe. Ich würde sagen, daß theoretische Physiker von den gleichen Faktoren motiviert werden, möchte jedoch auch die Rolle betonen, die der Ehrgeiz dabei spielt. Er wird in Diskussionen wie dieser gemeinhin übersehen, weil er nicht als edel genug gilt. Neugier, Berufsehre, Originalität, Einsatzfreude, Durchhaltewillen – all das ist ohne Ehrgeiz nichts wert. Es ist erste Mannespflicht, ehrgeizig zu sein. Wie es bei den Frauen aussieht, weiß ich nicht.« Eine Sekunde lang zuckten seine Mundwinkel. Hatte der bedeutende Mann einen Witz gemacht? Offenbar ja, denn im Publikum kam Gekicher auf – nicht jedoch bei Sabina oder Magda, das fiel mir gleich auf. Theresa dagegen gelang ein ehefrauliches Lächeln. »Der nobelste Ehrgeiz ist der, etwas von bleibendem Wert hinterlassen zu wollen – unnötig zu sagen, daß das für einen Großteil der Menschheit ein unerreichbares Ziel ist. Nur für einige wenige...« Er schob nachdenklich den Unterkiefer vor, so daß man seinen Bartschatten sah. Er trug hautenge Designer-Jeans und ein rotes Nylonhemd, das fast bis zur Taille offenstand und den Blick auf seine schwarzen Brusthaare und ein goldenes Halskettchen freigab. Bekleidung und Kopf paßten überhaupt nicht zusammen. Er war über sechzig, besaß jedoch den Körper eines wesentlich jüngeren Mannes, und den gedachte er aller Welt zu zeigen. »Ehrgeiz ist das Motiv, das hinter den größten Errungenschaften steckt. Das Streben nach Ruhm und Reputation, ja sogar nach Macht und Geld, ist ein Motiv, dessen man sich nicht zu schämen braucht. Wenn mir ein Physiker weismachen will, die treibende Kraft hinter seiner Forschung sei das Verlangen, einen Beitrag zum Wissensstand der Menschheit zu leisten, nehme ich ihm das nicht ab.«

Während seines Vortrags hatte Sabina keinen Mucks von sich gegeben. Ihre kühlen blauen Augen musterten ihn unentwegt, und ihr Gesicht war ernst. Den mitgebrachten Drink hatte sie nicht angerührt. »An dem, was Sie sagen, ist natürlich etwas dran. Aber wenn Ehrgeiz nicht gezügelt wird, kann er zu Skrupellosigkeit führen. Finden Sie nicht auch?«

Sein Gesicht blieb ausdruckslos. »Viele sogenannte Skrupel sind nichts

als Relikte überkommenen Aberglaubens, der im Bemühen des primitiven Menschen wurzelt, Naturkräfte in den Griff zu bekommen, deren Wirkungsweise er nicht verstand. Je umfassender das Verständnis der Naturgesetze, desto weniger bedarf es derartiger Tabus.«
»Im Extremfall kann das ein gefährlicher Grundsatz werden. Ein höchst gefährlicher, Professor Moore-Gann«, sagte sie. Mir kam es vor, als wolle sie ihn warnen.
Er nahm einen Schluck aus dem Glas, das er in der Hand hatte und das offenbar Sodawasser enthielt. Theresa rückte einen Schritt näher an ihren Mann heran, und Magda wandte sich an Sabina: »Macht korrumpiert – ist es das, was Sie sagen wollten?«
»*Wissen* kann auch korrumpieren, wenn es sich zu sehr auf Macht und Ehrgeiz konzentriert.«
Plötzlich setzte Schweigen ein. Und mitten hinein ertönte die schneidende Stimme der gräßlichen Judith, irgendwo aus der Mitte des Raums. »Saul Sachs hat Krebs, er wird demnächst sterben. Von mir aus kann er getrost abkratzen.«
Die Anwesenden japsten und verrenkten sich die Hälse. Ich entdeckte Judiths rotes Haar in der Nähe des Büffettischs. Sie unterhielt sich mit einer mir unbekannten Frau. In ihrer Nähe riß ein kultiviert aussehender Mann in einem handgestrickten Norwegerpullover das Kinn hoch, und sein Gesicht lief hochrot an. Er eilte zu ihr hinüber und sagte mit gedämpfter Stimme: »Judith, das geht zu weit.«
Sie stützte die Hände in die Hüften und sah ihn herausfordernd an. »Dies ist ein freies Land, Professor Gawthrop. Ich sage, was mir paßt.«
Das also war ihr Vorgesetzter: Florian Gawthrop, Direktor des Instituts.
»Also, Judith«, murmelte er. Er hob die Hand und legte sie ihr nach einigem Zögern auf den Arm. »Wir wollten gerade mit der Begrüßungszeremonie beginnen. Da wollen wir doch jetzt keine Szene.«
Ich warf einen Blick auf Moore-Gann. Er starrte Judith an, und in seinen übergroßen dunklen Augen machte sich ein leises Flackern bemerkbar, wie bei einem Computer, der sehr gründlich und sehr schnell eine Diskette einliest. Theresa stand bei ihm, eine Hand auf seine Schulter gelegt; daneben stand Magda. Die drei sahen wie eine Familiengruppe aus, die darauf wartet, fotografiert zu werden.
Auf einmal schüttelte Moore-Gann die Hand seiner Frau ab. Dann ging er los. Die zwei Frauen blieben ihm dicht auf den Fersen. Mit federnden, beinahe mechanischen Schritten durchquerte er den Raum, und ich hörte jemanden keuchen: »Mein Gott, er geht zu Sachs hinüber.« Die Menge auf unserer Seite der Scheune strömte hinterher, während die Gruppe um Sachs sich teilte, um Moore-Gann durchzulassen. Ich sah

einen ausgemergelten Mann mit aschfahlem Gesicht, der von Kissen gestützt auf einem Sofa ruhte. Neben ihm saß Vita in angespannter Haltung, als wolle sie gleich zum Sprung ansetzen. Ihr Gesicht war wutverzerrt.

Moore-Gann kam vor Sachs zum Stehen. Vita hob rasch die Hand, wie um ihn zu schützen, und wollte offenbar etwas sagen; dann jedoch besann sie sich eines Besseren.

Die Blicke der beiden Männer begegneten sich. Moore-Ganns war so ausdruckslos wie immer, das von Sachs zeigte nur Erschöpfung. Er versuchte sich nicht aufzurichten, schien den anderen Mann nicht einmal wahrzunehmen. Da ging Moore-Gann vor dem Sofa in die Knie und streckte ihm die Hand hin. Nach einer Pause, die ewig zu dauern schien, nahm Sachs sie mit schlaffem Griff entgegen.

Mir lief es eiskalt den Rücken herunter. Die Zuschauer begannen zu klatschen, und währenddessen tauschten die beiden Männer einige Worte aus. Dann kam Bewegung in die Menge. Jean-Paul erschien mit einem Krug Bloody Mary und einem Stapel Plastikbecher, und es wurden Drinks herumgereicht. Plötzlich herrschte Silvesterstimmung.

Ich war beim vierten Glas, als ich sah, wie die gräßliche Judith zu den beiden Preisträgern trat und etwas sagte. Doch sie wurde von beiden ignoriert. Daraufhin hob sie die Arme über den Kopf und klatschte ein paarmal in die Hände. Im Raum wurde es still. »Dürfte ich um Ihre Aufmerksamkeit bitten?« sagte sie mit ihrer lauten, barschen Stimme. »Professor Gawthrop würde gern ein paar Worte an Sie richten.«

5

Florian Gawthrop wirkte für einen theoretischen Physiker ungewöhnlich kultiviert und ungewöhnlich weißhäutig. Die meisten, zumindest diejenigen, die ich über Bruno kennengelernt hatte, waren kleine, dunkelhäutige Männer mit Kreide an den Kitteln – Levantiner oder Mitteleuropäer, Juden, Orientalen und Inder. Ich lasse mich nicht gern bei Vorurteilen ertappen, aber ich fragte mich, ob Gawthrop als Physiker etwas wert sein konnte. Ich erkundigte mich bei Bruno danach.
»Nicht viel«, sagte er. »Aber er hat seinen Platz im Leben gefunden. Er ist Dekan an einem kleinen College irgendwo in Neuengland, und im Sommer betreibt er das Institut. Das Defizit deckt er, wie ich höre, aus eigener Tasche. Er stammt aus einer reichen Bostoner Familie. Bis vor wenigen Jahren hat er die Zeitschrift *American Physicist* herausgegeben.«
Auf dem Podium strich sich Gawthrop das glatte blonde Haar zurück und bedachte die Versammelten mit einem frostigen Lächeln. Er vergrub die Hände in den Taschen seiner Designer-Jeans. Seitlich hinter ihm auf dem Podest hatte Judith Stellung bezogen. Im Publikum bemerkte ich Jean-Paul, der mit finster brütender Miene Magda nicht aus den Augen ließ. Daneben sah ein massiver Mann in einem dicken Tweed-Anzug erst zu Magda hinüber, dann auf Jean-Paul herab. Er versetzte Jean-Paul einen Rippenstoß und sagte etwas. Das Grinsen, das er dabei aufsetzte, offenbarte einen Goldzahn. Der Korse lächelte nicht. Magda schien Jean-Paul zu ignorieren, aber ihre allzu angeregte Unterhaltung mit einem gutaussehenden jungen Mann verriet mir: Sie wußte, daß sie unter Beobachtung stand. Gleich darauf hatte ich in dem jungen Mann meinen Freund Jordan wiedererkannt, den nackten Riesen, der sich nun mit Hose und Pullover feingemacht hatte. In Jean-Pauls Augen blitzte es, als er die beiden unentwegt anstarrte.
Gawthrop räusperte sich und sagte: »Zuallererst möchte ich Sie am Physikalischen Institut Champlain Valley willkommen heißen. Einen Monat lang werden Sie Gelegenheit haben, vierundzwanzig Stunden am Tag Physik zu treiben, beim Essen, im Schlaf, ja sogar mit jedem Atemzug. Denn das ist es, was der theoretische Physiker am liebsten tut – selbst wenn seine Frau nicht ganz so enthusiastisch darüber denkt.« Im Publikum wurde gelacht. »Wie Sie wissen, lautet in diesem Jahr unser Thema

›*Superstrings* und Supersymmetrie‹. Es wird eine Menge Seminare und Kolloquien geben, sowie reichlich Gelegenheit zum Gedankenaustausch mit Kollegen aus der ganzen Welt. Natürlich wird daneben Zeit sein, die Schönheit des Champlain Valley und der Green Mountains zu genießen. Judith teilt mir mit, daß sie ein Ausflugsprogramm für die Teilnehmer und ihre Familien vorbereitet hat, darunter Wandertouren über den Appalachian Trail und zum Camel's Hump, außerdem eine Mondscheinparty auf dem See. Ich gehe davon aus, daß Sie das Angebot wahrnehmen werden. Wie die meisten von Ihnen wissen, ist dies ein besonderer Anlaß.« Bei diesen Worten merkte ich auf, obwohl ich Ansprachen hasse und die Worte »besonderer Anlaß« jedesmal dafür sorgten, daß mir die Augen zufielen. Jetzt wollte ich wissen, wie beziehungsweise ob Gawthrop auf die Begegnung eingehen würde, die soeben zwischen Moore-Gann und Sachs stattgefunden hatte. »Dieses Jahr feiern wir das zwanzigjährige Gründungsjubiläum des Physikalischen Instituts Champlain Valley. Ich weiß, daß nicht wenige unter Ihnen sich an das alte Zelt erinnern, in dem unsere ersten Seminare abgehalten wurden, insbesondere jene, die dort sitzen mußten, wo es durchs Dach hereingeregnet hat.« Er legte eine Lachpause ein. »Alle, die im ersten Jahr zugegen waren, wurden eingeladen, in diesem Sommer wiederzukommen, und wenn ich mich so umsehe, stelle ich mit Befriedigung fest, daß viele von Ihnen diese Einladung angenommen haben, darunter unsere liebenswerte Kollegin Theresa Moore-Gann.« Seine Augen suchten sie im Publikum, und als er ihr zunickte und sie anlächelte, verschwand für einen Augenblick seine Großspurigkeit. Sie errötete und blickte erfreut, wenn auch verlegen drein, daß man sie auf diese Weise hervorgehoben hatte.

»Übrigens verdankt sich das Champlain-Valley-Institut einem Geistesblitz von Saul Sachs, der mehr gute Ideen hervorgebracht hat, als irgendein einzelner Mensch jemals zur Ausführung bringen könnte. Diese Idee jedenfalls habe ich mir zu eigen gemacht und seither gehegt, so gut es meine bescheidenen Fähigkeiten zulassen. Äh, natürlich mit der unschätzbaren Hilfe von Judith Wiley.« War es Einbildung oder entdeckte ich in seinen Worten einen sarkastischen Unterton? »Judith war, wie viele unter Ihnen wissen werden, vor zwanzig Jahren meine Sekretärin und ist nun Verwaltungssachbearbeiterin des Instituts. Wer weiß, wo wir ohne ihre tagtägliche hingebungsvolle Beschäftigung mit den Details einer inzwischen recht komplexen Einrichtung heute wären?« Er schwieg, als rechne er mit Applaus, aber niemand klatschte. Hinter ihm verzog Judith keine Miene.

»Bei der ersten Sitzung hatten wir neben Saul Sachs und meiner Wenigkeit das große Glück, Hervé Moore-Gann zu den Anwesenden zählen zu können. In jenem Sommer nahm eine fruchtbare Zusammenarbeit zwischen Sachs und Moore-Gann ihren Anfang, deren Höhepunkt, wie Sie alle wissen, der Nobelpreis war. Nun –« Es wurde mucksmäuschenstill. Als ich mich umsah, entdeckte ich Moore-Gann, wie er seinen Cocktail hinunterkippte. »– sind sie beide an den Ort zurückgekehrt, wo alles begann. Und wenn man nach der rührenden Szene gehen darf, die wir vor wenigen Augenblicken miterlebt haben, können wir uns vielleicht in Zukunft auf eine neue Sachs-Moore-Gann-Theorie freuen.« Das Publikum klatschte begeistert.

Nach allem, was ich gehört hatte, erschien es mir nicht sehr wahrscheinlich, daß die Zusammenarbeit zwischen Moore-Gann und Sachs eine Fortsetzung finden würde. Bruno zufolge war allgemein bekannt, daß Sachs an Krebs sterben würde, und daß Moore-Ganns Interessen sich immer mehr auf die Politik verlagerten. Es ging das Gerücht, daß seine Ernennung zum Botschafter in einem der NATO-Staaten kurz bevorstand.

Gawthrop fuhr fort: »An dieser Stelle möchte ich eine Runde Applaus für – ich nenne sie in alphabetischer Reihenfolge –« im Raum wurde wieder gekichert, »– für unsere beiden Nobelpreisträger anregen. Zuerst: Hervé Moore-Gann.« Die Menge wandte sich dem kleingeratenen Ehrengast zu, der leicht den Kopf neigte und die Hand hob, um sich für den Beifall zu bedanken. Die Leute machten ihm Platz, worauf er sein Glas abstellte und sich auf den Weg zum Podium machte. Dann schien er zu stolpern. Er blieb stehen, als sei ihm gerade etwas eingefallen, und sah sich nach seiner Frau um. Noch ein Schritt, dann riß er die Arme hoch und fing an, am ganzen Körper zu zittern.

»Hervé!« schrie Theresa und rannte auf ihn zu. »Hervé! Es geht ihm nicht gut!«

Moore-Gann erschlaffte und fiel zu Boden. Er zuckte krampfartig.

»Oh, ein Arzt, rufen Sie einen Arzt!« schrie Theresa und warf sich neben ihn. »Hervé! Hervé!« Sie nahm ihn in die Arme und rief: »Kann ihm denn niemand helfen?«

Gerald Ainsworth rannte hinaus, wobei er rief: »Ich rufe einen Krankenwagen.«

Die Leute um mich herum drängten nach vorn, und ich hörte sie sagen: »Was geht da vor? Hat er einen Herzinfarkt? Einen Schlaganfall?«

Florian Gawthrop sprang mit dem Ausruf »Theresa« vom Podium. Seine langen Beine brauchten ganze vier Schritte, dann stand er neben ihr. Sie blickte wortlos zu ihm auf, worauf er in die Knie ging und das Ohr an Moore-Ganns Herz legte.

Charlene, die Krankenschwester mit dem südlichen Akzent, drängte sich durch die Menge und machte sich sogleich daran, Moore-Gann Mund-zu-Mund-Beatmung zu geben.

Alles strömte durcheinander. Magda stand wie gelähmt da und starrte entsetzt auf Moore-Gann und Theresa.
Ich entdeckte Jordan, der endlich einmal nicht grinste. Er stand neben dem Podium, wo er Judith am Ärmel zupfte und mit weinerlicher Stimme fragte: »Warum liegen die auf dem Boden, warum liegen die auf dem Boden?« Sie starrte mit verzweifelter Miene auf ihn herab. Als ich sie so zusammen sah, fiel mir eine gewisse Ähnlichkeit zwischen der feindseligen Frau mittleren Alters und dem hübschen, dümmlichen jungen Riesen auf: das gleiche scharfgeschnittene Profil, die helle Haut und das brandrote Haar. Für mich sahen sie wie Mutter und Sohn aus.
Nach einer Weile begann ich mich nach Moore-Ganns Glas umzusehen. Ich hatte mitbekommen, wie er es auf einem kleinen Bambustisch abgestellt hatte, ehe er zum Podium geeilt war. Die Menge teilte sich, und ich erspähte den bewußten Tisch. Er war leer. Das Glas war verschwunden.

6

»Fahren Sie vorsichtig«, sagte Sabina auf dem Nachhauseweg.
Ich war überrascht, weil sie sich in derlei Angelegenheiten gewöhnlich nicht einmischt. »Wieso denn?«
Sie saß kerzengerade mit geschlossenen Beinen neben mir auf dem Beifahrersitz. Auf dem Schoß hielt sie außer ihrer Handtasche ein Spitzentaschentuch umklammert. »Weil ich hiervon nichts verschütten will.«
»Sie waren es also, die das Glas an sich genommen hat«, sagte ich. »Das hätt' ich mir denken können.«
»Was für ein Glas?« fragte Bruno. Er saß hinter uns.
Sabina drehte sich um und sagte: »Das Glas, aus dem Moore-Gann getrunken hat.«
»Das hast du mitgenommen? Warum denn?«
Sie schürzte die geschwungenen Lippen. »Ich hielt es für eine gute Idee, Bruno.«
Die Ambulanz hatte Moore-Gann vor zehn Minuten ins Krankenhaus verfrachtet. Theresa und Magda waren mitgefahren. Die ältere Frau hatte sich schwer auf die jüngere gestützt, als die Trage vor ihnen her aus der Scheune geschleppt wurde. Florian Gawthrop war im eigenen Auto hinterhergefahren.
»Sie meinen also, da stimmt was nicht?« sagte ich.
»Vielleicht. Schaden kann es jedenfalls nicht, die Reste analysieren zu lassen.«
»Ich werde das Glas auf Fingerabdrücke untersuchen. Außerdem mache ich ein paar Fotos, sobald wir zu Hause sind.«
Bruno widersprach. »Ich sehe nicht ein, warum. Wie kommst du darauf, daß Moore-Gann nicht einfach einen Herzinfarkt oder einen Schlaganfall hatte? Er ist immerhin zweiundsechzig. Ich weiß, er soll angeblich einer von diesen Fitneßfanatikern sein, aber es gab viele Jogger, die beim Laufen tot umfielen – dauernd findet man Artikel darüber in der Zeitung.«
Sabinas hellblaue Augen ließen Verärgerung erkennen. »Weiß ich, du liest sie mir schließlich alle laut vor.« Seit Jahren versucht sie, ihn dazu zu bringen, daß er Tennis oder Golf spielt, aber er hat eine Gegenkampagne gestartet, um zu beweisen, daß körperliche Betätigung der Gesundheit

schadet. Soweit mir bekannt ist, besteht seine einzige sportliche Betätigung darin, ein Stück Kreide zu nehmen und damit an die Tafel zu schreiben.
Bruno schüttelte den Kopf. »Du hast nichts als Verbrechen im Kopf, Sabina. Du bist überarbeitet. Denk' dran, daß wir in Urlaub sind.«
»Wenn ich Verbrechen im Kopf habe«, sagte sie schnippisch, »dann deswegen, weil es so viele gibt.«
Ich sagte: »Ich bin Sabinas Meinung, Bruno. An der ganzen Angelegenheit ist schon einiges merkwürdig.«
»Zum Beispiel?« erkundigte er sich skeptisch.
»Na ja, Judith.« Ich schilderte mein Zusammentreffen mit ihr und Gerald im Verwaltungsgebäude, dazu die kurze Begegnung am Büffettisch. Ich zitierte, was Vita und Charlene über sie gesagt hatten. »Wir haben es mit einer Frau zu tun, die zu jedermann ekelhaft ist, die geschmacklose, empörende Äußerungen tut – Sie haben ja gehört, was sie zur Krebserkrankung von Saul Sachs zu sagen hatte. Aber Florian Gawthrop läßt ihr alles durchgehen. Warum? Warum hat er sie nicht längst vor die Tür gesetzt?«
»Ich denke, sie wird unentbehrlich sein«, sagte Bruno. »Sie organisiert die Unterbringung, stellt die Stundenpläne auf, macht die Buchführung – Gawthrop ist nicht gerade ein genialer Verwalter, und sie ist seit ewigen Zeiten dort beschäftigt.«
»Unsinn«, sagte Sabina. »Sie ist nicht unentbehrlich, es gibt reichlich Leute, die ihre Arbeit tun könnten. Vermutlich würde sich Gerald Ainsworth überhaupt nicht schwertun, in ihre Fußstapfen zu treten. Ich bin mit Vic einer Meinung: Es ist tatsächlich merkwürdig.«
»Noch eins. Warum sind Saul Sachs und Hervé Moore-Gann dieses Jahr beide erschienen, obwohl sie es seit Jahren darauf anlegen, sich aus dem Weg zu gehen? Warum die plötzliche Versöhnung, wenige Minuten später gefolgt von Moore-Ganns Zusammenbruch? Alles greift viel zu glatt ineinander, und das will mir nicht gefallen. Ich kann mir nicht vorstellen, daß der Schock groß genug gewesen sein soll, um eine Herzattacke auszulösen – ich hatte nicht den Eindruck, daß Moore-Gann ein emotionaler Typ ist.« Draußen kam Nebel auf, und ich fuhr langsamer.
»Nein, das ist er nicht«, gab Bruno zu, wenn auch widerstrebend, denn er fühlt sich von dem bedroht, was er meine und Sabinas Tendenz nennt, die Verhältnisse zu dramatisieren. Bruno möchte sich zu gern den Glauben bewahren, daß er in einer geordneten, rationalen Welt lebt.
Wir fuhren eine Weile schweigend dahin. Schließlich sagte Bruno: »Hoffen wir, daß Moore-Gann durchkommt. Ich frage mich, wie gut hierzulande die Krankenhäuser sind.«
Sabina fragte: »Dabei kannst du Moore-Gann doch gar nicht leiden, stimmt's, Bruno?«

»Also – nicht sehr, persönlich nicht, nein.« Es fällt Bruno schwer, zuzugeben, daß er jemanden nicht ausstehen kann. »Er hat so was an sich – aber Theresa ist mir ans Herz gewachsen. Sie hat uns als Doktoranden jeden Sonntag eingeladen und dafür gesorgt, daß sich die Studenten richtig wohl fühlten. Ich war ziemlich oft dort zu Gast. Moore-Gann selbst ist mir immer wie ein kalter Fisch vorgekommen.«

Ich sagte: »Was ich außerdem nicht verstehe, ist die Beziehung zwischen Magda und den Moore-Ganns. Offenbar wohnt sie bei ihnen.« Ich erzählte von dem Streit, der zwischen Magda und Jean-Paul ausgebrochen war, und von Theresas Reaktion, als ich Magda nach Hause gebracht hatte.

»Magda ist Moore-Ganns *Protegé*«, erläuterte Bruno. »Sie ist eine vielversprechende Physikerin der jüngeren Generation. Angeblich ist sie seine beste Schülerin, und er hatte viele gute. Darunter übrigens auch seine Frau.«

»Theresa war seine Studentin?« fragte Sabina. »Das wußte ich nicht. Und sie war gut, sagst du. Ich frage mich, wie Theresa wohl zu Magda steht. Wenn man nach Vics Beschreibung geht, scheinen die drei auf Familie zu machen.«

»Nun ja, das sind sie gewissermaßen auch. Magda ist vor ungefähr fünf Monaten dort eingezogen, nachdem sie Jean-Paul Brocchiu verlassen hatte. Angeblich hat er sie mißhandelt. Ich weiß nicht, ob das stimmt, diese Dinge werden leicht übertrieben. Andererseits ist er für sein Temperament bekannt, und für seine nachtragende Art. Mir ist zu Ohren gekommen, daß er sich an der Universität von Grenoble mit einer radikalen Studentengruppe eingelassen hatte. Dieser Gruppe wurde angelastet, auf dem Unigelände eine Bombe gelegt zu haben, die beträchtlichen Schaden angerichtet hat, obwohl glücklicherweise niemand verletzt wurde. Im Grunde waren das idealistische junge Leute, und man hat mir versichert, daß Jean-Paul persönlich nichts mit ihnen zu tun hatte. Er war damals noch ziemlich jung.« Bruno zögerte. »Als ihn dann jedoch ein Verwaltungsbeamter beschuldigt hat, hat er den Mann mit einem Messer bedroht.« Er schüttelte betrübt den Kopf. »Schwer zu glauben. Aber es ist wahr – ich habe es aus zuverlässiger Quelle: Er wurde wegen des Vorfalls von der Universität relegiert. Dann ist er in die USA gekommen, und er und Magda haben sich verliebt. Offenbar war es für Magda eine unglückliche Liebe.«

»Vielleicht für beide.« Ich erinnerte mich an die Blicke, die er ihr auf der Cocktailparty zugeworfen hatte. Was immer er in der Vergangenheit angestellt haben mochte, jetzt litt er wirklich, daran bestand kein Zweifel.

Sabina sagte: »Es kommt mir immer noch seltsam vor, daß Magda so lange bei den Moore-Ganns geblieben ist.«

»Wie ich die Geschichte gehört habe, ist sie mitten in der Nacht im Hause

Moore-Gann in Cambridge erschienen, mit blauen Flecken am ganzen Körper. Moore-Gann selbst war in Japan auf einer Konferenz, aber Theresa brachte sie ins Krankenhaus. Als Moore-Gann zurückkam, hatte sie Magda praktisch adoptiert. Sie sieht in ihr gewissermaßen die Tochter, die sie nie hatte.«

»Ich denke, das beruht auf Gegenseitigkeit«, sagte ich. »Sie wissen doch, wie Mädchen in der Pubertät manchmal zu ihren Müttern sind, gleichzeitig schnippisch und anhänglich? So geht Magda mit Theresa um.«

»Wir beugen uns Ihrem überlegenen Wissen, was pubertäre Mädchen angeht«, sagte Sabina. Bruno legte ihr die Hand auf die Schulter. Sabina streifte sie ab, wenn auch nicht unfreundlich. Sie hält nichts von öffentlichen Zärtlichkeitsbezeugungen. »Nicht wahr, Bruno?«

Sie lachten, und ich kam mir blöde vor. Sie haben beide erwachsene Töchter aus früheren Ehen. Bruno sagte: »Ich glaube, daß Mädchen im *post*pubertären Alter Vics eigentliches Spezialgebiet sind.« Bruno scheint anzunehmen, ich wüßte ungeheuer viel über Frauen, nur weil ich Junggeselle bin – oder vielleicht liegt es umgekehrt daran, daß er mit Zwanzig geheiratet hat.

»Sie schmeicheln mir.« Ich verlangsamte das Tempo, als wir wieder in eine Nebelbank gerieten.

Bruno sagte: »Magda hat wenig Verwandtschaft, und die ist in Polen zurückgeblieben. Ihr Vater ist tot, und ihre Mutter ist wegen *Solidarnosc*-Aktivitäten ins Gefängnis gewandert.«

Sabina sagte: »Vorsicht!«

Der Mercedes kam ins Schleudern, als ich auf die Bremse stieg. Die Gestalt, die mitten im Weg gestanden hatte, kam auf uns zugerannt.

»So ein Idiot!« sagte Sabina. Damit meinte sie nicht mich, sondern den Kerl auf der Straße. »Jetzt hätt' ich beinahe alles verschüttet.«

Bruno sagte: »Das ist Leo Pesnik.« Er machte hinten die Tür auf. »Steigen Sie ein, Leo. Was haben Sie auf der Straße zu suchen?«

»Ich gehe zu Fuß. Ist das nicht offensichtlich?«

Leo Pesnik war ein hagerer Mann um die Vierzig mit wild zerzaustem Haar und einem Bart, in dem der Nebel kleine Wassertropfen hinterlassen hatte. Er trug einen Rucksack voller Bücher über einem alten, gesteppten Anorak mit Kapuze. Nun kletterte er neben Bruno auf den Rücksitz und nahm den Rucksack ab.

Bruno sagte: »Hat Ihr Auto eine Panne?«

»Wie kommen Sie darauf, daß ich ein Auto besitze?« konterte Pesnik selbstgerecht.

Ich ließ den Mercedes wieder an und sagte zu unserem neuen Passagier: »Wir sind nach Burlington unterwegs. Wollten Sie auch dorthin?«

»Da führt die Straße doch hin, oder?« Seine dunklen, tiefliegenden

Augen, die ich im Rückspiegel sehen konnte, hatten den zornigen Blick eines Einzelgängers mit einem Groll.
»Sie führt auch noch woanders hin.« Leute, die eine Frage mit einer Gegenfrage beantworten, ärgern mich jedesmal.
Bruno sagte: »Wie kommen Sie nur ohne Auto aus, Leo?«
»Kein Problem. Ich gehe gern zu Fuß. Wissen Sie, wie hoch die Wahrscheinlichkeit eines Unfalls ist, wenn man ein Auto besitzt? Wesentlich höher, als mit dem Flugzeug abzustürzen.« Er tippte mir auf die Schulter. »Wie viele Meilen legen Sie im Jahr zurück?«
»Keine Ahnung.«
»Sie müssen doch eine ungefähre Vorstellung haben. Schätzen Sie doch mal. Machen Sie lange Fahrten?« Na prima, er hatte vor, mir mitzuteilen, wie die Chancen standen, daß ich in die Statistik der Verkehrstoten einging. Vermutlich hatte er alle Zahlen parat. »Sagen wir zehntausend Meilen, das ist eine Durchschnittszahl.«
Bruno sagte: »Leo, ich glaube, meine Frau Sabina haben Sie noch nicht kennengelernt. Und das ist Vic.«
Leo sagte zu Sabina: »Ist der da Ihr Sohn?« Damit war ich gemeint. Der Mann hatte ja unglaubliche Manieren.
Ich sagte: »Nein, wir stehen uns viel näher als das.« Seine Augen schweiften unsicher in meine Richtung und blieben einen Augenblick an meinem Kinn haften, ehe sie weiterwanderten.
Sabina sagte: »Wie sind Sie zu Fuß so schnell bis hierher gelangt?«
»Ich muß wohl vor Ihnen aufgebrochen sein.« Sein Ton besagte, daß sie eine dumme Frage gestellt hatte. Er wandte sich an Bruno. »Haben Sie gesehen, wie Sachs diesem Mistkerl die Hand gegeben hat? Haben Sie das für möglich gehalten? Ich nicht, mir hat es den Magen umgedreht. Ich war der Meinung, Sachs hätte sich wenigstens einige Prinzipien bewahrt, aber offensichtlich ist das zuviel erwartet.« Er stieß ein kurzes, erbittertes Lachen aus. »Hab' ich denn viel versäumt? Haben sie sich umarmt? Nach dieser rührenden Szene kann mich nichts mehr überraschen.« Seine unsteten Augen musterten erst Bruno, dann mich im Rückspiegel. Als nächstes wandte er den Kopf ab und starrte aus dem Fenster.
Bruno sagte: »Soll das heißen, Sie wissen nicht, was vorgefallen ist? Moore-Gann ist zusammengebrochen, man hat ihn ins Krankenhaus gebracht.«
Einen Moment lang glaubte ich, ein Lächeln auf Pesniks Lippen zu entdecken. Gleich darauf war es jedoch verschwunden. »Was Sie nicht sagen. Eine Tragödie. Vielleicht hat ihn sein Gewissen ereilt.«
»Was hatte er denn auf dem Gewissen?« fragte Sabina.
Pesnik zögerte. »Ich bin in der Sache nicht unparteiisch. Lassen wir die Toten ruhen.«

»Er ist nicht tot. Als sie ihn ins Krankenhaus gefahren haben, war er noch am Leben«, wandte Sabina ein.
Unbehagliches Schweigen breitete sich aus, das schließlich von Leo gebrochen wurde. »Ich habe einen Krankenwagen vorbeifahren sehen. Das war also Moore-Gann! Und er hat überlebt – so, so. Da können wir ja nur hoffen.« Es war ziemlich eindeutig, worauf er hoffte.
Ich sagte: »Das hört sich an, als könnten Sie ihn nicht leiden.«
»Warum sollte ich ihn leiden können? Er hat mir eine meiner Ideen geklaut. Moore-Gann!« Er spuckte die Worte geradezu aus. »Der Name ist ebenso unecht wie der ganze Mann. Fragen Sie mich nicht, ich äußere mich ungern dazu. Außerdem bin ich verpflichtet, den Mund zu halten.« Er wandte sich an Bruno. »Anscheinend kann Moore-Gann mich verklagen, wenn ich etwas verlauten lasse. Stellen Sie sich das vor! Erst klaut er meine Idee, und dann kann *er mich* verklagen! Es ist unglaublich, aber so hat Gawthrop es mir erklärt.« Er lachte wieder, inzwischen ziemlich aufgeregt. »Hören Sie, Sie verraten mich doch nicht, wie?«
»Nein«, sagte Bruno. »Beruhigen Sie sich, Leo.«
»Nicht, daß es darauf ankäme. Jeder weiß darüber Bescheid. Man lacht hinter meinem Rücken über mich.«
»Niemand lacht über Sie«, versicherte Bruno mit seinem weichen Herzen.
»Aber sicher lachen sie! Leo, der Einfaltspinsel, Leo, der Dummkopf, Leo, der Verrückte –«
Ich schaltete das Radio ein. Laute Rockmusik.
Nach ein paar Minuten meldete sich Pesnik erneut zu Wort. »Hören Sie bei diesem Lärm eigentlich je auf die *Texte*?«
Den Rest des Weges nach Burlington verbrachte er damit, uns einen Vortrag über unflätige Rockmusiktexte zu halten. Mit zahlreichen Originalzitaten.
Ich war nicht sehr angetan von Leo Pesnik. Ich schätze ihn als erbitterten, paranoiden Menschen ein, mit dem immer wieder frustrierten Bedürfnis, im Mittelpunkt zu stehen. Selbst wenn ihm Moore-Gann tatsächlich seine Idee geklaut hatte, konnte ich mich darüber nur mäßig aufregen.

7

Während ich die Reste der Bloody Mary auf eine kleine Flasche umfüllte und das Glas einstäubte, um nach Fingerabdrücken zu suchen, gaben Sabina und Bruno sich ihrem allabendlichen Ritual hin. Als erstes stellte sie in der winzigen Küche den Kessel auf. Dann spülte sie die Teekanne aus hellgrünem Porzellan, die sie aus Japan mitgebracht hatte, mit heißem Wasser aus und klappte das lederne Etui auf, das in einer BH-artigen Vertiefung zwei Teetassen, dazu eine Reihe Blechdosen mit verschiedenen Teesorten enthielt. Nun kam die welterschütternde Entscheidung: Oolong oder Lapsang? Darjeeling, Jasmintee oder Earl Grey? Sabina stand auf Strümpfen da (wie immer hatte sie, sobald sie zur Tür herein war, ihre Schuhe mit den Stöckelabsätzen ausgezogen), hielt sich das spitze Kinn und dachte angestrengt nach. Schließlich sagte sie: »Darjeeling.« Ich habe nie herausfinden können, auf welcher Grundlage sie diese Entscheidung trifft. Sie hätte die Dosen der Reihe nach durchgehen und wieder von vorn anfangen können, wenn sie am Ende angekommen war, aber so einfach sind die Regeln nicht. Jedesmal steht sie da und geht mit dem Tee zu Rate, bis ihr die Erleuchtung kommt. Zwei Wochen steckte sie nun schon in der Darjeeling-Phase, aber die konnte jeden Moment vorbei sein.

Sie stemmte den Deckel von einer Dose und begann Tee in die Kanne zu löffeln. Von Teebeuteln hält sie nichts. Ich war überzeugt, daß sie mit verbundenen Augen nicht fähig gewesen wäre, Beuteltee von einer anderen Sorte zu unterscheiden. Sie hat zwar behauptet, es zu können, war aber keineswegs erpicht, das Experiment zu wagen, und ich wollte sie nicht in Verlegenheit bringen.

Bruno war zunächst verschwunden. Nun kam er mit einer zerknüllten weißen Papiertüte wieder, die seinen Geheimvorrat an Keksen enthielt. Seine Lippen waren geschlossen, und seine Kiefer bewegten sich nicht, aber an seinem unschuldigen Blick und den Krümeln in seinem Bart konnte ich erkennen, daß er bereits den einen oder anderen vernascht hatte.

»Was hast du da?« fragte Sabina, als sie die Tüte sah.

»Nichts.«

»Ich dachte, wir wollten beide fünf Pfund abnehmen.«

»Klar doch, klar doch.« Er stellte die Tüte auf den Tisch.

Sie goß Tee in die zwei Tassen. »Füll' sie doch wenigstens auf einen Teller um. Wo hast du sie überhaupt her?«
»Ich hab' so meine Quellen.« Er schüttete die Kekse in eine Schüssel, wobei mehrere zu Bruch gingen und ihre Krümel auf dem Tisch verstreuten. Er sammelte sie gewissenhaft auf und aß sie, ehe ich es tun konnte.
Ich sagte: »Haben Sie die nicht manchmal über?«
»Nicht daß ich wüßte. Sie vielleicht?«
»Eigentlich nie.« Ich goß mir ein Glas Milch ein.
Sabina sagte: »Wann werden Sie endlich aufhören, Milch zu trinken, Vic? Sie wissen doch, was die an ihren Gefäßwänden anrichtet?«
Ich wußte, daß ihr mein Wohlergehen am Herzen lag – sie hatte es mir oft genug versichert. Trotzdem ärgerte ich mich. Ich weiß, sie ist meine Chefin, aber es geht sie nichts an, was ich esse. »Wahrscheinlich muß ich noch wachsen«, sagte ich. Ich setzte mich an den Tisch und griff mir eine Handvoll Kekse, ehe Bruno sie alle aufessen konnte.
»Sie sind fast Dreißig. Könnten Sie nicht wenigstens entrahmte Milch trinken?«
Ich sagte: »Nein. Die sieht so bläulich aus. Und zu Ihrer Information: Tee enthält mehr Koffein als Kaffee. Wenn Sie weiter Tee trinken, können Sie nicht schlafen und werden zum nervösen Wrack.«
Sabina sagte mit ernster Miene: »Tee ist das Getränk zivilisierter Erwachsener. Ich habe kein Problem mit dem Schlafen, und nervös bin ich auch nicht. Bruno, nachdem du nun schon mal diese Kekse hervorgezaubert hast, könntest du mir ruhig ein oder zwei übriglassen.«
»Tut mir leid, Liebling. Wie gedankenlos von mir.« Er schob ihr von dem Stapel, den er vor sich hatte, zwei zu.
Sabina sagte: »Dieser Leo Pesnik. Hat Moore-Gann ihm wirklich seine Idee geklaut?«
Bruno sagte: »Das weiß ich nicht mit Sicherheit. Pesnik ist ein kluger Bursche, aber man darf nicht für bare Münze nehmen, was er so erzählt.«
»Mir kommt er paranoid vor«, sagte ich. »Hatte er je einen akuten Anfall?«
»Zwei. Beide Male war er kurze Zeit stationär im Krankenhaus.«
Sabina wandte sich an mich. »Sie halten es also nicht für möglich, daß etwas Wahres dran ist?«
»Nicht unbedingt.«
Bruno sagte: »All das ist vor Jahren passiert, als Pesnik noch ein junger Assistenzprofessor war.« Er spülte mit einem Schluck Tee einen Keks hinunter. »Pesnik behauptet, er hätte einmal eine seiner Ideen mit Moore-Gann diskutiert, und Moore-Gann hätte sich beeilt, einen Auf-

satz darüber zu schreiben. Pesnik arbeitet im Schneckentempo. Er überprüft alles hundertmal, ehe er sich zur Veröffentlichung entschließt.«

»Wie Sie.«

»Oh, nein. Im Vergleich zu ihm bin ich ein Irrwisch, das können Sie mir ruhig glauben. Pesnik hat gute Arbeit geleistet. Andererseits hat er mehrere Aufsätze geschrieben, die ich verworren finde. Oder vielleicht sind sie so tiefschürfend, daß ich sie nicht verstehe. Jedenfalls hat er die Sache fünf Jahre mit sich herumgetragen, ein für Pesnik typisches Verhalten, und erst dann in einem Leserbrief an den *American Physicist* Moore-Gann des Plagiats bezichtigt. Florian Gawthrop war damals der Herausgeber, und ich nehme an, daß er Pesnik überredet hat, den Brief nicht zu veröffentlichen. Aber die Leute haben davon erfahren, so was spricht sich herum.«

»Hat Moore-Gann seinen Nobelpreis für die Idee erhalten, die Pesnik für sich beansprucht?«

»Oh, nein, nein, nein. Das nicht, *daraus* wäre ein Skandal geworden. Nein, es ging um eine andere Publikation, zu einem anderen Thema.«

Sabina goß sich noch eine Tasse Tee ein, womit die Kanne leer war. »Und was meinte er damit, daß Moore-Gann *ihn* verklagen könnte?«

Bruno schüttelte den Kopf. »Davon weiß ich nichts. Möglich, daß Moore-Gann die Gerüchte über hatte – was nur verständlich wäre – immerhin gibt es keinerlei Beweise, nur Pesniks Beteuerungen. Er könnte gedroht haben, Pesnik wegen übler Nachrede zu verklagen, wenn er nicht aufhört, darüber zu reden.«

Sabina sagte: »Angenommen, Moore-Gann hätte ihm tatsächlich die Idee gestohlen, dann kann es doch nicht um Geld gegangen sein. Oder ging es um etwas Kostbares, um eine Erfindung oder etwas in der Art?«

»Oh, nein. Die Idee war nur theoretisch von Bedeutung.«

Ich sagte: »*Ich* denke, sein Motiv könnte schlicht und einfach Ehrgeiz gewesen sein. Reputation, Ruhm und dergleichen. Sie haben ja gehört, was er heute abend dazu gesagt hat.«

»Stimmt«, sagte Sabina. Sie stand auf und begann den Tisch abzuräumen. »Ich gehe jetzt ins Bett.«

Ich sagte: »Falls es Sie interessiert, auf dem Glas sind drei Satz Fingerabdrücke.«

»Drei«, wiederholte sie. »Der eine stammt natürlich von Moore-Gann. Einer könnte der Person gehören, die ihm den Cocktail gegeben hat. Jean-Paul Brocchiu hat nach dem Handschlag zwischen Moore-Gann und Sachs Drinks herumgereicht, also könnte es sich um seine handeln. Bleibt die Frage, wem der dritte Satz gehört.«

»Soll ich anfangen, Abdrücke zu sammeln? An der Tagung nehmen nur achtzig Physiker teil. Dazu kommen ihre Ehepartner und ein paar Gäste,

und die Angestellten des Instituts. Natürlich müßte ich dann noch eine Weile in Vermont bleiben, statt nach Washington zurückzufahren. Ich bin gern bereit, das Opfer zu bringen, wenn Sie darauf bestehen.«
Sie ignorierte mich. »Bruno, du sagtest doch, Moore-Gann wäre ein Fitneß-Fanatiker. Da finde ich es überraschend, daß er Alkohol getrunken haben soll.«
Bruno antwortete: »Ja, du hast recht. Gerade heute beim Mittagessen hat er gesagt, er hätte zu trinken aufgehört, weil Alkohol die Gehirnzellen abtötet.« Bruno blickte besorgt drein. »Meinst du, das stimmt?«
Ich sagte: »Verzeihen Sie meine Neugier, aber was haben Sie mit den Getränkeresten vor?«
»Schicken Sie sie nach Washington ins Labor. Sie können sie morgen vormittag bei der Post abliefern.«
»Prima. Wenn Sie mich jetzt entschuldigen wollen, ich muß noch die Fingerabdrücke fotografieren. Dem Tüchtigen schlägt keine Stunde.«
»Gute Nacht«, sagte Sabina. Sie nahm ihre Schuhe und ging hinaus. Bruno folgte ihr, eine Krümelspur hinterlassend.

8

Am nächsten Morgen, es war Samstag, begab ich mich zum Postamt und schickte die Getränkereste an das Labor in Washington D. C. Dann fuhr ich zum Institut, um mich mit Bruno und Sabina zu treffen. Auf dem Rasen vor dem Verwaltungsgebäude hatte sich eine Menschenmenge versammelt und wartete in gedrückter Stimmung auf Neuigkeiten. Jemand hatte einen Tisch mit Schmalzgebackenem und Kaffee aufgestellt, und dahinter füllte Gerald Ainsworth soeben eine Zuckerdose auf. Ich ging zu ihm.

»Hallo, Vic. Ist das nicht schrecklich?« sagte er munter. »Kaffee?« Gerald machte auf mich den Eindruck des geborenen Voyeurs. Ich glaubte nicht, daß ihm hinter seiner runden Brille viel von der Welt entging.

Ich nahm mir eine Tasse. »Haben Sie schon etwas von Moore-Gann gehört?«

Er schüttelte den Kopf. »Es sieht nicht gut aus, obwohl der Arzt behauptet, er sei *ungeheuer* vital. Nun ja, man hat es ihm angesehen, nicht wahr? Der Mann war in ausgezeichneter Verfassung, und das mit Zweiundsechzig.« Er klopfte sich auf den eigenen schlaffen Bauch. »Es heißt, selbst wenn er überlebt, wird er höchstwahrscheinlich Gehirnschäden zurückbehalten.« Geralds Augen leuchteten hinter den dicken Brillengläsern auf. »Stellen Sie sich nur vor, er könnte geistig verkümmern.«

»Haben Sie gehört, warum er zusammengebrochen ist?«

Auf seinem Gesicht erschien eine Maske nicht sonderlich überzeugender Diskretion. »Das kann ich Ihnen wirklich nicht sagen.«

»Kommen Sie schon, Gerald. Früher oder später wird es sich doch herumsprechen.«

»Na ja –« Er spitzte die Lippen und sah sich rasch erst über die eine, dann über die andere Schulter um. Schließlich flüsterte er: »Da Sie Detektiv sind, kann ich es Ihnen wohl getrost sagen. Er wurde *vergiftet.*«

»So, so. Wer sollte das Bedürfnis haben, den großen Moore-Gann zu vergiften?«

»Ich hatte den Mann bis gestern nie gesehen, deshalb weiß ich es nicht so genau. Natürlich hat ihn die liebe Judith auf den Tod gehaßt.«

»Tatsächlich? Warum denn?«

»Na ja, es heißt, sie hätte in seiner Vergangenheit eine Rolle gespielt. Beziehungsweise umgekehrt.«

»In jüngster Vergangenheit?« Ich fragte mich, ob Theresa Bescheid wußte, falls Gerald die Wahrheit gesagt hatte.
»Oh, nein, wir sprechen von längst vergangenen Zeiten, Vic. Sehen Sie sich die Frau doch an. Sie ist eine alte Hexe.«
Judith stand nicht weit von uns entfernt auf der Veranda des Verwaltungsgebäudes. Es stimmte, die Jahre waren nicht spurlos an ihr vorbeigegangen. Früher mochte sie klein und niedlich gewesen sein, jetzt war sie nur noch spindeldürr, und ihre Haut war schlaff. Sie blickte so griesgrämig und böse drein, daß man kaum noch erkennen konnte, wie hübsch sie in ihrer Jugend gewesen sein mochte.
»Zwanzig Jahre kann man wohl kaum mehr als jüngere Vergangenheit bezeichnen«, sagte Gerald. »Nicht, daß Judith der Typ wäre, der so einfach vergeben und vergessen kann.«
Einige Physiker kamen an den Tisch und baten Gerald um Kaffee. Ich nahm meine Tasse und ging zu Sabina und Bruno hinüber. Sie unterhielten sich mit dem dunkelhäutigen, massiv gebauten Mann, der mir auf der Cocktailparty neben Jean-Paul aufgefallen war. Er hatte einen Dschingis-Khan-Schnurrbart und Augen, die ständig hin- und herschweiften, als hätte er auf die harte Tour gelernt, daß man auf der Hut sein muß. Er trug einen Anzug aus dickem Wollstoff, der an die acht Pfund schwer sein mußte und einen Hosenschlitz mit Knöpfen statt einem Reißverschluß hatte. Ausländisches Erzeugnis. Ich bin stolz darauf, daß mir Kleinigkeiten dieser Art nicht entgehen.
Sabina nahm den Kaffee, den ich ihr überreichte, und sagte: »Moore-Gann liegt im Koma.«
Der untersetzte Mann schüttelte den Kopf. »Ist schlimme Sache, Koma.«
Bruno sagte: »Ich hatte in meiner Studentenzeit einen Professor, der immer zu sagen pflegte: ›Koma, Punkt.‹ Warum bleibt mir so was nur immer im Gedächtnis haften?«
Im Gesicht des breitgebauten Mannes zeigte sich Verblüffung. »Entschuldigen, was ist ›Koma, Punkt‹?«
»Ich habe nur gemeint –« setzte Bruno an.
»Das war ein Witz«, sagte Sabina. »Ein Wortspiel. Schon gut.«
Bei dem Dicken dämmerte die Erkenntnis. Er zeigte grinsend seinen Goldzahn. »Sehr gut! Ich auch spiele mit Worten, in meiner Sprache. Mein Englisch nicht gut genug. Aber eines Tages!« Er lachte laut und drohte Sabina mit dem Finger. Mehrere Leute sahen ihn mißbilligend an, ohne daß er es gemerkt hätte.
Bruno sagte: »Vic, das ist Andrzej Modzalewski.«
Ich kannte diesen nicht gerade alltäglichen Namen, weil ich einen Artikel über ihn in der *Washington Post* gesehen hatte. Der polnische Physiker war als früheres Mitglied der Untergrundorganisation der *Solidarnosc* in

Wroclaw verhaftet worden, hatte ein Jahr im Gefängnis gesessen und war dann aus familiären Gründen vorübergehend freigelassen worden. Irgendwie war es ihm gelungen, das Land zu verlassen. Bruno hatte vor einem halben Jahr einen Anruf von Saul Sachs erhalten, der ihn fragte, ob er einen Posten für Modzalewski wisse.
»Ich habe von Ihnen gehört«, sagte ich.
Er nahm meine Hand zwischen seine haarigen Pranken und drückte zu, während seine flinken kleinen Augen auf meinem Gesicht verweilten. »Gut! Gut!« sagte er grinsend. Er drückte noch fester zu.
»Ich hätte meine Hand gern wieder, wenn es Ihnen nichts ausmacht.«
»Ich Ihnen weh getan? Nein! Nicht großer Mann wie Sie!« Erneut setzte das schallende Gelächter ein, doch immerhin ließ er meine Hand los. Es dauerte ein paar Sekunden, bis ich die Finger wieder auseinanderbekam. Bruno sagte zu ihm: »Wissen Sie vielleicht, wie Theresa mit all dem fertig wird?«
Augenblicklich drückte Andrzejs Gesicht tiefe Schwermut aus. Er schien ein Mann der schnellen Stimmungsumschwünge zu sein. »Ist Tragödie für die Frau. Koma, sehr schlimm.« Er tippte sich mit dem dicken Zeigefinger an die Stirn. »Wer weiß, was da oben sein wird?« Er schüttelte noch einmal den Kopf und schlenderte davon.
Nun ging die Tür der Institutszentrale auf, und Florian Gawthrop erschien in Begleitung eines uniformierten Polizisten auf der Veranda. Die Versammelten strömten zögernd zusammen. Florian hob beide Hände. In dem Schweigen, das daraufhin entstand, war Leo Pesnik zu hören, wie er sagte: »Ich rühre Schmalzgebackenes nicht an. Wissen Sie denn nicht, daß Zucker Gift ist?«
Gift war es auch, was mich beschäftigte. Ich war sicher, daß es Sabina ebenso erging, und noch einem anderen aus der Gruppe, falls zutraf, was Gerald gesagt hatte. Aber wer? Ich sah mich um. Jean-Paul Brocchiu stand unter der hohen Tanne. Er war unrasiert und sah aus, als hätte er nicht geschlafen. In meiner Nähe verschlang Jordan einen Marmeladenkrapfen. Der Puderzucker fiel ihm auf die nackte Brust. Trotz der morgendlichen Kühle hatte er nur seine Nylonshorts an. Was war es, das ihn warmhielt? Hormone, entschied ich.
Vita Sachs, deren Profil bei Tageslicht noch mehr wie das einer Indianersqaw aussah, stand, einen Styroporbecher in den gebräunten Händen, neben ihrem Mann. Der hielt sich aufrecht und wirkte weniger gebrechlich als am Vortag, aber seine Haut hatte eine ungesunde Färbung – gelblich, als leide er an Gelbsucht. Er sagte ein paar Worte zu ihr. Ungeduldig zog sie eine Schachtel Zigaretten aus der Brusttasche ihrer roten Seidenbluse und zündete sich eine an, ohne ihm zu antworten. Er sagte wieder etwas, worauf sie das glatte schwarze Haar zurückwarf und aus beiden

Nasenlöchern Rauch ausstieß. Keine Spur von Theresa und Magda. Vermutlich waren sie nach wie vor bei Moore-Gann im Krankenhaus.
Florian Gawthrop trat an die Schwelle der Veranda. »Ich freue mich, Ihnen mitteilen zu können«, sagte er, »daß Professor Moore-Gann die Nacht überstanden hat. Allerdings –«, er schüttelte den Kopf, »– ist sein Zustand keineswegs gut. Wenn überhaupt – nun.« Er schwieg, als sei er unsicher, wieviel er verraten durfte. »Wo Leben ist, da ist natürlich auch Hoffnung. Leider besteht, selbst wenn er überlebt, die Möglichkeit, daß seine Gehirnfunktionen nicht mehr ganz den früheren Stand erreichen.«
Diesmal war das Schweigen bedeutungsschwer, als würde die ganze Versammlung den Atem anhalten. Diese Leute lebten von und mit ihrem Verstand. Der Gedanke an einen Hirnschaden war für sie schlimmste Obszönität. Saul Sachs murrte: »Dieser Schweinehund.«
Florian atmete tief ein. An diesem Morgen wirkte sein langes aristokratisches Gesicht angestrengt und blaß, und auf seiner Wange zuckte unter dem einen Auge ein Nerv. »Noch etwas muß ich Ihnen mitteilen, so leid es mir tut. Es steht zweifelsfrei fest, daß Professor Moore-Ganns Kollaps verursacht wurde durch Einnahme einer chemischen Substanz. Mit anderen Worten, von einem Gift.«
Jemand keuchte, und aus der Menge erklang das Murmeln hastiger Worte. Die Leute fingen an, verstohlen ihre Nachbarn zu beäugen.
»Ich bin derzeit nicht in der Lage, Ihnen zu sagen, um welches Gift es sich handelt, oder wann genau er es geschluckt hat. Es wird jedoch eine Untersuchung stattfinden. Captain Wayne Eaken von der Polizeiverwaltung Burlington ist damit beauftragt, und ich vertraue darauf, daß Sie ihn nach Kräften unterstützen werden. Er und seine Kollegen werden mit jedem von Ihnen sprechen müssen. Insbesondere aber bittet er alle, die Informationen darüber geben können, was Professor Moore-Gann gestern gegessen und getrunken hat, sich so bald wie möglich bei ihm zu melden. Ich muß wohl kaum betonen, daß bis auf weiteres niemandem gestattet ist, Burlington zu verlassen.
Noch eines: Frau Moore-Gann hat den Wunsch geäußert, daß die Konferenz so ungestört wie möglich weitergeführt wird. Sie ist der Meinung, ihr Mann hätte es so gewollt. Wir haben daher beschlossen, trotz der laufenden Untersuchung unsere normalen Aktivitäten fortzusetzen. Captain Eaken wird sein Hauptquartier in der Bibliothek aufschlagen. Falls sie Bücher entleihen wollen, ist unsere Bibliothekskraft jedoch gern bereit, sie Ihnen zu besorgen.
Dürfte ich Sie erinnern, daß das Seminar am Dienstag von Dr. Tenofska zum Thema ›Neue Experimente der Supersymmetrie‹ abgehalten wird.«
Ich sah mich um und erspähte Magda bei der großen Rottanne. Von ihrer Ankunft hatte ich nichts bemerkt. Sie hatte sich nicht die Mühe gemacht,

sich zu schminken, und der Fleck auf ihrer Wange war deutlich zu sehen, genau wie die dunklen Ringe unter ihren Augen. In ihrer Nähe stand Jean-Paul neben Andrzej Modzalewski. Beide Männer beobachteten sie, Jean-Paul mit betrübtem Gesicht, der Pole mit einer Intensität, daß ich mich fragte, wie gut er sie wohl kannte. Waren sie einander in Polen begegnet? Modzalewski war ein großer Held der *Solidarnosc*-Bewegung gewesen, und hatte Bruno nicht erzählt, daß Magdas Mutter aus politischen Gründen verhaftet worden war? Wenn sie auf der gleichen Seite standen, hatten sie sich womöglich in denselben Kreisen bewegt. Und wie viele theoretische Physiker konnte es in Polen schon geben?

Jean-Paul schüttelte mutlos den Kopf, worauf Andrzej dem Korsen freundschaftlich seine haarige Pranke auf die Schulter legte, sich vorbeugte und ihm ins Ohr flüsterte. Florian Gawthrop verschwand im Verwaltungsgebäude, gefolgt von Judith und Captain Eaken.

Ich trat zu Sabina und sagte mit bedeutsamem Unterton: »Captain Eaken bittet insbesondere alle, die Informationen darüber geben können, was Professor Moore-Gann gestern gegessen und getrunken hat, sich so bald wie möglich bei ihm zu melden.«

Bruno, der auf der anderen Seite neben ihr stand, sagte: »Also weißt du, Sabina, das mit dem Glas. Vielleicht solltest du lieber der Polizei davon erzählen.«

Sie kniff die Lippen zusammen und sagte gereizt: »Hast du nicht behauptet, ich hätte nichts als Verbrechen im Kopf und würde Urlaub brauchen?« Es war kleinlich von ihr, ihm das unter die Nase zu reiben, aber sie haßt es nun einmal, wenn man ihr sagt, was sie tun soll. Außerdem sind die beiden verheiratet. Wenn sie verheiratet sind, stellt sich bei den Leuten eher Gereiztheit ein, einer von vielen guten Gründen, warum ich den Ehestand meide. *Nicht* wahr ist dagegen, daß ich die Verantwortung scheue, wie Abby Rademacher immer behauptet.

»Ich geb' ja zu, daß du recht hattest«, zischte Bruno.

»Aha!« sagte sie.

»Aber hab' ich dir nicht auch gesagt, du sollst mit dem Versand der Probe ans Labor *warten*, bis wir gehört haben, wie es Moore-Gann geht? Es ist mir schleierhaft, warum du's so eilig hattest. Jetzt mußt du der Polizei erklären, warum sie nicht mehr in deinem Besitz ist.«

»Von mir aus können sie sie haben«, murrte Sabina. »In ein paar Tagen.«

Er hatte recht, und sie wußte es. Um davon abzulenken, fügte sie hinzu: »Außerdem, wenn ich das Glas nicht an mich genommen hätte, bekäme jetzt *niemand* die Probe.« Sie stolzierte aufgebracht von dannen, und ich folgte ihr. Ich empfand das Bedürfnis, sie darauf hinzuweisen, daß ihre Behauptung falsch war. Wenn sie nämlich Moore-Ganns Glas nicht an sich genommen hätte, hätte ich es getan.

9

Wir fanden Captain Wayne Eaken in dem ehemaligen Schulhaus, das als Bibliothek diente. Er saß neben einem uniformierten Sergeant an einem langen Konferenztisch in der Mitte des großen Raums mit den Bücherwänden und sah eine Teilnehmerliste des Instituts durch. Eaken war ein großer, gut gebauter Mann mittleren Alters, der aussah, als hätte er einen Großteil seines Lebens in der freien Natur verbracht, möglicherweise auf einer Farm. Er hatte wache, recht kühle, von Lachfalten umgebene graue Augen und einen langen straffen Unterkiefer, den er sich soeben mit dem Zeigefinger rieb.

»Wie geht es vorwärts, Captain Eaken«, sagte Sabina flott. »Ich bin Sabina Swift, und das ist Victor Newman. Wir haben Informationen, die wir an Sie weitergeben möchten.«

Er erhob sich höflich und warf einen Blick auf die Liste. »Vielen Dank. Sie sind mit – äh, Bruno Herschel hier, richtig?«

»Ich bin seine Frau.«

»Okay, Mrs. Herschel.«

»Ich heiße Sabina Swift.«

Er blickte verwirrt drein. »Sie führen nicht den Namen Herschel?«

»Nein.«

»Aber Sie sind doch verheiratet.«

»Ja. Captain Eaken, könnten wir wohl zur Sache kommen?«

»Wilde Ehe?«

Ich sah ihm an, daß er entschlossen war, die Angelegenheit zu klären. »Verheiratet«, sagte ich. »Emanzipierte Frau.«

»Oh.« Ich nehme an, er war für meinen Beitrag dankbar, denn ab sofort richtete er, sehr zu Sabinas Entrüstung, hauptsächlich das Wort an mich.

»Nun, Mr. Newman. Wie ich sehe, steht Ihr Name nicht auf der Liste.«

»Ich bin bei Professor Herschel und Mrs. Swift zu Gast.«

»Schreib' das auf, Loveley«, sagte er. An uns gewandt, fügte er hinzu: »Das hier ist Sergeant Loveley.«

Sergeant Loveley, der dem Anschein nach kaum die Zwanzig erreicht hatte und ein rundes Babygesicht und kurze silberblonde Löckchen besaß, nickte und sagte: Hab' mein Notizbuch schon parat.«

Sabina sagte: »Ich führe in Washington D.C. eine Detektei, und

Mr. Newman ist bei mir angestellt.« Sie kramte in ihrer Handtasche und drückte ihm ihre Lizenz in die Hand. Ich gab ihm die meine.
Captain Eaken studierte sie und reichte sie an Loveley weiter, der die Daten in sein Notizbuch übertrug. Eaken sagte: »Na so was. Privatdetektive. Arbeiten Sie hier an einem Fall?«
Da er mich angesprochen hatte, antwortete ich: »Nein. Wir machen Urlaub, während Professor Herschel die Tagung besucht.«
Er strich sich mit dem Finger über den Unterkiefer und kniff die kühlen grauen Augen zusammen. »Ach ja? Nun, dann lassen Sie mal hören, was Sie auszusagen haben.«
Sabina teilte ihm mit, sie habe nach Hervé Moore-Ganns Zusammenbruch sein Glas sichergestellt, und wir hätten es mit nach Hause genommen.
Er beäugte mich mißtrauisch. »Und das war, *bevor* jemand auf die Idee kam, daß wir es mit etwas anderem als einem unverdächtigen Todesfall zu tun haben könnten? Verzeihung, ich meine natürlich Vorfall – der Mann ist ja noch am Leben.« Wir nickten. »Sagen Sie – wie sind Sie darauf gekommen, das Glas an sich zu nehmen? Hatten Sie Grund, mißtrauisch zu sein?«
»Nicht unbedingt«, sagte Sabina. »Ich war lediglich der Meinung, daß es nicht schaden kann.«
»Okay, weibliche Intuition und so.« Ich warf einen verstohlenen Blick auf Sabinas Gesicht. Es war puterrot, aber sie hielt ihre Zunge im Zaum. Was ihr am meisten zu schaffen machte, war die Tatsache, daß Eaken noch nie von ihr gehört hatte. In Washington kommt so was selten vor, daher ist sie verwöhnt. Eaken sagte: »Wo befindet sich das Glas jetzt?«
»In unserer Wohnung in Burlington. Mr. Newman hat es auf Fingerabdrücke untersucht.«
»Okay, das erspart uns die Arbeit. Sie haben es doch nicht abgewischt?«
»Ich bitte Sie«, sagte ich.
»Fragen wird man ja noch dürfen, war nicht persönlich gemeint.«
»Eines sollten Sie noch wissen«, sagte Sabina. »Ich habe die Getränkereste zur Analyse an ein Labor in Washington geschickt. Tut mir leid, Ihnen Unannehmlichkeiten zu machen.«
Er holte tief Luft. »Ja. Ja, ich denke, das wird uns in der Tat Unannehmlichkeiten machen. Dürfte ich den Namen des Labors erfahren?« Am liebsten hätte er sie hopsgenommen, nur daß sie gegen kein Gesetz verstoßen hatte. Als wir die Probe aufgegeben hatten, wußten wir ja noch nicht, daß Moore-Gann vergiftet worden war.
Ich gab ihm Namen und Adresse des Labors.
»Sie haben noch keine Ergebnisse, nehme ich an.«
Sie sagte: »Natürlich nicht, ich habe sie heute morgen erst abgeschickt. Die Probe steckt in der Post.«

»Welches Postamt? Vielleicht können wir sie uns greifen.«
Ich sagte es ihm.
»Ich glaube nicht, daß Sie sie abfangen können«, wandte Sabina ein. »Verstößt das nicht gegen ein Bundesgesetz?«
Er beäugte sie. »Vermont ist nicht besonders groß. Ein wenig altmodisch, könnte man sagen. Holen Sie mir den Postmeister an die Strippe, ja, Loveley?«
Wir saßen wortlos da, während Loveley wählte und den Postmeister verlangte. Dann übernahm Eaken das Telefon. »Nate, wie geht's denn so? Gut. Gut. Sieht ganz danach aus, als hättest du bei dir drüben wichtiges Beweismaterial von uns. Jawohl, da könnte ein Mord draus werden.« Er schwieg. »Drüben am Institut, einer von diesen großen Tieren, Nobelpreisträger und so. Behalt' das aber vorerst für dich.« Sie unterhielten sich noch eine Weile, dann legte Eaken auf. »Er sagt, er will sich umsehen, das Päckchen müßte noch da sein.«
»Prima«, sagte ich. Ich sah ein, daß Eaken so seine Methoden hatte.
Er saß da und musterte uns eine Weile nachdenklich. »Privatdetektive, wie? Von der Sorte haben wir nicht viele, 's gibt hier wenig zu tun für'n Detektiv. Die müßten hier verhungern. In Washington D. C. gibt's aber sicher viele Verbrechen.« Täuschte ich mich, oder lag da eine gewisse Wehmut in seiner Stimme?
»Unmengen«, sagte Sabina mitleidlos.
»Korrupte Politiker, Spione und so?«
»Oh, natürlich«, bestätigte sie. »Dazu die Botschaften, der Kongreß, das Weiße Haus, das Pentagon –.« Er hätte das Thema der weiblichen Intuition nicht anschneiden dürfen. »Manchmal bringen uns unsere Fälle natürlich in Kontakt mit dem CIA...«
Eaken seufzte. »Na ja, Vermont hat auch seine Vorzüge, vor allem, wenn man gern angelt. So wie ich. Stimmt's Loveley?«
»Jawohl.«

Sabina und Sergeant Loveley fuhren in einem Polizeiwagen nach Burlington, um das Glas zu holen. Ich lehnte ihr Angebot ab, mich mitzunehmen. Zwar war ich inzwischen neugierig wegen der Fingerabdrücke, aber ich wußte, daß es für die Polizei leichter sein würde, herauszufinden, wem sie gehörten. Dafür war sie schließlich da.
Ich beschloß, Abby Rademacher anzurufen und mich zu erkundigen, wie es im Büro aussah, das ich erst vor anderthalb Tagen verlassen hatte. Mir kam es länger vor, wenn auch nicht lange genug. Ich hätte tags darauf heimfahren sollen, hatte aber noch keine rechte Lust. Es gefiel mir in Vermont.
»Na, wie steht's, Kleine?« sagte ich, als ich Abby an der Strippe hatte. Sie

ist nur ein oder zwei Jahre jünger als ich, sieht aber immer noch aus, als hätte sie sich grade als Studentin am College eingeschrieben – klein, eher rundlich, pausbäckig mit runder Nickelbrille, trägt meistens Jeans und, wenn Sommer ist, Sandalen und ungebügelte indische Baumwollblusen. Sie kann gut Leute beschatten, weil sie es versteht, sich in der Menge unsichtbar zu machen.

»Die Klimaanlage ist mal wieder ausgefallen«, sagte sie. »Ich warte auf den Handwerker. Er war gestern schon da, aber sie funktioniert immer noch nicht richtig. Wir haben fast siebenunddreißig Grad, morgen sollen es achtunddreißig werden. Wie ist das Wetter in Vermont?«

»Bist du sicher, daß du es wissen willst?«

»Los, sag' schon. Ich bin masochistisch veranlagt, du kannst mir also was Gutes tun.«

Ich erzählte es ihr.

Sie sagte: »Vic, ich hasse dich.«

»Ich weiß. Wie laufen die Geschäfte?«

»Stockend. Alle, die Geld haben, sind raus aus der Stadt. Wir hatten einen Anruf von Georgetown Hospital. Dort sind Drogen weggekommen, kein kleiner Diebstahl, sondern richtig große Mengen. Die haben gesagt, sie könnten bis Montag warten, wenn du wieder zurück bist. Bei diesem Auftrag wirst du einen weißen Kittel tragen, mein Lieber, und sie werden dir beibringen, wie man Urinproben testet.«

»Macht sich sicher gut in meinem Lebenslauf.«

»Das dacht' ich auch. Mort hat gestern für dich den Kerl von Qantas bis Baltimore verfolgt, ihn dann aber am Binnenhafen aus den Augen verloren. Mittlerweile hab' ich in seinem Appartement eine Wanze hinterlassen.«

»Danke. Hier oben haben wir's mit einem vergifteten Nobelpreisträger zu tun.« Ich erzählte ihr auch davon.

Sie sagte mürrisch: »Heißt das, daß du bis morgen abend nicht zurück sein wirst?«

»Mir wär's recht. Leider wird der Fall von der Polizei bearbeitet.« Wir unterhielten uns noch eine Weile, aber ich paßte nicht mehr richtig auf. Sie hatte mich auf eine Idee gebracht. Bis zum Einhängen hatte ich bereits den Entschluß gefaßt, zu dem Krankenhaus zu fahren, in dem Moore-Gann Patient war. Man könnte es Klinkenputzerei nennen, aber wenn ich ein wenig mit dem Zaunpfahl winkte, konnte es durchaus sein, daß Theresa Moore-Gann auf die Idee kam, uns zu engagieren, um herauszufinden, wer ihren Mann vergiftet hatte. Dann konnte ich in Vermont bleiben, bis daheim die Hitzewelle vorbei war.

10

Im Krankenhaus wurde mir mitgeteilt, Professor Moore-Gann liege auf der Intensivstation und dürfe keine Besucher empfangen. Das überraschte mich nicht. Ich sah mich um, und bald darauf hatte ich Theresa in einem Warteraum entdeckt, wo sie neben Florian Gawthrop auf einem Plastiksofa saß. Er tätschelte gerade ihre Hand und sagte: »Meine Liebe, wenn Sie nur zulassen würden, daß ich Sie nach Hause bringe, damit Sie sich eine Weile ausruhen können.«

Alle beide blickten auf, als ich hereinkam. Theresa hatte immer noch das Kleid aus gemusterter Seide an, das sie zur Cocktailparty getragen hatte. Es war fleckig und zerknittert, genau wie sie. Die zarten Linien, die ich tags zuvor in ihrem Gesicht entdeckt hatte, sahen aus, als wären sie mit der Gravurnadel bearbeitet worden. Jemand hatte ihr eine Krankenhausdecke aus weißer Baumwolle um die Schultern gelegt. Auf ihrem Schoß lagen ein Kugelschreiber und ein offenes Notizbuch. Im Näherkommen sah ich die Gleichungen auf der aufgeschlagenen Seite. Sie hatte sich doch tatsächlich mit Physik beschäftigt. Diese Leute sind zu allerhand fähig.

Gawthrop ließ ihre Hand los, und sie schenkte mir einen Blick, der vermutlich als Lächeln gedacht war. Ein leidlicher Versuch, den Umständen entsprechend. »Hallo, Sie sind doch – Moment, Sie sind Mr. Newman, nicht wahr? Brunos Gast?«

»Vic«, sagte ich und ließ mich in ihrer Nähe nieder. »Eigentlich war es seine Frau, die mich eingeladen hat. Sabina Swift, die Privatdetektivin. Sie ist meine Chefin. Kennen Sie sie?«

Die Information schien nicht zu ihr durchzudringen. Sie hatte Mühe, die Augen offenzuhalten; es war offensichtlich, daß sie während der Nacht auf diesem Plastiksofa nicht viel geschlafen hatte, und das, obwohl ihr jemand einen Stapel Kissen besorgt hatte. Sie stellte mich Florian vor, der mich zerstreut begrüßte, aber Theresa nicht aus den Augen ließ. Er sah gehetzt aus, wie ein Mann, der versucht, an zwei Orten zugleich zu sein.

»Wie geht es Ihrem Mann?« sagte ich in leisem, respektvollem Ton zu Theresa.

Sie schloß einen Moment lang die Augen. »Nicht gut.« Sie schüttelte den Kopf. »Ich weiß nicht, wie das passieren konnte, es ist mir unbegreiflich. Da muß ein schreckliches Versehen passiert sein.« Der lange Atemzug,

den sie tat, klang wie ein Seufzen. »Hervé war immer so kräftig, so jung für sein Alter, es ist unmöglich, ihn sich krank vorzustellen, oder gar –« Ihre Aussprache war undeutlich, als hätte man ihr ein Beruhigungsmittel verabreicht. Sie schüttelte noch einmal den Kopf und wiederholte: »Ich weiß nicht, wie das passieren konnte.«
Florian Gawthrop sagte: »Es besteht noch Hoffnung, Theresa. Die Chancen sind gut, daß er sich erholen wird.«
»Die Chancen sind keineswegs gut.«
Er widersprach ihr nicht. Nach einer Weile stand er auf. »Meine Liebe, es tut mir so leid, aber ich muß wieder ins Institut.« Er nahm ihre Hand und drückte sie. »Die Verantwortung, Sie wissen ja, wie das ist. Verzeihen Sie mir?« Er schien zu glauben, daß er ihre Erlaubnis brauchte, ehe er gehen durfte.
»Natürlich.« Sie hatte wieder auf Liebenswürdigkeit geschaltet, aber diesmal wirkte sie recht kühl.
»Warum gestatten Sie nicht, daß ich sie nach Hause bringe, damit Sie sich ausruhen. Hier können Sie nichts ausrichten.«
»Ich bleibe lieber da.«
»Nun ja –« Er kniff die Lippen zusammen, als wäre er wütend darüber, daß sie nicht bereit war, seinen Vorschlag anzunehmen. »Dann komme ich eben wieder, sobald ich kann.«
»Bitte nicht«, sagte sie. »Ich weiß doch, daß Sie zu arbeiten haben. Außerdem wird Magda herkommen. Und jetzt ist Vic da. Setzen Sie sich zu mir, Vic.« Sie klopfte auf das Plastikpolster. Ich setzte mich neben sie.
»Nun ja –« Gawthrop bückte sich und küßte sie auf die Wange. Sie schien es nicht zu bemerken. Er zögerte, als wollte er noch etwas sagen, ließ es jedoch sein und ging.
Theresa wandte sich an mich. »Jedesmal, wenn eine Stunde um ist, darf ich fünf Minuten lang meinen Mann sehen. Natürlich ist er nicht bei Bewußtsein, aber ich hätte ein ungutes Gefühl, wenn ich jetzt gehen würde. Florian weiß das. Allerdings würde ich gern ein wenig schlafen, ich war die ganze Nacht wach. Haben Sie Magda gesehen? Ich frage mich, wo sie bleibt. Ich hatte fest damit gerechnet, daß sie inzwischen wieder da wäre.« Besorgt fügte sie hinzu: »Es geht ihr doch gut, nicht wahr?«
»Ich hab' sie im Institut gesehen, da schien alles in Ordnung zu sein.«
»Ich könnte es nicht ertragen, wenn alle beide –« Sie verfiel in Schweigen, dann fragte sie in gereiztem Ton: »Wo bleibt sie denn nur?« Ich sagte nichts, und sie fuhr fort: »Ich freue mich, daß Sie da sind. Ich bin nicht gern allein. Aber ich habe mir Sorgen um Florian gemacht, weil er *natürlich* im Institut zu sein hat. Ich habe ihn richtiggehend fortgeschickt.« Plötzlich lehnte sie sich an mich und legte mir die Hand auf den Unterarm. Ihre Finger waren eiskalt. »Niemand könnte Hervé weh tun

wollen, nicht wahr, Mr. Newman? Vic? Es muß sich um ein Versehen gehandelt haben. Er war Nationalgut, ich glaube, ich übertreibe nicht, wenn ich das sage – wußten Sie, daß er zum Botschafter in Norwegen ernannt werden sollte? Das beweist, wie man in höchsten Kreisen über ihn dachte. Oh, der Himmel sei mir gnädig!« Sie zog ihre Hand weg und hielt sie sich vor den Mund. »Ich spreche über ihn, als wäre er tot. Ich habe die Vergangenheit benutzt.«
»Geben Sie die Hoffnung nicht auf.«
Sie schüttelte den Kopf. »Ich muß mich den Tatsachen stellen, nicht wahr? Der Arzt sagte, daß er Hirnschäden haben wird, selbst wenn er sich erholt. Mein Gott, ein Gehirn wie das seine!« Sie legte die Hände vors Gesicht und wiegte sich vor und zurück. »Das ist schlimmer, noch viel schlimmer!« Ich dachte, sie würde weinen, aber als sie aufblickte, waren ihre Augen trokken. Ich hätte es für besser gehalten, wenn sie sich hätte gehenlassen – wenn sie geweint, geschrien oder einen hysterischen Anfall gehabt hätte. Aber sie war nicht der Typ. Sie strich sich automatisch das graublonde Haar zurecht und klappte das Notizbuch auf ihrem Schoß zu.
Ich fragte: »Woran arbeiten Sie gerade?«
»Sie meinen das hier?« Sie sah auf das Notizbuch herab. »Woran? – Ach, ja. Ich soll am Freitag ein Seminar abhalten.«
»Aber doch nicht unter diesen Umständen.«
Sie warf den Kopf in den Nacken. »Selbstverständlich werde ich es abhalten. Warum denn nicht?« Ihre blauen Augen wurden stahlhart. »Ich muß mich doch *irgendwie* beschäftigen. Erwarten Sie von mir, daß ich mit gefalteten Händen stillsitze? Warum soll ich meine Arbeit *nicht* fortsetzen?«
Natürlich hatte sie recht. Noch ehe ich antworten konnte, kam ein Mann im weißen Kittel mit einem Stethoskop in der Tasche herein. »Mrs. Moore-Gann?«
Sie sprang auf, wobei sich die Muskeln in ihren Waden verspannten, und warf einen Blick auf die Uhr. »Die Stunde ist doch noch gar nicht um«, sagte sie unsicher. Ihr Notizbuch fiel zu Boden. Ich hob es auf.
Der Arzt räusperte sich. »Mrs. Moore-Gann, tut mir furchtbar leid, Ihnen das sagen zu müssen. Wir haben getan, was wir konnten, aber ich fürchte – Ihr Mann ist soeben verschieden.«

Ich fuhr sie in meinem VW-Bus zurück in ihr silbergraues Gästehaus. Sie lehnte sich zurück und hielt so lange die Augen geschlossen, daß ich dachte, sie wäre eingeschlafen. Aber nach einer Weile sagte sie mit tonloser Stimme: »Der Arzt hat gesagt, Hervé sei vergiftet worden.«
»Ich hab's gehört«, sagte ich. »Theresa, haben Sie eine Ahnung, wer Ihren Mann hätte umbringen wollen?«

»Niemand!« rief sie. »Es war ein Versehen, muß ein Versehen gewesen sein. Ich hätte besser auf ihn aufpassen sollen, ich hätte mich mehr um ihn kümmern müssen.« Sie redete daher, als wäre Moore-Gann ein Kind gewesen, das ihrer Verantwortung unterstellt war.

»Hatte er, soweit Sie wissen, irgendwelche Feinde?«

»Oh, Feinde«, sagte sie und winkte ab. »Natürlich hatte er Feinde, in seiner Position. Das ist der Neid – es gibt in der Forschergemeinde viele kranke, eifersüchtige Leute, genau wie sonstwo. Wußten Sie, daß Neid einen krank machen kann?« Sie starrte aus dem Fenster. »Saul Sachs hat meinen Mann gehaßt. Er und Vita – alle beide haben sie ihn verabscheut, ohne daß der arme Hervé ihnen je etwas getan hätte.«

»Warum haben sie ihn dann so gehaßt?«

»Aus Neid«, wiederholte sie ungeduldig. »Das sagte ich Ihnen doch eben. Saul war der Meinung, daß Hervé zuviel der Anerkennung für die gemeinsam geleistete Arbeit eingeheimst hätte. Das ging so weit, daß er Hervés Namen in den Veröffentlichungen nicht als ersten genannt sehen wollte, obwohl vereinbart war, sie in alphabetischer Reihenfolge aufzuführen. Er dachte, die Leute würden daraus schließen, Hervé sei der wichtigere Autor. Können Sie sich etwas Absurderes, Kindischeres vorstellen? Und Vita! Ich weiß nicht, möglicherweise bin ich es, die sich kleinlich verhält, in der Regel achte ich nicht auf Klatsch. Aber Vita hat wirklich gemeine Dinge über uns verbreitet.«

»Warum hat *sie* Ihren Mann gehaßt?«

Theresa zögerte, und ihr Blick wanderte erneut zum Fenster hinaus. »Ich weiß es nicht«, meinte sie unsicher. »Vielleicht hat sie ihn nicht in dem Sinne gehaßt. Jedenfalls hat sie sich seinerzeit derart an ihn herangemacht, daß es schon widerlich war. Er hat nicht darauf reagiert, vielleicht liegt's daran –« Sie zögerte wieder, dann sprudelte sie heraus: »Hinter jedem Hosenzipfel her – na ja, Sie wissen schon. Und anfangs hielt ich sie für meine Freundin.« Sie schüttelte den Kopf. »Ich war naiv. Vielleicht hat sie Hervé gehaßt, vielleicht auch nicht. Beneidet? Aufgefressen hat er sie, der Neid, vor allem seit aus Hervé ein – äh, man könnte sagen, eine Art inoffizieller Regierungsvertreter geworden war. Er wurde immer wieder gebeten, ins Ausland zu reisen und in Ausschüssen zu sitzen und dergleichen mehr. Hinzu kam die Publicity, samt Fernsehinterviews. Das war es, was sie sich für Saul gewünscht hat, aber er war nicht der Typ. Er hat ein loses Mundwerk, er trinkt zuviel, er weiß nicht, was es heißt, diplomatisch zu sein – was sie natürlich übersieht. Vita war in ihrer Jugend Schauspielerin, nicht sehr erfolgreich. Sie wurde nicht damit fertig, daß Hervé im Rampenlicht stand, und nicht ihr Saul. Mit ihr an seiner Seite, natürlich. Beladen mit Schmuck wie eine Zigeunerkönigin!«

»Sie können sie nicht leiden.«

»Ich habe gute Gründe, sie nicht leiden zu können.«
»Aber Sie sagten doch, sie wäre früher ihre Freundin gewesen. Was ist da vorgefallen?«
»Sie stellen viele Fragen. Und ich rede viel zuviel.«
»Warum, was schadet das schon?«
Sie antwortete nicht, und wir fuhren schweigend weiter.
»Wie steht's mit Leo Pesnik?« sagte ich nach einer Weile. »Er trägt Ihrem Mann offenbar irgendwas nach.«
»Warum fragen Sie mich das alles, Mr. Newman? Untersuchen Sie etwa den Tod meines Mannes? Sie sind Detektiv – wie Brunos Frau.«
Demnach war die Information doch durchgedrungen. »Ja. Sie ist meine Chefin.«
»Ich kenne sie nicht.«
»Sie ist gut. Sie ist die Beste.«
»Ich kenne sie nicht«, wiederholte sie brüsk. »Ich kannte Brunos erste Frau, als sie beide noch Doktoranden waren.«
Das war die morphiumsüchtige Frau gewesen, die nach allem, was ich gehört hatte, auf jeder Unfallstation und in jeder Suchtklinik von Washington D. C. bekannt war. Möglicherweise war das Theresa entgangen. Andererseits hatte sie wohl mitbekommen, daß Bruno bereits vor seiner Scheidung mit Sabina zusammengezogen war, und das mißbilligte sie. Theresa Moore-Gann schien eine Dame der alten Schule zu sein.
»Wie auch immer«, sagte Theresa, sozusagen abschließend, »um auf Leo Pesnik zurückzukommen, der Mann ist ganz und gar verrückt.« Sie lehnte sich wieder zurück und schloß die Augen.
Wir erreichten das Haus. Theresa stieg aus dem Bus und taumelte die Stufen zur Vordertür hinauf. Sie war unverschlossen. Wir gingen hinein, und sie rief: »Magda? Magda, sind Sie da?« Keine Antwort.
Ich sagte: »Ich muß jetzt los.«
»Nein«, sagte sie, und ihre Fingerspitzen berührten meinen Arm. »Würde es Ihnen etwas ausmachen, noch ein paar Minuten zu bleiben? Ich verstehe nicht, wo Magda ist, sie hätte schon ins Krankenhaus kommen sollen.« Ich sah die Besorgnis in ihren blauen Augen.
»Vielleicht ist sie oben und schläft. Oder im Institut.« Oder bei Jean-Paul, dachte ich und erinnerte mich an die Art und Weise, wie er sie angesehen hatte, während Florian Gawthrop am Morgen seine Ansprache gehalten hatte. War es das, worüber Theresa sich Sorgen machte?
»Bitte lassen Sie mich nicht allein, ich will nicht allein sein. Finden Sie das egoistisch von mir?«
»Natürlich nicht«, versicherte ich tröstend. Warum gestattete diese Frau sich nicht, zu weinen? Sie war jetzt so angespannt, daß ich das Gefühl hatte, sie würde, wenn man an ihr zupfte, wie eine Gitarrensaite klingen.

Wir gingen gemeinsam ins Obergeschoß. Die Tür zu Magdas Zimmer stand offen, und sie lag schlafend auf dem Bett. Sie war vollständig angezogen, hatte nicht einmal ihre Schuhe abgestreift, so als hätte sie sich nur einen Moment ausstrecken wollen und sei augenblicklich eingedöst. Theresa betrat leise den Raum, ging auf Zehenspitzen zum Bett, beugte sich über die junge Frau und blickte herab auf das bleiche, zerschundene Gesicht, das halb von der Masse ihres dunklen Haars bedeckt war. Nach einem Moment nahm sie eine gefaltete Decke vom Fußende des Bettes. Mit einem angedeuteten Lächeln auf den Lippen breitete sie die Decke über Magda. Dann ging sie aus dem Zimmer. Sie flüsterte: »Armes Kind, sie muß völlig erschöpft sein.«

Ich nahm Theresas Arm. »Sie könnten auch ein wenig Schlaf brauchen.«

Sie ließ zu, daß ich sie in ihr Zimmer führte, und während ich die Fensterläden schloß, entledigte sie sich ihrer Schuhe, ließ sich auf einem der beiden Einzelbetten nieder und zog die Decke über beide Schultern hoch. Als ich den Raum verließ, verriet mir ihr ruhiges Atmen, daß sie eingeschlafen war.

Ich ging geräuschlos den Flur entlang zum Bad, verriegelte hinter mir die Tür und öffnete den Medizinschrank. Er enthielt nichts weiter als ungefähr ein halbes Dutzend Fläschchen mit bunten Etiketten und diversen Vitamintabletten drin – die gehörten vermutlich Moore-Gann. Sollte er gehofft haben, sich in dem Reformhaus, wo er sie erstanden hatte, die eigene Unsterblichkeit zu erkaufen, war er jedenfalls nicht auf seine Kosten gekommen.

Die einzigen anderen persönlichen Dinge im Bad waren drei Toilettbeutel auf einem Wandbrett. Ich sagte mir, daß es sich um eine vorübergehende Unterkunft handelte, in der sich die Moore-Ganns und Magda höchstens ein paar Tage aufgehalten hatten, und machte mich flink daran, sie zu untersuchen. Bei Moore-Gann entdeckte ich weitere Vitamine. Theresas Kosmetiktasche enthielt eine Flasche Valiumtabletten mit ihrem Namen auf dem Etikett – demnach hatte sie ihre Gefühle doch nicht so total unter Kontrolle, wie es den Anschein hatte. Bei Magda war nichts Ungewöhnliches zu finden, bis auf sechs verschiedene Lidschatten, einschließlich Goldstaub.

Ich betätigte die Toilettenspülung (nur für den Fall, daß Theresa doch nicht schlief) und ging nach unten. Dort gab es einen Raum voller Bücherregale, den sie offenbar als Arbeitszimmer hatten nutzen wollen, nach den Büchern und Papieren zu urteilen, die dort aufgestapelt waren. Ich fragte mich, ob die beiden Schreibtische für Moore-Gann und Theresa vorgesehen waren, oder für Moore-Gann und Magda. Mit den Fingernägeln zog ich vorsichtig die Schubladen auf. Sie waren leer,

Ohne großen Optimismus sah ich die Papiere durch, in denen es hauptsächlich um Physik zu gehen schien. Dazu kamen Vortragsnotizen und Nachdrucke von Artikeln, und Bücher mit Titeln wie ›Meßtheorie der Schwachstrom- und elektromagnetischen Interaktion‹, außerdem Romane – ›Krieg und Frieden‹, Joseph Conrads ›Herz der Finsternis‹, ›The Good Soldier – Die allertraurigste Geschichte‹ von Ford Madox Ford, und noch ein paar andere dieser Art. Ein Mitglied des Haushalts hatte vorgehabt, den Sommer über schwere Kost zu lesen.
Ich hörte draußen Schritte. Jemand kam die Verandatreppe herauf. Im Hochblicken entdeckte ich ein vergilbtes Blatt Papier, das unter einem der Stapel hervorsah. Ich erspähte die Worte: »Es ist beinahe zu schrecklich...«
Endlich mal keine Physik. Ich zog es heraus, steckte es unter mein Hemd und hoffte, daß es nicht knistern würde. Es klopfte an der Tür. Durch die Glasscheibe sah ich Captain Eaken und Sergeant Loveley auf der Veranda stehen. Ich ließ sie ein.
Captain Eaken sagte: »Mr. Newman. Na so was.« Seine Augen glitten an mir vorbei zur offenen Tür des Arbeitszimmers. »Dürfte ich fragen, was Sie hier machen?«
»Ich habe nur Mrs. Moore-Gann vom Krankenhaus heimgefahren. Sie haben sicher gehört, daß ihr Mann gestorben ist.«
»Davon haben wir gehört.«
»Sie schläft. Wenn Sie gekommen sind, um sie zu sprechen, sollten Sie, glaube ich, damit warten.«
»Hören Sie, Freundchen«, sagte er, und sein grauen Augen waren eiskalt. »In Washington D. C. mögen Sie eine große Nummer sein, aber hier droben lassen wir uns nicht gern erzählen, wie wir unsere Untersuchung zu führen haben, schon gar nicht von einem Verdächtigen.«
»Ich stehe also unter Verdacht?« Ich hatte mit mir gerungen, ob ich das Stück Papier weitergeben sollte, das ich gerade gefunden hatte, oder nicht. Nun entschied ich mich dagegen. Hinzu kam, daß ich es als erster lesen und eine Fotokopie davon machen wollte.
»Jeder, der auf der Cocktailparty war, ist verdächtig, und ich rate Ihnen, das nicht zu vergessen.«
»Ich vergeß' es schon nicht. Ehrenwort.«
Ich drängte mich an ihm vorbei zur Tür hinaus. Er versuchte mich nicht aufzuhalten, und das Papier unter meinem Hemd knisterte auch nicht.
Nachdem ich in den VW-Bus gestiegen war, fuhr ich erst einen Kilometer die Straße entlang, ehe ich auf dem Seitenstreifen anhielt. Das Blatt, das ich gefunden hatte, bestand aus wiederaufbereitetem Papier, grau mit grünlichem Einschlag, mit winzigen braunen Punkten und hauchdünnen Fädchen in der löschblattartigen Oberfläche, die zu weich war, um Fin-

gerabdrücke anzunehmen. Ein höchst ungewöhnliches Papier, das leicht zu identifizieren war, sollte ich jemals wieder darauf stoßen.
Der Text war mit der Maschine geschrieben und mitten auf der Seite plaziert.

»Es ist beinahe zu schrecklich, dieses Bild vom Jüngsten Gericht, das mir manchmal zu nächtlicher Stunde erscheint. Vermutlich geht es auf ein Bild zurück, das ich einmal irgendwo gesehen habe. Jedenfalls meine ich, auf einer immensen Fläche, die mitten in der Luft hängt, drei Gestalten zu erblicken, von denen zwei in intensiver Umarmung zusammenstehen, während die dritte unerträglich einsam ist. Es ist schwarz-weiß, mein Bild vom Jüngsten Gericht, wahrscheinlich eine Radierung; dabei kann ich eine Radierung nicht von einer fotografischen Reproduktion unterscheiden. Und die immense Fläche ist die Hand Gottes, die sich meilenweit erstreckt, mit den Weiten des Raums darüber und darunter.«

Ich las den Text zweimal durch. Er machte mir angst und bang. Ich hatte nicht die leiseste Ahnung, worum es darin ging, aber die Verzweiflung desjenigen, der ihn geschrieben hatte, war nicht zu übersehen. War es Moore-Gann gewesen? War etwa hinter dem ausdruckslosen Gesicht, hinter dem steten Blick etwas derartiges abgelaufen? Vielleicht hatte Theresa den Text geschrieben, oder Magda.
Vielleicht hatte ihn ja der frühere Bewohner des Hauses verfaßt, sagte ich mir und steckte das Blatt wieder unter mein Hemd. Ich schaltete und fuhr wieder auf die Straße in Richtung Burlington.

11

Es war längst Nachmittag, als ich wieder in Burlington ankam. Sabina saß im weiß gestärkten Kittel mit ihrer Malausrüstung draußen auf dem Rasen und setzte einen Farbtupfer nach dem anderen auf ihre fünfzehn mal fünfundzwanzig Zentimeter große Leinwand, wobei sie sich wie üblich von links nach rechts vorarbeitete. Bruno lag schnarchend auf der Verandaschaukel, ein Physikbuch auf der Brust und eine Lesebrille auf der Nase.

»Was für ein Bild des Friedens«, sagte ich, als ich zu ihr trat. »Man käme nie drauf, daß hier ein Mord passiert ist.«

Nach einem Moment sagte sie: »Sie stehen mir in der Sonne.«

»Können Sie mir noch einmal verzeihen?« Ich trat zirka dreißig Zentimeter beiseite. »Haben Sie es je mit Malen nach Nummern versucht? Das könnten Sie doch sicher gut.« Sie ließ sich nicht herab, darauf zu antworten. »Ich hab' das eine oder andere Interessante erlebt, seit wir uns zuletzt gesehen haben. Wollen Sie's hören?«

»Später. Wenn die Sonne nicht mehr scheint.«

»Okay, wenn Sie so darüber denken. Daß Moore-Gann gestorben ist, haben Sie gehört?«

»An Digitalisvergiftung. Ja.« Sie arbeitete jetzt am Himmel, und zwar mit zwei winzigen Pinseln: einer für weiß, der andere für blau.

»Digitalis war es also.« Ich knöpfte mir das Hemd auf und faßte hinein. Die Hand, die den Pinsel hielt, erstarrte.

»Was machen Sie da, Vic?«

»Ach, das interessiert Sie nicht.« Ich holte das Blatt Papier hervor, das nun ein wenig knisterte.

Eine Wolke schob sich vor die Sonne, und Sabina steckte ihre Pinsel in das Babynahrungsglas. Sie seufzte. »Victor. Das ist nicht unser Fall. Außerdem bin ich im Urlaub. Für uns ist Moore-Ganns Tod ein tragisches Ereignis. Punktum. Und Sie fahren morgen nach Washington. Nicht, daß Bruno und ich uns nicht freuen würden, wenn Sie länger bleiben könnten, aber Sie wissen ja, daß es der Agentur an Personal fehlt.«

»Abby sagt, die Geschäfte sind flau.«

»Was hat sie noch gesagt?«

Ich erstattete ihr ausführlich Bericht.

»Sehen Sie? Sie müssen sich mit dem Drogendiebstahl im Georgetown Hospital befassen. – Was ist das bloß für ein Stück Papier, mit dem Sie ständig rascheln?«

»Nur eine Kleinigkeit, die ich im Moore-Ganns Arbeitszimmer aufgelesen habe, nachdem ich Theresa vom Krankenhaus heimgefahren hatte.« Sie warf einen Blick gen Himmel. Dort war eine zweite Wolke erschienen – eine kleine. »Wie's aussieht, verschlechtern sich die Lichtverhältnisse«, sagte sie. »Also gut, Victor. Dann wollen wir uns Ihren Zettel mal ansehen.«

Sie streckte die Hand aus, und ich überließ ihr das Blatt Papier. Sie las den Text langsam durch, machte ein oder zweimal »Hmmm«. Dann sagte sie: »Was halten Sie davon?«

»Ich würde sagen, wer immer das geschrieben hat, muß stark gelitten haben.«

»Das ist kaum zu übersehen. Aber fällt Ihnen daran nicht etwas Merkwürdiges auf?«

»Merkwürdig?«

»Ja.« Sie begann wieder zu lesen und ließ mich mit der Frage hängen, was daran »merkwürdig« war.

Ein hellgrüner Saab bog in unsere Auffahrt ein. Wir blickten auf und konnten am Steuer Florian Gawthrop erkennen.

Ich sagte: »Will der was von uns?«

»Kann sein.« Sie legte das Blatt Papier mit der Rückseite nach oben auf ihren Maltisch und beschwerte es mit einer Farbtube, damit es nicht weggeweht wurde. »Victor, bitte gehen Sie Bruno aufwecken. Dieses Schnarchen hört sich so unprofessionell an.«

Bruno ist ein begnadeter Schläfer. Ich hatte schon des öfteren Gelegenheit gehabt, ihn zu wecken. Es ist ganz leicht. Man muß ihn nur anstoßen, dann macht er die Augen auf, setzt sich aufrecht hin und tut so, als wäre er die ganze Zeit wach gewesen. So hielt er es auch diesmal.

»Sieht aus, als hätte Sabina Kundschaft«, teile ich ihm mit. Florians Wagen kam zum Stillstand. Ich sprang von der Veranda und schlenderte zur Auffahrt, wo ich gerade zurechtkam, den Leiter des Instituts zu begrüßen, als er aus seinem Auto stieg. »Hi!« sagte ich zu ihm. »So sieht man sich wieder.«

»Ganz recht, Mr. Newman. Vic, nicht wahr? Obwohl ich eigentlich gekommen bin, um Sabina zu konsultieren.«

Ich geleitete ihn zum Tisch, wo Sabina so tat, als würde sie ganz in ihrer Kunst aufgehen. »Sabina, Professor Gawthrop möchte Sie konsultieren.«

»Aber natürlich«, sagte sie. »Wie geht es Ihnen, Florian? Vic, wie wäre es mit einem Stuhl?« Ich brachte zwei. Er nahm den einen, ich den anderen.

Bruno war ins Haus verschwunden. Im Hinblick auf die Geschäfte der Agentur hat Sabina ihn gut dressiert.
Florian räusperte sich. »Sabina, wie Sie vermutlich ahnen werden, bin ich wegen Moore-Ganns Tod hier. Wegen – seiner Ermordung, sollte ich vielleicht sagen.« Er schüttelte den schmalen hellhaarigen Kopf. »Schwer zu glauben. Eine schreckliche Sache! Ich stehe in ständiger Verbindung mit dem Kuratorium des Instituts, und wir sind alle zutiefst erschüttert. Zutiefst! Ich möchte nicht etwa die Kompetenz der Polizei von Vermont anzweifeln. Im Gegenteil, ich kenne Wayne Eaken seit Jahren. Er ist ein netter Kerl. Aber es besteht kein Zweifel, daß er nie Gelegenheit hatte, die Ermordung einer Persönlichkeit von Moore-Ganns internationalem Format zu untersuchen. Daß die Welt der theoretischen Physik für ihn *terra incognita* bedeutet, muß dabei nicht eigens erwähnt werden. Sie dagegen sind nicht nur als Privatdetektivin weithin bekannt, sondern sind auch, und das ist von ebensolcher Bedeutung, selbst mit einem Physiker verheiratet.« Er lächelte kurz. »Wie es bei den jungen Leuten heißt: Sie haben Heimvorteil. Sabina, wir möchten, daß Sie herausfinden, wer Hervé Moore-Gann umgebracht hat, und zwar so schnell wie möglich, um die destruktive Wirkung zu minimalisieren, die der Vorfall auf die gesamte Gemeinschaft der Physiker haben wird. Was Ihr Honorar angeht, darf ich Ihnen versichern, Geld spielt keine Rolle.«
Sabina rührte mit ihrem Pinsel im Terpentinglas und überdachte die Angelegenheit mindestens fünf Sekunden lang. Ferien stellen für Arbeitswütige wie Sabina eine Bedrohung dar. Die Aussicht, Unmengen unstrukturierter Zeit ausfüllen zu müssen, macht sie verrückt. Florian wußte gar nicht, was für einen Gefallen er ihr tat, von mir ganz zu schweigen. »Na gut, ich nehme den Fall an. Mein Honorar wird unter anderem die Dienste von Mr. Newman einschließen, meinem Assistenten, wenn es Ihnen recht ist.«
Aha. Ich gab mir Mühe, bescheiden, tapfer und unentbehrlich auszusehen. Florian sagte: »Was immer Sie brauchen, um den Fall aufzuklären.«
Sie sagte: »Vic, bitten Sie doch Bruno her.«
Ich stand auf. Im Gehen hörte ich sie sagen: »Da er die Beteiligten kennt, und ihre Vorgeschichte ...«
Ich fand Bruno am Küchentisch vor, wo er Kaffee trank und aus seiner Papiertüte Kekse aß. Ich sagte: »Ihre Frau wurde soeben engagiert, um Moore-Ganns Tod zu untersuchen, und Sie werden draußen gebraucht.«
»Wirklich? Sie will mich dabeihaben?« Er wirkte erfreut. In der Regel verweist sie ihn strikt in seine Grenzen, wenn es um ihre Fälle geht. Bruno ist einer der liebsten Menschen auf der Welt, aber sobald er sich

eine Theorie gebildet hat, kann ein elender Nörgler aus ihm werden, wenn man zufällig nicht seiner Meinung ist.
Ich holte ihm einen zusätzlichen Stuhl von der Veranda, und gleich darauf saßen wir vier uns gegenüber. Sabina sagte zu Florian: »Bitte erzählen Sie mir soviel wie möglich über Hervé Moore-Gann. Wie lange kennen Sie ihn schon?«
»Diesen Sommer sind es zwanzig Jahre. Ich habe ihn hier im Institut kennengelernt. Saul Sachs und ich hatten beschlossen, den Versuch zu wagen, eine Art Sommeruniversität für Physiker in Neuengland aufzuziehen – in anderen Landesteilen gab es bereits mehrere, die recht erfolgreich liefen. Wir wählten Burlington, weil ich die Gegend gut kannte. Immerhin hatte ich seit meiner Kindheit jeden Sommer hier verbracht. Meine Familie besaß ein Stück Land mit mehreren unbewohnten Gebäuden, die zwar reparaturbedürftig waren, aber brauchbar. Es war Saul, der vorschlug, Hervé einzuladen. Sie hatten in New York City dieselbe High School besucht, und beide waren sie bedeutende theoretische Physiker geworden, Sachs in Yale und Moore-Gann am Massachusetts Institute of Technology.«
»Haben sie da bereits zusammengearbeitet?« fragte Sabina.
»Nein. Ihre Zusammenarbeit nahm hier ihren Anfang.«
»Übrigens, wissen Sie zufällig, warum sie aufgehört haben, miteinander zu reden, nachdem sie den Nobelpreis gewonnen hatten?«
Florian schüttelte den Kopf. »Nein, darüber ist mir nichts bekannt. Soweit ich weiß, haben sich weder Sachs noch Moore-Gann je dazu geäußert.«
»Nicht einmal gegenüber ihren Frauen?«
»Natürlich mögen sie es ihren Ehefrauen gesagt haben. Ich weiß es nicht. Wenn ja, haben beide Damen es für sich behalten.«
»In Ordnung. Fahren Sie fort.«
»Wie gesagt, Sachs lud Moore-Gann ein, dem Kuratorium beizutreten, und wir waren hocherfreut, als er sich einverstanden erklärte, nach Vermont zu kommen, sobald das Frühjahrssemester um war, und uns bei der Planung der ersten Tagung zu helfen. Moore-Gann war damals um die Vierzig und recht bekannt, wenn auch noch nicht so berühmt wie später. Er brachte eine Doktorandin mit – Theresa, die er im Winter darauf heiratete. Sie war eine der vielversprechendsten Studentinnen ihres Jahrgangs, wenn ich mich recht entsinne.«
»Um die Vierzig«, sagte Sabina nachdenklich. »War er davor schon einmal verheiratet?«
»Oh, nein. Im Gegenteil –« Florian brach abrupt ab, als habe er sich in bezug auf das, was er sagen wollte, anders besonnen. Mir kam der Gedanke, daß Florian selbst gerade Mitte vierzig war, und augenscheinlich unverheiratet. Ich fragte mich, warum.

»Im Gegenteil was?« fragte Sabina. »Es ist Ihnen sicherlich klar, wie wichtig es ist, daß Sie mir alles sagen, was Sie über Moore-Gann wissen.«
Florian fuhr sich mit der schmalen Hand durch das strähnige helle Haar. Ein kläglicher Blick huschte über sein gutaussehendes, eher nichtssagendes Gesicht, das Gesicht eines Mannes, der sich angewöhnt hat, diskret zu sein. »Ich wollte sagen, daß ich recht schockiert war, als ich erfuhr, daß Hervé Theresa geheiratet hatte. Er galt als Frauenheld und war seinerzeit bereits mehreren Heiratsfallen entgangen. Er war eigentlich nicht der Typ, von dem man erwartet, daß er irgendwann eine Ehe eingeht.«
Ich sagte: »Vielleicht hielt er es für an der Zeit, häuslich zu werden.« Ich selbst habe schon mehr als einmal daran gedacht, mich häuslich niederzulassen, wenn ich erst vierzig bin.
Florian sah mich überrascht an, als hätte er Wortbeiträge dieser Art nur von Sabina erwartet. »Das wäre möglich.«
Sabina sagte: »Sind von den Frauen, mit denen er zu tun hatte, in diesem Sommer welche hier am Institut?«
Florian antwortete nicht gleich, und Bruno sagte: »Jemand hat mir mal erzählt, daß er ein Verhältnis mit Vita Sachs hatte. Ich hab' sogar gehört, das sei der Grund gewesen, warum Saul aufgehört hat, mit ihm zu reden. Ob das stimmt, weiß ich allerdings nicht.«
Florian schüttelte den Kopf. »Oh, ich bin sicher, daß das nur ein Gerücht ist. Vita konnte Hervé nie richtig leiden, und sie gehört nicht zu den Leuten, die mit ihren Gefühlen hinterm Berg halten.«
Ich persönlich war nicht der Meinung, daß Hervé und Vita deswegen keine Liebschaft gehabt haben konnten. Manche Männer empfinden Frauen, die etwas gegen sie haben, als unwiderstehliche Herausforderung, und manche Frauen tun gegenüber Männern, zu denen sie sich insgeheim hingezogen fühlen, gern so, als könnten sie sie nicht ausstehen.
Florian räusperte sich. »Natürlich – äh – wäre da noch Judith. Meine Sekretärin. Hervé war im ersten Jahr den ganzen Sommer über hier, und die zwei hatten eine Liebesbeziehung. Nun, um die Wahrheit zu sagen – eine Affäre.« Er räusperte sich und blickte unglücklich drein, weil er diesen uralten Klatsch aufgebracht hatte. »Sie war früher ein recht attraktives Mädchen. Spritzig, lebhaft, schlagfertig. Judith wurde in Burlington geboren – ihr Vater pflegte unseren Heizkessel zu reparieren und andere Gelegenheitsarbeiten im Haus meiner Eltern auszuführen. Sie war hochintelligent, tüchtig und hatte auf der High School einen Sekretariatskurs belegt. In der Planungsphase des Instituts brauchte ich eine Sekretärin und dann – äh – zog ich es vor, jemanden das ganze Jahr über dazuhaben.« Er schien sich unbehaglich zu fühlen. »Ich nehme an, sie hat geglaubt, Moore-Gann würde sie heiraten. Und wer weiß, vielleicht hätte er es getan.«

»Wenn nicht Theresa gewesen wäre, meinen Sie?«
»Oh, nein. Theresa war seine Studentin, aber zu der Zeit war zwischen ihnen noch nichts, soweit ich weiß.«
Ich sagte: »Judith ist nicht gerade der freundlichste Mensch von der Welt – vielmehr ist allgemein bekannt, daß sie sich angewöhnt hat, Besuchern gegenüber unhöflich zu sein. Wie kommt es, daß man ihr das durchgehen läßt? Wie kommt es, daß sie noch nicht rausgeflogen ist?«
Florian antwortete verbindlich: »Oh, ich denke, da übertreiben Sie. Das ist nun einmal ihre Art, und niemand nimmt sie ernst. Sie ist erstaunlich tüchtig, und wir wären ohne sie verloren. Seit zwanzig Jahren ist sie für die gesamte Verwaltung zuständig. Die Unterbringung – Sie haben ja keine Ahnung, wie kompliziert das sein kann.« Er wedelte mit den Händen, um zu zeigen, wie enorm groß das Problem war. »Was ihre Affäre mit Moore-Gann betrifft –« Er schüttelte den Kopf. »Der Bruch hat sie tief getroffen, fürchte ich. Sie war schwanger. Hervé bestand darauf, nicht der Vater zu sein – und es gab Umstände, die dafür sprachen, daß er recht hatte. Er hat sich geweigert, irgendwelche Verantwortung für das Kind zu übernehmen. Judith ging fort, bis das Baby da war, und als sie zurückkam, erzählte sie allen, sie hätte einen Soldaten geheiratet, der kurz darauf in Vietnam umgekommen sei. Ich weiß nicht, wie viele Leute ihr geglaubt haben, aber sie haben es mehr oder weniger akzeptiert.«
Florian schüttelte wieder den Kopf. »Eine verzwickte Situation. Eigentlich ziemlich schrecklich, vor allem, da sich herausstellte, daß Judiths Sohn geistig leicht zurückgeblieben war. Möglich, daß sie ihn im Institut gesehen haben; er hilft unserem Hausmeister auf dem Gelände. Gutaussehender Junge, man würde nie darauf kommen, daß mit ihm etwas nicht in Ordnung ist, wenn man ihn so sieht.« Er schüttelte den Kopf. »Moore-Gann hat nie etwas zu seinem Unterhalt beigetragen. Allerdings glaube ich, daß Theresa Judith von Zeit zu Zeit etwas Geld geschickt hat.«
Sabina sagte: »Diese Geschichte zeigt Moore-Gann nicht gerade von seiner sympathischsten Seite.«
Florian zögerte, und auf seiner schmalen Wange zuckte ein Nerv. »Sie müssen verstehen, was für ein Mann er war. Er war nicht im üblichen Sinne sympathisch, obwohl er bei vielen Leuten Respekt oder gar Ehrfurcht hervorrief. Er konnte sich ungeheuer konzentrieren. In gewissem Sinne hatte er einen eingleisigen Verstand. Natürlich war diese Eigenschaft für ihn als Physiker ein großer Vorteil, denn wenn er einmal einen Gedanken gefaßt oder eine Entscheidung getroffen hatte, machte er sich ohne Umschweife und mit totaler Hingabe an die Ausführung. Man hatte den Eindruck, daß für ihn alles andere auf der Welt irreal wurde, bis seine Zwangsvorstellung – ich halte den Begriff in diesem Fall nicht für zu kraß – ihren Lauf genommen hatte. Und in gewisser Weise machte

sich dieses Charakteristikum eben auch in seinem Privatleben bemerkbar. Ich denke, sobald er zu dem Schluß gelangt war, daß er nicht sicher sein konnte, der Vater von Judiths Kind zu sein, hörte sie auf, für ihn zu existieren. Manche Leute nannten ihn kaltblütig. Mir ist zu Ohren gekommen, er habe Leute ausgenutzt, obwohl ich persönlich das nicht zu spüren bekam.« Er zögerte. »Nun ja, da war die Sache mit Pesnik.«

»Angeblich hat Pesnik ihn beschuldigt, eine seiner Ideen gestohlen zu haben.«

»Ja, noch dazu seine beste Idee. Davon haben Sie also bereits gehört.«

»Wie sind Sie in die Angelegenheit hineingezogen worden?«

»Mir blieb keine andere Wahl«, sagte Florian angewidert. »Damals war ich Herausgeber des *American Physicist*, eine recht undankbare Aufgabe, muß ich hinzufügen. Pesnik schrieb einen Leserbrief, in dem er Moore-Gann des Plagiats bezichtigte. Seine Ausdrucksweise war höchst unmäßig, und unser Anwalt hielt eine Verleumdungsklage für denkbar. Andererseits konnte ich den Brief nicht einfach ignorieren. Das war eine ernste Anschuldigung. Pesnik war ein ehrenwerter Physiker und außerdem Assistenzprofessor. Er hatte bisher gute Arbeit geleistet, hatte jedoch andererseits wegen schwerwiegender emotionaler Probleme vorübergehend zur stationären Schockbehandlung im Krankenhaus gelegen. Auf Anraten unseres Anwalts vereinbarte ich ein Treffen mit Pesnik, um die Sache zu diskutieren. Er behauptete, er habe vor sechs Jahren Hervé auf einer Tagung in Schweden kennengelernt und ihm von einer Idee erzählt, an der er damals arbeitete. Nicht lange danach habe Hervé ein Papier zum gleichen Thema veröffentlicht, ohne Pesniks Beitrag zu würdigen. Ich fragte Pesnik, warum er so lange gewartet habe, damit herauszurücken, und er gab irgendwelche vagen Gründe an. Ich ging davon aus, daß er sich jahrelang damit herumgeschlagen hatte. Er zeigte mir einen Brief, den Moore-Gann ihm geschrieben hatte, um sich für das ›sehr anregende Gespräch‹ in Schweden zu bedanken und ihn zu einem Vortrag am Massachusetts Institute einzuladen. Daraus ist nie etwas geworden. Aber in dem Brief stand nichts über das Thema des bewußten Gesprächs. Ich konfrontierte Moore-Gann mit Pesniks Leserbrief, und er wurde ausgesprochen wütend, leugnete die ganze Sache und drohte, die Zeitschrift zu verklagen, falls wir ihn veröffentlichen würden. Als ich vorschlug, den Brief zusammen mit einer persönlichen Erwiderung Moore-Ganns abzudrucken, wollte er nichts davon hören. Was den Brief an Pesnik angeht und das erwähnte ›anregende Gespräch‹, behauptete Hervé, es sei um eine Arbeit Pesniks gegangen, für die er ihn *sehr wohl* gewürdigt habe, mit einer Fußnote in einem zweiten Aufsatz, den er bald nach der Tagung in Schweden verfaßt habe. Moore-Gann war sehr fleißig, er hat ständig veröffentlicht, und Pesnik war das genaue Gegenteil. Er pflegte seine

Ergebnisse immer mehrfach zu überprüfen, ehe er sie publik machte. Ich denke, das wird seine Erbitterung verstärkt haben. Ich entsinne mich, wie er einmal sagte: ›Die Reichen werden immer reicher!‹«

Sabina sagte: »Also haben Sie ihn überredet, seinen Brief zurückzuziehen.«

Florian blickte unbehaglich drein. »Oh, davon haben Sie also auch gehört.« Er beugte sich vor. »Es blieb mir nichts anderes übrig, weil absolut keine Beweise vorlagen! Pesnik stand kurz vor der Berufung zum ordentlichen Professor, und Moore-Gann machte überdeutlich, daß er versuchen würde, seine Beförderung zu verhindern, wenn er nicht nachgab. Moore-Gann war damals bereits Nobelpreisträger und eine sehr mächtige, einflußreiche Persönlichkeit.«

Sabina sagte: »Glauben Sie, daß Moore-Gann Pesniks Idee gestohlen hat?«

Florian überlegte. »Was für eine außerordentlich heikle Frage, Theoretische Physik ist eine höchst abstrakte Angelegenheit. Es geht um das Gedankengut der Beteiligten – um Ideen, Einfälle, Konzepte, Ausführungen –, nicht um Greifbares wie Experimente, die sich replizieren lassen, oder Erfindungen, die hergestellt und verkauft werden können. Dieses Gedankengut ist alles, worauf wir eine Karriere gründen können. Zwischen Professor und Student oder Assistent kann es vorkommen, daß der Professor sich für berechtigt hält, als Mitautor eines Aufsatzes genannt zu werden, oder Anerkennung für eine Idee zu erhalten, weil ohne seine Unterstützung und seine Vorschläge der Student nie in der Lage gewesen wäre, die Sache im Detail auszuarbeiten. Und es könnte sein, daß der Student anders darüber denkt.«

»Aber sind Sie nicht auch der Meinung, daß die ursprüngliche Idee letztlich von einer Einzelperson stammt?«

»Nicht immer. Manchmal kommen zwei Leute unabhängig voneinander auf die gleiche Idee – das ist in der Physik schon häufig passiert. Was Pesniks Fall angeht, bin ich unsicher. Moore-Gann hatte einen hervorragenden Intellekt, und es besteht wohl kein Zweifel, daß er wesentliche Beiträge zur theoretischen Physik geleistet hat. Aber ein Verstand wie der seine kann wie ein leistungsfähiger Staubsauger wirken, der jede Idee aufsaugt, auf die er trifft. Das alles im Verein mit einem enormen Ego – dessen Existenz niemand, der ihn gekannt hat, bestreiten würde – ich meine, er *wollte* gewürdigt werden, er *wollte* recht haben und brillante Ideen hervorbringen und jedermann mit seinem Scharfsinn beeindrucken. So sind theoretische Physiker nun einmal. Es wäre also denkbar, daß er sich – etwas vorgemacht hat, daß er sich eingeredet hat, eine Idee gehöre ihm, die vielleicht in Wahrheit nicht von ihm war.«

»Oder aber er hat gewußt, daß sie nicht von ihm stammte.«
Er nickte. »Das ist natürlich auch möglich. Nur war in Pesniks Fall einfach nichts zu machen, wie immer die Wahrheit ausgesehen haben mag. Er behauptete, Moore-Gann habe seine Idee gestohlen, und Moore-Gann bestritt es. Seither waren Jahre vergangen, es gab keinerlei Beweise, und Pesnik hatte nichts zu gewinnen, aber viel zu verlieren, wenn er eine öffentliche Anschuldigung machte. Deshalb habe ich ihn überredet, es sein zu lassen. Ich bin nach wie vor überzeugt, ihm unter den gegebenen Umständen den bestmöglichen Rat erteilt zu haben.«
Sabina sagte: »Ich verstehe. Trotzdem – Sie müssen doch eine Meinung gehabt haben.«
»Meine persönliche Meinung?« Florian schlug die langen, dünnen Beine übereinander und strich den Stoff seiner makellosen Jeans über den Knien glatt. »Ich persönlich glaube, daß Hervé genau das getan hat, was Pesnik ihm vorwirft. Ich denke, er hat im vollen Bewußtsein von Pesnik Ruf, besonders pedantisch und langsam zu sein, so schnell er konnte eine Publikation herausgehauen, nur um ihm zuvorzukommen. Und ich meine, er hatte Erfolg damit. Es wäre mir allerdings lieb, wenn Sie sich diesbezüglich nicht auf mich beriefen.«
»Selbst jetzt nicht, nach Moore-Ganns Tod?«
»Ich will Theresa nicht alles noch schwerer machen. Sie muß schon mit genug anderen Dingen fertigwerden.«
»Sie scheinen sie gernzuhaben.«
»Nun ja – ich respektiere sie natürlich. Theresa Moore-Gann ist eine großartige Frau, außerordentlich klug, eine Persönlichkeit von hoher Güte. Als ich Dozent an der Universität Boston war, und Moore-Gann am Massachusetts Institute, war sie die Güte in Person.« Sein langer dünner Hals mit dem vorstehenden Adamsapfel wurde von einer leichten Röte überzogen. »Wenn Sie allerdings andeuten wollen –« Er lachte auf. »Jeder weiß, daß Theresa Hervé vergöttert hat. Caesars Frau, Sie wissen schon.« Er stand auf. »Wenn Sie mich jetzt entschuldigen wollen, ich muß wieder zurück ins Institut.« Er streckte Sabina seine schlaffe Hand entgegen. Sie erhob sich und drückte sie ihm. »Wenn ich Ihnen noch weiter behilflich sein kann, dürfen Sie sich ruhig an mich wenden.«
»Das werde ich«, sagte Sabina. »Sie können versichert sein, ich werde mein möglichstes tun, Moore-Ganns Mörder zu finden – egal, um wen es sich handelt.«

12

Wir sahen zu, wie Florian in seinem hellgrünen Saab davonfuhr. Ich sagte: »Ob wohl eine verschmähte Frau zwanzig Jahre, nachdem sie verschmäht wurde, immer noch ein Mordmotiv hat?«
»Was für eine beängstigende Vorstellung, Vic«, sagte Bruno.
Sabina sagte: »Machst du dir etwa Sorgen, daß dich deine Vergangenheit einholen könnte, Liebling?«
»Mein Leben ist ein offenes Buch.«
»Gut. Zu Ihrer Frage, Vic: Nein, ich glaube nicht, daß das als Motiv genügen würde, wenn die Frau normal wäre und die Umstände nicht weiter außergewöhnlich. Aber nach allem, was Sie über Judith erzählt haben, scheint es eher, als wäre sie nicht normal. Und dann ist da noch das Kind. Ein zurückgebliebenes Kind allein großzuziehen, ist bestimmt kein Zuckerlecken.«
Ich sagte: »Demnach hätte sie jedesmal, wenn es ein Problem mit ihrem Sohn gab, an Moore-Gann gedacht und daran, wie er sie im Stich gelassen hat. Sie hätte sich jedesmal aufs neue darüber aufgeregt, und als sie ihn schließlich wiedersah – hat's gebumst. Wie wär's damit?«
»Möglich. Obwohl Florian meint, Moore-Gann sei vielleicht gar nicht der Vater.«
»Ich habe Judiths Sohn kennengelernt«, sagte ich und schilderte meine Begegnung mit ihm.
»Ich hab' ihn bei der Arbeit im Garten bemerkt«, sagte Sabina. »Er sieht Moore-Gann nicht ähnlich, aber das beweist gar nichts.«
Ich sagte: »Übrigens, als ich im Krankenhaus ankam, saß Florian händchenhaltend mit Theresa im Wartezimmer.«
Bruno schüttelte mit Nachdruck den Kopf. »Falls Sie glauben, daß zwischen den beiden etwas vorgeht, muß ich dagegen Zweifel anmelden. Theresa ist eine liebe Person, aber gewiß keine Sexbestie, und Florian ist passionierter Junggeselle. Ich habe sogar gehört, er soll schwul sein.«
»Weiß man Näheres?« fragte ich.
»Nein, aber die Gerüchte halten sich ein bißchen zu hartnäckig, um reine Spekulation zu sein. Wie die Leute eben über Männer in seinem Alter reden, die nie geheiratet haben. Ich persönlich habe ihn, wenn überhaupt, immer für asexuell gehalten.«

Sabina nahm das graue Blatt Papier, das mit dem Text nach unten auf ihrem Maltisch gelegen hatte. »Bruno, ich hätte gern deine Meinung zu etwas gehört.«
Er strich sich geschmeichelt den Bart. »Klar, meine Liebe. Worum geht's?«
»Was hältst du hiervon?« Sie überreichte ihm das Papier.
Er las es durch und fragte dann: »Wer hat das geschrieben?«
»Das wissen wir nicht. Vic hat es in Moore-Ganns Haus gefunden. Du kennst doch die drei Leute, die dort gewohnt haben. Hältst du es für möglich, daß einer von ihnen das geschrieben hat?«
Ich hatte Bruno über die Schulter gesehen und mitgelesen. Jetzt erklärte ich: »Wer immer es geschrieben hat, scheint Schlafstörungen zu haben, ein Hauptsymptom von Depression. Sollte es Moore-Gann gewesen sein, wäre es dann nicht denkbar, daß er Selbstmord begangen hat?«
Sabina runzelte die Stirn. »Unter den gegebenen Umständen erscheint mir das weit hergeholt. Wenn er sich umbringen wollte, warum dann nicht bei sich daheim? Wie auch immer, Moore-Gann kam mir nicht wie ein Depressiver vor – Ihnen etwa?«
»Also – nein«, mußte ich zugeben.
Wir lasen die Passage noch einmal:

> »Es ist beinahe zu schrecklich, dieses Bild vom Jüngsten Gericht, das mir manchmal zu nächtlicher Stunde erscheint. Vermutlich geht es auf ein Bild zurück, das ich einmal irgendwo gesehen habe. Jedenfalls meine ich, auf einer immensen Fläche, die mitten in der Luft hängt, drei Gestalten zu erblicken, von denen zwei in intensiver Umarmung zusammenstehen, während die dritte unerträglich einsam ist. Es ist schwarz-weiß, mein Bild vom Jüngsten Gericht, wahrscheinlich eine Radierung; dabei kann ich eine Radierung nicht von einer fotografischen Reproduktion unterscheiden. Und die immense Fläche ist die Hand Gottes, die sich meilenweit erstreckt, mit weiten Räumen darüber und darunter.«

Bruno sagte: »Weißt du, meiner Meinung nach klingt das nicht so, als würde es von einem der drei stammen. Magda – ich bezweifle, daß ihr Englisch so gut ist. Theresa kann es nicht gewesen sein; während ihres Studiums hat sie als Scannerin Blasenkammerexperimente überwacht, und das bedeutet stundenlanges Brüten über Filmmaterial. Sie könnte jederzeit eine Radierung von einer fotografischen Reproduktion unterscheiden, daran ist nicht zu rütteln.«
Sabina sagte: »Und warum kann Moore-Gann es nicht geschrieben haben?«

Bruno schüttelte den Kopf. »Er war allgemein als Atheist bekannt. Ich kann mir nicht vorstellen, daß er je auf die Hand Gottes Bezug genommen hätte.«
»Vielleicht hatte er das metaphorisch gemeint.«
»Ich bezweifle, daß er so eine Metapher gebraucht hätte.«
Ich sagte: »Also irgend jemand muß es geschrieben haben.«
Er zuckte die Achseln. »Ich weiß es einfach nicht. Womöglich besteht kein Zusammenhang mit dem Mord an Moore-Gann.«
Das war möglich, dennoch hatte ich das Gefühl, daß der Text wichtig war.
Sabina schlug die langen, schlanken Beine übereinander. »Bruno, wie gut kanntest du Moore-Gann als Mensch, nicht nur als Physiker?«
»Gar nicht gut. Im Grunde hatten wir ein Lehrer-Schüler-Verhältnis, und obwohl ich ihm nach meiner Promotion mehrmals auf Konferenzen begegnet bin, haben wir uns nie über etwas anderes unterhalten als über Physik.« Er unterbrach sich. »Vielleicht war das der Grund, warum ich den Mann nicht recht leiden konnte. Er kam mir wie eine Maschine zum Betreiben von Physik vor, nicht wie ein Mensch. Ich hatte nie die leiseste Ahnung, was er bei dieser oder jener Gelegenheit empfand. Er schien ohne Gefühle auszukommen, hat alles total logisch und intellektuell abgehandelt. Sachs war ganz anders. Er wurde wütend oder sarkastisch. Er hat die Leute umarmt, wenn er guter Laune war. Die beiden waren das genaue Gegenteil voneinander, und es hat mich immer gewundert, daß sie so erfolgreich zusammenarbeiten konnten. Aber es hatte zumindest eine Zeitlang den Anschein, als würden die Gegensätze zwischen ihnen sich vorteilhaft auswirken. Übrigens, da wir gerade von Sachs sprechen, Vita hat uns heute abend zu sich zu einem Drink eingeladen. Neun Uhr.«
»Ausgezeichnet«, sagte Sabina.
»Ich sollte wohl anrufen und mich vergewissern, daß die Party wegen Moore-Ganns Tod nicht abgesagt ist.«
»Nein«, sagte sie. »Ruf nicht an.« Sie wandte sich an mich. »So, Vic. Jetzt möchte ich alles hören, was Sie seit Ihrer Ankunft im Institut getan und gesehen haben.«
Ich machte es mir auf meinem Stuhl bequem und gab einen vollständigen Bericht ab. Als ich fertig war, blickte sie nachdenklich drein. Sie saß mehrere Minuten lang schweigend da – mehrere Minuten, das ist eine lange Zeit – und sagte dann: »Ich möchte, daß Sie mit Gerald Ainsworth reden und ihn noch einmal fragen, ob er sich denken kann, warum Judith nicht entlassen wurde. Lassen Sie sich nicht abwimmeln.«
»Ich häng' mich an ihn wie eine Klette.«
»In der Zwischenzeit –« sie stand auf und begann die Farben in ihre Schachtel zu räumen; damit meine ich nicht, daß sie sie hineinwarf;

vielmehr steckte sie jede Tube in eine Gummibandschlaufe und ordnete sie dabei auch noch nach Farben, »– werde ich wohl den Mercedes nehmen und Judith einen Besuch abstatten.« Sie warf einen Blick auf die Uhr. »Und vergessen Sie nicht, um neun werden wir im Hause Sachs erwartet.«

13

Ich fand Gerald an seinem Empfangstisch vor. Er sah gehetzt aus. Lange Strähnen seines dunklen, schütteren Haars, das gewöhnlich sorgfältig über seine kahle Stelle gekämmt war, hatten sich gelöst und hingen einzeln herab. Er wühlte mit Feuereifer in einem Stapel Papier.

»Hi, Gerald, so trifft man sich wieder«, sagte ich und ließ mich auf der Tischkante nieder.

Er bedachte mich mit einem kläglichen Lächeln, beide Hände voller Papier. »Oh, hallo, Victor.«

»Hätten Sie eine Minute Zeit für mich?«

Er griff nach dem Schalter der Gegensprechanlage, um sicherzugehen, daß sie abgeschaltet war, und sagte: »Also, nein. Tut mir leid, aber ich hab' wirklich keine Zeit. Es sei denn, es würde wirklich nur eine Minute beanspruchen.«

»Ich weiß nicht, ob Sie davon gehört haben, aber das Kuratorium hat meine Chefin engagiert, um Moore-Ganns Tod zu untersuchen.«

»Oh«, sagte er. »*Mich* hat natürlich wieder keiner informiert. Mein Gott!« Er warf eine Handvoll Papier auf den Tisch. »Ich weiß wirklich nicht, warum ich das mache.«

»Was machen Sie denn?«

»Einen neuen Seminarplan. Ich ändere den zeitlichen Ablauf der Vorträge, um die Tage abzudecken, an denen Professor Moore-Gann und seine Frau ihre Seminare abhalten sollten. Eigentlich dürfen wir das gar nicht, das ist Aufgabe der Physiker.« Er warf einen raschen ängstlichen Blick über die Schulter in Richtung auf Judiths Büro und dämpfte seine Stimme. »Aber *sie* hat darauf bestanden, sie hat einfach nicht auf mich gehört! Die werden sich darüber bestimmt in die Haare kriegen, warten Sie's nur ab.«

»Das weiß ich nicht so genau«, sagte ich. »Aber ich bin ziemlich sicher, daß Theresa Moore-Gann weiterhin vorhat, ihre Vorträge zu halten. Wenigstens hat sie das gesagt, als ich mich im Krankenhaus mit ihr unterhalten habe.«

»Oh, mein Gott, das wird das totale Chaos.« Gerald legte den Kopf schief, als wäre ihm gerade etwas eingefallen. »Wissen Sie, ich wette, das ist der Grund, warum Judith das hier angeordnet hat. Sie *haßt* nämlich Mrs. Moore-Gann bis aufs Blut.«

»So, so.« Es war nicht schwer, zu erraten, wieso. Judith hatte es auf Moore-Gann abgesehen, und er hatte statt dessen Theresa geheiratet.
Die Sprechanlage knisterte, und Judiths Stimme schnitt unser Gespräch ab wie eine Motorsäge. »Na? Sind Sie endlich fertig?«
Gerald legte einen Schalter um. »Noch nicht ganz. Aber, Judith, hören Sie –«
»Genug. Bringen Sie mir die Pläne rein. Ich will sehen, was Sie bis jetzt geleistet haben.«
»Okay, bin gleich da.« Er schaltete die Sprechanlage aus und begann seine Papiere aufzusammeln. »Und Fragen stellen ist nicht drin. Manchmal denke ich, die Frau ist echt und nachweislich plemplem.«
Ich sagte: »Also, ich sehe, Sie sind beschäftigt, aber ich muß Ihnen wirklich ein paar Fragen stellen. Wie wär's mit später? Wann haben Sie dienstfrei?«
»Eigentlich bald. Hoffe ich wenigstens.« Er warf wieder einen raschen Blick über die Schulter. »Offen gestanden, ich würde mich lieber anderswo mit Ihnen unterhalten.«
»Ist mir recht. Sagen Sie nur, wo.«
Er legte die Zungenspitze an seine Oberlippe und dachte scharf nach. Dann sagte er: »Wie wär's bei mir zu Hause? Ich wohne in West Bolton, am Hang mit herrlichem Ausblick. Sie können zum Abendessen dableiben, wenn Sie nicht zu anspruchsvoll sind. Wie wär's mit sechs Uhr dreißig?« Die Sprechanlage krächzte drohend.
Ich hatte keine Ahnung, wo West Bolton lag, aber weit konnte es nicht sein, wenn Gerald jeden Tag herkam. Ich rechnete mir aus, eine Weile dort zuzubringen und trotzdem zur Party im Hause Sachs zurechtkommen zu können. »Prima«, sagte ich. »Aber nach dem Essen muß ich gleich los.«
Gerald gab mir eine Wegbeschreibung. Dann hastete er durchs Treppenhaus in Richtung Judiths Büro.
Ich verließ das Verwaltungsgebäude. Draußen sah ich Magda Tenofska auf dem Rasen stehen, als würde sie auf jemanden warten. Offenbar war ich derjenige, denn sobald sie mich sah, kam sie auf mich zu. Das dichte schwarze Haar, das ihr Gesicht einrahmte, wippte im Gehen auf und ab. Sie hatte sich Zeit für ein Make-up genommen, und man konnte kaum die Umrisse des blauen Flecks auf ihrer Wange sehen. Andererseits konnte die Schminke ihren angespannten, besorgten Gesichtsausdruck nicht überdecken. In Jeans und Baumwollpullover sah sie jünger und mehr wie eine Amerikanerin aus. Sie nahm meinen Arm. »Ich muß Sie sprechen«, sagte sie.
»Das geht allen Frauen so«, sagte ich. »Ich kann nichts dagegen machen.«
Stirnrunzelnd ließ sie meinen Arm los. »Das ist nicht der rechte Augenblick für dumme Scherze. Gehen wir zum Teich, da kann uns keiner

sehen.« Ich folgte ihr einen Pfad entlang, der vom Verwaltungsgebäude wegführte, und fragte mich, ob es in Magdas Leben je eine Zeit für Scherze gegeben hatte. Sie schien gänzlich humorlos zu sein. Sie hatte viel im Kopf, das war offensichtlich. Vielleicht war sie darüber hinaus fähig, Leidenschaft zu empfinden – von der schwermütig melancholischen, masochistischen Sorte. Aber kein Humor. Ein fataler Makel.
Außerdem entschied ich, als sie mit kantigen, abrupten Bewegungen den Pfad entlangeilte, daß sie einer der am höchsten spannungsgeladenen Menschen war, die mir je untergekommen waren. Ich war mir nicht sicher, ob es sich um eine grundlegende Charaktereigenschaft handelte oder ob es an einer Belastung lag, der sie ständig ausgesetzt war – möglicherweise an dem Streß, sich als Frau auf einem von Männer dominierten Gebiet auszuzeichnen.
Der Pfad, dem wir folgten, führte durch ein Feld mit Wildblumen und langen, dornigen Brombeerranken, die zu beiden Seiten eine undurchdringliche Mauer bildeten. Es war später Nachmittag, und die Luft wirkte kühl, aber das Feld, das wir überquerten, lag in einer Mulde, die Sonnenwärme einzufangen und zu konzentrieren schien. Käfer summten. Ich begann, mich sorgenfrei und locker zu fühlen und mußte mir ins Gedächtnis rufen, daß ich hier einen Mord zu untersuchen hatte.
»Worüber wollten Sie mir mir sprechen, Magda?«
Sie betrachtete mich und biß sich mit zweifelnder Miene auf die Lippen. »Stimmt es, was ich gehört habe, daß Sie Detektiv sind?«
»Absolut.«
Sie zögerte, dann sagte sie: »Also gut, ich möchte sie engagieren.« Sie zog eine marineblaue Plastikbrieftasche aus der Gesäßtasche ihrer Jeans. »Nehmen Sie Reiseschecks?«
Was für eine Frage. Ob ich Reiseschecks nehme? Das hatte mich noch nie jemand gefragt. »Klar. Warum nicht?«
»Ich kann Ihnen jetzt gleich dreihundert Dollar in Reiseschecks geben, später mehr.« Sie klappte die Brieftasche auf und holte einen Kugelschreiber heraus.
»Warten Sie doch eine Minute, ehe Sie anfangen, Schecks auszustellen, und sagen Sie mir, worum's geht.«
»Die Polizei glaubt, ich hätte Moore-Gann umgebracht.«
»Haben sie Ihnen das gesagt?«
Schweigen. Dann murmelte sie: »Nein, gesagt haben sie es nicht.«
Sie warf ihr Haar über die Schultern, und wir gingen weiter. Der Pfad schlängelte sich am Waldrand entlang, und bald darauf kamen wir an einen Teich, der so groß war wie ein Häuserblock in der Stadt. Am anderen Ufer spannte sich eine hölzerne Fußgängerbrücke über einen zementierten Abflußkanal. Wir ließen uns auf einer Bank nieder.

»Ich habe eine Dummheit begangen. Ich habe die Polizei angelogen.«
»In welcher Beziehung?«
Sie warf mir einen Blick zu, dann wandte sie sich ab und starrte auf den Teich hinaus. Sie schien meinen Blick zu meiden, genau wie jede andere Berührung, als hätte sie etwas dagegen, um Hilfe zu bitten, und versuchte dabei nach Möglichkeit auf Distanz zu bleiben. Mit trockener, tonloser Stimme berichtete sie die Tatsachen. »Sie haben mich nach Moore-Ganns Getränk gefragt, wer es ihm gegeben hat und wann und so weiter. Ich habe gesagt, ich wüßte es nicht.«
»Und das war gelogen?«
»Ja. Ich hielt ihn nicht für sehr intelligent, diesen Polizisten, für einen einfachen Mann vom Land. Außerdem, wie sollte er mir dahinterkommen? Nach der Cocktailparty wurde alles beseitigt, jedenfalls sämtliche Gläser, deshalb nahm ich an – fälschlicherweise, wie es den Anschein hat. Jedenfalls hat mir der Polizist gesagt, er habe Moore-Ganns Glas, und es würde Gift enthalten. Und – darauf waren meine Fingerabdrücke. Ich habe der Polizei gesagt, ich wüßte nicht, wie sie dorthin geraten sind. Aber ich weiß es wohl.« Einen Moment sah es aus, als würde sie die Beherrschung verlieren. Flehend sagte sie: »Sie werden mir doch helfen? Bestimmt?«
»Wenn ich kann. Warum waren Ihre Fingerabdrücke auf Moore-Ganns Glas?«
»Weil es mein Glas war.« Sie fuhr sich mit den Fingern durch das offene, schwarze Haar. »Nachdem Moore-Gann und Sachs sich die Hand gereicht hatten, haben alle applaudiert, und dann hat sich die Gruppe aufgelöst, erinnern Sie sich? Plötzlich stand Jean-Paul mit einer Bloody Mary vor mir. Er begann auf mich einzureden, bat mich, zu ihm zurückzukehren, entschuldigte sich für –« sie legte die Hand an ihre Wange »– für dies hier. Er schien es ernst zu meinen, aber ich war immer noch aufgebracht und sagte, daß ich nicht mit ihm reden wollte. Darauf sagte er –« sie runzelte die Stirn, während sie versuchte, sich an die exakte Formulierung zu erinnern, »– ›jeder kriegt, was er verdient. Das nennt sich Gerechtigkeit‹. Dann hat er mir das Glas gegeben, das er in der Hand hatte, und ist gegangen.«
»Haben Sie davon getrunken?«
»Nein.«
»Warum nicht?«
Ihr Mund verzog sich angewidert. »Ich trinke nicht viel Alkohol, er stumpft ab. Ich hatte an dem Abend bereits etwas getrunken, für meine Verhältnisse genug. Dann kam dieser junge Mann herüber. Seinen Namen kenne ich nicht. Er sieht sehr gut aus, ist aber irgendwie einfältig. Ich habe nicht richtig zugehört, was er sagte, sondern habe sein Gesicht betrachtet und mich gefragt, woher ich ihn kenne. Er kam mir bekannt vor. Ich war verstimmt, Sie verstehen schon. Die Leute kamen und gingen. Ich

stellte mein Glas auf den Tisch; später habe ich es wohl wieder an mich genommen. Moore-Gann kam zu mir. Sein Gesicht hatte so einen seltsamen Ausdruck. Er sagte: ›Magda, ich brauche einen Drink.‹ Ich sagte: ›Nimm doch meinen, ich habe ihn nicht angerührt.‹ Dann habe ich ihm das Glas gegeben.« Sie zog die Schultern hoch. »Das war alles.«
Ich sagte: »Als Sie ihm das Glas gegeben haben, hatten Sie es da in der Hand, oder stand es noch auf dem Tisch?«
Sie dachte nach. »Ich bin mir nicht sicher. Ich glaube – möglicherweise stand es noch auf dem Tisch.«
»Hat Moore-Gann gleich davon getrunken?«
»Einen Schluck.«
»Hat er gesagt, daß der Geschmack zu wünschen übrig läßt?«
»Nein.«
»Das hatte ich auch nicht angenommen, aber fragen kann ja nichts schaden.«
»Bloody Mary ist ein starkes Getränk und hat einen üblen Geschmack. Ich halte nichts davon.«
»Er hat also etwas davon getrunken. Wieviel, würden Sie sagen?«
»Oh – vielleicht ein Viertel Glas, aber sicher bin ich mir da nicht.«
»Und dann?«
Sie zog die Schultern hoch. »Ich bin gegangen, habe mich auf die Suche gemacht nach – jemandem.«
»Nach wem?«
»Das spielt keine Rolle.«
Sie wirkte jetzt ruhiger, nachdem sie sich ausgesprochen hatte. In den Vertiefungen unter ihren Augen, über den hohen Wangenknochen, zeichneten sich dunkle Flecke ab. Die dunklen Augen unter den schweren Brauen wirkten an den Seiten ein wenig orientalisch schräg, als wäre ein entfernter Vorfahr von ihr zu Pferd aus China gekommen und über die Steppe gen Westen geritten.
Ich holte den Spiralblock hervor, den ich mit mir herumtrage. »Wiederholen Sie, was Jean-Paul zu Ihnen gesagt hat, als er Ihnen das Glas gab.«
»Er sagte: ›Jeder kriegt, was er verdient. Das nennt sich Gerechtigkeit.‹ Ich weiß, was Sie denken, Vic.«
Ich schrieb mir Jean-Pauls Worte auf. »Und was denke ich?«
»Sie denken, das Gift sei für mich gedacht gewesen, habe ich nicht recht?«
Der Gedanke war mir tatsächlich gekommen. Andererseits konnte, wenn Magda die Wahrheit sagte, das Gift genausogut in Moore-Ganns Drink geschüttet worden sein, nachdem sie ihn verlassen hatte. Aber das wäre viel schwieriger gewesen als es einfach in ein Glas hineinzuschütten, das sie mehrere Minuten lang auf einem Tisch abgestellt hatte, während die

Leute kamen und gingen. Natürlich wäre es am allereinfachsten für Jean-Paul gewesen, den Drink zu vergiften, bevor er ihn ihr gab. Ich sagte: »Glauben Sie denn, daß das Gift für Sie gedacht war?«
Sie nickte. »Ja, ich denke, jemand ist darauf aus, mich umzubringen.«
»Das hört sich nicht an, als wären Sie darüber sehr beunruhigt.«
Sie sagte mit verächtlicher Stimme: »Sie meinen, ich müßte mich wie eine hysterische Frau aufführen. Ja, glauben Sie denn, es ist das erste Mal, daß mein Leben in Gefahr ist?« Als sie ihre Stimme hob, wurde ihr Akzent stärker.
»Etwa nicht?«
»Ihr Amerikaner. Euer Leben hier ist so sicher, daß ihr euch nicht vorstellen könnt, was es heißt, sich zu fürchten, wenn es mitten in der Nacht an der Tür klopft. Meine Mutter sitzt in einem polnischen Gefängnis – das heißt, wenn sie überhaupt noch lebt. Ohne die Hilfe von Freunden hätte es mir genauso ergehen können. Deshalb kann ich nie mehr zurück, solange die Kommunisten an der Macht sind.«
Wir schwiegen beide. Dann sagte ich. »Magda, glauben Sie, daß Jean-Paul versucht hat, Sie zu vergiften?«
»Nein!« rief sie. Wieder fuhr sie sich mit ihren kräftigen Fingern durchs Haar. »Nein, ich glaube nicht im Ernst daran, daß er mir etwas antun könnte. Das hier –« wieder berührte sie ihre Wange, »– ist etwas anderes. Das hat er im Jähzorn getan. Aber kaltblütig und mit Vorsatz meinen Tod zu planen –« Sie schüttelte den Kopf. »Ich kenne ihn, so etwas würde er nicht tun.« Sie schien sehr darauf bedacht zu sein, mich zu überzeugen. Oder vielleicht sich selbst.
Ich sagte: »Magda, es tut mir leid, aber ich kann nicht für Sie arbeiten. Ich arbeite bereits für Sabina Swift.«
»Sie müssen ihr doch nicht alles erzählen, was Sie tun.«
»Nun hören Sie mir doch erst mal zu. Sabina ist vom Institut engagiert worden, Moore-Ganns Tod zu untersuchen, und ich assistiere ihr dabei. Wir werden uns also ohnehin mit dem Fall befassen, und Sie können Ihre Reiseschecks behalten.«
»Das ist nicht dasselbe!« Ich konnte sehen, daß sie wütend war und sich wünschte, mir nicht soviel verraten zu haben. »Ich möchte, daß Sie *meine* Interessen vertreten!«
»Ich werd's versuchen. So gut ich kann. Dürfte ich Ihnen einen kostenlosen Rat geben? Gehen Sie zu Captain Eaken und erzählen Sie ihm, was sie mir erzählt haben.«
»Aber der wird mich doch verhaften! Weil ich ihn angelogen habe, wird er glauben, ich hätte Moore-Gann umgebracht!«
»Dazu bräuchte er mehr Beweise; die Leute lügen nun mal aus vielerlei Gründen.«

Sie schüttelte widerspenstig den Kopf. »Nein, ich traue der Polizei nicht. Sie, Vic – Sie werden herausfinden, was passiert ist. Sie und Sabina Swift.«
»Und wenn wir dabei feststellen, daß es Jean-Paul war, der den Drink vergiftet hat?«
Sie schüttelte wieder den Kopf. »Das werden Sie nicht, weil er es nicht getan hat. Da bin ich ganz sicher.«
Ich sagte: »Gibt es noch jemanden, der ein Interesse daran haben könnte, Ihnen zu schaden?«
Sie dachte sorgfältig über diese Frage nach, denn offenbar war ihr bewußt, daß Jean-Paul um so verdächtiger erscheinen würde, wenn die Antwort Nein lautete. Schließlich schüttelte sie widerstrebend den Kopf. »Nein, sonst niemand.«
»Verstehe. Können Sie sich vorstellen, wer darauf aus gewesen sein könnte, Moore-Gann umzubringen?«
Wieder schüttelte sie den Kopf. »Nein. Umbringen? Nein.«
»Anders ausgedrückt: Wer hatte etwas gegen ihn?«
Sie erhob sich von der Bank, auf der wir saßen, und ging in Richtung Brücke davon. Ich stand auf und folgte ihr. Wir hielten uns dicht am Ufer des Teichs, wo an den seichten Stellen Schilf wuchs und scharlachrote Libellen surrend herabstießen. Zu unseren Füßen hüpften winzige schlammfarbene Frösche auf und landeten plätschernd im Wasser.
Magda sagte: »Ich will niemanden beschuldigen, das müssen Sie verstehen. Aber jeder weiß von Moore-Gann und Sachs, von ihrer Fehde. Und Pesnik hat Moore-Gann gehaßt. Judith auch, glaube ich – diese schreckliche Frau. Ich weiß nicht, warum sie ihn gehaßt haben soll, man möchte meinen – wie soll ich es nur ausdrücken? Man möchte meinen, sie hätten sich nicht in denselben Kreisen bewegt.«
»Könnte sie einen Grund gehabt haben, *Sie* zu hassen?«
»Mich?« Sie starrte mich an. »Nein. Obwohl sie ohne Grund unhöflich zu mir war. Ich hatte ein Blatt aus meinen Unterlagen verloren und bat sie um Ersatz. Erst tat sie so, als hätte sie mich nicht gehört, und dann, es ist kaum zu glauben, hat sie sich geweigert, damit herauszurücken.«
Ich konnte es sehr wohl glauben. »Was hat sie gesagt?«
Magda wandte abrupt den Kopf ab. »Das möchte ich lieber nicht wiederholen.«
»Ich möchte es aber wissen.«
Ihren verspannten Kiefern war anzusehen, daß sie störrisch war. »Ich kann mich nicht erinnern.«
»Magda, ich versuche einen Mordfall aufzuklären, und ich muß Fragen stellen, darunter auch unangenehme. Sie sind Wissenschaftlerin – haben Sie bei Ihrer Arbeit nicht auch alle möglichen Fragen zu stellen, von denen einige nicht weiterführen?«

Sie lächelte kurz. »Von denen *die meisten* nicht weiterführen.«

Wir hatten das andere Teichufer erreicht und betraten die baufällige Brücke. Unsere Schritte klangen hohl. Ein Geländer gab es nicht. »Die sollten ihre Brücke reparieren. Das ist ja richtig gefährlich, sagte Magda und wich behutsam mehreren Planken aus, die gesplittert und verfault waren. Unter uns rauschte das kalte, grünliche Wasser auf den zementierten Abflußkanal zu, in dessen Mitte ein schweres Stahlgitter aufgestellt war. Das Wasser strömte hindurch und schoß in ein Bachbett, das im Wald verschwand. Wir spürten, wie um uns feuchte Kälte aufstieg.

Magda sagte: »Judith hat mir mitgeteilt, ich müsse Professor Moore-Ganns Exemplar ausleihen und mir eine Fotokopie machen. Sie sagte: ›Sie sind doch sein neuestes Flittchen, nicht wahr?‹« Magdas Augen verdüsterten sich. »Mein Englisch ist nicht perfekt, aber dieses Wort kenne ich zufällig.«

Das hörte sich ganz nach Judith an. Ich sagte: »Sie hat also unterstellt, daß zwischen Ihnen und Moore-Gann mehr abgelaufen ist als eine rein professionelle Beziehung?«

»Offensichtlich.«

»Und, hatte sie recht?«

Sie starrte mich mit ausdruckslosem Gesicht an. Dann sagte sie: »Ich hatte nie eine sexuelle Beziehung zu Professor Moore-Gann. Wer das behauptet, der lügt.« Sie wandte mir den Rücken zu und entfernte sich. Ich ließ sie gehen.

14

Die Straße nach West Bolton, wo Gerald Ainsworth wohnte, war auf den ersten fünfundzwanzig Kilometern recht gut. Dann wurde ein Kiesweg daraus, der sich durch den Wald schlängelte. Alle achthundert Meter oder so kam er an einer Lichtung vorbei, auf der ein Haus stand. Zwischen den Lichtungen war der Wald dicht und mit Felsbrocken und gefallenen Bäumen übersät. Die Straße hatte Querrillen wie die Oberfläche eines Xylophons, doch die Geräusche, die der VW-Bus im Dahinzockeln von sich gab, waren alles andere als musikalisch. Jedes Klappern tat mir in der Seele weh.

Schließlich traf die Straße auf den Gemischtwarenladen von West Bolton und begann steil anzusteigen. Dabei verwandelte sie sich in einen Felsenpfad, der aussah wie ein ausgetrocknetes Bachbett. Er schien mir kaum breit genug zu sein, um zwei Autos aneinander vorbeizulassen; glücklicherweise begegnete mir niemand. In jeder Haarnadelkurve geriet der VW-Bus ins Rutschen. Ich schaltete in den ersten Gang herunter, und mit jeder Meile wuchs mein Respekt vor Gerald, weil ich daran denken mußte, daß er fünf Tage die Woche diese Strecke fuhr, und wozu? Um unter Judith zu arbeiten. In meinen Augen hieß das mehr ertragen, als man von einem Menschen gerechterweise verlangen konnte.

Nach einer Weile wurde die Straße ebener, wie um sich auf eine neue Überraschung vorzubereiten, und wenige hundert Meter weiter war ich plötzlich aus dem Wald heraus. Ich befand mich auf einem hohen Grat. Hier wurde die Straße gesäumt von Wiesen, auf denen friedlich schwarzweiße Kühe grasten; vor mir waren eine Scheune, ein Silo und ein Farmhaus zu erkennen. Zu meiner Linken fiel das Land in ein Tal ab, in dessen Tiefe ein langer, schmaler See lag. Am entgegengesetzten Ufer erhoben sich Berge mit bewaldeten Hängen. Bis auf die Farm war kein Haus zu sehen. Ich atmete tief ein. Die Luft roch nach Dung, der in großen Mengen neben der Scheune aufgehäuft war. Hühner scharrten am Fuß des Misthaufens oder irrten über die Straße. Sie schienen überrascht, mich zu sehen, aber nicht sonderlich beeindruckt. Ich ließ ihnen die Vorfahrt.

Nachdem ich das Federvieh passiert hatte, schaltete der Wagen hoch, und ich brachte es auf waghalsige sechsundfünfzig Stundenkilometer. Fünf Minuten später erreichte ich den roten Briefkasten am Fuß von Geralds

Zufahrt. Er war mit »Ainsworth« beschriftet. Daneben stand »Ruane«, und darüber »Blumen«.
In der Zufahrt standen mehrere verbeulte Lieferwagen. Ich parkte neben einem von ihnen, stieg aus dem VW-Bus und folgte einer Reihe breiter, tiefer, terrassenartiger Stufen, die zum Haus führten, einer Blockhütte mit einem großen Schindelanbau an der Seite. Neben den Stufen waren Beete mit Lilien jeder nur denkbaren Farbnuance angelegt. Diese Farbenpracht wirkte nach dem meilenweiten Grün und Braun des Waldes ausgesprochen spektakulär.
Auf der Veranda der Hütte saß ein älterer Mann auf einem geradlehnigen Stuhl und beobachtete meine Annäherung. Er rappelte sich mit Hilfe eines Stocks hoch und sagte: »Wollten Sie Blumen kaufen?« Dabei kam er auf mich zugeschlurft. »Ich muß den Jungen rufen, daß er sie ausgräbt.«
»Nein, Blumen wollte ich keine. Ist Gerald Ainsworth daheim?«
»Noch auf der Arbeit.« Der alte Mann blinzelte, dann sagte er: »Ach, sind Sie der Bursche, der zum Abendessen kommt? War's denn schwierig, hierherzufinden?«
»Kein bißchen.«
»Was halten Sie von der Straße?« Langsam, als würde es ihm Mühe bereiten, erschien ein Grinsen auf seinem Gesicht. Ich sah ihm an, daß er einst ein gutaussehender Mann gewesen war. Er hatte eine schmale, wohlgeformte Nase, schön geschwungene Schläfen und tiefliegende graue Augen, die mich ein wenig spöttisch musterten. Außerdem sah ich, daß er jünger war als ich zunächst angenommen hatte. Höchstens Fünfzig, oder darunter. Außerdem war er krank. Seine Gesichtshaut war durch einen schmetterlingsförmigen geröteten Fleck mit zahlreichen Bläschen verunziert. Auch seine Arme und Hände waren gerötet. Die ganze Haut war mit dunkelroten Flecken übersät, als wären die darunterliegenden Äderchen geplatzt und das Blut ausgeflossen. Was immer ihm fehlen mochte, ich hoffte, daß es nicht ansteckend war.
»Die Straße ist ein echtes Erlebnis«, beantwortete ich seine Frage.
»Das finden wir auch. Gerald müßte jeden Augenblick hiersein. Ich bin Brad Ruane. Gerald hat erzählt, Sie wären Detektiv.«
»Stimmt. Vic Newman heiß' ich.« Ich fragte mich, wer wohl für den Garten zuständig war. Von Unkraut keine Spur.
Brad sagte: »Hätten Sie Lust, sich die Blumen anzusehen?«
»Gibt's noch mehr davon?«
»Ungefähr zwei Morgen. Hinten.« Er schüttelte den Kopf und machte ein niedergeschlagenes Gesicht. »Ziemlich vernachlässigt, fürchte ich.« Auf seinen Stock gestützt nahm er vorsichtig die letzte Verandastufe. »Ich weiß nicht, was ich mit dem Anwesen anfangen soll. Wenn ich nur einen Käufer fände. Mögen Sie Blumen?«

»Klar.«
»Wollen sie ein Haus kaufen?« Er tastete sich langsam vor, um die Terrasse unter der zu erreichen, auf der ich stand. »Kommen Sie.«
»Sind Sie sicher, daß Sie–«
»Kommen Sie«, wiederholte er ungeduldig. »Ich kann gehen, aber Sie dürfen keine Sprints von mir erwarten. Falls Sie sich fragen, was ich habe: Es nennt sich Lupus. Wissen Sie, was das ist?«
Ich holte ihn ein. »Irgendwas mit dem Bindegewebe, nicht wahr?«
»Stimmt«, sagte er. Er entsprach nicht meiner Vorstellung von einem Farmer oder Gärtner; er hatte eine kultivierte Art, die in einer Blockhütte mitten im Wald fehl am Platz wirkte. »Lupus«, wiederholte er, als wolle er den Feind beim Namen nennen. »Die meisten Leute haben noch nie davon gehört. *Ich* jedenfalls nicht. Wäre ja auch noch schöner. Jedenfalls – *c'est la vie*.«
Wir umrundeten das Haus und folgten einem Pfad zwischen einer doppelten Reihe von Apfelbäumen. Zu meinen Füßen huschte etwas durch das Gras, blitzte silbriggrau auf und verschwand.
»Schlangen«, sagte Brad. »Haben Sie Angst davor?«
»Nur, wenn sie giftig sind.«
»Das sind sie. Ich habe viel für sie übrig. Phallussymbole«, fügte er unerwartet hinzu und lachte.
»Wie ich sehe, sind Sie Freudianer.«
»Ich doch nicht. Ich bin nur ein einfacher Gärtner. Da sehen Sie sie –« er machte eine ausholende Handbewegung »– ›die gestrandete Hoffnung‹.«
Die zwei Morgen Blumen kamen mir durchaus in Ordnung vor, obwohl nur ein Teil in Blüte stand. Aber als wir näherkamen, fiel mir auf, daß bei zahlreichen Pflanzen Fäulnis die Blätter verdorrt und die Blüten befleckt hatte. Dazwischen stand überall Unkraut.
Brad wandte sich an mich und erkundigte sich mit leicht erhobener Stimme: »Wollen Sie mir bitte sagen, was ich hiermit anfangen soll? Gerald kann eine Lilie nicht von einem Liguster unterscheiden. Einige der Arten sind obendrein sehr selten. Sehen Sie sich die hier an.« Er berührte mit zarter Hand eine hohe, buschige Lilie mit stark gebogenen, cremefarbenen Blütenblättern und dunkelrosa Schlund. Die Berührung schien ihn ein wenig zu beruhigen. »So eine haben Sie bestimmt noch nie gesehen.«
»Ich bin kein Experte –« begann ich.
Er ignorierte mich. »Ich weiß, so eine können Sie nicht gesehen haben, weil ich sie selbst gezüchtet habe. Eine Hybridform.« Er knipste einen Stengel mit einem halben Dutzend Blüten ab und überreichte ihn mir. Der Duft war schwer und süß. »Ach, zur Hölle damit. Gehen wir zum Haus zurück. Das hier deprimiert mich bloß.«
Wir machten kehrt. Aus einem Schuppen trat ein junger Mann mit

einem Schubkarren. Er war bis zur Taille nackt, und ich erkannte, daß es Jordan war. Er erkannte mich ebenfalls und grinste: »Hi, Vic, hier ist aber nicht das Institut.«
»Richtig erkannt, Jordan.«
Brad sagte: »Sie kennen sich?«
»O ja, wir sind alte Freunde«, sagte ich.
Jordans gutaussehendes Gesicht wirkte plötzlich ängstlich. »Er war da, als die anderen hingefallen sind.«
Ich sagte »schon gut«, als ginge es darum, ein scheuendes Pferd zu beruhigen, und fügte behutsam hinzu: »Jordan, ich wollte Sie etwas fragen. Sie kennen doch Magda?«
Verwirrung trübte seinen Blick, und er runzelte im Bemühen, sich zu konzentrieren, die Stirn. Dann klärte sich seine Miene auf. »Sie ist hübsch«, sagte er triumphierend.
»Stimmt. Sehr hübsch. Wissen Sie noch, wie Sie sich mit ihr unterhalten haben, als Professor Moore-Gann dazukam? So war's doch, oder? Ehe er hingefallen ist?«
Er grinste breit. »Ich brauche einen Drink«, sagte er zustimmend.
»Ist es das, was er gesagt hat? ›Ich brauche einen Drink‹? Sie haben ihn gehört?« Er nickte. Ein Pluspunkt für Magdas Version des Geschehens.
»Wie steht's mit dem Glas? Versuchen Sie sich zu erinnern. Hatte Magda es in der Hand, hat sie es gehalten? Oder stand es auf dem Tisch?«
»Auf dem Tisch –« erwiderte er. Dann schien er sich an etwas zu erinnern. Er stand mit halboffenem Mund da und blickte wieder ängstlich drein. Er schüttelte heftig den Kopf und wollte gar nicht mehr damit aufhören. »Nein, nein, nein. Er hat gesagt: ›Ich brauche einen Drink‹. Ich habe nichts gesehen. Ich habe nichts auf dem Tisch gesehen! Ich muß jetzt gehen. Es ist nichts passiert, ich habe nichts gesehen.« Er ließ die Griffe des Schubkarrens los, als wären sie ihm plötzlich zu heiß geworden.
Brad machte ein bestürztes Gesicht. »Aber du hast doch nur eine Stunde gearbeitet –« An der Zufahrt schlug eine Autotür zu, und er sagte automatisch: »Gerald ist da. Warte, Jordan –«
Doch Jordan weilte nicht länger unter uns, er hatte bereits die halbe Zufahrt hinter sich gebracht. Ich nahm an, daß einer der Lieferwagen ihm gehörte. Er war ein guter Läufer. Die Muskeln in seinem Rücken arbeiteten, und seine Arme schwangen hin und her.
»Er hat nicht einmal den Schubkarren weggeräumt.«
Brad wandte sich anklagend an mich.
»Sie haben ihn verschreckt. Ich hoffe, Sie haben nicht vor, *mich* ebenso zu erschrecken. Ich kann nicht mehr so rennen.«
Wir gingen zum Haus zurück.

Zu dritt aßen wir auf der Veranda. Unter uns breiteten sich die Lilien aus. In der Dämmerung verblaßten ihre Farben, aber ein paar hartnäckige Bienen summten weiter über sie hinweg. In der Ferne war das atemberaubende Panorama der Green Mountains zu erkennen, eine Hügelkette hinter der anderen, in Richtung Kanada gestaffelt.
Ich sagte: »Gerald, warum entläßt Florian Judith nicht?«
»Das ist eines der kleinen Geheimnisse des Lebens«, sagte Gerald. »Noch Wein?«
Ich verneinte. »Wenn Sie mir doch nur sagen würden, warum er sich soviel von ihr gefallen läßt. Ich glaube, Sie wissen es. Ich glaube, Sie wissen besser als die meisten anderen Leute, was im Institut vorgeht.«
»Gerald entgeht in der Tat nicht viel«, sagte Brad trocken.
»Wenn das ein Kompliment sein soll, vielen Dank.« Zwischen den beiden Männern herrschte Spannung, als hätten sie sich am Morgen im Streit getrennt, oder als hätten sie mit einem grundlegenderen Problem zu kämpfen. Zum Beispiel, was aus den Blumen werden sollte, oder dem Haus. Mit Brads Krankheit, oder womöglich seinem Tod?
Ich sagte: »Was hat Judith gegen Florian in der Hand? Da muß es etwas geben.«
Gerald schüttelte den Kopf. »Also – wie soll ich *das* wissen? Das würden sie mir wohl kaum anvertrauen.«
»Aber Sie leugnen nicht, daß da etwas ist.«
»Vic, ich wäre Ihnen gern behilflich, ehrlich. Aber –«
»Ich habe gerüchteweise gehört, daß Florian schwul ist.«
Gerald und Brad tauschten einen Blick aus. Dann zuckte Gerald die Achseln und sagte: »Wenn er damit so sehr hinterm Berg hält, habe *ich* keine Möglichkeit, es mit Sicherheit festzustellen.«
Ich sagte: »Andererseits scheint er Theresa sehr gernzuhaben.«
»Er betet sie an«, stimmte Gerald zu. »Das ist mir auch aufgefallen.«
Brad lachte höhnisch auf. »*Anbeten*. Aus der Ferne, vielleicht. Mehr nicht.«
»Es war mir nicht klar, daß Sie die beiden kennen.«
»Ich kenne ihn.« Brad sah Gerald an. »Jetzt kann ich's ihm ruhig sagen. Gehört hat er's ohnehin. Was soll's, heutzutage –«
Gerald sagte: »Du hast wohl recht.« Zu mir sagte er: »Also gut, Florian ist vermutlich schwul. Aber ich verstehe nicht, was das mit Moore-Ganns Tod zu tun hat.«
»*Vermutlich* schwul!« wiederholte Brad spöttisch.
Ich wandte mich an ihn. »Sie scheinen Ihrer Sache sicherer zu sein als Gerald. Wie kommt's?«
»Ich kannte ihn – früher sehr gut. Wir sind im selben Alter. Er kam jeden Sommer mit seiner Familie her, und wir waren befreundet, obwohl ich

auf die örtliche High School ging und er eine hochfeine Privatschule in der Nähe von Boston besuchte. Burlington ist ein kleiner Ort, damals noch viel kleiner. Alle jungen Leute kannten sich.« Brads Weinglas war leer, und er hob es an.

»Der Arzt hat gesagt, ein Glas«, sagte Gerald mahnend.

»Zum Teufel mit dem Arzt.« Aber er stellte das Glas wieder ab. »Ich wußte schon auf der High School, daß ich schwul bin. Eigentlich wußte ich es schon immer, seit frühester Kindheit. Natürlich konnte ich damals nicht viel damit anfangen. Als ich Florian kennenlernte, hatte ich so eine Ahnung, daß er wie ich war, jedoch ohne es zu wissen. Eines Sommers haben wir ein wenig experimentiert.«

Gerald verschränkte die Hände unter dem Kinn und klapperte mit den Augendeckeln. »Brads Jugendliebe.«

»Was weißt du schon davon?« sagte Brad, ohne sich aufzuregen. »Damals hast du noch in den Windeln gesteckt.«

»Ein kleiner Knirps war ich.«

»Florian bekam hinterher Schuldgefühle und war nicht bereit, die Konsequenzen zu akzeptieren – nämlich, was das für ihn bedeutete. Er hat behauptet, nicht richtig schwul zu sein, obwohl wir dieses Wort, glaube ich, damals nicht in den Mund genommen haben. Eigentlich hätte es für uns beide eine positive Erfahrung sein müssen, wenn nicht etwas Bestimmtes vorgefallen wäre. Eines Abends wurde drunten am See ein großes Badefest und Picknick abgehalten. Ich weiß nicht mehr, wer es organisiert hatte – wahrscheinlich eine der Kirchen. Viele der Jugendlichen nahmen daran teil. Florian und ich schlugen uns in die Büsche und wurden dort von einem Mädchen in einer recht kompromittierenden Situation ertappt. Sie ging sogar soweit, uns mit der Taschenlampe ins Gesicht zu leuchten. Florian hatte eine Todesangst, daß sein Vater davon erfahren würde. Gleich am nächsten Tag ist er aus Burlington abgereist, und wenn er danach den Sommer hier verbrachte, hat er jede erdenkliche Anstrengung unternommen, mich zu meiden.«

Gerald beugte sich vor. »Und nun *raten* Sie, wer dieses süße Mädel war!«

Ich erinnerte mich an Florians Aussage, daß Judith aus Burlington stammte. »Sie meinen Judith?«

Brad schien überrascht, daß ich richtig geraten hatte. »Stimmt. Sie und ich waren Klassenkameraden. Ich kenne sie seit der siebten Klasse. Sie hatte kein leichtes Leben, damit erklärt sich zum Teil, warum sie so schrecklich ist, aber ich muß sagen, *ich* konnte sie noch nie ausstehen. Sie hat mich immer ›warmer Bruder‹ genannt. Wie es scheint, hatte sie die Gabe, jedermann an die Gurgel zu gehen.«

»Die hat sie immer noch«, sagte ich.

»Gelinde gesagt«, stimmte Gerald zu.

»Aber für Florian hat sie geschwärmt. Das ist nicht wenigen Mädchen so ergangen. Ich nehme an, sie hielten ihn für etwas Besonderes, etwas anderes als die Dorfburschen. Außerdem war seine Familie reich, und er sah gut aus.«

Gerald sagte: »Brad konnte einem hübschen Gesicht eben nie widerstehen«, und klapperte wieder mit den Augendeckeln.

»Bilde dir nur nichts ein.«

Ich sagte: »Also hat Judith auf der High School für Florian geschwärmt und dann Sie beide zusammen gesehen. Muß ein schöner Schock für sie gewesen sein.«

Gerald sagte: »Mein Lieber, da werden Weiber zu Hyänen!«

»Wie hat sie reagiert?«

»Sie muß den anderen davon erzählt haben, denn ich wurde, solange ich noch auf der High School war, wie ein Aussätziger behandelt.« Er zog eine Grimasse. In der Dämmerung war der Ausschlag auf seinem Gesicht nur ein Schatten, und er sah blendend aus. »Nicht, daß ich jemals beliebt gewesen wäre, aber geduldet hatte man mich. Über Florian ist mir dagegen nie etwas zu Ohren gekommen, deshalb nehme ich an, Judith hat seine Beteiligung für sich behalten.«

»Und für eine kleine Erpressung aufgespart«, sagte Gerald.

»Wissen Sie das genau?« fragte ich.

»Florian hat ihr eine Sekretariatsstelle am Vermont College besorgt, wo sein Vater im Kuratorium saß«, sagte Brad. »Ich bezweifle, daß er das aus Herzensgüte getan hat.«

Wir saßen eine Weile schweigend da. Obwohl der Himmel noch nicht völlig dunkel war, hing ein blasser Mond über den Bergen, und ein oder zwei Sterne waren erschienen. Demnach kannten Judith, Florian und Brad einander seit ihrer Jugend. Mir kam ein Gedanke: »Wie steht es mit dem Polizisten, mit Capitain Eaken?« sagte ich. »Haben Sie ihn auch alle drei gekannt?«

»Klar, Wayne war in unserer Klasse«, sagte Brad. »Er war im Footballteam. Wyne war immer schon ein Macho.«

»Was Sie nicht sagen.« Das alles war sehr interessant, aber nichts, was ich von Gerald und seinem Liebhaber erfahren hatte, reichte als Erklärung dafür aus, daß Florian Angst hatte, Judith zu entlassen. Ich sagte: »Ich kann nicht recht glauben, daß Florian sich wegen einer jugendlichen Indiskretion dreißig Jahre später immer noch alles von Judith gefallen läßt. Ich sehe ein, daß es ihn damals ziemlich verstört haben mag, aber jetzt kann ihm doch wohl kein Schaden mehr entstehen.«

»Machen Sie sich nichts vor«, sagte Brad. »Es gibt immer noch reichlich Vorurteile gegen Homosexuelle, und viele haben immer noch Angst, sich zu ihrem Schwulsein zu bekennen.«

Gerald schüttelte den Kopf. »Ich glaube auch nicht, daß es nur das ist. *Ich* glaube, Judith weiß mehr über Florian, etwas, das ihm wirklich schaden könnte. Sie dürfen nicht vergessen, daß er an dem College, wo er arbeitet, Studentendekan ist, und jeder, der direkt mit Studenten zu tun hat, muß so rein sein wie Ahornsirup aus Vermont.«
Ich sagte: »Aber Sie wissen nicht, was das sein könnte.«
»Nein. Aber wenn Sie's herausfinden, möchte ich es zu gern hören.« Seine Augen funkelten im Kerzenschein.
Ich wartete, aber keiner sagte noch etwas. Ich stand auf. »Na gut. Ich muß gehen. Vielen Dank für alles. Ihnen beiden vielen Dank.«
»Kommen Sie mal wieder«, sagte Brad. »Sie haben sicher nichts dagegen, wenn ich hier sitzen bleibe. Gib ihm ein paar Lilien mit auf den Weg, Gerald.«
»Oh, Lilien, natürlich.« Gerald eilte ins Haus.
Brad sagte: »Offen gestanden spricht die Art und Weise, wie Florian mich fallengelassen hat, nachdem Judith mit ihrer Taschenlampe erschienen ist, nicht für seinen Charakter. Ich habe ihm damals geschrieben, aber er hat keinen meiner Briefe beantwortet.« Ich konnte selbst im Dämmerlicht alle Empfindungen an seinem Gesicht ablesen. »Florian ist schwach, ich kann mir vorstellen, daß er leicht zu erpressen wäre. Aber egal, darauf kommt es nicht mehr an. Bei mir jedenfalls nicht. Ich kümmere mich nur noch darum, was aus meinen verdammten Lilien wird. Wenn nur Gerald sich mehr für das Anwesen einsetzen würde –« Gerald wählte diesen Augenblick, um mit einer Schere in der Hand zu erscheinen, und Brad rief aus: »*Nicht* mit der Schere, habe ich dir nicht hundertmal gesagt, daß man Blumen nicht mit der Schere schneidet? Hol ein Messer!«
»Ich bin müde«, protestierte Gerald. »Wo ist da schon der große Unterschied? Ich hab' den ganzen Tag gearbeitet, ich hab' das Abendessen gekocht, ich bin müde.« Es war ihm anzuhören, daß er sich ein wenig als Märtyrer fühlte.
»Schon gut, du tust alles, und ich tue nichts. Ich sitze nur herum. Aber das ist nicht meine Schuld. *Schneide* sie ruhig mit der Schere. Mir ist alles recht.«
Ich sagte: »Bitte machen Sie sich keine Mühe mit den Blumen. Ich muß jetzt wirklich los.«
Gerald sagte: »Wenn es dir so wichtig ist, hole ich ein Messer.« Er machte kehrt und verschwand erneut im Haus.
Wir warteten schweigend, bis wir Gerald zurückkommen hörten. Dann sagte Brad mit leiser Stimme zu mir: »Ich habe Freunde in Boston, die mir erzählen, daß Florian es mit jungen Knaben hat. *Sehr* jungen. Ich weiß nicht, ob das stimmt, aber gehört habe ich es. Vielleicht sollten Sie das mal nachprüfen.«

15

Das Ehepaar Sachs besaß ein Sommerhaus am Ufer des Champlain-Sees, an einem unbefestigten Weg mit den üblichen Vermonter Schlaglöchern; langsam gewöhnte ich mich an sie. Der Weg zweigte von der Hauptdurchgangsstraße ab und führte durch bewaldetes Gelände hinunter ans Wasser. Über der Wegmündung hing eine Staubwolke, als wäre dort vor nicht allzu langer Zeit ein Auto vorbeigekommen. Ich bog ein, beschleunigte und entdeckte bald darauf Sabina und Bruno im Mercedes. Ich hupte. Sabina, die am Steuer saß, winkte mir im Rückspiegel zu. Ich war neugierig zu hören, ob ihr Gespräch mit Judith etwas ergeben hatte. Ich konnte mir nämlich Judith immer besser als Mörderin vorstellen, aus ganz und gar persönlichen, unlogischen Gründen – die Frau ging mir auf die Nerven. Leider war mir im Gegensatz zu Sabina klar, daß möglicherweise Magda das vorgesehene Opfer war. Und warum sollte Judith Magda vergiften wollen, nachdem sich die zwei erst wenige Tage zuvor kennengelernt hatten?
Der Mercedes bog in eine Zufahrt ab, die zu einer Lichtung führte. Ich folgte ihm. Am Wegrand waren bereits mehrere Autos geparkt. Wir gingen gemeinsam über die Fichtennadeln, die auf dem Boden eine dicke Schicht bildeten, zum Haus. Das Gebäude war bescheiden, ein scheunenrot gestrichenes, etwas zu groß geratenes Ferienhaus im Schatten eines Fichtenhains. Vom Verandadach hingen Körbe mit Fuchsien herab. Darunter stand Vita Sachs in einer tief ausgeschnittenen lila Montur, die sich an ihre schlanke, aber kurvenreiche Gestalt schmiegte, um den Hals eine schwere Silberkette, die ihr fast bis an die Taille reichte. Sie winkte uns mit beiden Händen zu und sagte: »Hallo! Hallo! Ich freue mich sehr, daß Sie gekommen sind. Wir wußten nicht genau, mit wem wir rechnen durften, nachdem wir das über Moore-Gann gehört hatten. Wir haben zwar keine bitteren Tränen geweint, aber es gibt doch gewisse langweilige Konventionen. Wir haben uns etwa zwei Sekunden lang mit der Frage beschäftigt, ob wir die Party abblasen sollen. Dann haben wir uns dagegen entschieden.« Sie trat von der Verande herab. »Es ist ja auch keine richtige Party, nur ein paar Freunde, die auf einen Drink vorbeikommen.« Sie lachte nervös. »Und an manchen Tagen *braucht* man einfach was zu trinken, nicht wahr?« Sie blickte uns nacheinander an und beob-

achtete unsere Reaktionen, wie eine Schauspielerin, die die Stimmung des Publikums aufnimmt. Sie legte ihre Hand mit den langen roten Fingernägeln auf Brunos Arm und sagte: »Ich muß Sie warnen, Saul ist heute nicht in Hochform. Ich hatte gehofft –« Ihr Seufzer klang ein wenig übertrieben. »Nun ja, was soll man machen? Vielleicht ist es der Schock, den Hervés Tod ausgelöst hat. Immerhin kennt Saul ihn seit ewigen Zeiten. Sie waren schon zusammen auf der High School. Jedenfalls benimmt er sich aus irgendeinem Grund sehr merkwürdig. Ich weiß nicht, ob es daran liegt oder an was anderem. Ich hoffe nur –« Ihr Wortschwall brach ab, als hätte jemand ihr den Strom abgeschaltet.

Bruno tätschelte ihre Hand und sagte: »Versuchen Sie, sich nicht zu große Sorgen zu machen. Wir verstehen schon.«

Sie kitzelte ihn unter seinem Bart am Kinn und legte den Kopf auf seine Schulter. »Sie sind ja so ein Schatz. Sabina, hätten Sie was dagegen, wenn ich mir eine Minute Ihren Mann ausleihe? Ich muß mich mal umarmen lassen.«

Sabina bekam ganz schmale Augen, sagte aber nur: »Bedienen Sie sich.«

Bruno legte die Arme um Vita, und sie sagte zu uns: »Dieser Mann ist einer der wirklich großen Umarmer der Spitzenklasse. Saul hat früher auch dazu gehört, doch das ist leider vorbei. Ooch! Bruno, nun zerquetschen Sie mich aber nicht!«

Als die Umarmung vorbei war – Sabina hatte, auch wenn ihr kaum etwas anderes übrig blieb, offensichtlich entschieden, daß sie diese eine verschmerzen konnte –, trat Bruno auf die Veranda, während Vita Sabina einen Kuß gab. Sie kennen die Sorte: Zwei Frauen halten ihre Wangen aneinander und küssen die Luft.

Im Wohnzimmer fanden wir vier Männer vor. Sachs, der in seinem ausladenden schwarzen Charles-Eames-Ledersessel winzig wirkte, hatte die ausgemergelten Beine auf einen Schemel gelegt und starrte in sein halbleeres Glas. Seine scharf hervortretenden Wangenknochen waren gerötet, als hätte er schon einiges getrunken, und die Spitze seiner großen fleischigen Nase war ebenfalls rot. Er hob sein Glas, als wir hereinkamen, sagte »Prost« und stürzte den Inhalt herunter. Es überraschte mich, daß er in seinem Zustand überhaupt etwas trinken durfte.

Leo Pesnik, Jean-Paul Brocchiu und Andrzej Modzalewski standen beieinander in der Nähe des großen Fensters mit Blick auf den See, als hätten sie soeben die Aussicht bewundert. Der Vollmond hing über den Bergen und spiegelte sich silbrig in der gekräuselten Wasseroberfläche.

Bruno sagte: »Hallo, Saul, freut mich, Sie zu sehen. Meine Frau Sabina kennen Sie schon, und das ist Vic Newman.«

Saul hob wieder sein Glas, sagte: »*L'chaim*«, und dann, an seine Frau gewandt: »Dieses verfluchte Glas ist schon wieder leer. Laß uns noch was

von diesem Scotch trinken. Das ist nämlich ein ganz besonderer Scotch«, sagte er zu Bruno. »Nehmen Sie mich beim Wort und probieren Sie. Hab' ihn von diesem kleinen Wicht im grünen Tweedanzug bekommen, als wir in Glasgow waren; die stellen davon nur zehn Flaschen pro Jahr her, oder so ähnlich.« Er zuckte die Achseln. »Wer weiß? Wen kümmert's? Ihre Frau kann was anderes trinken. Sprit dieses Kalibers darf man nicht an Frauen verschwenden.«
Vita sagte: »Saul, das ist aber gar nicht nett.« Nach momentanem Zögern nahm sie ihm das Glas ab und füllte es auf.
»Wieso? Ich – ich soll nicht nett sein? Herzchen, hab' ich Ihre Gefühle verletzt?« Ohne Sabinas Antwort abzuwarten, fuhr er fort: »Mach doch eine Flasche anständigen Champagner auf, gib ihr den *Veuve Cliquot*, vom Guten. Das ist keine Frage des Geldes, Herzchen, es geht ums Prinzip.« Er beäugte Sabina, als warte er auf ihre Reaktion, aber sie hielt den Mund und sah ihn nur unentwegt an. Nach einer Minute wandte er unsicher den Blick ab.
Jean-Paul, der immer noch am Fenster stand, bemerkte: »Dieser Ausblick erinnert mich an Korsika, an manche unserer Seen droben in den Bergen. Nur daß unsere Berge viel felsiger sind, und sehr hoch.«
Vita sagte: »Der arme Jean-Paul vermißt Korsika. Nicht wahr, mein Kleiner?« Spielerisch zauste sie sein dickes schwarzes Haar. Er starrte sie an, dann schenkte er ihr ein wissendes kleines Lächeln, das erste Lächeln, das ich bei ihm zu sehen bekam.
»Blödsinn«, warf Saul ein. »Was gibt's da zu vermissen? Dornen an sämtlichen Büschen, die schlimmsten Straßen der Welt, überall Schweine, und ein Haufen ignoranter Bauern.«
»Das ist nicht alles, was Korsika ausmacht, wie Sie sehr wohl wissen«, protestierte Jean-Paul.
»Oha, ich muß mich vorsehen«, sagte Saul. Er stieß ein kurzes, bellendes Lachen aus. »Brocchiu ist ein Anhänger der *Vendetta*.«
Vita sagte: »Saul hat Jean-Paul aus dem physikalischen Institut von Korsika mitgebracht.«
»*Oy*, war das ein Fehler. Ich hatte angenommen, er sei gut«, sagte Saul.
»Also wirklich, Saul«, sagte Vita. »Übrigens, Sabina, waren Sie und Bruno je auf einer dieser Sommerveranstaltungen?«
Die Unterhaltung wandte sich rasch allgemeinen Themen zu, zum Beispiel Tagungen, die sie auf der ganzen Welt besucht hatten – übliches Geplauder, das mich an die Parties erinnerte, die Sabina gelegentlich für Brunos Washingtoner Kollegen gab. Theoretische Physiker kennen nämlich nur zwei Gesprächsthemen: Physik und die Orte, an denen sie Physik betreiben.
Nach einer Weile kam ich neben Andrzej Modzalewski zu stehen, der ungeheuer konzentriert in ein Glas mit Wodka starrte. Er blickte auf, sah

mich, hob sein Glas, wünschte mir »Prosit« und trank es mit einem Schluck aus. Dann ließ er lächelnd seinen Goldzahn blitzen und schlug mir mit seiner schweren Pranke auf den Rücken. Er schien bester Stimmung zu sein. »Wie gefällt es Ihnen unter soviel Physikern?« erkundigte er sich herzlich. »Zuviel technisches Gerede, wie?«

»Das stört mich nicht.«

Er wirkte überrascht. »Aber Sie sind kein Physiker. Wovon leben Sie?«

»Ich bin Detektiv.« Ich war mir nicht sicher, ob er das Wort kannte.

Er kannte es. Er wirkte bestürzt, und seine Augen blickten plötzlich wachsam. »Polizei?« Ich schüttelte den Kopf. Gleich darauf brach er in röhrendes Gelächter aus. »Bei uns, in meinem Land, haben wir auch Detektive. Nur, dort weiß niemand, wer Detektiv ist und wer nicht, jedenfalls verraten sie es keinem.«

Ich sagte: »Ich arbeite nicht für die Regierung, wenn es das ist, was Sie meinen.« Ich nippte an dem Drink, den Vita mir gegeben hatte. »Gibt es hierzulande viele polnische Physiker?«

Er schüttelte den Kopf. »Nicht viele. Bei mir, es hieß gehen oder ins Gefängnis wandern. Wegen *Solidarnosc,* Sie haben davon gehört?«

Ich nickte: »Ich habe den Artikel über Sie in der *Washington Post* gelesen.«

Er grinste erfreut. »Gut, nicht? Ein la-a-a-nger Artikel.« Er zeigte mir mit den Händen, wie lang der Artikel war. »Mit zwei Bildern.« Dann wurde er traurig. »Leider kann ich nicht der Familie schicken, wegen Zensur. Zu gefährlich.«

»Sie vermissen Ihre Familie.«

Er nickte eifrig. »Hier habe ich niemand. Professor Sachs ist nett, aber –«

Als er seufzte, hoben und senkten sich seine massiven Schultern. Er wandte sich dem Tisch zu, auf dem die Getränke standen, und goß sich einen weiteren Schuß Wodka ein. Er schien das Interesse an unserem Gespräch verloren zu haben. Es dauerte nicht lange, da war er schon in eine Diskussion über Physik verstrickt, die hinter uns abgelaufen war.

Einige Zeit wurde Moore-Ganns Tod nicht erwähnt. Erst in einer Gesprächspause brachte Saul das Thema auf. »Nun ist er also tot, der arme *Schmock*«, verkündete er, an niemand bestimmten gewandt.

Schweigen breitete sich aus.

Andrzej ergriff das Wort. »Saul, darf ich fragen? Nein, ist wohl nicht meine Angelegenheit.«

»Fragen Sie, fragen Sie. Wahrscheinlich kann ich Ihr Englisch sowieso nicht verstehen.«

»Mein Akzent ist schlimm«, gab Andrzej zu. »Saul, was hat er gesagt? Sie verstehen schon, ein historischer Moment – zwei bedeutende Männer sprechen seit vielen Jahren zum erstenmal miteinander.«

»Das muß heißen, seit *vielen* Jahren, seit *vielen* Jahren, Andrzej. Wollen Sie's wirklich wissen?« Saul unterbrach sich. »Ich will Ihnen verraten, was *ich* zu *ihm* gesagt habe. Ich habe gesagt: ›Harvey, für mich bist und bleibst du ein Gauner.‹«
»Das haben Sie gesagt?« fragte Pesnik aufgeregt. »Zu Moore-Gann haben Sie so etwas gesagt?«
Saul trumpfte auf. »Ach, kommen Sie mir nicht mit Moore-Gann. Moore-Gann, wenn ich so was höre. Oder gar Hervé. Als ich ihm auf der Erasmus High School begegnet bin, hieß er schlicht und einfach Harvey Morgan. Seine Familie lebte über dem Delikatessengeschäft an der Flatbush Avenue. Die Wohnung hat immer nach eingemachtem Hering gerochen, genau wie er selbst. Vielleicht war das der Grund, warum ihn keins der Mädchen auch nur gegrüßt hat.« Pesnik hörte gespannt zu. Seinen tief eingesunkenen Augen war anzusehen, daß er sich bestätigt fühlte. »Ich weiß nicht, wen er mit der Namensänderung beeindrucken wollte. Für mich war er noch derselbe Schwächling.« Pesnik nickte mit gefletschten Zähnen.
Nun wollte Sabina wissen: »Und was hat *er* gesagt, als Sie sich die Hand gaben?«
Saul warf ihr einen spöttischen Blick zu. »Das müssen Sie schon selber herausfinden.«
Pesnik sagte: »Wie konnten Sie ihm nur die Hand geben, Saul?« Sein Tonfall war herausfordernd und kläglich zugleich. »Sie hatten doch gesagt, dazu würden Sie sich nie herablassen!«
Saul musterte ihn gleichgültig. »Ich werde bald sterben«, sagte er offen. »Gut, ich habe ihm die Hand gegeben, na und? Ich werde bald sterben, und was dann?«
»Da geht es schon wieder los«, sagte Vita. »Willst du wohl aufhören, ständig zu behaupten, du würdest sterben? Du stirbst nicht.«
»O doch, Baby. Ich bin ein toter Mann. Heute, morgen –«
»Hör auf, so was zu sagen!« schrie sie. »Du hast Chemotherapie bekommen, es geht dir besser.«
Er sah sie mitleidig an und schüttelte den Kopf. »*Oy*, Vitavitavitavita.«
Mit funkelnden Augen sagte sie: »Laß mich mit deinem Vitavitavita in Ruhe. Du stirbst *nicht*. Der Arzt sagt, du hättest gute Aussichten.«
»Ärzte, was wissen die schon? Außerdem hat er ›Chance‹ gesagt.«
»Na also! Na also! Dann nimm deine Chance gefälligst wahr!«
Sein Blick wandte sich nach innen, und er schüttelte erneut den Kopf. »Hat keinen Sinn, Baby, ich –«
»Sag's nicht, ich will es nicht hören!«
»Also gut. Dir zuliebe will ich mir besondere Mühe geben, okay?«
»So ist es besser.«
Wieder herrschte Schweigen. Dann sagte Saul in beiläufigem Ton: »Nun

sehen Sie, was es bedeutet, eine Frau zu haben. Ich liege im Sterben, und sie will nichts davon hören. Hören Sie auf meinen Rat, bleiben Sie ledig.« Zu Bruno sagte er: »Für Sie kommt der Rat natürlich zu spät. Mein Beileid. Sie sieht nicht übel aus, vielleicht nicht mehr ganz taufrisch. War wohl keine Jüngere zu finden? Wie ich sehe, wird sie langsam wütend. Lassen Sie es sein, Püppchen. Ich bin ein alter Narr, der bald sterben wird. Verschwenden Sie Ihre Energien nicht. *Oy*, was sie für Augen macht. Das ist ja eine ganz Schlaue.« Er wandte sich an Bruno. »Sie hatten schon immer einen guten Geschmack. Das ist für einen Physiker wichtig. Guter Geschmack, sehr nette Berechnungen – nur ein paar gute Ideen hätten Sie noch brauchen können.«

Ich konnte sehen, wie Bruno schluckte, als die Spitze ihr Ziel traf. Der kranke Mann trieb sadistische Spielchen. Er hatte eine Wut auf das Leben, auf den Tod, und er spielte diese Wut gegen jeden aus, der sich in seine Nähe wagte. Aber was soll man einem sterbenden Physiker sagen? Nichts. Also sagte niemand etwas, bis auf Vita. »Benimm dich!« kommandierte sie.

Doch er ignorierte sie. »Sie sind natürlich ledig geblieben, nicht wahr, Pesnik. Das war eine gute Idee. Bruno, Sie sollten versuchen, mehr wie Pesnik zu sein. Der hatte übrigens eine gute Idee. Was aus der geworden ist, wissen wir. Pesnik! Haben Sie gesehen, wie er in die Knie gegangen ist, dieser kleingeratene *Ganeff*? Er wußte, daß ich Bescheid weiß, o ja, er hat es genau gewußt.«

Pesnik wandte ihm abrupt den Rücken zu.

»*Oy*, diese Verrückten. Wenigstens sind Sie, Jean-Paul, noch ledig. Sie sind unabhängig. Sie wissen gar nicht, was Sie für ein Glück haben, daß diese Schlampe, diese Magda, Sie rausgeworfen hat.« Jean-Paul erblaßte, und ich sah, wie er die Fäuste ballte. Saul sah es auch. »Vielleicht hätten Sie sie noch ein bißchen härter rannehmen sollen. So einer Schlampe, so einer Schlampe mit Köpfchen, muß man das Gehirn rausprügeln, sonst kommt man sich neben ihr wie ein Idiot vor. Stimmt's oder hab' ich recht? Nun, bei Vita ist mir dieses Problem glücklicherweise erspart geblieben.«

Vita biß sich auf die Lippen. »Saul«, flüsterte sie. »Es reicht, Saul, hör auf.« Er ignorierte sie.

»Modzalewski ist auch ledig, nicht wahr, Andrzej? Unser großer *Solidarnosc*-Held, oder haben Sie vielleicht auf der anderen Seite gestanden? Ich vergesse immer, wie es war.«

Andrzej Modzalewski entgegnete mit eiskalter Stimme: »Daheim in Polen habe ich eine Frau. Ich habe lange nichts von ihr gehört.«

»Also, okay, das ist schon so gut wie keine Frau. Beinahe so gut.«

Vita stand auf und verließ den Raum.

Lange Zeit herrschte gedrücktes Schweigen. Bruno starrte Saul an, der in seinem Ledersessel zusammengesunken war, als hätte sich die Boshaftigkeit, die von ihm Besitz ergriffen hatte, bei Vitas Abgang verflüchtigt. Ich kann mich nicht erinnern, Bruno je trauriger gesehen zu haben. Kopfschüttelnd drehte er sich um und folgte Vita.

Sabina zog die Augenbrauen hoch.

»Vita?« fragte Saul. »Wo ist diese Frau hin verschwunden? Haben Sie zufällig gesehen, ob hier eine Frau aus dem Zimmer gegangen ist?«

Mir reichte es. Ich ging. Auf dem Flur war von Bruno nichts zu sehen. Im Obergeschoß hörte ich Vita schluchzen. Ich nahm an, daß Bruno bei ihr war. Ich ging ins Badezimmer und machte den Medizinschrank auf. Er war gerammelt voll mit Medikamenten. Darunter befand sich eine zu drei Vierteln gefüllte Flasche Digoxin.

16

Wir fuhren, jeder im eigenen Wagen, nach Hause. Als wir dort ankamen, wurde nicht viel gesprochen. Sabina zog die Schuhe aus, kommunizierte eine Weile mit ihrer Teeschatulle, bis sie sich für *Lapsang Souchong* entschieden hatte, und stellte den Kessel auf. Bruno setzte sich auf die Couch und starrte deprimiert ins Leere.

Ich ließ mich neben ihn in die Polster fallen. Nach einer Weile sagte ich: »Schlimme Sache, was?«

Er stieß einen Seufzer aus, der aus tiefsten Tiefen aufzusteigen schien. »Wenn Sie ihn nur erlebt hätten, ehe er so geworden ist, Vic. Er hat schon immer gern alle auf den Arm genommen, aber eher auf die nette Tour. Nicht so, nicht wie heute abend.« Er schüttelte den Kopf. »Er hat sich alle Mühe gegeben, sämtliche Anwesenden zu beleidigen, insbesondere Vita. Haben Sie das auch so empfunden? Mir kam er von Grund auf böse vor.« Er unterbrach sich. Er hat etwas gegen Melodramatik. »Vielleicht ist das zu kraß ausgedrückt.«

»Könnte es mit seiner Krankheit zu tun haben?«

»Das hat Vita auch behauptet.«

Sabina holte eine Teekanne aus dem Schrank. »Als du sie getröstet hast?«

»Ja, als ich sie getröstet habe. Ich kenne die Frau seit Jahren, Sabina.«

»Das ist mir klar.«

Er sagte: »Sie glaubt, daß der Krebs sein Gehirn erreicht hat. Der Arzt hat sie gewarnt, daß sein Verhalten unberechenbar werden könnte. Gehirnschäden können in der Tat Veränderungen der Persönlichkeit auslösen.« Bruno hatte Medizin studiert, ehe er auf Physik übergewechselt war. »Kein schöner Gedanke, aber immer noch besser, als –«

»Das Böse an sich?« sagte Sabina, und er nickte. Sie nahm einen Teelöffel aus der Besteckschublade und legte ihn an Brunos Platz auf den Tisch; er nimmt Zucker in seinen Tee, obwohl sie große Anstrengungen unternimmt, ihn davon zu überzeugen, daß er das Getränk verdirbt. Ich bin zwar zufällig ihrer Meinung, versuche aber, mich aus ihren Diskussionen zu diesem Thema herauszuhalten. Sie sagte: »Bruno, hältst du es für denkbar, daß Sachs Moore-Gann so sehr gehaßt hat, daß er ihn umbringen wollte? Könnte das deiner Meinung nach der Grund gewesen sein, warum sich Sachs einverstanden erklärt hat, in diesem Sommer zur Tagung zu kommen, obwohl er wußte, daß Moore-Gann da sein würde, den er seit Jahren gemieden hatte?«

Ich sagte: »Ich sollte Ihnen, glaube ich, erzählen –«

Bruno sagte: »Du meinst, obwohl er wußte, daß er bald sterben muß? Daß er sicherstellen wollte, daß Moore-Gann als erster stirbt?«

»Möglich.«

Bruno dachte darüber nach. »Das kommt mir unwahrscheinlich vor. Sicher, sie sind seit Jahren zerstritten, aber Physiker bringen sich wegen einer wissenschaftlichen Streitfrage nicht gegenseitig um.« Er schüttelte den Kopf. »Früher einmal hätte ich geschworen, daß Saul keiner Fliege etwas zuleide tun kann. Aber wenn sein Gehirn betroffen ist und er immer unberechenbarer wird, wer weiß?«

Sabina sagte: »Saul hat Moore-Gann einen *Ganeff* genannt. Das ist ein jiddisches Wort, nicht wahr?«

Bruno nickte und sagte: »Es bedeutet ›Dieb‹.«

Sabina stand auf Strümpfen am Spülbecken. Gedankenverloren spülte sie die blaßgrüne Teekanne immer wieder mit heißem Wasser aus. Wenn sie so weitermachte, würde sie die bestgespülte Kanne westlich der britischen Inseln haben. »Saul hat Moore-Gann einen Dieb genannt, als sie sich die Hand gaben«, sagte sie. »Dabei könnte er an Pesnik gedacht haben, aber ich kann nicht glauben, daß ihm das durch den Kopf gegangen sein soll, als es darum ging, zum erstenmal seit Jahren mit Moore-Gann zu reden. Es muß etwas Naheliegenderes gewesen sein, etwas, das sie beide betraf. Bruno, könnte es sein, daß Moore-Gann eine Idee von Sachs gestohlen hat? Könnte das den Zwist ausgelöst haben?«

»Allerdings – *wenn* dem so wäre. Aber dann hätte Sachs sich doch sicher öffentlich beschwert, oder?«

»Hat er sich nicht beschwert? Gab es keinerlei Gerüchte?«

Bruno schüttelte den Kopf. »Nicht, daß ich wüßte.«

Ich sagte: »Immerhin würde das erklären, warum Moore-Gann vor Saul in die Knie gegangen ist.«

Bruno sagte: »Oh, ich glaube, er wollte sich bestimmt nur auf die gleiche Höhe bringen. Saul lag zurückgelehnt auf diesem niedrigen Sofa, erinnern Sie sich?«

Sabina schüttelte den Kopf. »Nein, das war definitiv eine symbolische Geste. Du wirst dich erinnern, daß Saul selbst heute abend darauf eingegangen ist.«

»Also – kann sein«, gab Bruno widerstrebend zu. Wie gesagt, er hat nichts für Melodramatik übrig. Das macht ihn manchmal ziemlich beschränkt, so hirnlastig er sonst auch sein mag.

Der Tee war fertig, und wir ließen uns am Tisch nieder. Bruno zauberte eine Tüte mit Erdnußbutter-Keksen hervor, und wir teilten sie uns. Sie schienen ihn ein wenig aufzuheitern.

Sabina sagte zu mir: »Vic, was wollten Sie vorhin sagen? Sie wollten mir etwas erzählen?«

»Ja, es gibt einiges, was ich Ihnen noch nicht erzählen konnte. Erstens nimmt Saul Digoxin. In seinem Haus steht eine Flasche davon im Medizinschrank.«

Bruno blickte interessiert auf. »Digoxin! Da ist Digitalis drin. Das ist ein Herzstimulans – ich wußte gar nicht, daß Saul es mit dem Herzen hat. Ein nützliches Medikament, aber es kommt sehr auf die korrekte Dosis an. In großen Mengen wirkt es hochtoxisch. Das ist also die Quelle des Gifts, das Moore-Gann getötet hat.«

»Möglich«, sagte Sabina. »Und jeder der heute abend Anwesenden hatte Zugang dazu. Saul und Vita natürlich. Und die anderen drei gehören eindeutig Sauls Zirkel an und könnten schon öfter in dem Haus gewesen sein.«

»Das kann ich bestätigen«, sagte Bruno. »Jean-Paul hat eine Woche bei ihnen gewohnt, bevor die Tagung anfing, und Pesnik und Modzalewski sind am Wochenende dazugestoßen. Jean-Paul war Sauls *Protegé*. Modzalewski auch – Sachs hat beiden Lehraufträge verschafft, als sie ins Land kamen. Und er hat sich große Mühe gegeben, Pesnik zu helfen, hat ihn besucht, als er in der Psychiatrie war, und ihn sehr unterstützt, als seine Proessur anstand. Immer war es Saul, der die lahmen Enten unter seine Fittiche genommen hat.« Auf seinem großen, freundlichen Gesicht erschien plötzlicher Kummer, und er fügte hinzu: »Ehe er sich so verändert hat.«

»Weißt du über Modzalewski Bescheid?« fragte Sabina.

Bruno sagte: »Er stammt aus Wroclaw, offenbar dem einzigen Ort in Polen, wo heutzutage theoretische Physik betrieben wird, einmal abgesehen von Warschau.«

»Ist Wroclaw nicht Warschau?« Sabinas geographische Vorstellungen sind eher vage.

Ich sagte: »Nein, Wroclaw ist Breslau, und Warschau ist Warszawa. Da kommt Magda her. Und da gerade von Magda die Rede ist –«

Sabina hörte mir nicht zu. »Saul hat angedeutet, daß Modzalewski in Wirklichkeit gar nicht auf der Seite von *Solidarnosc* gekämpft hat.«

»Natürlich hat er!« protestierte Bruno. »Saul wollte ihm doch nur eins auswischen.«

»Meinst du?« sagte Sabina. »Das meiste, was er gesagt hat, entsprach durchaus der Wahrheit – deshalb war es ja so verletzend. Überleg doch. Jean-Paul Brocchiu ist tatsächlich kein erstklassiger Physiker, und wenn man nach der Szene urteilen darf, in die Vic gestern eingegriffen hat,

nimmt er Magda übel, daß sie so brillant ist. Vita hat in punkto Intellekt tatsächlich nicht viel aufzuweisen, ich bin nicht mehr taufrisch –«
»Und mir könnten ein paar mehr Ideen gewiß nicht schaden«, gab Bruno resignierend zu.
Ich sagte: »Ich schlage vor, ich rufe morgen Washington an und stelle ein paar Nachforschungen über Modzalewski an.« Ich habe einen Freund beim CIA, der mit mir an der Universität Maryland studiert hat. Sein Hauptfach waren klassische Sprachen, was ihm bei der Jobsuche ungefähr genauso nützlich war wie mir meine Magisterprüfung in Psychologie.
»Gut«, sagte Sabina. »Also, wie war das mit Magda?« Eines kann ich zu Sabinas Gunsten sagen: Wenn sie einen unterbricht, was häufig vorkommt, ist sie wenigstens so anständig, sich zu erinnern, daß man versucht hat, etwas zu erzählen.
Ich sagte: »Sie hat versucht, mich zu engagieren. Ich habe ihr mitgeteilt, daß ich für Sie arbeite, und daß Sie bereits vom Kuratorium engagiert seien, aber sie wollte nicht einsehen, warum ich nebenbei nicht ein wenig Schwarzarbeit leisten kann. Wer weiß, vielleicht ist das in Polen so üblich, wenn man auskömmlich leben will. Bei meinem Gehalt war ich jedenfalls echt in Versuchung.«
»Die Gehälter, die ich zahle, sind marktüblich«, sagte Sabina steif. »Außerdem sind Sie bei mir krankenversichert.«
»Gut zu wissen, daß ich jederzeit krank werden kann.« Ihre Gehälter sind in der Tat marktüblich, aber das will nicht viel heißen. Ich halte es für wichtig, daß die Arbeiterklasse jede Gelegenheit wahrnimmt zu mekkern. Das hält die Bosse auf Trab, und manchmal springt eine Lohnerhöhung dabei heraus.
»Warum wollte sie Sie engagieren?«
»Sie denkt, daß jemand sie umbringen will, und daß Moore-Gann aus Versehen vergiftet wurde.«
»So was? Wie kommt sie darauf?«
Ich erstattete ihr Bericht über alles, was Magda gesagt hatte. Dann erzählte ich ihr von meinem Besuch bei Gerald in West Bolton und davon, was Brad über Florian erzählt hatte.
Als ich damit fertig war, schwieg sie nachdenklich. Sie schwenkte wie eine wahrsagende Zigeunerin ihre Tasse und starrte geistesabwesend die Teeblätter an. Aus dem Knoten in ihrem Nacken hatten sich einzelne Haarsträhnen gelöst, und einige Haarnadeln drohten herauszurutschen. Eine davon klimperte leise zu Boden. Ich hob sie auf und händigte sie Sabina aus, worauf sie sie automatisch zurücksteckte und sagte: »Interessant. Da tut sich einiges auf. Wenn Magda als Opfer vorgesehen war, ist Jean-Paul der offensichtlich Verdächtige mit dem offensichtlichen

Motiv – dem krankhaften, aber typisch männlichen Verlangen, die Frau zu vernichten, die ihn abgewiesen hat.«
»He, Moment mal. Wieso soll das ›typisch männlich‹ sein –«
Sie ignorierte mich. »Würden Sie bitte wiederholen, was er zu Magda gesagt hat, als er ihr die Bloody Mary gab?«
Ich holte meinen Notizblock hervor und las: »Jeder kriegt, was er verdient. Das nennt sich Gerechtigkeit.«
Bruno sagte: »Sabina, ich weiß, was du jetzt denkst, aber du hast unrecht – Jean-Paul würde niemanden umbringen. Jedenfalls nicht mit Vorsatz. Mit ›Gerechtigkeit‹ hat er sicher gemeint, daß er Magda nicht hätte schlagen dürfen und daß es ihm recht geschehen ist, als sie daraufhin nichts mehr mit ihm zu tun haben wollte.« Er sah sich Zustimmung heischend um. Als Sabina und ich nichts sagten, schien er enttäuscht zu sein. »Ich gebe zu, daß er in der Hitze des Augenblicks die Beherrschung verlieren und sogar jemanden umbringen könnte, obwohl ich das nicht für wahrscheinlich halte. Aber es wäre ihm unmöglich, so etwas kaltblütig zu planen.«
Sabina stützte die Ellbogen auf den Tisch, preßte die Hände zusammen und legte wie zum Gebet ihr Kinn auf die vereinten Fingerspitzen. »Was du sagst, könnte stimmen, Bruno. Oder du könntest dich in ihm irren. Ich persönlich bin nicht überzeugt, daß Jean-Paul nur im Jähzorn töten könnte. Vergiß nicht, daß er Korse ist, und Saul zufolge ist er ein Anhänger der *Vendetta* – einer uralten Gepflogenheit, bei der Männer, ja ganze Familien sich komplizierte Mordanschläge ausdenken, um sich zu rächen. Jean-Paul mag der Ansicht gewesen sein, daß er das Recht oder sogar die Pflicht hatte, Magda umzubringen, um sie dafür zu bestrafen, daß sie ihn entgegen seinen Wünschen verlassen hatte.«
Bruno runzelte die Stirn. »Also wirklich, Sabina. Jean-Paul ist ein gebildeter Mann, ein theoretischer Physiker, ein Mann, der seit Jahren in diesem Land lebt. Ich kann mir nicht vorstellen, daß er sich einer derart primitiven Gepflogenheit verschreibt oder je verschrieben hat. Selbst in Korsika ist die *Vendetta* nur noch eine historische Kuriosität. Sie ist seit Jahrzehnten verboten.«
»Stimmt, aber dennoch kommt es jedes Jahr zu einer Reihe von Morden, für die nie jemand bestraft wird.« Sie wandte sich an mich. »Im Augenblick wissen wir wirklich nicht, ob der Mörder vorhatte, Moore-Gann oder Magda umzubringen, also müssen wir in beide Richtungen weiterforschen und dürfen uns nicht festlegen. Es ist noch zu früh, um sicher zu sein – selbst was die Quelle des Digitalis angeht. Übrigens gibt es direkt vor Judiths Haus ein herrliches Beet mit Fingerhutblumen. Das hab' ich entdeckt, als ich sie besucht habe.«
»Ach, ja? Sie glauben doch nicht, daß sie das Gift selbst zusammengebraut hat?«

»Wir wissen noch nicht genug, um das auszuschließen.«
Ich sagte: »Also haben Sie die schreckliche Judith in ihrem Bau gestellt. Wollen Sie uns nicht erzählen, was passiert ist?«
Sabina schenkte sich noch eine Tasse Tee ein. »Ich bin zu ihrem Haus gegangen, zehn Minuten zu Fuß vom Institut, und habe geklingelt. Sie hatte wohl Jordan erwartet, denn als sie die Tür aufmachte, sagte sie: ›Wann wirst du dir endlich merken, deinen Schlüssel mitzunehmen?‹ Erst dann wurde ihr klar, wer ich bin. Sie hat versucht, mir die Tür vor der Nase zuzuschlagen, aber ich habe mich rasch hineingedrängt und angefangen, auf sie einzureden.«
»Was haben Sie gesagt?«
»Ich hab' ihr erzählt, ich hätte einen zurückgebliebenen Neffen und wollte fragen, wo Jordan das Gärtnerhandwerk gelernt hätte, weil meine Schwester auf der Suche nach einer Schule für ihren Sohn sei. Daraufhin hat sie mich hereingebeten.«
Bruno sagte empört: »Also wirklich, Sabina. Hättest du dir nicht etwas einfallen lassen können, das weniger –«
»Zum Beispiel?«
Er dachte eine Weile nach, ohne daß ihm etwas eingefallen wäre. Doch als Sabina andeutete, es sei schon spät und er wolle doch sicher lieber ins Bett gehen, als noch mehr über unsere moralisch entrüstenden Aktivitäten zu erfahren, ging er nicht auf ihren Vorschlag ein.
Sie fuhr fort: »Das Wohnzimmer war winzig, und die Farben vertrugen sich nicht. Es gab zu viele verschiedene Muster. An den Wänden Bilder von Kätzchen und Welpen.« Sie erschauerte. »Kein Wunder, daß Judith gelegentlich irrational wird – sich in einem derartigen Raum aufzuhalten, kann jeden verrückt machen. Ich muß jedoch zugeben, daß das Zimmer, obwohl es mit vulgärem Schnickschnack überladen war, sauber und ordentlich wirkte – sogar sehr. Ich konnte mir kaum vorstellen, wie es möglich sein sollte, derart Ordnung zu halten in einem Haushalt, der aus einem neunzehnjährigen Jungen mit unterdurchschnittlichem IQ und einer arbeitenden Mutter besteht. Sie muß dort mit eiserner Faust regieren.«
Ich dachte: Wer eiserne Fäuste erkennt, hat selber eine.
»Sie fragte mich, wie alt mein Neffe sei, und als ich dreizehn sagte, hat sie mich gewarnt, es sei höchste Zeit. Jordan sei zehn gewesen, als sie ihn auf die Sonderschule in Connecticut geschickt habe. Die Schule sei sehr teuer gewesen. Das hat sie eigens betont. Wie es scheint, war Jordan zunächst auf der normalen Schule, aber die Behörden wollten ihn dort nicht haben, und Judith hat einen ziemlichen Wirbel veranstaltet, hat gesagt, sie würde wie jeder andere ihre Steuern zahlen und dergleichen. Schließlich gaben sie nach, und er blieb, bis er die sechste

Klasse abgeschlossen hatte. Die Lehrer haben ihn versetzt, obwohl er nie richtig mitkam. Aber sie war damals nicht mehr so sicher, ob sie das Richtige getan hatte, ob sie ihn nicht früher auf eine Sonderschule hätte schicken sollen. Sie hat mir gesagt, daß sie die Mutterrolle als außerordentlich schwierig empfand, weil sie den Jungen allein großziehen mußte und nie jemanden hatte, bei dem sie sich Rat holen konnte.« Sabina schenkte sich kalten Tee aus der Kanne nach und nahm einen Schluck, um ihre Kehle zu befeuchten.

»Bis dahin war sie durchaus freundlich. Ich hatte den Eindruck, daß sie gern über ihren Sohn sprach, daß sich diese Gelegenheit aber nicht oft bot. Vermutlich erleichterte es sie. Sie kam mir vor wie eine Frau, die keine Freunde hat und keine haben will – vielleicht aus Stolz, weil sie nicht riskieren mag, sich mit jemandem anzufreunden, der sie dann bemitleidet. Eine sehr einsame Frau. Aber dann ließ ich die eine oder andere harmlose Bemerkung über den Vater des Jungen fallen, und sie war augenblicklich auf der Hut. Sie erzählte mir das Märchen von ihrer Ehe mit einem Soldaten, der in Vietnam gefallen ist, schien aber nicht die leiseste Ahnung zu haben, wo in Vietnam er gestorben war. Jedenfalls war nicht zu übersehen, daß sie log. Ich habe nicht nachgehakt. Jordan war immer noch nicht heimgekommen, und sie fing an, sich zu beklagen, seit er fahren könne, wisse sie nie, wo er sich aufhält, und äußerte die Befürchtung, er könne in ›schlechte Gesellschaft‹ geraten. Was sie damit meinte, hat sie nicht näher erläutert.«

Ich sagte: »Vielleicht hat sie Gerald und Brad gemeint. Jordan scheint dort häufig im Garten zu arbeiten. Vielleicht hat sie Angst, er könnte schwul sein.«

»Der Gedanke ist mir auch gekommen. Jedenfalls war sie geneigt, sich weiter über ihn zu unterhalten, obwohl sie sehr aufpaßte, was sie sagte. Sie erzählte mir, was für ein schönes Baby er gewesen sei. Und sie habe erst begriffen, daß etwas nicht mit ihm in Ordnung war, als er mit der Schule angefangen hatte. Schließlich brachte sie ihn zu einem Arzt, der ihr riet, ihn in eine Anstalt einweisen zu lassen. Sie konnte sich darüber immer noch sehr aufregen und versicherte mir, das würde sie niemals zulassen. Jedenfalls stellte ich fest, daß sie sich ständig Sorgen um die Zukunft des Jungen macht. ›Er kann Geld verdienen‹, sagte sie, ›aber er wirft es zum Fenster hinaus, wenn ich nicht ständig auf ihn aufpasse. Er hat einfach kein gutes Urteilsvermögen.‹ Sie hat angedeutet, daß sie einige Finanzquellen habe, ohne jedoch zu verraten, wie die aussehen. Ich fragte sie, ob denn die Familie von Jordans Vater ihr behilflich sei, und sie sagte: ›Gelegentlich. Die könnten ruhig mehr tun.‹ Dabei hat sie gelacht, und zwar nicht gerade heiter.«

Ich sagte: »Ist Jordan noch aufgetaucht, während Sie dort waren?«

Sie schüttelte den Kopf. »Um sieben Uhr dreißig, als ich ging, war er noch immer nicht nach Hause gekommen. Um welche Zeit hat sich Jordan aus dem Staub gemacht, nachdem Sie bei Gerald mit ihm gesprochen hatten?«
»Gegen sechs Uhr. Und man braucht nur eine halbe Stunde, um von West Bolton nach Burlington zu kommen. Offensichtlich ist er nicht direkt heimgefahren.«
Sabina rieb sich besorgt die Stirn. Es wurde spät, und sie sah müde aus. »Ich beginne mich zu fragen, wohin er wohl gegangen ist. Und warum er solche Angst hatte.«

17

Am nächsten Morgen war ich als erster auf. Ich setzte die Kaffeemaschine in Gang und mixte eine Schüssel Pfannkuchenteig aus Buchweizenmehl. Dann fabrizierte ich einen Stapel Pfannkuchen, bestrich ihn mit ungesalzener Molkereibutter und goß reichlich Vermonter Luxusahornsirup darüber. Das einzige, was mir nun noch fehlte, war die *Washington Post*. Ich dachte an Abby Rademacher daheim in Washington D. C. und fragte mich, ob wohl inzwischen die Klimaanlage im Büro repariert war. Vor meinem Fenster zeigte das Thermometer zehn Grad an, und die Sonne versuchte den Frühnebel aufzulösen. Ich trug einen Pullover und fühlte mich damit richtig angezogen.

Nachdem ich eine zweite Tasse Kaffee getrunken und das Geschirr gespült hatte, erledigte ich zwei Anrufe. Der eine galt meinem alten Studienkollegen Mort Goldman vom CIA in seinem Apartment in Crystal City. Er kannte den Namen Andrzej Modzalewski, wußte aber nicht viel über ihn und versprach, mich zurückzurufen, sobald er eine Chance gehabt hatte, sich kundig zu machen.

Als zweites rief ich eine Polizistin in Boston an, die früher in Washington gearbeitet hatte. Sie hieß Betsy Fiorentino und war die einzige Gesetzeshüterin, die ich je geküßt habe. Betsy schien sich zu freuen, von mir zu hören, und wir unterhielten uns eine Weile über dies und das, bis ich aufs Geschäft zu sprechen kam. Ich bat sie, festzustellen, ob Florian Gawthrop je in Boston verhaftet worden war, zum Beispiel wegen Verführung eines Minderjährigen oder einem ähnlichen Vergehen. Sie versprach, sich umzuhören und mir Bescheid zu sagen. Außerdem erzählte sie, die mittlerweile verheiratet war, mir, sie habe bisher ohne Erfolg versucht, schwanger zu werden, und ich versicherte ihr, ich wäre nur zu gern bereit, einer alten Freundin auf jede nur erdenkliche Weise behilflich zu sein.

Bruno erschien. In seinem roten Flanellpyjama sah er aus wie der Weihnachtsmann persönlich. Er goß sich Kaffee ein. »Oh, es gibt Pfannkuchen«, sagte er, als er die Teigschüssel neben dem Herd und den Ahornsirup auf dem Tisch erspähte.

»Es gibt nur dann welche, wenn Sie sie backen.« Was nun kam, war mir von vornherein klar.

Er sah sich hilflos um. »Habe ich je Pfannkuchen gebacken? Ich kann mich nicht erinnern. Was muß ich als erstes machen?«
»Sie holen eine Pfanne heraus.«
»Egal welche? Wir scheinen drei zu haben. Welche Größe?«
»Die große.«
»Mit geraden oder mit gerundeten Wänden?«
»Schon gut«, sagte ich. »Ich backe Ihnen Ihre Pfannkuchen.«
»Es macht mir nichts aus, es selbst zu tun.«
»Ich weiß. Ich bin nur nicht sicher, ob mein Herz die Belastung aushält.«
Ich nenne einen lieben Kerl wie Bruno nicht gern manipulativ, aber er hat seine Methoden, sich vor allem möglichen zu drücken, was er nicht gern tut.
Sabina erschien in einem pfirsichfarbenen Satin-Négligé mit Spitzenbesatz. Sie ist die einzige Frau in meinem Bekanntenkreis, die solche Sachen anzieht, und sie stehen ihr ausgezeichnet.
Ich machte Pfannkuchen für Bruno und Sabina. Statt dankbar zu sein, fragte Bruno: »Finden Sie es nicht auch angebracht, den Zettel, den Sie gefunden haben, der Polizei zu überlassen?«
Er hatte recht, es handelte sich um Beweismaterial, und ich wußte, daß Captain Eaken nicht von mir begeistert sein würde, wenn er erfuhr, wie lange ich es für mich behalten hatte. Wir diskutierten, wie die Übergabe vonstatten gehen sollte. Sabina traf die strategische Entscheidung, daß sie und ich am besten zusammen zur Polizei gehen sollten, statt abzuwarten, bis wir mit dem Verhör dran waren. Denn verhört wurde jeder, der dabeigewesen war, als Moore-Gann zusammenbrach.
Wir fuhren in getrennten Wagen zum Institut. Etwa eine Meile vor dem Tor entdeckte ich Theresa Moore-Gann, ausgerüstet mit Stock, Wanderstiefeln und Anorak, wie sie entlang der Straße bergauf marschierte. Es war das erste Mal, daß ich sie sah, seit ich sie vom Krankenhaus heimgefahren hatte.
Ich hielt neben ihr an. »Kann ich Sie ein Stück mitnehmen?«
Sie blickte hoch, hob die Hand, um ihre Augen vor dem Sonnenlicht zu schützen. Die Schatten in den Vertiefungen ihres Gesichts sahen wie Prellungen aus. »Vic? Ja – ja, gern, wenn Sie zum Institut fahren.« Sie war außer Atem, und die Anstrengung hatte ihre Wangen fiebrig gerötet. Ich machte die Tür auf, und sie hangelte sich mühsam auf den Beifahrersitz. »Ich werde sonst nicht so müde«, sagte sie und lehnte sich zurück. Der Stock zwischen ihren Knien war aus glänzendem rötlichem Holz gefertigt, mit einem runden Messingknauf und geschnitzt, daß er aussah wie ein gewundenes Seil.
Ich deutete darauf und sagte: »Ein ungewöhnliches Stück.«
Sie berührte den Messingknauf. »Mein Alpenstock? Hervé hat ihn mir in

der Schweiz geschenkt, im selben Jahr, als wir den Monte Rosa bestiegen haben.« Sie schwieg und starrte aus dem Fenster.
Ich fuhr eine Weile, dann sagte ich: »Dürfte ich Sie etwas fragen?«
»Was denn?«
»Haben Sie das hier schon einmal gesehen?« Ich gab ihr das Blatt Papier, das ich bei ihr zu Hause gefunden hatte. »Wissen Sie etwas darüber?«
Ich konnte nur ihr Profil sehen, aber die Art, wie sie zögerte und sich dann zu zwingen schien, das Papier zu nehmen, sagte mir, daß sie es augenblicklich wiedererkannt hatte.
Gleich darauf legte sie es zwischen uns auf die Sitzbank. »Die Antwort auf Ihre Frage lautet ›ja und nein‹. Ich weiß nichts darüber, aber ich habe es schon einmal gesehen. Hervé hat es in seinen Tagungsunterlagen gefunden. Sie wissen doch, jeder Teilnehmer erhält eine Informationsmappe, wenn er im Institut eintrifft. Das hier –« Sie berührte das graugrüne Blatt. – »war in der Mappe, die Hervé bekommen hat. Er hat es mir gezeigt und mich gefragt, was ich davon halte. Ich sagte, ich wüßte nichts damit anzufangen. Darauf sagte er, er wolle sich bei jemandem erkundigen – bei Florian oder Judith, nehme ich an. Ich weiß nicht, ob er je dazu gekommen ist.«
Das kam unerwartet.
»*Ich* habe keine Kopie bekommen«, sagte sie.
»Sie und Ihr Mann hatten also getrennte Mappen?«
»Selbstverständlich. Wir waren beide angemeldet.«
»Wie sind Sie an Ihre Unterlagen gekommen? Beschreiben Sie den Vorgang.«
Theresa zögerte. Ihre Miene war höflich, aber gequält, als finde sie es anstrengend, sich unterhalten zu müssen. »Ganz einfach. Sobald wir ankamen, sind wir ins Verwaltungsgebäude gegangen, um uns dort zu melden. Auf einem Tisch im Empfangsraum lag ein Stapel Informationsmappen. Wir haben sie durchgesehen, und jeder von uns hat die Mappe mit seinem Namen darauf an sich genommen. In Hervés Mappe war außerdem der Schlüssel zum Haus. Wir sind sofort dort hingefahren und haben das Gepäck ausgeladen. Dann haben wir uns ins Wohnzimmer gesetzt und die Unterlagen durchgesehen. Bei der Gelegenheit hat Hervé – *das da* gefunden.«
»War Magda auch dabei?«
»Nein, sie ist ein paar Tage später aus Cambridge nachgekommen.«
»War jemand im Empfangsraum, als Sie angekommen sind? Vielleicht Gerald?«
»Nein. Es war niemand da.«
»Also könnte genau wie Sie und Ihr Mann jeder die Mappen durchgesehen und in eine ein weiteres Blatt eingelegt haben.«

Sie nickte. »Möglich. Aber warum? Was hast das zu bedeuten?«
Ich bog in die Auffahrt des Instituts ein. »Das wüßte ich selber gern, Theresa.«
Sie erschauerte. »Das gefällt mir gar nicht. Ich hatte schon ein ungutes Gefühl, als ich das Blatt zum erstenmal gesehen habe. Es kam mir so seltsam vor – so sinnlos.«
Ich sagte: »Glauben Sie, daß es Ihrem Mann auch so sinnlos vorgekommen ist wie Ihnen?«
Sie nahm sich Zeit, darüber nachzudenken. Schließlich sagte sie: »Ich bin mir nicht sicher. Möglich, daß – er etwas damit anfangen konnte.«
»Was?«
»Ich weiß es nicht. Ich habe keine Ahnung.«
»Und wie steht es mit Magda – hat er es ihr gezeigt?«
»Ich weiß es nicht«, wiederholte sie. »In meiner Gegenwart war nicht davon die Rede. Wir hatten wirklich Wichtigeres zu bedenken. Wir alle mußten Seminare vorbereiten.«
Ich parkte neben der hohen Tanne, und Theresa und ich gingen ins Verwaltungsgebäude. Sie begann die Flugblätter auf dem Tisch durchzusehen – Ankündigungen, Nachdrucke von Vorlesungen und so weiter. Im Empfangsraum wimmelte es geradezu von Physikern. Bruno war da und machte sich am Fotokopierer zu schaffen. Sabina studierte eine Wandkarte des Champlain-Tals, die mit Heftzwecken auf einer Anschlagtafel befestigt war. Ich schlängelte mich zu ihr durch, vorbei am Empfangstisch, wo Gerald, Florian Gawthrop und die schreckliche Judith die Köpfe zusammensteckten. Judiths Haut war fahl, ihre Augen gerötet und grimmig. War es der Tod ihres ehemaligen Geliebten und angeblichen Vaters ihres Kindes, der ihr so zu schaffen machte? Oder hatte sie vielleicht einen anderen Kummer – daß sie beispielsweise des Mordes angeklagt werden könnte?
Ich hörte, wie Florian mit aufgeregter Stimme sagte: »Aber Sie wissen doch, daß es Sache der Physiker ist, zu entscheiden, wann sie ihre Vorträge halten –« Sein gutaussehendes Gesicht war rot vor Ärger.
Da ertönte ein lauter Knall, und die Leute rissen die Köpfe herum. Theresa Moore-Gann hatte wutentbrannt die Spitze ihres Stocks in den Holzfußboden gerammt. Sie sah sich einen Moment um, dann eilte sie auf die drei am Tisch zu und wedelte mit einem Stück Papier. »Florian! Was hat das zu bedeuten?«
Die drei sahen hoch. Gerald entdeckte mich und rollte die Augen hoch, als wolle er sagen: »Hab' ich's Ihnen nicht gesagt, das Chaos!«
Es war Judith, die Theresa antwortete. Sie trat einen Schritt vor und verschränkte die Arme. »Haben Sie ein Problem, Mrs. Moore-Gann?« erkundigte sie sich. Ich weiß nicht, welcher Ton angemessen ist, wenn

man die frisch verwitwete Frau eines Nobelpreisträgers anspricht, der ihre war es jedenfalls nicht.
Theresa war verblüfft, erholte sich aber schnell wieder. »Gewiß habe ich ein Problem. Wer hat diese Änderungen im Stundenplan vorgenommen?«
»Das war ich«, fauchte Judith und starrte zu Theresa hoch, die einen halben Kopf größer war als sie.
»Wer hat das gutgeheißen? Wer hat Sie angewiesen, meine Vorträge abzusetzen? Florian, haben Sie davon gewußt?«
Florian sah aus, als hätte er es den beiden Frauen am liebsten überlassen, die Sache unter sich auszufechten. Doch es gab kein Entrinnen. Er sagte: »Theresa, meine Liebe, sind Sie ganz sicher, daß Sie überhaupt hier sein sollten? Nach dem Schock von Hervés Tod –«
Sie warf die kurzen, graublonden Locken zurück und sagte: »Wie ich mit dem Schock umgehe, ist meine Sache, vielen Dank. Ich will wissen, ob Sie von den Änderungen gewußt haben?«
»Ich hab's auch gerade erst mitbekommen.« Florian warf Judith einen kläglichen Blick zu. »Es muß sich um ein Versehen handeln.«
»Was meinen Sie mit ›Versehen‹?« sagte Judith. »Ich habe Moore-Ganns Vorträge gestrichen, weil er tot ist. Tote halten keine Seminare. Und was *Ihre* angeht – wollen Sie Ihren Mann denn nicht wenigstens erst mal begraben? Das sollte Sie doch eine Weile beschäftigen. Oder wollen Sie sich damit nicht abgeben?«
Theresa keuchte und brach in Tränen aus. Florian eilte zu ihr und legte den Arm um sie. Er tätschelte ihre Schulter und sagte protestierend: »Judith, also wirklich – wie können Sie –«
Judith wandte ihnen den Rücken zu und begann in den Papieren zu blättern, die auf dem Tisch lagen. Gerald sah mich an und hob die Augenbrauen. Die Physiker im überfüllten Empfangsraum schwiegen entsetzt und hörten gespannt zu.
Theresa stieß Florian weg. »Zu Ihrer Information«, sagte sie mit gellender Stimme und unterdrückte ein Schluchzen: »Ich habe vor, meine beiden Vorlesungen zu halten. Außerdem gedenke ich, die meines Mannes zu halten, an seiner Statt.« Sie verstummte, und als sie weitersprach, hatte sie sich wieder unter Kontrolle. Sie stützte die Hände in die Hüften und sagte: »Die Vorbereitung dieser Vorlesungen war Hervés letzter Beitrag zur Physik, und ich will dafür sorgen, daß sie wie geplant gehalten werden. Ich bin mit seiner Arbeit gründlich vertraut, und wenn es sein muß, kann Magda mir behilflich sein. Habe ich mich klar genug ausgedrückt, Florian?«
»Oh, was für eine Farce!« rief Judith aus und stürmte hinaus.
»Außerdem können Sie Ihrer Sekretärin mitteilen, da sie sich ja so dafür

interessiert«, sagte Theresa zu Florian, »daß mein Mann seinen Wünschen entsprechend im Familienkreis beigesetzt wird, sobald es die Polizei zuläßt. Ein Gedenkgottesdienst wird im September in Cambridge stattfinden.« Sie ging mit steifen Schritten zur Tür und blieb an der Schwelle noch einmal stehen. »Ich sehe dem Erhalt einer Mitteilung entgegen, daß die Änderungen im Seminarplan rückgängig gemacht werden.«
Sie fegte hinaus, und Florian folgte ihr mit blassem Gesicht. An seiner Wange zuckte ein Nerv.
Ein oder zwei Minuten lang sagte niemand etwas. Dann erhob sich Stimmengewirr. Gerald drängte sich zu mir durch und sagte: »Ich glaube, diesmal hat die liebe Judith einen ebenbürtigen Gegner erwischt. Oh, hallo, Sabina. Ich habe gehört, daß Sie den Mord untersuchen. Unter uns gesagt: Könnten Sie nicht versuchen, ihn Judith anzuhängen?«
Ich sagte: »Wir werden's versuchen. Könnte ich Ihnen noch ein paar Fragen stellen?«
»Natürlich.«
»Wissen Sie zufällig etwas von einem zusätzlichen Dokument, das in Professor Moore-Ganns Mappe eingelegt wurde?«
Gerald blickte ratlos. Sabina zog die Brauen hoch. Gerald sagte: »Ein zusätzliches Dokument?«
»Dies hier.« Ich überreichte ihm das graugrüne Blatt.
Er warf einen Blick darauf und schüttelte den Kopf. »So was war nicht in der Mappe. Sämtliche Mappen waren identisch, natürlich abgesehen von der Adressenangabe für die Unterkunft und den Schlüsseln.«
»Verstehe. Haben Sie die Mappen zusammengestellt?«
»Ja.«
Sabina sagte: »Und wie lange haben die fertigen Mappen hier im Empfangsraum gelegen, ehe sie abgeholt wurden?«
»Das hängt davon ab, wann die Teilnehmer eingetroffen sind. Manche ein paar Tage.«
Ich bedankte mich bei ihm. Dann sagte Sabina: »Wir würden gern mit Captain Eaken sprechen, Gerald. Wissen Sie, ob er da ist?«
»Er verhört Leute in der Bibliothek. Im Augenblick befragt er zum zweitenmal Magda Tenofska. Ich muß sagen, ich bin neugierig, zu erfahren, warum er ihr soviel Aufmerksamkeit zukommen läßt.«
»Könnten Sie ihn bitte für uns anrufen und ihm sagen, daß Mr. Newman und ich ihn sprechen möchten, sobald es ihm paßt?«
Er nahm den Hörer auf und informierte uns nach kurzem Gespräch: »Captain Eaken wird Sie um zwölf Uhr mittags in der Bibliothek empfangen.«
Wir trennten uns. Sabina machte sich auf die Suche nach Jean-Paul, um ihn ins Gebet zu nehmen, während meine Wenigkeit angewiesen war,

sich unter die Physiker zu mischen und soviel wie möglich herauszufinden.

Als ich gerade auf eine Gruppe vor einer Anschlagtafel zusteuerte, packte eine zarte Hand von hinten meinen Arm, und ich roch Gardenien. Ich drehte mich um. Es war Charlene, die Krankenschwester und Physikerfrau, die ich auf der Cocktailparty kennengelernt hatte und die sich so gut mit Astrologie auskannte. Bei Tageslicht konnte ich sehen, daß ihr platinblondes Haar echt war und ihre Haut makellos glatt. Ich ziehe aber Brünette vor und konnte also sicher sein, daß ich mit allem, was sie von mir wollte, fertig werden konnte. Daß sie etwas wollte, war klar. Sie war angezogen wie zu einem Vorstellungsgespräch, in grauem Schneiderkostüm, weißer Bluse mit Schleifenkragen und schwarzen hochhackigen Schuhen. Sie hatte muschelrosa Fingernägel, farblich passend bemalte Lippen und Panik im Blick. Sie kam sofort zur Sache.

»Ich muß mit Ihnen sprechen.«

»Prima. Wo?«

»In Ihrem Auto?«

»Gehen wir.«

Der VW-Bus wartete geduldig an der Zufahrt neben der großen Rottanne. Wir stiegen ein, und ich sagte: »Wie nett, Sie wiederzusehen, Charlene. Was kann ich für Sie tun?«

Sie brach in Tränen aus. Da sie schon die zweite Frau war, die ich innerhalb von einer halben Stunde weinen sah, konnte ich nicht umhin, ihren Stil mit dem von Theresa zu vergleichen. Charlene war eine laute Weinende, die sozusagen alles ›rausließ‹, während ich Theresa als beherrschte Weinende beschreiben würde, die sich nach ein oder zwei Schluchzern schon wieder gefaßt hatte. Ich überreichte Charlene mehrere Kleenex-Tücher aus dem Handschuhfach, sagte »Na, na, wer wird denn«, tätschelte hin und wieder ihren Oberarm und wartete ab. Schließlich beruhigte sie sich und sagte: »Sind Sie wirklich Detektiv?«

»Ja, wirklich.«

»Dann müssen Sie mir sagen, was ich tun soll.«

»In welcher Beziehung, Charlene?«

»Schwören Sie erst, daß Sie es niemandem weitersagen.« Sie legte bittend die Hände aneinander und drückte dabei so fest zu, daß ihre Fingerspitzen um die muschelrosa Nägel herum ganz rot wurden.

Ich konnte nicht recht glauben, daß Charlene eine Mörderin war, die gleich ein Geständnis ablegen würde, also sagte ich: »Okay. Ich schwöre es. Mit Ausnahme von Sabina.«

»Also, ich denke, das genügt.« Charlene zögerte. »Sie werden sich vermutlich nicht erinnern, daß ich Krankenschwester bin.« Ich machte mir

nicht die Mühe, ihr zu sagen, daß sie mich unterschätzte. »In diesem Sommer bin ich sogar die Institutskrankenschwester; vielleicht haben Sie meinen Namen in den Unterlagen gesehen. Ich habe erst im Juni mein Examen gemacht, aber als sie mich gefragt haben, ob ich die Aufgabe übernehmen will, habe ich ja gesagt, weil sie dafür fünfzig Prozent unserer Unterbringungskosten übernehmen. Ralph ist noch mit seiner Doktorarbeit zugange, und fünfzig Prozent sind eine Menge. Ich wollte mir nicht ganz so überflüssig vorkommen, Sie wissen schon, und Leute kennenlernen. Ich war sicher, daß mir nichts Ernsthafteres unterkommen würde, als Schrammen zu säubern und Aspirin auszugeben und, oh, vielleicht schlimmstenfalls eine Fraktur ins Krankenhaus zu verfrachten. Jedenfalls habe ich mir *so etwas* nie träumen lassen!«
»Sie meinen Moore-Ganns Tod.«
»Ja.« Sie zog die Schultern zurück und faltete die Hände im Schoß, als ginge es darum, ihren Tagesbericht abzugeben.
»Wenn Sie was wissen, sollten Sie es mir lieber sagen.« Eigentlich hätte sie es der Polizei sagen müssen, aber das brauchte nicht eigens erwähnt zu werden, auch nicht die Tatsache, daß sie das aus irgendeinem Grund nicht wollte.
Sie riß die blauen Augen weit auf. »Ich glaube, ich weiß, wo das Gift hergekommen ist. Ich bin mir fast hundertprozentig sicher.« Die muschelrosa Lippen begannen wieder zu zittern. »Und ich bin *schuld*!«
»Charlene, beherrschen Sie sich doch.«
Gehorsam holte sie tief und seufzend Luft und sagte: »Okay, das war so: Ralph und ich kamen Freitag mittag an und haben im Verwaltungsgebäude unsere Mappe abgeholt. Ich hatte vorher schon mit Gerald Ainsworth am Telefon gesprochen, und als ich ihm sagte, wer ich bin, hat er mir gezeigt, wo die Medikamente aufbewahrt werden. Als ich den Laden sah, war ich, offen gesagt, entsetzt. Erst einmal hatten sie kein richtiges Krankenzimmer, nur einen verstaubten Archivraum mit uraltem Mobiliar, den ich, wie er sagte, benutzen konnte. Ich nahm an, daß ich damit würde leben können, nachdem ich dort saubergemacht hatte, weil es ohnehin kaum etwas zu tun geben würde. Was mich aber wirklich gestört hat, war die Ausrüstung. Die meisten Verbände wurden offen auf Regalbrettern in einer Art Schrank aufbewahrt, der keine Tür hatte und außerdem alles enthielt, was man zum Kaffeekochen braucht. Er steht im Treppenhaus bei den Toiletten, vielleicht ist er Ihnen schon aufgefallen.«
»Und die Medikamente?«
»Also, die waren das Schlimmste. Wenigstens gab es einen Medizinschrank, aber der war nicht verschließbar. Und drinnen! So eine Ansammlung von altem Schrott haben Sie im Leben noch nicht gesehen. Ich hatte den Eindruck, daß jedes Aspirin, jede Flasche Mercurochromtink-

tur und jede Salbe, die seit der Gründung des Instituts von den Teilnehmern zurückgelassen wurde, in diesem Schrank gelandet war. Ich warf einen kurzen Blick darauf und wußte, daß ich hier gründliche Arbeit zu leisten hatte. Ich mußte das Zeug wegwerfen, dessen Haltbarkeitsdauer überschritten war, mußte eine Einkaufsliste grundlegender Medikamente anfertigen, ein Schloß einbauen –« Sie beugte sich vor und sagte mit gespannter Stimme: »Ich bin hervorragend ausgebildet, Vic, obwohl man das nach meinem Benehmen nicht annehmen sollte. Mrs. Hodges, meine Lehrschwester am St. Catherine's Hospital, würde mich in der Luft zerreißen! Und alles, weil –« Sie warf mir einen tragischen Blick zu. »– weil ich mir ausgerechnet hatte, daß ich noch einen Tag damit warten konnte. Wir waren gerade angekommen, und ich wollte mich erst zurechtfinden. Ich wollte ein wenig um den See herumfahren, wir leben nämlich in Pittsburgh – was das für ein Unterschied ist, brauche ich Ihnen nicht auszumalen. Immerhin habe ich ein Vorhängeschloß gekauft. Ich habe meinen Mann noch am selben Tag dazu gebracht, daß er mich bei einem Metallwarenhändler vorbeifährt.« Sie fing an, die Hände zu ringen. »Oh, wenn ich nur gleich zum Institut zurückgefahren wäre und es angebracht hätte, vielleicht wäre Professor Moore-Gann dann nicht gestorben! Ich bin nämlich sicher, daß ich bei meiner Ankunft eine Flasche Digoxin in diesem Schrank gesehen habe, und am nächsten Tag war sie verschwunden.«

Das war interessant. Ich sagte: »Sind Sie wirklich sicher?«

»Ja, ich erinnere mich nämlich, wie ich gedacht habe: ›Was um Himmels willen hat *die* hier zu suchen?‹«

»Um welche Zeit haben Sie sie gesehen?«

»Ich würde sagen, ungefähr zwölf Uhr dreißig am Freitag.«

»Und wann haben Sie bemerkt, daß sie nicht mehr da ist?«

»Am Samstag – gestern – ungefähr zehn Uhr morgens. Ich hatte das Vorhängeschloß und ein paar Reinigungsmittel dabei, als ich Ralph ins Institut gefahren habe. Ich wollte alles aufräumen. Professor Gawthrop hielt gerade eine Ansprache über Professor Moore-Ganns Gesundheitszustand, als wir ankamen. Sobald er das Wort ›Gift‹ ausgesprochen hatte, fiel mir das Digoxin im Medizinschrank ein, und mich durchlief ein entsetzliches Gefühl. Ich *wußte* Bescheid, es war wie eine Vorahnung. Ich nehme an, daß mir das Digoxin im Unterbewußtsein keine Ruhe gelassen hatte. Sobald ich konnte, ging ich nachsehen, und siehe da, es war verschwunden. Ich hab' es niemandem gesagt, nicht einmal Ralph. Seither bin ich durch die Hölle gegangen. Ich hab' solche Angst, daß ich wegen dieser Sache keine Zulassung bekomme! Sie wissen ja nicht, wie streng die Bestimmungen sind! Ich hab' so schwer geschuftet, und wir hatten eigentlich gar nicht genug Geld für meine Ausbildung, aber meine Schwester hat es mir geliehen, obwohl sie es sich auch kaum leisten konnte –«

»Okay«, sagte ich. »Nur keine Aufregung. Sagen Sie, haben Sie schließlich das Schloß am Medizinschrank angebracht oder nicht?«
Sie schüttelte den Kopf. »Nein.«
»Gut. Und haben Sie Ihre Ausbilderin bei St. Catherine's angerufen und ihr davon erzählt?«
»Nein.«
»Gut. Lassen Sie's.«
»Aber meinen Sie nicht –«
»Nein. Nun hören Sie mir gut zu, Charlene. Sie müssen zur Polizei gehen und dort angeben, daß Sie um zwölf Uhr dreißig am Freitag das Digoxin im Medizinschrank gesehen haben, daß Sie um zehn Uhr am Samstag bemerkt haben, daß es verschwunden war, daß Sie sich heute, als Sie gehört haben, daß Moore-Gann an Digitalisvergiftung gestorben ist, wieder daran erinnert haben und es für angebracht hielten, sie davon zu informieren. All diese Gewissensnöte, die Sie durchgestanden haben, sind einzig und allein Ihre Sache, also behalten Sie sie für sich.«
»Aber es war doch meine Schuld! Ich war fahrlässig! Ich war schlampig! Wenn ich das Schloß sofort angebracht hätte –«
Ich schüttelte den Kopf. »Aus Ihnen wird mal eine ausgezeichnete Krankenschwester, sobald Sie noch ein bißchen mehr Erfahrung haben. Das ist die Einstellung, wie ich sie mir bei einer Krankenschwester wünsche, die *mich* pflegt. Charlene, Moore-Ganns Tod war nicht Ihre Schuld. Es war kein impulsiver Akt. Der Schuldige hat vorausgeplant, und wenn er das Digoxin nicht gefunden hätte, hätte er etwas anderes genommen. Das heißt, wenn er tatsächlich Digoxin benutzt hat.«
»Das hat er bestimmt.«
Insgeheim war ich ihrer Meinung. Sie war nicht dumm, und sicherlich war sie gewissenhaft – eher zu gewissenhaft, das war ihr Problem. »Sie müssen sich klarmachen, daß Sie nicht verantwortlich sind. Sie dürfen nicht rumgehen und den Leuten erzählen, Sie fühlten sich verantwortlich, sonst fangen die noch an, Ihnen zu glauben, und das könnte sich nachteilig auf Ihre Zulassung auswirken. Der Medizinschrank befindet sich seit Jahren, wenn nicht Jahrzehnten, in diesem Zustand. Es ist sinnlos, sich deswegen schuldig zu fühlen, ebensogut könnten Sie allen anderen die Schuld geben, die bisher dafür verantwortlich waren, noch ehe Sie den Job überhaupt angenommen hatten, und auch kein Schloß angebracht haben. Sie waren doch gerade erst angekommen.«
»Sie glauben wirklich nicht, daß es meine Schuld war?«
»Wirklich nicht.«
»Es würde mich immer noch erleichtern, wenn ich Mrs. Hodges anrufen könnte.«
»Lassen Sie's. Suchen Sie sich eine andere Erleichterung.«

Sie atmete tief ein und ließ sich gegen die Rückenlehne fallen. »Ach Gott, ich bin schon froh, daß ich es Ihnen erzählt habe. Ich fühle mich bereits erleichtert. Ich weiß nicht, wie ich Ihnen danken soll. Manchmal verliert man einfach das Gefühl fürs Wesentliche. Ich werde jetzt ins Institut gehen und mit der Polizei sprechen.« Sie nahm ihre schwarze Lederhandtasche. Sie paßte zu ihren Schuhen. »Wieviel bin ich Ihnen für diese Konsultation schuldig?«

»Die war kostenlos. Allerdings würde ich Ihnen gern eine Frage stellen, nur so aus Neugier. Was hat Judith zu Gerald gesagt?«

»Was hat –« Sie hatte bereits die Tür geöffnet und war halb aus dem Bus gestiegen. Jetzt glitt sie zurück auf den Sitz.

»Als Sie das Buffet für die Cocktailparty aufgebaut haben, erwähnten Sie, daß Judith etwas Schreckliches zu Gerald gesagt habe.«

Ihre Miene hellte sich auf. »Ach, das. Ach, das war furchtbar. Ich war in der Vorratskammer, und sie hat mich nicht gesehen. Sie fing an, Gerald anzuschreien, hatte sich wohl über etwas aufgeregt. Sie sagte: ›Wenn ich ihn noch mal dort erwische, sind Sie entlassen.‹ Dann sagte sie – ich konnte es kaum glauben: ›Diese Schwuchtel hat AIDS, und ich wette, daß Sie es auch kriegen werden, wenn Sie's nicht schon haben. Und Sie werden sterben. Alle beide werden Sie sterben. Und wissen Sie was? Ich werde mich freuen, wenn es soweit ist. Wenn ich nicht so weichherzig wäre, würde ich Sie sofort entlassen.‹«

»Was hat Gerald gesagt?«

»Er fing an zu weinen. Er sagte: ›Er hat kein AIDS, sondern Lupus. Er hat Lupus!‹ Dann ist Judith in ihr Zimmer verschwunden und hat die Tür hinter sich zugeschlagen. Es war mir ja *so peinlich*! Ich habe mich regelrecht hinausgeschlichen. Gerald hatte den Kopf auf seinen Tisch gelegt. Er muß gewußt haben, daß ich da war und alles gehört hatte, aber er hat nicht einmal den Kopf gehoben. Da bin ich gegangen.«

18

Es war noch nicht zwölf Uhr. Ich wanderte über den Rasen, den Hang hinauf in Richtung Bibliothek, vorbei an hölzernen Liegestühlen, die die Physiker am Vortag zu Gruppen zusammengestellt hatten, um ihre Theorien *al fresco* zu diskutieren. Heute waren die Stühle unbesetzt. Nur Jean-Paul und Andrzej saßen nebeneinander auf einer Bank unter einem Ahornbaum und unterhielten sich. Sie waren in ihr Gespräch vertieft und bemerkten mich nicht, obwohl ich ihnen zuwinkte; sie schienen dicke Freunde zu sein – oder vielleicht arbeiteten sie gemeinsam an einem Forschungsprojekt. Ich fragte mich, wie wahrscheinlich das war. Jean-Paul, entsann ich mich, war bei einer Beraterfirma in der Nähe von Boston angestellt; ich wußte nicht, ob Andrzej auch in der Industrie tätig war, oder ob es Sachs gelungen war, ihm einen Posten an der Universität zu verschaffen. Andrzej war weit über Vierzig, und es mußte schwer sein, in diesem Alter neu anzufangen, in einem neuen Land und mit einer fremden Sprache, auch wenn die Physik eine internationale Wissenschaft war.

Es war Sonntag. Bis auf die Nimmermüden unter den Forschern waren alle von ihren Familien auf irgendwelche Ausflüge mitgeschleppt worden. Ich blickte zum Himmel auf, der bewölkt war und mit jeder Minute grauer wurde, und überlegte, ob diesen urlaubmachenden Physikerfamilien bestimmt sei, naßgeregnet zu werden.

Der Graben, den Jordan mit Kompost gefüllt hatte, war immer noch halb leer, und der achtlos in die Erde gerammte Spaten hatte Rost angesetzt. Es warteten nach wie vor Büsche darauf, eingepflanzt zu werden, und einige hatte der Wind umgeweht. Ich bekam ein ungutes Gefühl, wie ich sie so mit schrumpelnden Wurzeln daliegen sah. Warum kam Jordan nicht zurück, um seine Arbeit wiederaufzunehmen? Wovor hatte er Angst?

Während ich den Hügel zur Bibliothek hinaufstieg, wurde der Wind kälter, und die Luft fühlte sich feucht an. Ich konnte Bruno ausmachen, der im Gespräch mit Vita Sachs auf den Stufen saß, aber von Sabina war nichts zu sehen, obwohl es fünf vor zwölf war. Ich drehte mich um und hielt Ausschau in Richtung Verwaltungsgebäude. Keine Sabina. Hatte sie Jean-Paul gefunden? Das unbehagliche Gefühl verstärkte sich. Unter allen Leuten am Institut war Jean-Paul der einzige, von dem ich wußte, daß er zu Gewalttätigkeit neigte, und wenn Magda tatsächlich das vorgesehene Opfer war, fiel der Verdacht automatisch auf ihn. Ich erinnerte mich an sein wutverzerrtes Gesicht, als er am Freitag auf mich eingehauen hatte, und wünschte mir, ich hätte Sabina überredet, seine Befragung mir zu überlassen.

Bruno und Vita winkten mir zu, und Vita sagte: »Ah, hallo. Bruno hat mir erzählt, daß Sie und Sabina den Mordfall untersuchen.« Sie wakkelte mit den Schultern, um ein übertriebenes Schaudern anzudeuten. »Br-r-r! Mord! Eigentlich irgendwie aufregend. Ich meine, Physiker sind so ein langweiliges Volk. Das ist ziemlich erstaunlich, wenn man bedenkt, daß sie uns alle in die Luft jagen könnten, aber vielleicht gleichen sie das damit aus. Ständig wird alles intellektualisiert, ich könnte manchmal schreien.« Sie warf die dichte, dunkle Mähne zurück und lachte mit ausgebreiteten Armen. »Zur Abwechslung mal pure Emotion – ich bin begeistert!«

Bruno sagte: »Vita, also wirklich, finden Sie nicht, daß Sie ein bißchen –«

»Sie steifer alter Teddybär«, sagte sie und zupfte ihn verspielt am Bart. Ihre Augen suchten die meinen, als wolle sie mich auffordern, in die allgemeine Heiterkeit einzustimmen. Ihre Augen mit den silbernen Lidern standen als schmale, flinke Ovale in ihrem tiefgebräunten Gesicht.

Bruno sagte: »Wir warten hier auf Saul. Die Polizei verhört ihn gerade.«

»Und ich kann mir nicht vorstellen, warum sie so lange brauchen.« Vita sah auf die Uhr. »Hoffentlich treiben sie ihn nicht bis zur Erschöpfung.«

Ich fragte: »Sind Sie schon befragt worden?«

»Mein Gott, und ob ich befragt worden bin! Ich dachte, die würden gar nicht mehr aufhören. Offenbar ist man der Meinung, daß Moore-Gann mit einem von Sauls Medikamenten vergiftet wurde, ist das nicht schrecklich? Wie es scheint, macht uns das verdächtig.« Sie verzog das Gesicht.

Die Tür zur Bibliothek ging auf, und heraus kam Saul. Vita sprang auf. »Saul, na endlich! Alles in Ordnung?«

Saul schien nicht nur in Ordnung, sondern ausgesprochen munter zu sein, als habe die Begegnung mit der Polizei seine Energien mobilisiert. Seine Frau griff nach seinem Arm, aber er schüttelte sie ab und sagte: »Bitte, Vita, hör auf, jetzt schon Florence Nightingale zu spielen. Hi, Bruno. Hi, Vic. Wissen Sie, es ist interessant, wie diese Kerle vorgehen, sehr systematisch. Ich war beeindruckt. Nun muß ich nach Hause und meine Digoxinkapseln zählen. Sieht aus, als wäre Harvey damit abgemurkst worden.« Er lächelte uns schelmisch zu, wie ein kleiner Junge, der es nicht abwarten kann, die Detektivausrüstung auszuprobieren, die gerade mit der Post gekommen ist. Als ich neun Jahre alt war, habe ich

einen Vierteldollar losgeschickt und mir so eine Ausrüstung bestellt, bekam jedoch bloß ein Stempelkissen zum Abnehmen von Fingerabdrücken und ein minderwertiges Vergrößerungsglas. Enttäuschend.«
Vita sagte: »Was soll denn das nützen, sie jetzt noch zu zählen?«
Er sah sie an. »*Oy*, wenn du nicht selber drauf kommst, will ich es dir sagen: Man liest das Etikett, man stellt eine kleine Berechnung an, vielleicht ruft man noch bei der Apotheke an – Komm, Baby, fahren wir heim. Bring mich zum Wagen.«
Das Ehepaar Sachs verabschiedete sich. Ein paar Regentropfen fielen, und Bruno und ich zogen uns unter das Dach zurück, das über die Tür zur Bibliothek hinausragte.
Ich sagte zu Bruno: »Haben Sie Sabina gesehen?«
»Da ist sie doch.«
Ich folgte seinem Blick und entdeckte Sabina, wie sie sich mit ihren Pfennigabsätzen den Hügel heraufkämpfte.
Bruno schüttelte mißbilligend den Kopf. »Hab' ich ihr nicht gesagt, sie soll einen Schirm mitnehmen?« sagte er und umklammerte seinen Knirps, dessen Griff aus der leinernen Einkaufstasche ragte, die er statt einer Aktentasche dabeihatte. »Aber sie hört ja nicht auf mich.«
Sabina war außer Atem und gut durchfeuchtet, als sie endlich die Hügelkuppe erreicht hatte und neben uns auf die Veranda kletterte. Sie hob erst den einen, dann den anderen Fuß und wischte sich mit einem Kleenextuch den Lehm von den Sohlen.
Bruno räusperte sich. «Äh – Sabina.« Er sah ausgesprochen schuldbewußt aus. Bruno würde einen lausigen Pokerspieler abgeben.
Sie warf ihm einen scharfen Blick zu. »Was ist denn? Stört dich was?«
»Stören? Mich?«
Es würde ihr nichts anderes übrig bleiben, als es ihm aus der Nase zu ziehen, damit es hinterher so aussah, als sei sie es gewesen, die sich an etwas gestört habe, nicht er. Warum Sabina dieses Spiel mitmacht, weiß ich nicht; ich gehe davon aus, daß das eines von vielen Mysterien des Ehestandes ist. Genauso schleierhaft ist, warum sie es nicht hinter verschlossenen Türen spielen. Aber da sie es nun einmal öffentlich austragen, tue ich mein Möglichstes, mich unsichtbar zu machen.
Sie sagten immer abwechselnd »Ich sehe doch, daß dich was stört« und »Nein, mich stört gar nichts«, bis Bruno endlich mit der Sprache herausrückte: »Würde es dich sehr stören, wenn ich mit Vita Sachs zum Lunch ausgehe?«
»Mit Vita und Saul?«
»Nein, nur mit Vita.«
»Nur du, nicht wir beide?«
Er nickte und sah noch schuldbewußter aus.

Ich konnte sehen, wie sie dachte: »Hm. Bruno und Vita. Warum nicht?« Aber sie sagte nur: »Okay.«
»Sie ist eine alte Freundin von mir, und sie hat es schwer. Manchmal ist Saul kaum zu ertragen. Wir haben ja gesehen, wie er gestern abend war. Sie muß sich einfach mal aussprechen, sich alles von der Seele reden. Wenn es dich also wirklich nicht stört –«
»Ich hab' doch gesagt, okay.«
»Ja, aber ich hatte das Gefühl, daß dir der Gedanke nicht paßt.«
»Bruno, ich habe *okay* gesagt. Was ist nur los mit dir und Vita? Warst du mal in sie verliebt, oder was?«
»Oh –« Er wurde rot. »Verliebt würde ich nicht sagen.«
»Eine Schwärmerei, vielleicht? Schwärmerei für eine ältere Frau? Sie war sicher mal sehr attraktiv.«
Er nickte. »Aber es ist nie was zwischen uns vorgefallen.«
»Du hast sie nur aus der Ferne angebetet?« Er nickte. »Okay, solange du auf Distanz bleibst, habe ich nichts dagegen.« Er wirkte ein wenig enttäuscht. Manchmal scheint er sich von ihr zu wünschen, daß sie ihre Beziehung etwas dramatischer gestaltet, aber ihr bietet die Arbeit alle Dramatik, die sie braucht. »Und, Bruno –« Er sah sie erwartungsvoll an. »Wenn sich die Chance ergibt, versuch doch herauszufinden, was Moore-Gann zu Sachs gesagt hat, als sie sich die Hand gaben. Ich nehme an, daß Vita es gehört hat, sie saß ja direkt neben ihrem Mann.«
Die Tür zur Bibliothek ging auf. Sergeant Lovely erschien. Sein Bart hatte immer noch nicht zu sprießen begonnen, und er sah aus wie sechzehn. Die schwere Verantwortung, derjenige zu sein, der uns zum großen Captain Eaken hereinbat, hatte auf seiner Pfirsich-Sahne-Haut hektische rosa Flecken hervortreten lassen. »Sie können reinkommen, wenn Sie wollen«, sagte er.
Er hielt uns die Tür auf. Sabina und ich gingen hinein, während Bruno seinen Knirps aufspannte und den Hügel hinab seinem Stelldichein mit Vita entgegeneilte. Es regnete kaum, aber Bruno glaubt, man würde sich vom Naßwerden erkälten, obwohl er sich als Wissenschaftler eigentlich die Theorie von den Bakterien angeeignet haben müßte.
Captain Eaken saß an dem großen Tisch in der Mitte des Bibliothekraums und verspeiste ein Schinkensandwich. »Nehmt Platz, Leute. Wie ich höre, wollten Sie mich sprechen.« Er lächelte Sabina an. Mich anzulächeln machte er sich nicht die Mühe.
Sabina sagte: »Ich habe gehört, daß die Fingerabdrücke auf dem Glas, abgesehen von Moore-Gann selbst, von Jean-Paul Brocchiu und Magda Tenofska stammen.« Wir hatten beschlossen, das Glas gleich zu Anfang ins Gespräch zu bringen, sozusagen als Erinnerung, daß wir Eaken einen Gefallen getan hatten.

Seine kühlen grauen Augen wirkten müde, als hätte er letzte Nacht nicht viel geschlafen. »Neuigkeiten sprechen sich schnell herum.« Auf seinem Unterkiefer wuchsen helle Stoppeln. Er rieb mit dem Zeigefinger darüber, blickte überrascht drein und sagte: »So was, ich muß vergessen haben, mich heute morgen zu rasieren.«
Sabina sagte: »Außerdem habe ich gehört, Moore-Gann sei an Digitalisvergiftung gestorben, deshalb nehme ich an, daß in den Resten der Bloody Mary Digitalis festgestellt wurde.«
Er zögerte, dann nickte er. »Kann wohl nichts schaden, wenn ich Ihnen sage, daß es so war. Natürlich mußten wir ohne die Hilfe eines vornehmen Labors in Washington D. C. auskommen, aber wir haben es auch so geschafft.«
Sie schenkte ihm ein bezauberndes Lächeln. »Ich bin sicher, daß die hiesigen Einrichtungen ausgezeichnet sind, Captain.«
Er wirkte geschmeichelt. »Wir geben uns Mühe. Ob ich jetzt wohl fragen dürfte, warum Sie hier sind? Sie sind doch sicher nicht nur gekommen, um mich auszufragen?«
»Mr. Newman hat dieses Papier gefunden«, sagte Sabina und gab ihm das Blatt. Dabei berührten sich ihre Fingerspitzen. »Ich war der Meinung, daß es an Sie weitergegeben werden muß.« Damit sollte angedeutet werden, daß sie das fügsame Frauchen war, immer bestrebt, die Polizei zu unterstützen, und ich der verwegene Einzelgänger. Wir konnten doch nicht zulassen, daß er auf uns beide böse war.
Er blickte mit hochgezogenen Brauen zwischen mir und dem Blatt hin und her. Dann las er den Text, sah hoch und fragte mich: »Wo haben Sie das her?«
»Aus Hervé Moore-Ganns Arbeitszimmer. Ich war auf der Suche nach etwas zu lesen und habe es zufällig in die Hand bekommen. Dann sind Sie und Sergeant Lovely gekommen, und ich habe nicht mehr daran gedacht.«
»Was Sie nicht sagen, nicht mehr daran gedacht. Komisch, daß Sie es damals gar nicht in der Hand hatten.« Er beugte sich vor und knurrte: »Dieser Zettel ist Beweismaterial, Mr. Newman. Sie haben Indizien in einem Mordfall unterschlagen. Ich weiß nicht, wie die Polizei in Washington D. C. darüber denken würde, aber hier droben in Vermont sehen wir das gar nicht gern.« Die grauen Augen blickten eisig und schienen kleiner geworden zu sein. »Kapiert, Söhnchen?« Er wandte sich an Sabina. »Der Kerl hier ist Ihr Angestellter, stimmt's?« Sie nickte. »Dann halten Sie ihn gefälligst bei der Stange! Das ist eine Warnung. Nächstes Mal – also, ich rate Ihnen, es nicht zu einem nächsten Mal kommen zu lassen.« Er beugte sich über den Text und las ihn mehrmals langsam durch. Dann las er den Anfang noch einmal laut vor: »›Es ist beinahe zu

furchtbar, dieses Bild vom Jüngsten Gericht... ‹ Was er wohl damit gemeint hat? Glauben Sie, daß er irgendwie mit dem Gesetz in Konflikt geraten war, daß er einen Prozeß anhängig hatte?«
»Moore-Gann, meinen Sie? Davon ist mir nichts zu Ohren gekommen«, sagte Sabina. »Aber es ist ohnehin zweifelhaft, daß der Text von Moore-Gann stammt. Er war erklärter Atheist und hätte die Hand Gottes wohl kaum erwähnt.« Eaken blickte interessiert, deshalb erzählte sie ihm gleich noch, daß Bruno gesagt habe, Magdas Englisch sei nicht gut genug und Theresa habe früher als Scannerin gearbeitet.
Der Informationsfluß schien Eaken besänftigt zu haben, aber nun runzelte er die Stirn. »Was ist ein *Scanner*?«
Ich sagte: »Man schickt geladene Partikel – Elektronen, glaube ich – durch so große Maschinen. Währenddessen macht eine Kamera ein Bild nach dem anderen, um festzustellen, ob sich die Partikel bei der einen oder anderen Aktivität erwischen lassen, und ob man daraus Informationen über die Natur der Materie gewinnen kann. Das ist allgemein gesagt der Zweck des Ganzen. Und *Scanner* sind die Leute, die sich die Bilder ansehen und nach Interessantem Ausschau halten.«
»Was Sie nicht sagen.« Er blickte verwirrt drein. »Wenn also Mrs. Moore-Gann so ein – wie sagten Sie? *Scanner?* – so ein *Scanner* war, muß sie in der Tat gewußt haben, wie eine Fotografie aussieht. Ich denke, das genügt mir.« Der Gedanke schien ihn zu erleichtern. »Also hat es niemand geschrieben, ist es das, was Sie mir mitteilen wollten?«
Ich schüttelte den Kopf. »Mrs. Moore-Gann hat mir erzählt, ihr Mann hätte das Blatt bei ihrer Ankunft in seiner Mappe vorgefunden.«
»Tatsächlich?« Er notierte sich etwas. »Das Papier ist jedenfalls ungewöhnlich. Vielleicht kommen wir dem auf die Spur.« Er las den Text noch einmal und schüttelte den Kopf. »Diese Leute hier sind mir echt über, hört sich an wie aus einem Buch.« Er verstummte, als versuche er, sich über etwas klarzuwerden. Dann sagte er verschwörerisch zu Sabina: »Wissen Sie was, ich denke nicht, daß dieser Zettel sich als wichtig erweisen wird. Wir gehen derzeit einer anderen Spur nach. Kann sein, daß wir schon bald eine Verhaftung vornehmen können.« Er lehnte sich zurück, um zu sehen, wie seine kleine Bombe bei uns einschlug.
Sabina sagte: »Ach wirklich? Und wen wollen Sie verhaften?«
Er schüttelte den Kopf. »Das darf ich Ihnen eigentlich nicht verraten. Nur eines – er ist vorbestraft.«
Sabina sagte: »Wegen tätlicher Beleidigung und Körperverletzung?«
»Also – ja.«
»Demnach sind Sie zu dem Schluß gelangt, daß Jean-Paul Brocchiu vorhatte, Magda Tenofska zu vergiften, und daß Moore-Gann aus Versehen umgekommen ist.«

Eaken bedachte sie mit einem langen, nachdenklichen Blick und kratzte sich die Bartstoppeln. »Wenn ich recht verstanden habe, hat das Kuratorium des Instituts Sie beauftragt, den Mord zu untersuchen, Mrs. Herschel. Sieht aus, als wären Sie bereits recht aktiv gewesen.«
»Stimmt, man hat mich engagiert. Ich darf doch davon ausgehen, daß Sie nichts dagegen haben.«
Er winkte ab. »Nein, nein. Es ist ihr Geld, also können sie es ruhig verschwenden. Nichts für ungut, aber die zahlen ihre Steuern und haben das Recht, kostenfrei die Dienste aller Gesetzesorgane von Burlington in Anspruch zu nehmen. Und wir werden diese Dienste nach besten Kräften erbringen. Andererseits –« Er zuckte die Achseln. »Aber das ist deren Sache. Die können machen, was sie wollen.« Er zögerte, dann beugte er sich vor. »Das muß unter uns bleiben, aber wir gehen davon aus, Jean-Paul Brocchiu noch heute abend in Gewahrsam zu nehmen, sobald wir von der kalifornischen Polizei gehört haben. Wie denken Sie darüber?«
Ich hatte den Eindruck, daß er es wirklich wissen wollte, weil er mit seiner Beweisführung selbst nicht ganz glücklich war. Er wollte wissen, was wir herausgefunden hatten. Wenn ich ihm von der Auseinandersetzung zwischen Jean-Paul und Magda wenige Stunden vor Moore-Ganns Tod erzählte, würde er erheblich glücklicher sein. Irgendwann mußte ich es ihm erzählen. Oder hatte er davon schon gehört?
Sabina sagte: »Wie kommen Sie darauf, daß Jean-Paul der Schuldige ist?«
»Klarer Fall. Er hat die Tenofska mehr als einmal bedroht. Theresa Moore-Gann zufolge hat er sie bei den Moore-Ganns in Cambridge ständig angerufen. Einmal hat Mrs. Moore-Gann zufällig den Hörer aufgenommen und mitgekriegt, wie er zu ihr sagte, er würde sie umbringen, wenn sie nicht zu ihm zurückkehrt.«
Ich fragte mich, ob Theresa es sich zur Gewohnheit gemacht hatte, Magdas Telefonate abzuhören. Ein beunruhigender Gedanke. Ich stellte mir vor, daß die Mutter einer Halbwüchsigen so etwas tun würde – eine zudringliche Mutter, oder eine, die vor lauter Sorgen ganz krank ist. Außerdem war dieses Verhalten bei einem eifersüchtigen Liebhaber denkbar... Zum erstenmal fragte ich mich, wie tief Theresas Gefühle für Magda gingen, und wie nach Moore-Ganns Tod die Beziehung der beiden Frauen aussehen würde. Ob Magda weiter mit Theresa zusammenleben würde, nachdem die Tagung vorbei war?
Eaken sagte soeben: »Er ist schon zweimal wegen tätlicher Beleidigung verhaftet worden, einmal in Boston und vermutlich einmal in Kalifornien. In Boston ging es um eine Schlägerei in einer Bar. Nach allem, was wir gehört haben, wiegt der zweite Vorfall schwerer: So ein Kerl hat ihm unterwegs die Vorfahrt genommen, und an der nächsten Ampel ist Broc-

chiu aus dem Wagen gesprungen und hat ihn mit dem Messer bedroht, ihm vielleicht sogar ein paar Stiche beigebracht. Wir prüfen das nach.«
»Trotzdem ist das etwas anderes, als jemanden zu vergiften.«
Eaken sah Sabina stirnrunzelnd an. »Sie glauben wohl nicht, daß er's war. Können Sie das beweisen?«
Sie schüttelte den Kopf: »Ich glaube nicht, daß er Gift verwenden würde, um jemanden umzubringen. Magda glaubt das übrigens auch nicht.«
»Ich will Ihnen mal etwas sagen, aus meiner Erfahrung«, sagte Eaken großzügig. »Frauen, die mit Männern zusammenleben, die sie schlagen, sind innerlich immer überzeugt, daß das in Wirklichkeit keine üblen Kerle sind. Sie denken, wenn sie dranbleiben, werden sie sie irgendwann bekehren. Meiner Meinung nach lassen sie sich deshalb immer wieder mit ihnen ein. Das tun sie nämlich. Ich hab' so was öfter erlebt, als ich zählen kann. *Sie* würden nicht zu so jemandem zurückgehen, *ich* auch nicht, aber *die* tun's. Die sind nicht recht bei Trost. Sie haben die passende Macke, könnte man sagen, aber ich bin natürlich kein Psychologe. Jedenfalls nehme ich nicht ernst, was sie über ihre Kerle sagen, wozu sie fähig sein sollen und wozu nicht.« Er schüttelte den Kopf. »Ich weiß, Magda ist eine kluge Frau, das sagen wir alle, aber nicht, was Brocchiu angeht.«
»Immerhin hat sie ihn verlassen«, machte Sabina geltend.
»Das tun sie alle. Und dann kriechen sie zu Kreuze.« Er schob seinen Stuhl zurück. »Außerdem hat uns diese junge Dame nicht gerade die ganze Wahrheit und nichts als die Wahrheit gesagt. Ich werde sie mir in allernächster Zukunft noch einmal vornehmen müssen.«
Das Telefon klingelte. Er hob ab. »Professor Sachs? Jawoll. Jawoll. Was Sie nicht sagen.« Er hörte zu. Ich erkannte Sauls Stimme. Captain Eaken schüttelte den Kopf und blickte verwirrt, wenn nicht gar entrüstet drein. Nach einer Weile sagte er: »Nun lassen Sie mich rekapitulieren. Sie sagen, das einzige Digoxin, das fehlt, ist die Flasche, die Ihre Frau im Medizinschrank des Instituts zurückgelassen hat. Wann war das?« Er hörte erneut zu. Dann nickte er. »Okay. Damit Sie es im Notfall zur Hand haben. Warum hatten Sie es nicht ständig dabei?« Schweigen. »Verstehe. Der zerstreute Professor. Oh, Ihre Frau hat das gesagt, nicht Sie.« Auf dem Tisch vor Eaken lag ein Notizblock. Er holte einen Kugelschreiber aus seiner Brusttasche und notierte etwas. »Jawohl, danke, daß Sie angerufen haben.« Er legte auf. Wir saßen einen Moment wortlos herum. Ich dachte an Charlene und daran, ob sie meinen Rat befolgen und Eaken mitteilen würde, wann das Digoxin verschwunden war. Wenn nicht, mußte ich es ihm erzählen. Eaken sagte: »Okay, nun wissen wir, woher Brocchiu das Digitalis hatte. Es war nämlich kein Digoxin im Medizinschrank, als wir dort nachgesehen haben. Lovely, haben Sie im Medizinschrank Digoxin gesehen?«

»Nee.«
»Dacht' ich's mir doch.«
Eaken räusperte sich. »So, damit wären wir wieder bei Mr. Brocchiu.« Er begann an den Fingern abzuzählen. »Erstens, er hat ein Motiv. Magda hat ihn verlassen, er hat sie gebeten, zu ihm zurückzukehren, und sie hat sich geweigert. Da hat er sie bedroht. Zweitens, er ist ein temperamentvoller Bursche mit einer gewalttätigen Vorgeschichte. Kommt aus einer dieser Mafia-Hochburgen drüben in Italien.«
»Sie denken an Sizilien«, sagte ich. »Jean-Paul stammt aus Korsika. Das gehört zu Frankreich.«
»Das ist nahe genug. Drittens, er hatte die Gelegenheit. Er hat Magda das Glas gegeben. Wir sind sicher, daß Moore-Gann die vergiftete *Boody Mary* aus ihrem Glas getrunken hat, obwohl sie das bestreitet. Es sind ihre Fingerabdrücke drauf, außerdem die von Brocchiu. Und nun viertens: die Methode! Er brauchte nichts weiter tun, als die Flasche an sich zu nehmen, die Mrs. Sachs für ihren Mann im Medizinschrank hinterlassen hatte. Stimmt's?«
Er beobachtete Sabina aufmerksam, um festzustellen, ob er sie überzeugt hatte. Ich wurde das Gefühl nicht los, daß er bezüglich der eigenen Beweisführung Zweifel hatte.
»Der Medizinschrank befindet sich in der Nähe der Toiletten«, sagte sie. »Dort sind ständig Leute vorbeigekommen. Jeder hätte das Digoxin nehmen können.«
»Wir können ja versuchen, ihn am Tatort festzunageln, den Zeitpunkt zu bestimmen. Vielleicht haben ihn Judith Wiley oder Gerald Ainsworth gesehen. Die halten sich gewöhnlich dort auf.« Er sah uns herausfordernd an. »Brocchiu ist unser Mann, glauben Sie's mir ruhig.«
»Da wir gerade von Judith und Gerald sprechen«, sagte ich. »Haben Sie gehört, was sie zu ihm über seinen Freund Brad gesagt hat?«
»Jawoll«, sagte Eaken und fügte unerwartet hinzu: »Ich war mit Bradley auf der High School. Allerdings haben wir uns in unterschiedlichen Cliquen bewegt.«
Ich sagte: »Ich wußte gar nicht, daß Brad einer Clique angehört hat.«
»Stimmt, wenn ich's jetzt so bedenke.« Er warf mir einen nachdenklichen Blick zu. »Sie haben wohl auch ein bißchen Detektiv gespielt?«
»Ein bißchen.«
»Was herausgefunden?«
»Bis jetzt nicht viel. Übrigens, hat Brad wirklich AIDS?«
»Nee. Sein Arzt sagt, er hätte Lupus. Das ist eine schwere Krankheit, aber wenigstens nicht ansteckend. Hier in Vermont gibt's noch nicht viele AIDS-Fälle. Uns kann's nur recht sein.«
Es klopfte an der Tür, und Captain Eaken rief: »Herein!«

Die Tür ging auf, und Charlene steckte den Kopf ins Zimmer. »Captain Eaken, ich habe Ihnen etwas zu sagen«, begann sie. Dann erspähte sie Sabina und mich. »Oh, entschuldigen Sie.«
Eaken stand auf. »Schon gut. Wie wär's, wenn Sie in einer halben Stunde wiederkommen?«
»Ich warten draußen«, sagte sie. »Hi, Vic.«
Die Tür ging wieder zu. Eaken setzte sich. »Also, Leute«, sagte er. »Wo ich Sie schon einmal hier habe, können wir gleich durchgehen, was Sie am Tag des Verbrechens gemacht haben. Lovely, haben Sie Ihr Notizbuch parat?« Sergeant Lovely beugte sich mit gezücktem Kugelschreiber vor. »Fangen wir mit Ihnen an, Mr. Newmann. Und lassen Sie nichts aus.«
Ich erzählte ihm alles und hielt nichts zurück, was bis zum Zeitpunkt des Mordes vorgefallen war. Er interessierte sich so sehr für den Streit zwischen Magda und Jean-Paul, daß er mich zweimal davon berichten ließ. Als er mit mir fertig war, nahm er Sabina ins Gebet.

19

Als wir die Bibliothek verließen, hatte Dauerregen eingesetzt. Charlene stand in einem Plastikponcho auf der Veranda und wartete darauf, zu Eaken vorgelassen zu werden. »Noch mal guten Tag«, sagte sie zu uns und fügte an mich gewandt hinzu: »Wie Sie sehen, nehme ich Ihren Rat an.«
»Bravo«, sagte ich. Sie ging hinein.
Wir blieben auf der Veranda stehen, in der Hoffnung, daß der Regen gleich nachlassen würde. Sabina sagte: »Was hat sie damit gemeint?«
Ich erzählte ihr von meiner Unterredung mit Charlene im VW-Bus.
»Ausgezeichnet«, sagte sie. »Wenn das Digoxin irgendwann nach zwölf Uhr dreißig am Freitag weggekommen ist und Moore-Gann am selben Abend gegen sieben Uhr dreißig vergiftet wurde, engt das den Zeitraum beträchtlich ein. Möglicherweise erinnert sich Gerald Ainsworth, wer am Freitagnachmittag das Gebäude betreten hat. Oder Judith – ihr Büro liegt direkt neben dem Vorratsschrank, und sie hat vielleicht etwas gesehen oder gehört.«
»Oder selbst das Gift an sich genommen.«
»Wie Sie meinen.«
Ich fragte: »Sagen Sie, was halten Sie von dem Gedanken, daß Jean-Paul der Mörder ist?« Sabina blickte skeptisch drein, sagte aber nichts. »Eaken könnte recht haben. Ich gebe es ungern zu, aber bei Gelegenheit fängt die Polizei tatsächlich Verbrecher. Wenn dies so eine Gelegenheit ist, hat der Fall keinerlei Aussichten, in unsere Ruhmesliste einzugehen.«
Sie tat meine Mutmaßungen mit einer Geste ab, doch ihre Miene war versonnen. »Eaken hat die Tendenz, voreilige Schlüsse zu ziehen, aber er ist keineswegs ein Dummkopf. Im Gegenteil, er hat soeben eine extrem intelligente Bemerkung von sich gegeben und dadurch Licht in eine Sache gebracht, die mich schon länger beschäftigt.«
Damit konnte ich nichts anfangen, aber ich wollte ihr nicht die Genugtuung lassen, zu wissen, daß ich nicht die leiseste Ahnung hatte, wovon die Rede war. Insgeheim begann ich, noch einmal das Gespräch durchzugehen, das wir in der Bibliothek geführt hatten.
Sabina sagte: »Ich glaube nicht, daß der Regen aufhören wird. Wir können uns genausogut jetzt auf den Weg nach unten machen. Unter den Bäumen ist es sicher nicht so naß.« Wir brachen auf. Die Bäume boten

tatsächlich ein wenig Schutz, aber der abschüssige Pfad war trotzdem schlammig. Sie sagte: »Ich habe übrigens mit Jean-Paul gesprochen. Er ist ein komplizierter Mann, selbstverständlich intelligent, und politisch bewußter als viele andere Physiker. Er hat von der sinnlosen Vermehrung der Atomkraftwerke geredet. Er hält sie für gefährlich und macht sich Sorgen um die Abfallprodukte, die dabei anfallen. Insgesamt fand ich ihn liebenswerter, als ich erwartet hatte. Dennoch sind unterschwellig – und zwar gar nicht so tief unter der Oberfläche – die Gewalttätigkeit und der Jähzorn zu spüren, die diesen Mann beherrschen. Wir sind zu dem Teich hinuntergegangen, wo Sie Magda verhört haben. Dort ist es wunderschön, aber ziemlich abgelegen, und das eine oder andere Mal, muß ich sagen, war mir in seiner Gegenwart recht unbehaglich zumute.«
»Ich wollte, Sie wären vorsichtiger«, sagte ich und gab mir Mühe, mir die Gereiztheit, die ich empfand, nicht anmerken zu lassen. »Oder wenn Sie schon nicht vorsichtig sind, sollten Sie wenigstens Karate lernen. Mein *Sensei* hat sich bereit erklärt, es Ihnen beizubringen, ohne zu wissen, worauf er sich da einläßt. Nehmen Sie um Himmels willen sein Angebot an, wenn Sie sich schon nicht aus riskanten Situationen raushalten können. Sie hätten sich durchaus unter einen Baum am Verwaltungsgebäude setzen können, um sich mit ihm zu unterhalten. Da hätte Sie auch niemand belauscht, aber wenigstens wären Leute in der Nähe gewesen.«
»Ich werde nicht Karate lernen. Ich bin kein sportlicher Typ und viel zu alt dafür. Außerdem war ich der Meinung, Jean-Paul würde freier sprechen, wenn wir irgendwo hingingen, wo uns die Leute nicht sehen konnten.«
Ich wußte, daß sie recht hatte, dennoch sagte ich: »Ich meine nach wie vor, Sie sollten davon Abstand nehmen, männliche Verdächtige an einsamen Orten zu verhören. Warum Schwierigkeiten eigens heraufbeschwören?«
Sie lächelte. »Vic, Sie sind süß. Sie haben doch tatsächlich Angst um mich gehabt. Aber das war nicht nötig. Jean-Paul hat nicht versucht, mir etwas anzutun. Im Gegenteil, nachdem ich ihm mitgeteilt hatte, daß ich den Fall untersuche, war er sehr hilfsbereit. Er weiß, daß die Polizei ihn verdächtigt, weil seine Fingerabdrücke auf dem Glas waren. Er findet das dumm, weil er an alle möglichen Leute Drinks ausgeteilt hat, und die sind auch nicht gestorben. Ein schlagendes Argument. Er scheint die Möglichkeit, daß Magda als Opfer vorgesehen war, gar nicht in Betracht zu ziehen. Statt dessen glaubt er, die Polizei hätte ihn im Verdacht, er habe Moore-Gann umbringen wollen, weil er dachte, Magda sei in ihren Professor verliebt. Aber das sei lächerlich, hat er mir versichert. Wie konnte sie in Moore-Gann verliebt sein, der doch ein alter Mann war, egal, wie jung er sich nach außen hin gab?«

Ich sagte: »Das ist schon mal wenig intelligent. Zahlreiche junge Frauen fallen auf ältere Männer herein, selbst ohne Nobelpreis. Vaterfixierungen sind ziemlich verbreitet.«
»Natürlich.« Der Wind löste feine graubraune Strähnen aus Sabinas Knoten. Sie schob sie abwesend wieder hinein und steckte die Haarnadeln fest, die herausgerutscht waren. »Vic, warum versuchen Sie nicht, Magda dazu zu bringen, daß sie Ihnen mehr über ihre Beziehung zu Moore-Gann erzählt? Auch wenn ihre Aussage zutrifft, daß sie nie miteinander ins Bett gegangen sind, könnte doch mehr zwischen ihnen abgelaufen sein, als wir wissen. Hoppla!« Wir hatten einen besonders steilen Abschnitt des Pfades erreicht. Sabina geriet ins Stolpern und hielt sich an meinem Arm fest. »Diese verdammten Schuhe!«
»Ich werde mit ihr reden. Wann besorgen Sie sich endlich ein Paar bequeme Schuhe, Sabina? Wir sind hier auf dem Land.«
Sie schnitt eine Grimasse. In Wahrheit ist sie zu eitel, um bequeme Schuhe anzuziehen, behauptet aber, sie wären nicht bequem, weil sie ihr Leben lang Schuhe mit hohen Absätzen getragen hat. Widerstrebend sagte sie: »Vielleicht kaufe ich mir ein Paar. Ich fahre später ohnehin nach Burlington.«
Ich überlegte, warum, fragte aber nicht nach. »Gut. Tun Sie sich den Gefallen. Was wußte Jean-Paul noch zu sagen?«
»Er behauptet, kein Anhänger der *Vendetta* zu sein, hat sie idiotisch und überflüssig genannt. Sein Vater und sein Bruder wurden getötet, als er noch ein Kind war, und zwar wegen einer Familienfehde, die schon so lange im Gange war, daß sich niemand mehr erinnern konnte, womit sie begonnen hatte. Nachdem sie tot waren, hat Jean-Pauls Mutter ihn auf die Schule nach Frankreich geschickt, wo er auch einen Großteil seines Lebens verbracht hat. Er hat erwähnt, daß seine Familie aus Sartène stammt.« Sabina unterbrach sich, und ihre blauen Augen blickten wieder einmal nachdenklich. »Bruno und ich haben Sartène besucht, als wir in Korsika waren, und ich erinnere mich gut daran, weil das ein außergewöhnlicher Ort ist – eine uralte Stadt mit steilen, schmalen Straßen und grauen Steinbauten, die wie Festungen an den Hängen kleben. Es ist dort auf karge Weise schön, und die Männer, die sich auf dem Marktplatz versammeln, sehen alle wie Banditen aus. Sartène stand in der Tat jahrhundertelang in dem Ruf, ein Zufluchtsort für Banditen zu sein – worunter man in Korsika Männer versteht, die wegen der *Vendetta* jemanden umgebracht haben und sich deshalb vor der Polizei in Sicherheit bringen müssen.«
Ich sagte: »Glauben Sie nun, daß er ein Anhänger der Vendetta ist, oder nicht?«
»Ich bin mir nicht sicher. Vermutlich weiß er es selbst nicht so genau. Ein

Teil von ihm ist ganz moderner Mann und Wissenschaftler. Aber der andere Teil?« Sie zuckte die Achseln.
Wir gingen eine Weile schweigend weiter. Dann sagte ich: »Ich nehme an, Sie haben ihn gefragt, was er auf der Cocktailparty so alles gemacht hat.«
»Natürlich. Er sagte, daß er, als Moore-Gann und Sachs sich die Hand gaben, zufällig neben einem Tisch mit Getränken gestanden habe. Die Leute hätten zu klatschen begonnen, worauf er sich einen Krug Bloody Mary und eine Stapel Plastikbecher geschnappt habe. Er wollte allen einen Drink geben, damit sie auf den feierlichen Anlaß anstoßen konnten. Aber als er sich durch die Menge schob, hätten die Leute angefangen, ihm einen Becher nach dem anderen zu mopsen, und er hätte nicht anders gekonnt, als allen einzuschenken. Dann habe er Magda entdeckt. In dem Krug seien noch ein Drink und etwas Eis übrig gewesen. Er habe sich zu ihr durchgeschlängelt, den Drink in einen Becher gegossen und ihn ihr überreicht. Er will zu ihr gesagt haben, daß es ihm leid täte, sie geschlagen zu haben. Außerdem habe er versprochen, es nie wieder zu tun. Sie habe es seiner Meinung nach zwar herausgefordert, doch das reiche als Entschuldigung nicht aus. Er erwähnte, daß Magda nicht auf ihn hören wollte. Daraufhin habe ich ihn gefragt, ob er zu ihr gesagt hat: ›Jeder kriegt, was er verdient, das nennt sich Gerechtigkeit.‹ Er ist darüber ziemlich in Verlegenheit geraten, hat aber bestätigt, so etwas gesagt zu haben. Ich fragte ihn, was er damit gemeint habe, und er hat ziemlich vorsichtig geantwortet: ›Damit meinte ich, daß ich ihren Ärger verdient hatte, weil ich sie so behandelt habe. Was denn sonst?‹ So ungefähr ist unsere Unterhaltung abgelaufen.«
Ich sagte: »Nun, was meinen Sie? Ist er unser Mann?«
»Ich bezweifle es. Aber es ist noch zu früh, um sicher zu sein.«
»Eaken scheint da anderer Ansicht zu sein.«
Sabina blieb stehen und wandte sich nach mir um. »Victor, Sie sind jung und ungeduldig, und ein wenig voreilig. Das ist, wie ich Ihnen schon des öfteren gesagt habe, Ihre größte Schwäche als Privatdetektiv. Es gibt noch soviel, was wir über diesen Fall nicht wissen. Das Blatt Papier, das Sie gefunden haben, ist wichtig, wenn nicht gar entscheidend. Wenn ich mich nur erinnern könnte –« Sie biß sich auf die Lippen und runzelte die Stirn, als versuche sie, sich auf etwas zu besinnen, das ihr immer wieder entfiel.
Wir erreichten die Zufahrt, und Sabina nahm auf dem Fahrersitz des Mercedes Platz. »Steigen Sie ein«, sagte sie. »Ich möchte, daß Sie mir noch einmal so detailgetreu wie möglich erzählen, was genau Sie in Moore-Ganns Arbeitszimmer gesehen und getan haben, als Sie damals das Papier entdeckten.«

Auf einmal donnerte es, und gleich darauf goß der Regen in Strömen herab. Ich sprang ins Auto und schlug die Tür zu. Augenblicklich begannen die Fenster von innen zu beschlagen. Sabina betupfte ihr Haar mit einem Kleenextuch, während ich im Detail berichtete, wie ich das Blatt in Moore-Ganns Arbeitszimmer gefunden hatte.
Als ich fertig war, gab sie keinen Kommentar ab. Wozu auch einen Lohnsklaven in ihre Gedankengänge einweihen? Sie steckte den Schlüssel ins Zündschloß und sah auf die Uhr. »Ich muß jetzt nach Burlington«, sagte sie. Auf dem Rücksitz lagen zwei Schirme. Sie überließ mir einen.
Ich war entlassen. Draußen goß es immer noch. Ehe ich die Tür aufmachte, sagte ich: »Dürfte ich fragen, was Sie in Burlington vorhaben?«
»Aber klar.« Sie ließ den Motor an. »Ich muß dort in die Stadtbibliothek, bevor sie zumacht. Ich brauche was zu lesen.«
Geschah mir ganz recht. Ich hatte ja fragen müssen.

20

Der Empfangsraum des Verwaltungsgebäudes war leer. Durch ein offenes Fenster peitschte feuchte Luft gegen die Anschlagbretter und ließ die Karten des Champlain-Tals sowie die Ankündigungen künftiger Seminare flattern, als wollten sie sich ihren Reißzwecken entziehen. Über Geralds Tisch war ein endlos langer Computerausdruck drapiert, und darauf stand mit rotem Filzstift geschrieben: »Es ist zwei Uhr am Sonntagnachmittag, und ich GEHE JETZT NACH HAUSE!« Das Gebäude war still und wirkte verlassen. Ich schloß das offene Fenster und machte Licht. Die einzelne Neonröhre warf einen bläulichen Schimmer auf den gewachsten Linoleumboden, auf dem vom Wind verstreute Papiere herumlagen. Ich nahm einen Styroporbecher und goß mir bitteren Kaffee aus der Kaffeemaschine ein.

An einem der Anschlagbretter hing ein geschlossener Umschlag mit meinem Namen. Ich schlitzte ihn auf und fand eine Notiz von Magda: »Victor – ich muß Sie sprechen. Bitte rufen Sie so bald wie möglich an.« Unten war ihre Telefonnummer hingekritzelt. Ich rief sie von Geralds Tisch aus an.

»Magda, ich bin es, Vic. Ich habe Ihre Notiz bekommen.«

»Vic!« Ihre Stimme war eindringlich. »Ich muß Sie sprechen. Bitte.« Die Leitung blieb eine Weile stumm. Dann sagte sie: »Letztes Mal – war ich nicht sehr nett. Ich habe Sie einfach stehengelassen. Sind Sie mir böse? Ich sehe jetzt ein, daß das falsch war.«

»Nein, ich bin nicht böse. Was ist denn? Ist was passiert?«

»Am Telefon können wir uns nicht unterhalten.« Ich fragte mich, ob Magda damit rechnete, daß Theresa mithörte. »Wo sind Sie?«

Ich antwortete: »Im Verwaltungsgebäude.«

»Bleiben Sie dort. Ich komme.«

Sie legte auf. Na gut, dachte ich. Sabina hatte mich ohnehin angewiesen, sie noch einmal über Moore-Gann auszufragen. Während ich durchs Treppenhaus in Richtung Vorratsschrank eilte, überlegte ich, was Magda von mir wollte. Die Polizei hatte sie am Vormittag zum zweiten Mal verhört. Wußte sie, daß Eaken vorhatte, Jean-Paul festzunehmen?

Als ich mich der geschlossenen Tür zu Judiths Büro näherte, hörte ich Gemurmel. Ich war also nicht allein im Gebäude. Ich blieb stehen, um zu lauschen, konnte jedoch nicht feststellen, wer die Sprecher waren und was gesagt wurde.

Drei Meter hinter Judiths Tür stand der Schrank. Ich ging geräuschlos dorthin und schlüpfte hinein. Am Freitagnachmittag hätte das jemand ebensogut tun können, und falls dieser Jemand Judith war, hätte sie nur ein paar Sekunden gebraucht, um ihr Büro zu verlassen und den Flur entlangzulaufen. Selbst wenn Gerald am Tisch gewesen wäre, hätte er mit dem Rücken zum Treppenhaus dagesessen und daher nichts gesehen. Der Wandschrank war eine tiefe, offene Nische mit Regalbrettern vom Boden bis zur Decke. Darauf lagen Büromaterial, Filter für die Kaffeemaschine und Pakete mit Styroporbechern und Plastiklöffeln. Der Medizinschrank hing auf Augenhöhe an der Wand. Aus dem staubigen Spiegel an der Vorderseite sah mir mein eigenes Gesicht entgegen. Ich machte die Klappe auf. Drinnen entdeckte ich vergilbte Schachteln mit Pflaster, staubige Aspirinfläschchen, die gerade noch eine oder zwei Tabletten enthielten, halbleere Flaschen mit Desinfektionsmittel, halb ausgedrückte Tuben Salbe ohne Verschluß – ein Haufen Schrott, wie Charlene gesagt hatte, dicht gedrängt bis auf eine Lücke auf dem zweiten Einlegebrett. Jemand – Judith? – hatte die Flasche Digoxin herausgenommen und diese Lücke hinterlassen. Und dann? Vermutlich die Kapseln aufgebrochen und den Inhalt mit Wasser gemischt – nicht viel, gerade genug, um ihn aufzulösen. Sobald das Digitalis aufgelöst war, konnte man es schnell und einfach in einen Drink schütten.

Ich trat wieder auf den Flur und ging aufs Klo. Ich hatte immer noch den Styroporbecher mit Kaffee in der Hand. Ich leerte ihn ins Waschbecken. Becher wie diesen gab es im Vorratsschrank in großer Zahl, und der Mörder konnte einen davon auf der Toilette mit Wasser gefüllt haben. Dann hätte er – oder sagen wir lieber sie – damit ins Büro gehen, die Kapseln auflösen und die Lösung auf eine Flasche umfüllen können, die so klein war, daß sie sich in einer Hand verbergen ließ. Judith mußte gewußt haben, daß es auf der Cocktailparty Bloody Mary geben würde – perfekt geeignet, um den Beigeschmack des Digoxin zu kaschieren. Dagegen konnte sie nicht gewußt haben, daß Moore-Gann aufgegeben hatte, Alkohol zu trinken, weil sie seit Jahren keinen Kontakt mehr mit ihm gehabt hatte.

So konnte es abgelaufen sein. So *mußte* es abgelaufen sein – aber ob Judith das Gift verabreicht hatte?

Ich hörte eine Tür aufgehen. Theresa kam aus Judiths Büro, einen Haufen Papiere im Arm. Ihr Gesicht sah im Profil angespannt und blaß aus. »Ich werde Ihnen Bescheid geben«, sagte sie über die Schulter gewandt. Judith antwortete, aber ich konnte nicht hören, was sie sagte. Es überraschte mich, nach der heutigen bitteren Konfrontation wegen des Seminarplans diese beiden Frauen zusammenzusehen. Theresa blickte hoch

und sah mich. Sie schenkte mir ein angestrengtes Lächeln. »Vic«, sagte sie. »Wie geht es Ihnen?«
Sie sah furchtbar aus, und ich dachte: »Die Frau sollte daheim im Bett liegen.« Ich war nicht etwa der Meinung, daß es ihre Probleme gelöst oder ihren Mann wieder zum Leben erweckt hätte, wenn sie sich ausgeruht hätte. Es kam mir nur unnatürlich vor, wie sie die Arbeit fortsetzte, nachdem dieser Schicksalsschlag ihr Leben ruiniert hatte. Ich überlegte, welche Vorteile doch der jüdische Brauch hatte, *Shivah* zu halten, wie es meine Großmutter und eine meiner Tanten getan hatten, nachdem ihre Männer gestorben waren. Eine Woche lang hatten sie ohne Schuhe auf niedrigen Schemeln gesessen und getrauert, während eine Prozession von Freunden und Verwandten vorbeikam, um ihnen Trost zu spenden und Essen zu bringen. Erst als die Woche um war, hatten sie versucht, ihr Leben wieder aufzunehmen.
Aber das war offensichtlich nicht Theresas Art. Ich ging zu ihr und sagte: »Hallo, Theresa. Glauben Sie, Sie hätten heute nachmittag Zeit, sich mit mir zu unterhalten und ein paar Fragen zu beantworten? Das Kuratorium hat meine Chefin engagiert, um den Fall zu untersuchen.« Über ihre Schulter hinweg konnte ich Judith an ihrem Schreibtisch sehen, wie sie uns schweigend beobachtete.
Theresa zögerte. »Also – es tut mir schrecklich leid, Vic, aber ich habe soviel zu tun. Hervé sollte morgen vormittag den Eröffnungsvortrag halten, und da ich ihn an seiner Stelle halten werde –« sie warf einen raschen Blick auf Judith –, »habe ich noch eine Menge vorzubereiten. Judith und ich haben gerade die Unterlagen fertiggestellt.« Sie seufzte. »Na gut, früher oder später muß ich ja doch eine Pause einlegen, wahrscheinlich zum Abendessen. Ich habe den ganzen Tag noch nichts gegessen. Warum kommen Sie nicht gegen sieben zu mir ins Haus?«
Ich sagte zu, und sie entfernte sich mit schleppenden Schritten durchs Treppenhaus.
Ich ging ins Büro. Hinter dem großen Stahlschreibtisch wirkte Judiths schmale Gestalt noch dünner, als wäre sie seit gestern geschrumpft. Sie begrüßte mich nicht. Ich nahm einen Stuhl und sagte: »Haben Sie etwas dagegen, wenn ich mich setze?«
»Ich nehme an, es ist Ihnen nicht eingefallen, zu warten, bis Sie hereingebeten werden, ehe Sie ein fremdes Büro betreten.« Ihr Benehmen war so feindselig wie eh und je, aber sie war nicht mit ganzem Herzen dabei. Sie schien sich über irgend etwas Sorgen zu machen. Ich setzte mich, und sie bellte: »Nun?«
»Ich denke, Sie wissen inzwischen Bescheid, daß das Kuratorium –«
»Ja, ja«, sagte sie abwinkend. »Die haben Sabina Swift engagiert, um Moore-Ganns Tod zu untersuchen.« Sie preßte die Lippen zusammen,

doch dann sprudelte es aus ihr heraus. »Hat sie wirklich einen zurückgebliebenen Neffen, oder hat sie gelogen? Mich ausgehorcht?«
»Sie hat den Fall untersucht.«
»Auf ganz gemeine, hinterhältige Art, wenn es Sie interessiert.«
»Tut mir leid, daß Sie so denken.«
»Ja, so denke ich.« Ihr Mund verzerrte sich vor Entrüstung und noch etwas – Genugtuung, vielleicht. Ihre schlechte Meinung von der menschlichen Natur hatte sich wieder einmal bestätigt, und sie konnte ihrer Sammlung einen weiteren Affront hinzufügen. »Und ich hielt sie für anständig. Nur, daß ein anständiger Mensch so etwas nicht zu seinen Gunsten ausnutzen würde. *Sie* als Mann können das nicht verstehen. Eine Frau dagegen sollte wissen... sollte sich vorstellen können...« Sie sprang auf und trat ans Fenster. Dort stand sie mit verschränkten Armen und beobachtete den Regen, wie er über die Scheiben rann. Plötzlich wirbelte sie herum und sagte widerstrebend: »Sind Sie Jordan begegnet? Meinem Sohn?«
»Ich habe ihn kennengelernt, ja.«
»Nein, haben Sie ihn *gesehen*? Heute, gestern –«
»Nein.«
»Ich auch nicht.« Sie zögerte. »Ich bin schon ganz krank vor lauter Sorge.« Ihre Worte überschlugen sich, und es hatte den Anschein, als kämen sie unfreiwillig heraus. »Aber das ist Ihnen ja egal.«
»Er ist seit zwei Tagen nicht nach Hause gekommen?« Sie schüttelte den Kopf. »Ist das bei ihm schon mal vorgekommen?«
»Na ja – sozusagen«, gab sie zu. »Ein- oder zweimal, als ich gezwungen war, ihn zu – bestrafen.«
Ich fragte mich, welche Form der Bestrafung sie anwandte. »Haben Sie ihn kürzlich bestraft?«
»Das geht Sie nichts an. Jedenfalls sind Sie doch wohl nicht gekommen, um sich über meinen Sohn zu unterhalten.« Sie machte kehrt und setzte sich wieder auf ihren Stuhl hinter dem Schreibtisch. »Was wollen Sie?«
»Haben Sie eine Ahnung, wo er sein könnte?«
»Ich sagte Ihnen doch, das geht Sie nichts an. Vielleicht weiß ich es, vielleicht aber auch nicht. Warum kommen Sie nicht endlich zur Sache?«
»Na gut. Können Sie mir sagen, wer sich am Freitagnachmittag ab zwölf Uhr dreißig hier im Gebäude aufgehalten hat?«
»Wohl kaum. Natürlich war ich selbst da, und Gerald. Und Dr. Gawthrop – sein Büro liegt im Obergeschoß. Mehrere Tagungsteilnehmer sind am Freitag angekommen und haben ihre Mappen abgeholt. Gerald hat eine Liste und müßte sie abgehakt und den Tag ihrer Ankunft eingetragen haben. Außerdem sind wohl den ganzen Tag über Leute aus und ein gegangen, um ihre Post abzuholen, am Schwarzen Brett nachzusehen,

die Toilette zu benutzen und sich über dies und jenes zu beschweren. Die glauben nämlich, wir hätten nichts Besseres zu tun, als ihnen Apartments mit besser ausgestatteter Küche, Babysitter und Flugbuchungen zu besorgen. *Ich* habe jedenfalls keine Ahnung, wer an dem Tag da war und was sie alle wollten. Ich halte meine Tür geschlossen. Sonst komme ich gar nicht mehr zu meinen eigentlichen Aufgaben.«

»Und ich dachte, das wäre Ihre Aufgabe.«

»Sie brauchen mir nicht zu sagen, wie meine Aufgaben aussehen.«

Ich beugte mich vor und sagte barsch: »Das Digitalis, an dem Hervé Moore-Gann umgekommen ist, stammt aus dem Medizinschrank direkt neben Ihrem Büro, Judith. Saul Sachs hat dort eine Flasche Digoxin aufbewahrt, und die ist irgendwann nach zwölf Uhr dreißig am Freitag verschwunden. Wir wollen wissen, wer sie genommen hat. Wegen der Lage Ihres Büros sind Sie in einer günstigeren Position als jeder andere, etwas gesehen oder gehört zu haben.« Sie beobachtete mich mit gleichgültiger Miene. »Oder vielleicht haben Sie sie selbst genommen.«

Sie lachte freudlos. »Sie glauben, *ich* hätte Moore-Gann umgebracht? Das ist lächerlich! Ich habe über seinen Abgang zwar keine Tränen vergossen«, sagte sie sarkastisch, »aber was beweist das schon? Mr. Newman, ich halte nicht viel von der Menschheit, aus gutem Grund. Aber dieser Mann war das Gemeinste vom Gemeinen. Für mich hätte sich daran nichts geändert, und wenn sie ihm *zehn* Nobelpreise gegeben hätten!«

»Er hat Sie schäbig behandelt?«

Sie legte die Hände flach auf den Tisch und schob ihren Stuhl zurück. Er fuhr auf Rollen, die ein wenig quietschten. »Hören Sie. Ich habe Moore-Gann nicht umgebracht. Ein anderer war so freundlich, das zu übernehmen. Und ich lasse mir das von niemandem anhängen. Ich hab' im Leben genug durchgemacht.«

»Sie meinen, weil Sie Moore-Ganns Kind aufgezogen haben, ohne daß er es überhaupt anerkannt hätte?«

Ihr Gesicht war wie versteinert. »Was soll das heißen? Jordans Vater ist vor seiner Geburt in Vietnam gefallen. Obwohl Sie auch das nichts angeht.«

»Warum hat Moore-Gann Ihnen dann Geld geschickt?«

»Geld? Er hat mir nie Geld geschickt, keinen Cent!« brauste sie auf. »Dieser gemeine Kerl!«

»Na ja, er vielleicht nicht, aber Theresa – kommt das nicht aufs gleiche raus?«

»Natürlich nicht! Es –« Sie brach ab und schwieg. Dann wollte sie wissen: »Wer hat Ihnen gesagt, Theresa hätte mir Geld geschickt? Sie etwa? Ich wette, daß sie es war. Wahrscheinlich macht es ihr Spaß, sich damit zu brüsten.« Judith lachte hämisch auf. »Sie hatte doch tatsächlich den Nerv, zu Jordans Geburtstag einen Fünfdollarschein zu schicken. Fünf Dollar! Ich habe ihr mitgeteilt, was ich von ihr halte; beim Öffnen ihrer Mappe hat sie darin eine spezielle kleine Willkommensnote vorgefunden.« Sie lächelte giftig und erhob sich erneut. »Ich habe nicht vor, noch mehr Ihrer aufdringlichen Fragen zu beantworten, Mr. Newman. Ich werde mit Gerald sprechen und zusehen, ob wir eine Liste aller Leute zusammenstellen können, die am Freitagnachmittag im Gebäude waren.«

»Es wird Ihnen nichts anderes übrigbleiben, als Fragen zu beantworten, wenn nicht von mir, dann von der Polizei.«

»Ausgezeichnet. Die Polizei ist mir lieber.«

Ich erinnerte mich, daß Eaken mit ihr zur Schule gegangen war. »Captain Eaken ist wohl ein Freund von Ihnen?«

»Leben Sie wohl, Mr. Newman«, sagte sie und verschränkte die Arme vor der Brust. »Ich habe nichts mehr zu sagen.«

»Ich bin vom Kuratorium des Instituts engagiert, und Sie sind Angestellte des Instituts. Professor Gawthrop erwartet bestimmt von Ihnen, daß Sie die Nachforschungen unterstützen.«

Sie starrte mich trotzig an und antwortete nicht. Ich ging. Sie machte die Tür hinter mir zu.

21

Während ich im Empfangsraum des Verwaltungsgebäudes auf Magda wartete, las ich die Anschläge am Schwarzen Brett durch. Nach ein paar Minuten kam Judith im Regenmantel aus ihrem Büro. Sie ignorierte mich, als sie den Empfangsraum durchquerte, und verließ das Gebäude. Vom Fenster aus sah ich, wie sie in ihren Wagen stieg und davonfuhr.

Der Raum war kalt, deshalb zog ich den Reißverschluß an meiner Windjacke hoch. Ich dachte über den Toten nach, versuchte, mir über ihn klarzuwerden. Er schien haufenweise Widersprüche in sich zu vereinen, ein Mann, der ein Genie gewesen war und weltweit berühmt, aber Florian zufolge »nicht im eigentlichen Sinne liebenswert« und Bruno zufolge »ein kalter Fisch«. Judith hatte ihn den »Gemeinsten unter den Gemeinen« genannt; Theresa hielt ihn für einen Nationalhelden und hatte ihn angebetet, obwohl er nach Florians Aussage ein Schürzenjäger gewesen war.

Das erste und einzige Mal, daß ich ihn gesehen hatte, war mir am meisten der Kontrast zwischen seinem eindrucksvollen intellektuellen Kopf – und natürlich seiner Reputation – und den hautengen Jeans sowie dem Goldkettchen aufgefallen, die er getragen hatte. Er war mir vorgekommen wie ein Mann, der sich deutlich, wenn nicht gar schmerzlich, der eigenen alternden Sexualität bewußt war; ein Mann, der möglicherweise hin- und hergerissen wurde zwischen den gegensätzlichen Bedürfnissen von Geist und Körper. Bruno hatte gesagt, Moore-Gann habe nie seine Gefühle gezeigt, aber er mußte welche gehabt haben, genau wie andere Männer auch. Wenn überhaupt jemand gewußt hatte, wie sie aussahen, dann Theresa, die zwanzig Jahre mit ihm zusammengelebt hatte. Vielleicht würde sie, wenn ich sie am Abend sah, etwas sagen, das mir half, zu verstehen, was für ein Mensch er wirklich gewesen war.

Magda erschien, einen tropfenden Schirm in der Hand, den sie an der Wand abstellte. »Es gießt«, sagte sie. »Wie dumm von mir, ich hätte den Wagen nehmen sollen.« Sie trug einen schwarzen, enggegürteten Regenmantel und einen glänzenden schwarzen Regenhut mit einer Krempe, die ihr Gesicht überschattete. Sie nahm den Hut ab und sah mich an. In ihren Augen lag eine gewisse Unterwürfigkeit, als würde sie mir zwar nicht über den Weg trauen, hätte sich jedoch damit abgefunden, sich vor mir rechtfertigen zu müssen. Aber wofür?

»Vic, sagen Sie mir, was Sie herausgefunden haben – bitte. Wissen Sie schon, wer Moore-Gann umgebracht hat?«

»Nein.«

Ihre Schultern zuckten enttäuscht. »Ich war bei der Polizei. Die haben entdeckt, daß es mein Glas war, aus dem Moore-Gann getrunken hat. Vic – die werden Jean-Paul verhaften. Vielleicht haben sie es sogar schon getan.«

Ich sagte: »Ich war der Meinung, daß zwischen Ihnen alles aus und vorbei ist. Hatten Sie das nicht gesagt? Jetzt hört es sich allerdings nicht so an.«

Ihre Hände verschränkten sich. »Sie reden daher wie Theresa«, sagte sie. »Theresa haßt Jean-Paul.« Ich hatte an Geralds Schreibtisch Platz genommen. Magda ließ sich daneben auf einen Stuhl fallen und wandte den Blick ab, so daß ich ihr kühnes Profil sah, die Nase mit breitem Nasenflügel, das ausladende Stirnbein und ein einzelnes tiefliegendes Auge. »Vic«, sagte sie und schien sich einen Ruck zu geben. »Ich muß mich bei Ihnen entschuldigen. Wegen neulich, als Sie mir Fragen gestellt haben. Ich habe nicht geantwortet. Ich war nicht höflich. Nun sehe ich ein, daß ich Ihnen alles sagen muß, selbst wenn ich der Ansicht bin, daß es nicht darauf ankommt, selbst wenn ich nicht verstehe, wie ich damit Jean-Paul helfen kann. Ich weiß nämlich, daß er nicht versucht hat, mich zu vergiften.«

»Wie können Sie da so sicher sein?«

»Ich kenne ihn«, sagte sie schlicht. »Niemand kennt ihn so gut wie ich.« Sie holte tief Luft. »Am Samstag haben Sie mich gefragt, ob zwischen Hervé und mir etwas vorgegangen ist, und ich sagte nein. Das war die Wahrheit, aber nicht die ganze Wahrheit.«

Ich erinnerte mich, wie Captain Eaken gesagt hatte: »Die junge Frau hat uns nicht die ganze Wahrheit gesagt.« Ich sagte: »Was haben Sie ausgelassen?«

Sie antwortete nicht gleich. Schließlich sagte sie: »Ich bin im vergangenen September nach Cambridge gegangen, um mit Hervé zu arbeiten. Nächsten Monat ist das ein Jahr her. Jean-Paul kam auch mit. Wir waren in Kalifornien zusammengewesen, und als ich die Stelle am MIT bekam, gelang es ihm, dort in der Nähe Arbeit bei einer Beraterfirma zu finden, die viele Regierungsaufträge hat. Ich habe mich natürlich sehr darauf gefreut, mit Moore-Gann zu arbeiten. Zunächst hatte ich richtig Angst vor ihm und war überwältigt von der Ehre, obwohl ich andere Stellenangebote hatte. Sie verstehen schon.« Sie zuckte die Achseln. »Ich leiste viel in meinem Fach, und heutzutage möchte jeder eine Frau einstellen, weil die Regierung gewisse Verordnungen erlassen hat. Aber nach ein paar Monaten sind mir bestimmte Dinge aufgefallen, die mir gar nicht gefielen.«

»Zum Beispiel?«

»Moore-Gann war anfangs reserviert, er gab sich immer intellektuell – damit hatte ich gerechnet und empfand es als natürlich. Aber dann hat er sich verändert. Wir hatten spätabends noch zu arbeiten, nachdem die Sekretärinnen gegangen waren, und er fing an, mich hie und da zu berühren. Das hat mir nicht gefallen. Inzwischen hatte ich Gerüchte über seine Affären mit Frauen gehört.« Sie warf mir einen verschleierten Blick zu. »Sie wissen davon?«

»Ja.«

»Gut.« Ihr Mund verzog sich verächtlich. »Es liegt mir nicht, so etwas zu wiederholen.«

»Ist Ihnen je zu Ohren gekommen, daß er eine *ernstzunehmende* Affäre hatte?«

»Ernst? Nein, nie. Es hieß, sie seien alle vorübergehend. Mir lag nichts daran, eine seiner Eroberungen zu werden. Das hätte sich herumgesprochen und meinem Ruf als Physikerin geschadet. Das würde ich nie riskieren. Ich fühlte mich auch keineswegs zu ihm hingezogen. Ich war auf Jean-Paul eingestellt, und obwohl wir unsere Probleme hatten, haben wir nach wie vor zusammengelebt. Ich wußte nicht, was ich tun sollte. Ich konnte mich niemandem anvertrauen. Jean-Paul ist sehr eifersüchtig, ihm konnte ich es nicht sagen, und außer ihm hatte ich keine richtigen Freunde.« Sie sah sich im Raum um und richtete dann den Blick auf mich, aber ich sagte nichts. Gleich darauf fuhr sie fort: »Dann ist noch etwas passiert. Hinsichtlich meiner Arbeit.«

»Was denn?«

Sie zögerte. »Kennen Sie sich mit Physik aus?« Ich schüttelte den Kopf.

»Nun, vielleicht ist Ihnen bekannt, daß alle Leute von Bedeutung sich derzeit mit etwas beschäftigen, das sich Supersymmetrie nennt. Früher haben wir die Elementarteilchen wie Elektronen und Protonen und Quarks in sogenannten Multiplets je nach Spin kategorisiert. Nun versuchen wir diese Multiplets zusammenzufassen, so daß übergeordnete Kategorien entstehen, die uns erlauben, Theorien zu bilden, die mathematisch stichhaltiger sind als die alten. Natürlich ist das alles Theorie und hat nichts mit der Natur zu tun – noch nicht. Aber wenn unsere Theorien zutreffen, werden sie in zehn oder zwanzig Jahren zu einem Verständnis der Naturgewalten führen, das fundamentaler ist als alles Vorhergegangene. Verstehen Sie?«

»Fahren Sie fort. Sie sagten, etwas sei hinsichtlich Ihrer Arbeit passiert. Was?«

»Kurz nachdem ich am *Massachusetts Institute* angefangen hatte, kam mir eine neue Idee, wie man Partikel in Supermultiplets gruppieren kann. Ich habe die Idee mit Hervé diskutiert, und er fand sie vielversprechend. Ich machte mich an die Arbeit und hielt ihn über die Fortschritte auf dem laufenden, die ich erzielte. Dann ist er einige Tage zu einer Konferenz in Mexico City gereist und hat dort ein Seminar gehalten, das großen Anklang fand. Allerdings erfuhr ich von Kollegen, die dabei waren, daß er dort *meine* Arbeit vorgestellt hat, ohne meinen Namen zu erwähnen. Sie können sich vorstellen, wie mir zumute war – oder vielleicht auch nicht.«

»Was haben Sie getan, als Sie dahinterkamen?«

»Eine Woche lang habe ich gar nichts unternommen. Versetzen Sie sich in meine Lage. Er ist ein weltberühmter Professor, ein Nobelpreisträger, und ich nichts als eine Assistentin. Aber eines Abends haben wir wieder spät gearbeitet, und er hat sich über mich gebeugt, als ich an meinem Schreibtisch saß. Er hat den Arm um mich gelegt, und seine Hand hierher.« Sie berührte ihre Brust. »Ich bin aufgesprungen und habe ihn angeschrien, er soll damit aufhören. Es war niemand da, der mich gehört hätte, wir waren allein auf der Etage. Da habe ich alles gesagt, was ich in mich hineingefressen hatte – daß er meine Arbeit benutzt hat, ohne mich zu erwähnen, und daß das in Zukunft nicht noch einmal passieren darf. Daß mir an einem Flirt nichts liegt, daß ich ihn respektiere und als Kollegen und Lehrer schätze, daß er mir aber nie etwas anderes bedeuten kann. Daß das meiner Karriere schaden würde. Da ist er, oh, so wütend geworden! Er hat etwas Gemeines über meine Beziehung zu Jean-Paul gesagt. Und wie ich dazu käme, so stolz zu sein.« Sie warf ihr Haar zurück, und ihre Augen blitzten aufgebracht. »Er hat ein Wort benutzt, das ich hier nicht wiederholen werde, und ich habe ihn geohrfeigt. Ja, den großen Moore-Gann!« Sie verschränkte die Arme vor der Brust und starrte niedergeschlagen vor sich hin. »Wochenlang hat er nicht mit mir gesprochen. Ich habe ihn kaum gesehen, höchstens auf dem Flur, und wenn wir uns begegnet sind, hat er mich ignoriert. Ich habe allein weitergearbeitet und mich sehr isoliert gefühlt. Ich habe sogar mit dem Gedanken gespielt, mir eine andere Stellung zu suchen.

Dann kam er eines Tages in mein Büro. Er hat sich entschuldigt und zu mir gesagt, er würde mich respektieren, weil ich ihm die Meinung gesagt hätte. Er sagte, bei dem Vortrag in Mexiko hätte er vorgehabt, mich zu erwähnen, es aber dann vergessen, weil aus dem Publikum so viele Fragen kamen und ihm die Zeit ausging. Er versprach, mir in Zukunft die nötige Anerkennung zukommen zu lassen. Das tat er dann auch, sonst hätte ich nicht länger mit ihm zusammengearbeitet. Das eine Mal wurde nie wieder erwähnt, aber er hat mich seither mit dem größten Respekt behandelt. Wir sind uns durch diese Episode sogar nähergekommen. Er hat sich wie ein wahrer Freund verhalten, fast wie ein Vater. Mein eigener Vater ist gestorben, als ich elf Jahre alt war. Nun gab es zwischen Hervé und mir keine Förmlichkeit mehr, ich konnte mit ihm über alles reden, und ich konnte ihn sogar ein wenig necken. Das gefiel ihm, glaube ich. Die meisten Leute sind ihm mit Ehrfurcht begegnet, und das hat ihn gelangweilt. Er hat mir in vielerlei Hinsicht geholfen und hat während der letzten paar Monate versucht, mir ein Immigrationsvisum zu besorgen. Wäre er am Leben geblieben, hätte er das sicher geschafft. Nun, da er tot ist, weiß ich nicht, wie es weitergehen soll. Ich kann doch nicht zurück nach Polen!«

»Warum nicht, Magda?«

»Ich könnte verhaftet werden. Wenn nicht, dürfte ich zumindest nicht an der Universität lehren. Sie müssen verstehen, meine Mutter war bei Solidarnosc sehr aktiv. Sie ist eine Intellektuelle, Lehrerin und Schriftstellerin, und sie hat –« Magda schluckte –, »*hatte* eine kleine Druckerpresse. Sie begann gewisse Pamphlete zu schreiben, die sich gegen die Regierung richteten, und sie unter die Arbeiter in den Fabriken zu verteilen. Ich habe ihr geholfen. Wir haben den Druckvorgang gemeinsam bewältigt. Das Ganze lief natürlich im geheimen ab. Dann hatte ich die Gelegenheit, zur Fortbildung nach Amerika zu gehen. Ich bekam ein Stipendium. Wir haben uns lange unterhalten, ob ich gehen soll oder nicht, ob sie ohne mich zurechtkommen würde. Aber sie drängte mich, mir die Gelegenheit nicht entgehen zu lassen.« Magda preßte die Lippen zusammen und wandte den Kopf ab. »Ich weiß nicht, was dann passiert ist. Jemand muß sie verraten haben, das ist klar. Ich erhielt die Nachricht, sie sei im Gefängnis. Danach – nichts mehr. Ich weiß nicht einmal, ob sie noch lebt. Manchmal befürchte ich –«

»Wer könnte sie verraten haben?«

Sie schüttelte den Kopf. »Auch das weiß ich nicht. Einige Leute wußten, daß sie eine Druckerpresse hatte, weil sie die Werke anderer Dichter herausgegeben hat – nicht bloß ihre eigenen. Aber nur wenige Freunde wußten um die politische Literatur, und die hielten wir alle für zuverlässig.« Magdas Hände auf ihrem Schoß ballten sich zu Fäusten. »Wenn ich je dahinterkomme –«

Sie wandte sich mit Tränen in den rehbraun gefleckten Augen an mich. »Hervé war ein guter Freund«, wiederholte sie. »Er hat festzustellen versucht, wo sie ist. Er meinte, es könne ihm gelingen, eine Amnestie für sie zu erwirken, oder sie gar aus dem Land zu schaffen. Er kannte viele Leute an der Spitze der amerikanischen Regierung.«

Wieder ein neuer Moore-Gann, überlegte ich; diesmal der Altruist, der Drahtzieher zugunsten der Unterdrückten.

Sie holte ein Taschentuch hervor und betupfte sich die Augen. Dann raffte sie sich zu einem halbherzigen Lächeln auf. »Wir haben immer gescherzt, daß er für mich einen reichen amerikanischen Ehemann finden würde, damit ich die Staatsbürgerschaft bekomme.«

»Würden Sie einen Amerikaner heiraten, nur um Ihre Visaprobleme zu lösen?« Immerhin machte die Einwanderungsbehörde des öfteren Ausnahmen, und man schien einhellig der Meinung zu sein, daß sie eine ausgezeichnete junge Wissenschaftlerin war.
Sie schüttelte den Kopf. »Sie sind Amerikaner. Sie können sich nicht vorstellen, daß bei manchen Leuten die Auswahl nicht so groß ist wie bei Ihnen. Sie waren noch nie in so einer Lage. Ich habe mich geweigert, Jean-Paul zu heiraten, zum Teil deswegen, weil ich dachte, ich *müßte* vielleicht einen Amerikaner heiraten, um meine Ausweisung zu verhindern. Das wäre keine richtige Ehe gewesen, sondern eine Scheinehe, eine Fassade, die nach außen hin aufrechterhalten wird, und später kann man sich dann scheiden lassen.« Sie zog die Schultern hoch. »Nun ja, mit dem armen Hervé ist es vorbei. Theresa wird bei den Immigrationsbehörden tun, was sie kann, da bin ich sicher. Auch sie hat mächtige Freunde. Aber was wird passieren?« Sie breitete die Arme aus und sagte resigniert: »Wer weiß?«
»Magda, wieviel weiß Theresa über das, was zwischen Ihnen und Hervé abgelaufen ist?«
Sie sah verblüfft drein. »Nichts – es sei denn, er hätte es ihr erzählt. Sie hat mir gegenüber nie etwas davon erwähnt.«
»Hätte er es ihr erzählt?«
Sie dachte darüber nach. »Ich weiß nicht«, sagte sie langsam. »Ich habe beiden sehr nahegestanden, sie waren meine amerikanische Familie. Aber ihre Ehe habe ich nie verstanden.« Sie schüttelte den Kopf und wischte sich mit ihrem Taschentuch die Augen. »Ich kann immer noch nicht glauben, daß Hervé für immer von uns gegangen ist! Auch Theresa hat das, glaube ich, noch nicht begriffen. Wenn es soweit ist, wird sie jemanden brauchen, bei dem sie sich anlehnen kann, und vielleicht werde ich diejenige sein.«
Ich sagte: »Ich habe mich schon oft gefragt, was Sie für Theresa empfinden.«
»Ich bewundere sie. Sie ist eine gute Physikerin, wir diskutieren viel. Sie hat eine Intuition, die mich manchmal in Erstaunen versetzt. Ich glaube, sie war Hervé eine große Hilfe.«
»Und persönlich?«
Sie zögerte, und ihr Mund verzog sich in einer Geste des Widerwillens, als würde sie Persönliches lieber außen vor lassen. Sie zog die Schultern hoch. »Sie ist sehr lieb und geduldig. Sehr stark. Manchmal ein bißchen – ich weiß nicht, wie ich es auf englisch ausdrücken soll. Intensiv, zu intensiv?«
»Wußte sie von Moore-Ganns Affären?«
»Ach, die.« Sie winkte ab. »Sie hat nie davon gesprochen, aber sie wußte

Bescheid. Ich bin sicher, daß sie Bescheid wußte. Aber sie hat sie als nebensächlich erachtet. Vermutlich waren sie das auch. Theresa spricht oft davon, sich über Kleinliches zu erheben. Andererseits kann sie selbst recht kleinlich sein, auch wenn sie glaubt, es nicht zu sein.«
»In welcher Beziehung?«
»Ach – sie macht soviel Aufhebens. Nichts von Bedeutung, wirklich. Vic –« Sie wandte sich an mich und erfaßte mit beiden Händen meine Hand. »Ich mache mir große Sorgen um Jean-Paul, ich habe Angst, daß sie ihn ins Gefängnis stecken werden. Sagen Sie mir die Wahrheit, halten Sie ihn für schuldig?«
Die Frage war schwer zu beantworten. »Noch weiß ich es nicht«, sagte ich zögernd. »Es gibt noch andere Möglichkeiten. Vielleicht hat dieses Verbrechen seinen Ursprung in ferner Vergangenheit – dann hat es nichts mit Jean-Paul zu tun.«
»Und Sie werden es herausfinden, Sie und Sabina Swift?«
»Wir versuchen es, Magda. Nach besten Kräften.« Ich stand auf. »Ich gehe jetzt zu Ihrem Haus«, sagte ich. »Um mich mit Theresa zu unterhalten. Kann ich Sie mitnehmen?«
»Nein. Ich muß noch telefonieren. Ich bleibe hier.«

22

Es regnete immer noch. Ich nahm den VW-Bus zu Theresa, obwohl es dorthin nicht weit war. Aus dem Schornstein des silbriggrauen Baus stieg ein Rauchfaden auf. Theresas und Magdas Wagen standen an der Zufahrt. Ich parkte hinter ihnen und sprang aus dem Auto, mitten hinein in eine Pfütze. Das Wasser reichte mir bis über die Knöchel. Ich rettete mich auf die Veranda und klopfte an die Tür. Niemand antwortete. Nach einer Weile machte ich die Tür auf. Der Wind riß sie mir aus der Hand und schlug sie hinter mir zu, daß die alten Wände erzitterten. Theresas Stimme ertönte: »Maggie, bist du das?«

Ich fand Theresa in der Küche, wo sie an einem holzbefeuerten Herd aus schwarzem Gußeisen stand, der starke Hitze ausstrahlte. In Flanellhemd und weiten Kordhosen, um die Taille eine Schürze, sah sie wie eine Bauersfrau aus. »Ach, Sie sind es, Vic«, sagte sie, als sie mich erkannte. »Ich dachte, es wäre Maggie, die zum Abendessen heimkommt.« Ich nahm an, daß Magda andere Pläne hatte, sagte aber nichts. Theresa musterte meine Füße. »Sie sind ja ganz naß. Warum ziehen Sie nicht Ihre Schuhe aus?« Ihre Augen blickten besorgt, trotz der Erschöpfung, die sich darin auf Dauer eingenistet zu haben schien.

Ich sah mich in der Küche um. Am einen Ende stand ein langer Tisch voller Papiere und Bücher. Dort hatte sie offensichtlich ihre Vorlesung des kommenden Tages vorbereitet. Am anderen Ende stand in der Nähe des Herdes ein zweiter, kleinerer Tisch mit einer roten Tischdecke. Darauf standen eine Flasche Wein im Dekantierkorb, ein Laib Brot auf einem Brett und zwei flackernde Kerzen. Der Tisch war für zwei Personen gedeckt.

Ich zog meine durchnäßten Turnschuhe aus und lehnte ihr Angebot ab, mir trockene Socken zu besorgen. Sie ging trotzdem los, um welche zu holen, sowie ein Handtuch, und hielt mir einen Vortrag darüber, wie wichtig es war, trockene Füße zu haben. Ich mußte an meine Mutter denken, obwohl ich mich kaum an sie erinnern konnte, und genoß es, mich von Theresa verwöhnen zu lassen. Hatte sie diese kleinen Aufmerksamkeiten auch Moore-Gann zukommen lassen, waren sie Teil der Bindung zwischen ihnen gewesen, vielleicht gar der Grund, warum er nach seinen außerehelichen Eskapaden immer wieder heimgekehrt war?

Sie räumte auf dem Tisch mit den Büchern eine Stelle frei, rückte mir

einen Stuhl zurecht und brachte eine Schüssel mit geschlagenem Ei und einen Teller mit Brotkrumen herüber. »Ich mache Wiener Schnitzel«, sagte sie. »Panierte Kalbskoteletts – Magdas Leibgericht. Eigentlich müßte ich an meinem Seminar arbeiten, aber Kochen entspannt mich. Ich werde die Vorlesung heute nacht fertigstellen – schlafen kann ich eh nicht.« Sie holte mehrere in Wachspapier gewickelte Scheiben Kalbfleisch an den Tisch, setzte sich und wälzte das Fleisch sorgfältig und gründlich, um sicherzustellen, daß die Oberfläche gleichmäßig paniert war, zuerst in der Eimasse und dann in den Brotkrumen. Sie sagte: »Ich hätte mir eine große Familie zulegen müssen, für die ich kochen kann.«
»Zu schade, daß Sie es nicht getan haben«, sagte ich.
»Sie fragen sich, wieso nicht, habe ich recht? Das tun die meisten Leute, sind aber zu höflich, um nachzufragen.« Die Ringe unter ihren blauen Augen waren so dunkel, daß das Blau verwaschen wirkte. »Es ging nicht anders«, sagte sie und kehrte die Handflächen nach oben. »Glücklicherweise hat es meinen Mann nicht gestört, für ihn stand seine Arbeit immer an erster Stelle.«
Ich fragte mich, warum sie Wert darauf legte, daß ich davon erfuhr, und sagte: »Es wäre mir lieb, wenn Sie mir von ihm erzählen würden. Deshalb bin ich hier. Sie kannten ihn besser als jeder andere.«
»Tatsächlich?«
»Etwa nicht?«
»Ich denke schon. Was möchten Sie wissen?«
»Es macht Ihnen also nichts aus, wenn ich persönliche Fragen stelle?«
»Nun ja – das hängt von den Fragen ab. Natürlich ist mir klar, daß Sie Fragen stellen müssen, nachdem Sie nun die Umstände seines Todes untersuchen.«
Ich sagte: »Da Sie das Thema aufgebracht haben: Ich frage mich, warum Sie und Ihr Mann nie ein Kind adoptiert haben. Sie müssen doch daran gedacht haben.«
Als sie daraufhin den Kopf schüttelte, machte sich in ihren Augen der Schatten eines alten Kummers bemerkbar, doch ihre Stimme blieb sachlich. »*Ich* habe sehr wohl daran gedacht. Aber mein Mann war der unumstößlichen Meinung, daß er nicht die Verantwortung für das Kind eines anderen übernehmen wollte.«
»Ist das der Grund, warum er sich nicht mit Jordan abgeben wollte?«
Sie hob die Augenbrauen. »Wie ich sehe, haben Sie die gängigen Gerüchte gehört. Nun, es ist kein Geheimnis, viele Leute wissen, daß mein Mann und Judith früher einmal... *intim* waren.« Sie ging mit dem Wort präzise, aber distanziert um, als würde sie mit Gummihandschuhen und spitzen Fingern verschmutzte Bettwäsche in die Waschmaschine verfrachten. »Das ist lange her und war keine ernste Sache.«

»Ich habe gehört, es sei sehr wohl ernst gewesen.«
»Nicht für ihn«, sagte sie mit Nachdruck. »Er hat nie geglaubt, daß das Kind von ihm war. Judith hat versucht, ihn unter Druck zu setzen, und da wollte er natürlich gar nichts mehr mit ihr zu tun haben.« Sie schüttelte den Kopf, ein angedeutetes Lächeln auf den Lippen. »Sie hat einen großen Fehler begangen. Mein Mann ließ sich nicht unter Druck setzen; das machte ihn nur trotzig. Wenn Sie über ihn Bescheid wissen wollen: Das war eine seiner Charaktereigenschaften.« Sie wandte den Kopf ab. »Er konnte wie ein Stein sein. Man mußte mit ihm umzugehen wissen.«
»Wie sind Sie mit ihm umgegangen, Theresa?«
Sie hob das Kinn. »Vic, halten Sie es nicht auch für wichtig, die Dinge im richtigen Verhältnis zu betrachten und im Leben gewisse Dinge zu übersehen? Ich schon. Ich habe immer darauf geachtet, freundlich und höflich zu Hervé zu sein. Man könnte wohl sagen, daß ich mich ihm untergeordnet habe. Ich habe meine Karriere hintangestellt, um mit ihm zusammen reisen zu können. Oh, natürlich war ich ein wenig in der Lehre tätig, aber die Forschung habe ich aufgegeben. Ich weiß, so etwas gilt heutzutage als altmodisch, aber Ehemänner legen Wert darauf – jedenfalls Hervé. Mir hat es nichts ausgemacht. Warum auch? Er hat mir soviel gegeben.«
»Zum Beispiel?«
»Sie stellen in der Tat persönliche Fragen. Ist die Antwort nicht offensichtlich? Wir hatten einen gewissen Rang in der Welt.« Sie verstummte mit in sich gekehrtem Blick und überließ mich der Vorstellung von Botschaftsempfängen, Diners im Weißen Haus und schließlich jenem Tag, an dem er in Stockholm den Nobelpreis erhalten hatte. Ich stellte mir vor, wie sie neben ihm auf dem Podium gestanden und seinen Triumph genossen hatte; wahrscheinlich hatte sie sich das Recht dazu erworben.
»Würden Sie ihn einen glücklichen Mann nennen?«
»Gewiß! Gewiß war er glücklich. Wer hat das Gegenteil behauptet?« Ihr Ton war scharf, ihr Blick wachsam.
»Nur so eine Überlegung von mir. Sie hätten es gewußt, wenn er nicht glücklich gewesen wäre?«
»Unbedingt. Er hat mir alles erzählt, hat mich an jedem Aspekt seines Lebens teilhaben lassen.«
»Sogar an seinen Affären?«
»Also –« Sie warf mir einen hochmütigen Blick zu. Ich merkte, daß sie um ihre zuvor getroffene Entscheidung rang, meine Fragen rückhaltlos zu beantworten. »Wie ich sehe, haben Sie praktisch *alle* gängigen Gerüchte gehört«, sagte sie schließlich. »Stimmt, wir haben über seine kleinen Abstecher gesprochen, auch wenn Sie das überraschen mag. Mein Mann hat sehr hart gearbeitet, mit totaler Konzentration. Und hin und

wieder brauchte er eine – geistlose Ablenkung. Mehr war nicht dahinter. Wir haben eine wunderbare Ehe geführt«, betonte sie. »Dieser Ansicht mag nicht jeder gewesen sein, aber ich schon. Und da es meine Ehe war, kommt es nur darauf an. Wir hatten eine herrliche intellektuelle Beziehung. Wir haben über Physik gesprochen, wir haben über alles gesprochen.«

»Haben Sie auch darüber gesprochen, daß er Magda zu nahe getreten ist?«

Theresa atmete scharf ein. »Habe ich Ihnen nicht gesagt, wir hätten über alles gesprochen?« Sie stand auf, trug die panierten Kalbfleischstücke zum Herd und stellte eine Pfanne auf. Während sie wartete, kehrte sie mir den Rücken zu. »Aber Sie müssen bedenken, daß das passiert war, ehe sie zu uns gezogen ist. Das war ein einzelnes Vorkommnis. Und als wir alle zusammen waren, hat sich so etwas wie eine Familie ergeben, das war wunderschön.« Sie drehte sich nach mir um, weil sie sichergehen wollte, daß ich ihren Standpunkt auch wirklich begriff. »Das habe ich gemeint, als ich sagte, man muß Dinge übersehen, die nicht so wichtig sind. Magda ist jetzt für mich wie eine Tochter, die Tochter, die ich nie gehabt habe.«

Ich sagte: »Kann sein, daß ich naiv bin, aber ich verstehe nicht, daß Sie sie wie eine Tochter behandeln konnten, obwohl Sie wußten, was zwischen ihr und Ihrem Mann vorgefallen war.«

»Aber es war doch gar nichts vorgefallen!« Theresa legte die Kalbfleischstücke in die Pfanne; sie zischten, als sie mit der Hitze in Berührung kamen. »Ich hänge sehr an Magda!« Mein Unverständnis schien sie zu verstimmen. »Begreifen Sie denn nicht? Sie ist mein jüngeres Ich, nur klüger und stärker. Sie wird es weit bringen. Vielleicht bekommt sie eines Tages selber den Nobelpreis, das wäre durchaus möglich. Sie ist sehr gut.« Als sie sich nun über die Schulter nach mir umsah, huschten die Schatten ihrer Gedanken zu schnell über ihre blauen Augen, um sie zu deuten. »Bitte verraten Sie Maggie nicht, daß ich das gesagt habe, aber es könnte ihr nichts Besseres passieren, als daß Jean-Paul Brocchiu des Mordes an meinem Mann für schuldig befunden wird. Das wäre für sie das Allerbeste! Ihnen mag es seltsam vorkommen, aber ich bin davon überzeugt. Er tut ihr nicht gut.« Theresa schüttelte den Kopf. »Ganz und gar nicht gut, aber ich fürchte, er hat immer noch Einfluß auf sie.«

»Glauben Sie, daß er es getan hat?«

»Captain Eaken scheint zu glauben, daß er Magda umbringen wollte, und daß mein armer Mann aus Versehen gestorben ist.« Bei diesen Worten schien ihre Stimme versagen zu wollen. »Meiner Meinung nach ist Jean-Paul zu allem fähig! Ich habe Gründe, das anzunehmen!« Nun klang ihre Stimme schrill. »Magdas Bindung an diesen Mann ist einfach katastrophal. Kaum zu glauben, daß sie immer noch an ihm hängt – aber Liebe kennt nun einmal keine Logik.« Sie schüttelte den Kopf. »Haben Sie gehört, daß sie um drei Uhr nachts mitten im Winter bei uns daheim in Cambridge erschienen ist, nachdem der brutale Kerl sie zusammengeschlagen hatte? Wissen Sie, der Mann trinkt. Mein Mann war verreist, und ich habe nie gut geschlafen, wenn er fort war. In jener Nacht litt ich unter Schlaflosigkeit – zum Glück, wie sich im nachhinein herausstellte. Sonst hätte ich ihr Klopfen nicht gehört. Ich fand sie auf unserer Türschwelle liegend vor. Sie hätte an Unterkühlung sterben können! Stellen Sie den Verlust vor – für die Physik, für uns alle! Ich habe sie buchstäblich zum Wagen getragen und direkt auf die Unfallstation gebracht. Sie war von Kopf bis Fuß zerschlagen.« Theresas Stimme zitterte vor Empörung. »Als sie das Krankenhaus verlassen konnte, habe ich sie mit nach Hause genommen, und seither lebt sie bei uns.«

Sie drehte das Kalbfleisch um und verminderte die Hitze unter der Pfanne. Dann holte sie einen Flaschenöffner, trat an den Tisch, der für zwei gedeckt war, und machte die Flasche Wein auf. Sie füllte die beiden Gläser. Aus dem einen trank sie, und als sie es absetzte, war es halb leer. Das andere brachte sie mir. Im Lampenschein war der Wein dunkelrot.

Ich sagte: »Sie glauben, daß sie zu ihm zurückkehren wird.«

Sie hob ihr Glas und leerte es. Erbittert sagte sie: »Würden Sie nicht auch annehmen, daß ein brillantes Mädchen wie sie mehr Verstand beweisen müßte?« In der Stille, die dieser Frage folgte, begann im Nebenzimmer das Telefon zu läuten. Theresa ging los, um den Anruf entgegenzunehmen. Ich hörte ihre Stimme etwas murmeln, und gleich darauf, nach einer Pause, verstand ich, was sie sagte: »Aber ich habe Wiener Schnitzel auf dem Herd!« Wieder herrschte Schweigen, gefolgt von dem Ausruf: »Er ist nicht gut für dich!«

Als Theresa in die Küche zurückkam, schien sie aufgewühlt zu sein. »Magda kommt nicht nach Hause«, sagte sie. »Sie ist bei ihm.« Sie warf einen raschen Blick auf den Tisch mit der roten Decke und den zwei Tellern. »Vic, möchten Sie mir vielleicht beim Abendessen Gesellschaft leisten?«

»Nein danke, Theresa. Ich muß gehen.« Ich hatte die Frage kommen sehen, und ich wollte nicht mit ihr essen.

»Ach, so eilig werden Sie es doch nicht haben.« Das Lächeln, mit dem sie mich bedachte, war gezwungen und sehr verletzlich.

Ich schüttelte den Kopf, fühlte mich ein wenig schuldig und sagte: »Übrigens war ich erstaunt, Sie heute nachmittag aus Judiths Büro kommen zu sehen, nach dem Streit, den Sie wegen des Seminarplans hatten.«

Sie zuckte die Achseln, und der Ausdruck von Verletzlichkeit verschwand aus ihrem Gesicht. »Wir müssen lernen, uns über derartige Kleinigkei-

ten zu erheben«, sagte sie forsch. »Judith ist Institutssekretärin, und ich brauchte ihre Hilfe, um die Unterlagen für mein Seminar vorzubereiten.« Sie zögerte. »Haben Sie schon mit ihr gesprochen, haben Sie sie über den Tod meines Mannes befragt?«
»Ja. Warum? Glauben Sie, sie weiß etwas?«
»Das wollte ich damit nicht sagen. Ich habe mich nur gefragt, was sie wohl über Hervé erzählt hat, ob sie über ihre – Beziehung zu ihm gesprochen hat.« Ihre Antworten kamen jetzt schneller, als wolle sie dadurch verhindern, daß ich ging. »Es erstaunt mich, daß sie sich auf ein Verhör eingelassen hat; Judith kann ja so brüsk sein.«
»Viel hat sie nicht gesagt.« Ich stand auf. »Allerdings hat sie Sabina einiges über Jordan erzählt.«
Sie blickte überrascht drein. »Jordan? Warum über ihn?«
»Oh – daß seine Ausbildung kostspielig war. Sie haben ihr Geld geschickt, nicht wahr?«
»Gelegentlich. Sehen Sie, ich dachte – wenn er tatsächlich Moore-Ganns Sohn wäre, müßte ich etwas für ihn tun. Aber es wundert mich doch, daß sie es erwähnt hat. Es war natürlich Hervé, von dem sie Geld wollte, nicht ich. Aber er hat nicht einmal zugelassen, daß ich das Thema anspreche.«
Ich ging zur Tür, und sie folgte mir. Ich sagte: »Das war großzügig von Ihnen – nicht viele Frauen in Ihrer Lage hätten überhaupt etwas geschickt. Hat sie sich wenigstens bedankt?«
Sie setzte ein schiefes Lächeln auf. »Ach, das kann man eigentlich nicht behaupten. Im Gegenteil, sie hat sogar – na ja, egal.« Ihr Tonfall besagte, daß sie die Sache abtat. »Das arme Geschöpf tut mir leid. Ich finde, sie hat Mitleid verdient.« Plötzlich war mir klar, warum Judith Theresa Moore-Gann gehaßt haben mochte, die Frau, die sich ihrer Position so sicher war, daß sie sich leisten konnte, gegenüber einer ehemaligen Rivalin mildtätig zu sein. »Halten Sie mich nicht für besser als ich bin«, sagte Theresa. »Der Junge war keine Bedrohung für mich. Mein Mann hätte sich nie um ein zurückgebliebenes Kind gekümmert – niemals! Selbst wenn hinsichtlich der Vaterschaft kein Zweifel bestanden hätte.«
Wir hatten die Vordertür erreicht. »Es regnet immer noch«, sagte sie. »Ich muß wohl auf meinen Spaziergang verzichten. Ich gehe jeden Abend nach dem Essen einmal um den Teich. Wenn ich nicht genug Bewegung habe, werde ich meist ziemlich unruhig.« Sie spähte zum Himmel empor. »Meinen Sie, es wird bald aufhören?«
Ich machte die Tür auf. »Theresa, lassen Sie mich noch etwas fragen. Halten Sie es für denkbar, daß Judith Ihren Mann wegen der Ereignisse vor zwanzig Jahren so gehaßt hat, daß sie ihren Groll über die Jahre aufrechterhalten und ihn schließlich umgebracht hat?«
»Umgebracht? Judith?« Theresa blickte zunächst verblüfft, und dann

nachdenklich drein. »Der Gedanke ist mir noch nie gekommen«, sagte sie langsam. »Er erscheint mir weit hergeholt, aber nicht unmöglich.« Sie schwieg einen Moment lang. »Ich nehme an, Hervé könnte bei ihr eine Art von Besessenheit ausgelöst haben. Aber das hieße, daß sie von Anfang an eine verdrehte Person gewesen sein muß, meinen Sie nicht auch? Wer weiß, vielleicht war sie das.« Sie ergriff meinen Arm. »Sind Sie absolut sicher, daß Sie nicht zum Abendessen dableiben wollen?«
»Ich kann nicht, aber jedenfalls vielen Dank.«
Ich machte die Tür hinter mir zu und überließ es ihr, in ihre warme Küche zurückzukehren, zu ihrem Tisch, der für zwei gedeckt war.

23

In Burlington angekommen, fand ich Sabina lesend auf der Wohnzimmercouch vor. Sie begrüßte mich, nahm einen Schluck aus ihrer Teetasse und setzte ihre Lektüre fort.

»Ich habe soeben mit Theresa gesprochen«, sagte ich und zog die tropfnasse Windjacke aus. »Und davor mit Magda und Judith.«

»Mmm-hmm. Hängen Sie die Jacke bitte über die Badewanne.«

»Was ist denn zum Abendessen geplant?« Ich hatte seit dem Morgen nichts gegessen und war dementsprechend hungrig.

»Bedienen Sie sich am Kühlschrank.« Sie blätterte um.

»Und Sie essen nichts? Wie steht's mit Bruno?«

»Der ist auf der Cocktailparty.« Bildete ich mir das nur ein, oder hatte hier ein Ehekrach stattgefunden?

»Sie nicht?«

Sie blätterte wieder um, dann murmelte sie: »Ich lese lieber.«

»Vielleicht sollte ich zu der Cocktailparty gehen. Dort gibt's wenigstens was zu essen.« Ich war eigentlich nicht in Feierstimmung, wollte mir nur trockene Sachen anziehen und dann Bericht erstatten. Immerhin hatten wir einen Fall zu bearbeiten, nicht wahr? Und hatte nicht Florian, unser Klient, ausdrücklich um rasche Resultate gebeten?

Sabina antwortete nicht. Ich sagte: »Das muß ein interessantes Buch sein.«

Ohne aufzublicken sagte sie: »So ist es.«

Wenn sie sich so benimmt, ist nichts mit ihr anzufangen, deshalb machte ich mich auf den Weg in die Küche und sagte: »Wie ich sehe, war Ihr Bibliotheksbesuch ein voller Erfolg.« Ich erhielt keine Antwort. Was hatte sie nur?

Ich zog mich um und machte eine Dosensuppe heiß. Währenddessen grillte ich mir einen Käsetoast.

Ich aß und las die Sportseite der *Burlington Free Press*, als Sabina in die Küche kam, um sich eine frische Kanne Tee zu kochen. Sorte *English Breakfast*, die, wie sie mir versichert hat, zu jeder Tageszeit getrunken werden kann. Da sie nun schon einmal zugegen war, berichtete ich ihr von meinen Erlebnissen – sie bat zwar nicht ausdrücklich darum, blieb aber so lange da, bis ich ausgeredet hatte. Einen Kommentar gab sie nicht ab. Das ging mir auf die Nerven, weil ich nun einmal positive Verstärkung brauche. Als ich geendet hatte, sagte sie nur: »Also würde Magda in Betracht ziehen, einen Amerikaner zu heiraten, um ihre Visaprobleme zu lösen. Ich frage mich, wie es mit dem Einwanderungsstatus von Andrzej Modzalewski aussieht. Hat Mort Goldman sich seinetwegen schon bei Ihnen gemeldet?«

»Noch nicht.«

»Warum haken Sie nicht nach?«

Sie begab sich mit ihrem Tee zurück ins Wohnzimmer und zu ihrem Buch, während ich Mort in seinem Apartment in Crystal City anrief. Er entschuldigte sich, daß er mich noch nicht zurückgerufen hatte. »Wir hatten viel zu tun«, sagte er. »Vor der mexikanischen Botschaft ist heute morgen eine Autobombe hochgegangen, und es gab drei Tote, darunter der Botschafter persönlich. Weißt du eigentlich, wie viele mexikanische Staatsbürger es in Washington D. C. gibt, von den Vororten ganz zu schweigen? Legale und Illegale?« Ich verneinte, und er sagte, sie wüßten es auch nicht, und das sei ein Teil des Problems.

»Was deinen Freund Modzalewski angeht«, sagte er. »Wie es scheint, ist er genau das, was er zu sein vorgibt. Er ist ein ziemlich bekannter polnischer Physiker, ehemaliger Professor an der Universität Wroclaw, verheiratet, keine Kinder. Seine Frau ist in Polen zurückgeblieben. Er wurde wegen regierungsfeindlicher Aktivitäten für die *Solidarnosc*-Bewegung verhaftet und abgeurteilt. Dabei ging es hauptsächlich um seine Beteiligung an einem Streik von Fabrikarbeitern in der Gegend von Wroclaw – er soll ein guter Redner sein und auf Versammlungen und so weiter gesprochen haben. Nach seiner Verurteilung hat er acht Monate im Gefängnis gesessen, das wissen wir mit Sicherheit. Er hat übers Wochenende Freigang erhalten, um seinen kranken Vater zu besuchen, und wurde mit Hilfe einiger *Solidarnosc*-Genossen in einem Tischlereilieferwagen mit doppeltem Boden aus dem Land geschmuggelt.« Er zögerte, als wolle er noch etwas hinzufügen, dann sagte er: »Nach außen hin alles koscher. Als er hier ankam, hat er über gemeinsame Freunde mit Saul Sachs Kontakt aufgenommen und eine Weile bei ihm gewohnt. Sachs und seine Familie sind ungarische Juden, Flüchtlinge aus dem Zweiten Weltkrieg, und Sachs hat große Anstrengungen unternommen, einer ganzen Reihe von Wissenschaftlern zu helfen, die politische Emigranten waren. Er hat Modzalewski praktisch ausgehalten, bis er eine Stelle für ihn am New Yorker City College gefunden hatte. Das war's, Vic. Und was weißt du über Modzalewski?«

»Nicht viel. Sein Englisch könnte besser sein. Er ist ein Riesenkerl mit einem knochenbrecherischen Händedruck. Offenbar Angehöriger des Sachs-Zirkels. Er scheint sich mit Sachs und zwei anderen Physikern namens Leo Pesnik und Jean-Paul Brocchiu angefreundet zu haben. Brocchiu ist ein Korse, den die Polizei demnächst wegen des Mordes an Hervé Moore-Gann verhaften wird. Sabina glaubt nicht, daß er's war. Außerdem ist noch eine polnische Physikerin hier, Magda Tenofska, aber die zwei kungeln nicht zusammen – wenn ich's mir recht überlege, habe ich sie noch nie miteinander sprechen sehen. Sie ist viel jünger als er, noch keine dreißig.«

»Magda Tenofska«, sagte er nachdenklich. »Wo habe ich den Namen schon mal gehört?«

»Ihre Mutter sitzt in einem polnischen Gefängnis. Wegen *Solidarnosc*-Aktivitäten – sie besaß eine Druckerpresse und hat darauf regierungsfeindliche Pamphlete gedruckt. Magda hat ihr dabei geholfen.«

Mort sagte: »Kommt mir irgendwie bekannt vor. Weißt du noch mehr über Modzalewski?«

»Er hat Knöpfe an der Hose statt einem Reißverschluß.«

Er lachte. »Danke, das werde ich notieren. Also, tut mir leid, daß ich dir nicht weiterhelfen konnte, Vic.«

»Übrigens, wie steht's mit seiner Einwanderung?«

»Er hat ein Besuchervisum. Offenbar bemüht er sich um eine ständige Aufenthaltsgenehmigung. Das kann Jahre dauern.«

Wir unterhielten uns noch eine Weile über andere Dinge, auch über den Mord an Moore-Gann. Mort interessierte sich für den Gedanken, das Gift des Mörders könne Magda gegolten haben. Er bat mich, ihn anzurufen, falls ich über Modzalewski oder Magda etwas erfuhr, das ihn interessieren könnte. Ich versprach es und legte auf.

Ich ging ins Wohnzimmer und erzählte Sabina, was er gesagt hatte, aber sie nickte nur geistesabwesend und wandte sich wieder ihrem Buch zu. Nun hatte sie mich schon zum zweiten Mal abblitzen lassen. Ich ging und nahm ein langes, heißes Bad, das mir ein wenig half, aber nicht viel.

Bruno erschien um punkt zehn Uhr mit einer Pizza in Familiengröße und schuldbewußter Miene. »Hat jemand Hunger?« rief er fröhlich. »Sabina?«

Sie blätterte um und ignorierte ihn. Das war nicht normal – sonst sagt sie wenigstens Hallo.

Ich sagte: »Ich könnte gut noch was vertragen. Was ist denn drauf?«

»Pilze und Salami.« Ihre Lieblingssorte. Er klappte die Schachtel auf, und Dampf stieg auf. Ich sah, wie ihre Augen ein wenig in seine Richtung schweiften, und fragte mich, wie lange sie wohl durchhalten würde.

Ich stand auf. »Ich hole die Teller und das Bier.«

Als ich zurückkam, sagte er gerade: »Ich hatte nicht die Absicht, den ganzen Nachmittag mit ihr zu verbringen, Sabina. Es ist einfach so gekommen.« Er breitete hilflos die Hände aus, und ich entnahm seinen Worten, daß das Mittagessen mit Vita sich ausgeweitet hatte. »Sie wollte das Shelburne-Museum besuchen. Ich dachte, das wäre ganz in der Nähe, deshalb habe ich zugestimmt. Wie sollte ich denn wissen, daß es dahin nur eine Straße gibt, und daß dort Bauarbeiten stattfinden? Der Verkehr war in beiden Richtungen total blockiert. War das etwa meine Schuld?«

Sabina sagte: »Du hättest anrufen können.« Sie nahm sich ein Stück Pizza und eine Serviette, sobald ich das Tablett auf dem Wohnzimmertisch abgestellt hatte.

Er sagte: »Also, es tut mir jedenfalls leid. Übrigens, Vita hat mir von diversen Affären berichtet, die Moore-Gann hatte.« Er ließ den Köder baumeln wie eine tote Maus vor einer Katze.

»Ja, und?« sagte sie kühl.

»Sie hat gesagt, er hätte ihr mal einen Antrag gemacht. Er hätte ein Verhältnis mit ihr anfangen wollen, aber sie habe abgelehnt.«

»Vermutlich war es umgekehrt«, sagte Sabina ätzend. »Wie ich sie kenne, läuft sie allem nach, was Hosen anhat. Worüber hast du dich sonst mit deinem ... Museumsstück unterhalten?«

Bruno verzog schmerzlich das Gesicht. »Sabina, sie ist eine alte Freundin. Ihr Mann hat Krebs, sie macht einiges durch.« Er nahm einen Teller und suchte sich das größte Stück Pizza aus. Ich griff nach dem zweitgrößten. Wir fingen zu essen an. »Außerdem hat sie mir erzählt, daß Moore-Gann auf einer zweiwöchigen Konferenz in Finnland eine Affäre mit einer Stenographin hatte, und noch eine in New York mit einer Eurasierin, die bei einer Wochenendtagung als Reiseleiterin einer Gruppe chinesischer Physiker dabei war – so was hatte er gern. Kurz und unverbindlich.«

Ich sagte: »Vielleicht hatte Theresa doch irgendwie recht, darüber hinwegzusehen.«

»Sie glauben, daß sie davon gewußt hat?« Bruno angelte nach einer Dose Bier.

»Ich weiß es, sie hat es mir selbst gesagt. Damit meine ich nicht, daß sie speziell von diesen beiden gewußt hat, obwohl auch das möglich wäre. Sie behauptet, Moore-Gann habe ihr alles erzählt – und ich glaube, daß er das wirklich getan hat. Immerhin wußte sie sogar, daß er Magda zu nahegetreten war.«

Bruno schien überrascht zu sein. »Magda? Wirklich?«

»Ja. Offenbar hat sie ihn abgewiesen, und danach waren sie nichts als gute Freunde. Das behauptet jedenfalls Magda.«

Er grübelte darüber nach, während er sich über das zweite Stück Pizza hermachte. Seine Krawatte war mit Tomatensoße bekleckert, und seinen Bart schmückte ein Käsefaden. Ich hatte nur ein paar Krümel auf dem Schoß, und die wischte ich sorgfältig ab. Sabina hatte zierlich, aber un-

barmherzig ihr zweites Stück schon fast verputzt und war dabei immer noch unbefleckt. Sie sagte zwar nichts, aber ich merkte ihr an, daß sie genau aufpaßte. Bruno sagte: »Vita glaubt nicht, daß zwischen Moore-Gann und Magda etwas abgelaufen ist, obwohl ihr Spekulationen darüber zu Ohren gekommen sind. Die Frauen, mit denen er seine Verhältnisse hatte, waren niemals Intellektuelle, also ist Magda eigentlich nicht sein Typ.«
»Theresa ist doch eine Intellektuelle«, warf Sabina ein.
»Ja – natürlich, aber mit ihr war er *verheiratet.* Übrigens denkt Vita, Magda wäre zu ehrgeizig, etwas zu tun, was anderen Physikern Anlaß gäbe, die Urheberschaft ihrer Arbeit anzuzweifeln. Man hat von Magda allgemein den Eindruck, daß sie es auf den Nobelpreis abgesehen hat. Wie Vita es ausdrückt: ›Sie will den Preis, nicht einen Preisträger.‹«
»Im Gegensatz zu Vita«, sagte Sabina.
»Wären nicht die meisten Frauen gern mit einem Nobelpreisträger verheiratet? Du etwa nicht? Natürlich solltest du deine Hoffnungen nicht zu hoch schrauben.«
»Ich hab' darüber noch nicht nachgedacht«, sagte Sabina. »Anerkennung, die ich nicht selbst erworben habe, interessiert mich nicht.«
»Bestimmt nicht?«
»Überhaupt nicht.«
»Dann ist es ja gut.« Er hörte sich doch tatsächlich erleichtert an. Theoretische Physiker werden nämlich das Gefühl nicht los, daß sie eigentlich den Nobelpreis gewinnen müßten. »Übrigens, eines habe ich herausgefunden, was dich sicher interessiert.«
Nach einem Moment sagte Sabina: »Vita hat dir erzählt, was Moore-Gann zu Sachs gesagt hat, als sie sich die Hand gaben.«
»Wie hast du das wieder so schnell erraten? Na ja, du hast recht. Aber ich sehe nicht, wie dir das weiterhelfen könnte. Laß mich zitieren, was er zu Sachs gesagt hat: ›Es hat mir Kummer bereitet, zu hören, daß Sie krank sind. Ich habe inzwischen erfahren, was es heißt, zu leiden.‹ Zitat Ende.«
»Das war's? Sonst nichts?«
Bruno nickte.
Sabina blickte versonnen. »›Es hat mir Kummer bereitet, zu hören, daß Sie krank sind. Ich habe inzwischen erfahren, was es heißt, zu leiden.‹ Ja, ich glaube, das hatte er. Ja, gewiß.«
Sie wußte etwas, und ich hatte keine Ahnung, was. Das ärgerte mich. Ich sagte: »Theresa zufolge war er glücklich.« Wir saßen schweigend da und grübelten. Schließlich sagte ich: »Offen gestanden kann ich mir nicht vorstellen, daß das, was er zu Sachs gesagt hat, uns irgendwie weiterbringt.«
Von der Pizza war nichts mehr übrig. Sabina fragte: »Hat Vita sonst noch etwas gesagt?«

»Nur, daß sie mit Bestimmtheit wußte, daß Moore-Gann demnächst zum Botschafter in einem der skandinavischen Länder ernannt werden sollte. Sie fand das albern, ja, so hat sie sich ausgedrückt. Ich bin mir nicht ganz sicher, warum.«
Es wurde spät, und ich war müde. Bruno zauberte ein Tüte Kekse mit Pfefferminzgeschmack hervor, aber ich beschloß, auf direktem Wege ins Bett zu gehen. Ich sagte gute Nacht und überließ es Bruno und Sabina, die Kekse ohne mein Zutun zu vertilgen.

Um drei Uhr morgens wurde ich von einem Donnerschlag geweckt. Ich ging ins Bad und sah, daß im Wohnzimmer noch Licht brannte, deshalb ging ich nach unten und entdeckte Sabina, die sich in eine Decke gewikkelt hatte und immer noch las.
»Hi«, sagte ich. »Morgen wird Ihnen das leidtun.«
»Ah, hallo, Vic.« Sie unterdrückte ein Gähnen, setzte sich auf und legte das aufgeschlagene Buch mit dem Rücken nach oben auf ihren Schoß. Ich wurde langsam neugierig, was sie da las, deshalb schlich ich mich hinter sie, wo ich den Titel sehen konnte: ›*The Good Soldier*‹. Das kam mir bekannt vor, aber ich wußte nicht, woher. Ich persönlich würde so etwas nie lesen.
»Gutes Buch?« erkundigte ich mich.
»Ein grauenhaftes Buch. Grauenhaft und wunderschön – über die verborgenen destruktiven Strömungen unter der Oberfläche von Menschenleben, die augenscheinlich zivilisiert ablaufen.« Sie legte den Finger auf den Buchumschlag. »Außerdem habe ich daraus erfahren, wer Hervé Moore-Gann umgebracht hat.«
»Was Sie nicht sagen. Wie wär's, wenn Sie mich einweihen?«
Sie schüttelte den Kopf. »Bisher haben wir nicht den geringsten Beweis. Und ich mache mir Sorgen. Vic, wie lange ist es her, daß jemand Jordan gesehen hat?«
»Ich habe ihn spät am Samstagnachmittag gesehen, bei Gerald und Brad.«
»Als er sich so gefürchtet hat, daß er weggelaufen ist. Und als Sie vierundzwanzig Stunden später mit Judith gesprochen haben, hatte sie ihn immer noch nicht zu Gesicht bekommen und wußte nicht, wo er war.«
»Sie schien sich seinetwegen auch Sorgen zu machen. Aber vielleicht ist er heute abend heimgekommen. Wissen wir denn, ob er nicht schlafend in seinem Bett liegt?«
»Dessen würde ich mich gern vergewissern. Ich denke mir, daß Jordan etwas über den Mord weiß, daß er etwas gesehen oder gehört hat, selbst wenn ihm nicht klar ist, was es bedeutet.«
»Warum hat er dann solche Angst?«

»Ich weiß es nicht, Vic. Das ist mir ein Rätsel. Es sei denn, er hätte sich jemandem anvertraut, der wußte, was es bedeutet.«
»Und vielleicht war dieser Jemand der Mörder?«
Sie schüttelte den Kopf. »Das wissen wir nicht, das ist reine Spekulation – aber ich will unbedingt mit ihm sprechen. Ich möchte, daß Sie ihn morgen früh ausfindig machen und zu mir bringen – versuchen Sie's erst bei Judith, dann bei Gerald in West Bolton oder was Ihnen sonst noch einfällt.«
Ich erinnerte mich an den Graben, den Jordan auf dem Institutsgelände ausgehoben hatte, an den rostigen Spaten und die zurückgelassenen Büsche. »Sie meinen doch nicht, daß ihm etwas zugestoßen sein könnte, oder?«
Als ihre Augen den meinen begegneten, hatte sich zwischen ihren Brauen eine Sorgenfalte gebildet. »Ich hoffe nicht.« Sie nahm sich erneut ihr Buch vor. »Warum gehen Sie nicht zurück ins Bett, Vic?«
»Und Sie? Es ist drei Uhr morgens. Mit Ihnen wird morgen nicht viel anzufangen sein, wenn Sie keinen Schlaf bekommen.«
»Bald«, sagte sie. »Gute Nacht, Vic.«

24

Früh am nächsten Morgen parkte ich vor Judiths Bungalow. Er war klein und schäbig, mit bräunlichem Aluminium verkleidet, einer von zehn in einer Reihe, die sich nur dadurch unterschieden, daß bei einigen eine Garage angebaut war und bei anderen nicht. Judiths Haus hatte eine Garage.

Es war ein kalter, feuchter, wolkiger Morgen, und aus neun von zehn Häusern stieg der Rauch von Holzfeuern auf; nur aus dem von Judith nicht. Hieß das, das sie noch nicht aufgestanden war, oder machte sie etwa kein Feuer, ehe sie zur Arbeit aufbrach?

Ich stieg aus dem Auto. Gerade hatte ich angefangen, die asphaltierte Zufahrt hochzugehen, da tauchte hinter den Büschen auf der anderen Seite eines Kettenzauns zwischen Judiths Grundstück und dem Nachbarhaus ein üppige weißhaarige Frau auf.

»Morgen«, sagte sie. Sie hatte einen Pflanzenheber in der Hand. »Wollten Sie zur Mrs. Wiley?«

»Und ihrem Sohn«, sagte ich. »Ja.«

»Hab' den Jungen seit Tagen nicht mehr zu Gesicht bekommen. Kaum haben die ein gewisses Alter erreicht, fangen sie an, sich rumzutreiben. Sie wissen schon.« Die Frau hatte ein pausbäckiges, fröhliches Gesicht, das vom Bücken gerötet war. »Sind Sie ein Freund der Familie?«

»Könnte man sagen.«

»Die haben nicht viel Besuch, nicht, daß mich das was anginge. Ich misch' mich nicht gern ein, wo ich unerwünscht bin. Wenn die unter sich bleiben wollen, sag' ich, soll'n sie doch.« Sie warf einen Blick auf Judiths Haus, wo immer noch kein Lebenszeichen zu sehen war. Kein Rauch im Schornstein, kein Verschieben des Vorhangs in einem Fenster, kein Radiolärm. Auf der wettergegerbten Stirn von Judiths Nachbarin waren Sorgenfalten erschienen. »Ziemlich ruhig heute morgen. 'türlich sind die immer ziemlich ruhig.«

Ich sagte: »Sind die Wileys schon lange Ihre Nachbarn?«

»Zehn, zwölf Jahre. Kann nicht behaupten, daß ich sie heute besser kenne als damals, als sie eingezogen sind. Aber ruhig sind sie meistens. Bis auf letzte Nacht.« Wieder erschienen die Sorgenfalten.

»Ach ja? Was war denn letzte Nacht?«

»Daß was gewesen ist, hab' ich nicht gesagt. Nur, daß mich das Auto gegen Mitternacht geweckt hat.«
»Jemand ist nach Hause gekommen?«
»Dacht' ich auch. Jetzt bin ich nicht mehr so sicher. Gegen eins bin ich wieder aufgewacht und konnte das Auto immer noch hören. Bin aufgewacht, und der Motor lief immer noch. Komisch. Dann hat er aufgehört, und ich bin wieder eingeschlafen.«
Ich blickte mich um. »Jetzt ist aber kein Auto zu sehen.«
»Nein. Muß aber auch nicht sein. Das steht meistens in der Garage. Nun will ich Sie nicht länger aufhalten.« Ihren Pflanzenheber in der Hand, entfernte sich die weißhaarige Nachbarin ein Stück den Zaun entlang und bückte sich über ein Blumenbeet.
Ich eilte die Zufahrt hinauf, bog in einen schmalen Zementpfad ein, der zur Vordertür führte, und klingelte. Niemand reagierte. Ich klingelte noch einmal, dann drückte ich auf die Klinke. Die Tür ging auf. Über die Schulter hinweg konnte ich Judiths Nachbarin sehen, die mich beobachtete. Als sie merkte, daß ich sie ansah, bückte sie sich und machte sich wieder an die Gartenarbeit. Ich trat ins Haus.
»Hallo!« rief ich, aber niemand antwortete. Ich sah mich im Haus um, was nicht lange dauerte. Es hatte nur fünf Zimmer – Wohnzimmer, Eßzimmer, Küche und zwei kleine Schlafzimmer, alle leer. Beide Betten waren unbenutzt. Weder Judith noch ihr Sohn hatten letzte Nacht hier geschlafen, oder sie hatten ihre Betten gemacht und waren früh aufgebrochen. Ich sah auf die Uhr. Es war wenige Minuten vor acht.
Nun blieb nur noch ein Ort, an dem ich mich umsehen konnte.
Ich öffnete die Tür, die von der Küche direkt in die Garage führte. Es war dunkel, aber ich konnte die Umrisse eines Autos erkennen; es roch stark nach Abgasen und Öl. Ich machte Licht, sah, daß jemand zusammengesunken hinterm Steuer saß, schlug die Tür zur Garage wieder zu und zog mich in die Küche zurück, wo ich mehrere tiefe Atemzüge tat. Dann riß ich alle Fenster auf. Ein, zwei Minuten, dann holte ich tief Luft, hielt den Atem an, machte wieder die Tür auf, hechtete in die Garage und riß die Wagentür auf. Wie ich geahnt hatte, war der Jemand hinter dem Steuer Judith, und sie war seit Stunden tot. Als ich sie berührte, war ihr Körper kalt und steif. Ihr Gesicht war kirschrot, das klassische Anzeichen einer Kohlenmonoxydvergiftung. Ich ging wieder in die Küche, streckte eine Weile den Kopf zum Fenster hinaus und atmete tief. Dann kehrte ich in die Garage zurück. Diesmal fand ich den Zettel, der neben ihr auf dem Vordersitz lag. *»Ersparen Sie mir Ihr Mitleid. Ich bedaure nichts. Judith Wiley.«*
Das war alles. Sie hatte es auf ein abgerissenes Stück Papier gekritzelt. Ich saß eine Weile benommen im Wohnzimmer und fragte mich, ob ich mehr Kohlenmonoxyd inhaliert hatte, als mir bewußt war. Dann rief ich

Sabina an. An ihrer Stimme erkannte ich, daß ich sie geweckt hatte; sie hatte wohl immer noch schlafend auf der Wohnzimmercouch gelegen, wo ich sie entdeckt hatte, als ich vor einer Stunde auf Zehenspitzen das Haus in Burlington verlassen hatte. Ich berichtete ihr von meinem Fund.
»Tot?« sagte sie, und ihre Stimme klang angeschlagen. Sie ist kein Morgenmensch. »Judith? Selbstmord?«
»Sieht ganz danach aus.«
»Das kann ich nicht glauben! Sind Sie sicher, daß sie tot ist?«
»Sie ist seit Stunden tot.«
Am anderen Ende herrschte Schweigen. »Das hätte mir klar sein müssen... wenn ich nur Eaken davon erzählt hätte...« Sie war jetzt hellwach, und gar nicht glücklich. »Ist Jordan da?«
»Keine Spur von ihm, und sein Bett ist unbenutzt.«
Erneutes Schweigen. »Sie geben jetzt besser der Polizei Bescheid und warten, bis sie da ist – die Nachbarin hat gesehen, wie Sie hineingegangen sind. Ich bezweifle, daß man Sie lange dabehalten wird. Sobald man Sie gehen läßt, setzen Sie die Suche nach Jordan fort.«
»Demnach bleiben wir weiter dran? Sie sind nicht der Meinung, Judith hätte Moore-Gann umgebracht und dann Selbstmord begangen? So sieht es nämlich aus.«
Sie duldete keinen Widerspruch. »Selbstverständlich sind wir weiter dran. Selbstmord ergibt keinen Sinn, überhaupt keinen. Judith hätte ihren Sohn niemals sich selbst überlassen, das entspricht nicht ihrem Charakter.«

Ich rief die Polizei an, und während ich auf ihre Ankunft wartete, durchsuchte ich das Haus. In Judiths Schlafzimmer stand ein Schreibtisch, aber er enthielt keine interessanten Papiere, bis auf eine Urkunde, aus der hervorging, daß das Haus Judith und Jordan gemeinsam gehörte, und einer Lebensversicherungspolice über fünfzigtausend Dollar, in der Jordan als Begünstigter genannt war. Ich war nicht der Ansicht, daß die fünfzigtausend Dollar in seinen Händen lange reichen würden – wenn er sie überhaupt je zu sehen bekam. Das war wegen der Umstände, unter denen seine Mutter gestorben war, nämlich fraglich – noch ein Grund, den »Selbstmord« anzuzweifeln. Wenn Judith sich hätte umbringen wollen, hätte sie dann nicht versucht, es als Unfall hinzustellen, damit ihr Sohn die Versicherung kassieren konnte?
Es lag erstaunlich wenig Persönliches herum, keine Andenken, alte Briefe, Zeitungsausschnitte – nicht einmal ein herausgerissenes Rezept aus einer Zeitschrift. Die Tote hatte eindeutig nicht zu Sentimentalitäten geneigt, oder es gab in ihrer Vergangenheit nichts, an das sie erinnert werden wollte. Das einzig Interessante, auf das ich noch stieß – wenn

man von einem rosa und grünen Läufer mit Afghan-Muster absah, an dem Judith gehäkelt hatte – ich konnte sie mir nur schwer beim Häkeln vorstellen –, war ein Bündel alter Scheckhefte in einer Schuhschachtel im Schrank. Ich sah sie mir an und entdeckte, daß sie neben ihren zweiwöchentlichen Gehaltsschecks über die Jahre hinweg in unregelmäßigen Abständen nicht weiter spezifizierte Einzahlungen zwischen 200 und 1500 Dollar vorgenommen hatte. Es ist schon ein Wunder, daß viele Leute, die sonst alles wegwerfen, ewig lange ihre alten Scheckbücher aufbewahren. Ich denke, das liegt daran, daß in den Vereinigten Staaten jeder damit rechnet, irgendwann von der Steuerbehörde überprüft zu werden.

Captain Eaken traf mit seinen Männern ein. Sie lüfteten die Garage mit mehreren großen Ventilatoren, und dann begann der Fotograf, das Auto abzulichten, und die Leiche und den Abschiedsbrief und das zerknüllte Zeitungspapier, mit dem ringsum die Ritzen in der Garagentür verstopft waren. Währenddessen nahm mich Captain Eaken im Wohnzimmer auf beinahe freundliche Weise ins Gebet. Obwohl er mir und Sabina am Vortag mitgeteilt hatte, daß Jean-Paul der Mörder sei, schien er nun überzeugt zu sein, daß Judiths Tod ein Selbstmord war, motiviert durch Reue, weil sie Hervé Moore-Gann umgebracht hatte. Er wirkte sogar richtig erleichtert. Es hatte ihm vermutlich großen Kummer bereitet, daß er in diesem Fall, dem sensationellsten seiner Laufbahn, keine Chance hatte, für eine Verurteilung genügend Beweismaterial zusammenzutragen.

»Also«, sagte er. »Sie sind zufällig um sieben Uhr fünfundvierzig vorbeigekommen und haben die Leiche entdeckt. Dürfte ich fragen, was dieser Besuch am frühen Morgen sollte?«

»Nachforschungen«, sagte ich höflich. »Ich wollte Judith lediglich ein paar Fragen über Professor Moore-Gann stellen. Wie es scheint, hatten die zwei früher ein Verhältnis.« Jordan erwähnte ich nicht.

Er sah mich mitleidig an. »Das hätte ich Ihnen auch sagen können, genau wie viele andere Leute in Burlington. Sind Sie etwa gerade erst dahintergekommen?« Er zuckte die Achseln. »Na ja, wir haben alle unsere kleinen Fehler. Verflucht, ich habe gestern abend Jean-Paul Brocchiu in Gewahrsam genommen. Nun muß ich ihn wohl laufen lassen. Übrigens war die Tenofska bei ihm auf dem Zimmer, als wir ihn abgeholt haben – hab' ich's Ihnen nicht gesagt?« Er lächelte selbstzufrieden. »Jedenfalls ist er damit entlastet. Alle sind entlastet, würde ich sagen.« Er schüttelte den Kopf und runzelte die Stirn. »Arme alte Judith. Ich habe sie zeit meines Lebens gekannt, könnte man sagen. Hätte nie geglaubt, daß sie durch Selbstmord enden würde. Jedenfalls nicht jetzt – sie hatte viel Mumm, was immer man sonst von ihr behaupten mag. Aber da sieht man's wieder mal.«

»Was meinen Sie mit ›nicht jetzt‹?«

»Na ja –« Er zögerte. »Vor zwanzig Jahren hätte ich vielleicht anders darüber gedacht. Sie hat Schweres durchgemacht – speziell die Vergewaltigung.«

»Vergewaltigung?«

»Davon haben Sie also auch nichts gehört, wie? Na ja, kann wohl nichts schaden, wenn ich Ihnen davon erzähle. Im Jahr, als das Institut aufgemacht hat, machten wegen Vietnam eine ganze Reihe Soldaten auf der Durchreise in Burlington Station, und einige haben immer ein bißchen über die Stränge geschlagen; meistens ging es um Trunkenheit und ungebührliches Benehmen, oder eigenmächtige Ausflüge mit dem Wagen eines Bürgers der Stadt – nichts richtig Ernstes. Aber es gab auch ein paar unangenehme Zwischenfälle. Einer davon hatte mit Judith zu tun. Sie sah damals richtig gut aus, hatte eine hübsche kleine Figur, war noch nicht so dünn wie später. Es war allgemein bekannt, daß sie was mit Moore-Gann hatte, und ich kann Ihnen sagen, daß sie in der Stadt kein hohes Ansehen genossen hat. Damals hat man von einem Mädchen Moral verlangt, und das hat ihnen, wenn Sie meine Meinung hören wollen, durchaus gutgetan. Jedenfalls ist Judith eines Abends allein in eine Bar am Seeufer gegangen – einige sagten, sie hätte sich mit ihrem Freund gestritten und wollte sich rächen, indem sie sich mit einem Kerl einließ, andere haben das bestritten. Sie hat Bier getrunken und mit mehreren Marines getanzt, die zufällig in der Bar waren, und gegen Mitternacht hat sie sich zu Fuß auf den Heimweg gemacht. Damals konnte ein Mädchen noch gefahrlos zu Fuß nach Hause – und in Vermont gibt es reichlich Orte, an denen das immer noch zutrifft.

Aber nicht an diesem Abend. Es gibt unterschiedliche Versionen davon, was genau passiert ist, aber soweit mir bekannt ist, sind vier der Jungs in einen Wagen gestiegen und an ihr vorbei die Straße hoch gefahren. Dann haben sie ihr in einem Wäldchen aufgelauert, durch das sie gehen mußte. Haben sie mit dem Messer bedroht, vergewaltigt, zusammengeschlagen und im Straßengraben zurückgelassen.« Er schüttelte den Kopf. »Schlimme Sache. Es kam zum Prozeß, aber die Männer wurden freigesprochen. Danach, habe ich gehört, wollte Moore-Gann nichts mehr mit ihr zu tun haben. Oder gar mit ihrer Schwangerschaft. Irgendwie verständlich.«

»Finden Sie?«

»Ich behaupte nicht, daß es richtig war. Nur verständlich. Natürlich nicht für Judith – sie scheint es ganz und gar nicht verstanden zu haben. Sieht aus, als hätte sie ihn deswegen umgebracht, nach zwanzig Jahren, als sich endlich die Gelegenheit ergab.«

Ich schüttelte den Kopf. »Zwanzig Jahre sind eine lange Zeit, Eaken. Wie kommt's, daß diese Kerle freigesprochen wurden?«

Er zuckte die Achseln. »Wie gesagt, damals war einiges anders. Sie hatte einen schlechten Ruf. Allgemein herrschte patriotische Stimmung, vor allem in Burlington, wo es viele sogenannte Falken gab. Und der verteidigende Anwalt hat das ausgenutzt. Die Männer behaupteten, sie hätte sie provoziert, sie hätte es nicht anders verdient, sie hätte sich aufreizend benommen. So was in der Art. Die Jury hat ihnen alles abgenommen. Nach dem Prozeß hat sie die Stadt verlassen, und als sie ein Jahr später wiederkam, hat sie ein Baby mitgebracht.«

»Und die Geschichte, sie hätte einen Soldaten geheiratet, der in Vietnam gefallen sei?«

»Na ja, die Leute haben so getan, als würden sie ihr glauben. Sie wissen schon. Leben und leben lassen, und sie hat sich von allen ferngehalten. Vielleicht haben sich die Leute schuldig gefühlt wegen des Freispruchs. Vielleicht war das richtig so. Meiner Meinung nach war das ein Fehlurteil, aber – damals war eben einiges anders.«

»Klar doch. Besser, haben Sie grade gemeint. Besser für die Frauen.«

»Für diejenigen, die sich an die Regeln gehalten haben. Judith hat sich nicht daran gehalten. Nun, Sie sehen ja, wie weit sie damit gekommen ist.«

Ich stand auf. »Ich möchte jetzt gehen. Sie haben doch wohl nichts dagegen?«

»Nein. Kein Grund, Sie dazubehalten. Der Arzt sagt, sie ist gegen ein Uhr morgens gestorben, und Sie sind frühestens sechs, sieben Stunden danach hier eingetrudelt. Allerdings verstehe ich nicht, warum Sie's so eilig haben. Detektiv spielen brauchen Sie doch jetzt nicht mehr.« Er grinste. »Sieht doch ganz danach aus, als wäre der Fall abgeschlossen.«

25

Auf dem Institutsgelände parkte ich wie immer bei der hohen Tanne. Als ich aus dem Bus stieg, entdeckte ich in der Nähe des Grabens, in den Jordan am Freitag seine Büsche gepflanzt hatte, eine gebückte Gestalt mit einer Schaufel in der Hand. Er war also wieder da! Ich eilte auf ihn zu, sah jedoch im Näherkommen, daß es nicht Jordan war, sondern ein anderer, ein vierschrötiger Mann in schmutziger Arbeitsmontur. Er trug schwere, bis zum Knöchel geschnürte Lederstiefel, und mit diesen begann er soeben, den Boden um die Wurzeln eines Busches festzutreten.
Ich sagte: »Hi.«
Er wandte mir den Kopf zu und musterte mich ohne Neugier. Seine Gesichtshaut wies dunkle Streifen auf, als habe sich der Dreck von Monaten in seinen Poren eingenistet. Ich sah, daß er die meisten seiner Vorderzähne verloren, sich jedoch nicht die Mühe gemacht hatte, sie ersetzen zu lassen. Die Lücken sorgten dafür, daß die Haut um seine Lippen stellenweile eingefallen war, so daß der Eindruck eines alten Mannes entstand, obwohl er nicht älter als vierzig sein konnte und offenbar in guter Verfassung war.
Ich sagte: »Haben Sie zufällig Jordan gesehen?«
Er spuckte einen dunklen Klumpen Kautabak an mir vorbei in den Graben. »Nöö.« Er hob die Schaufel auf.
»Gut. Wissen Sie vielleicht, wo er sein könnte?«
»Nöö.«
»Sind Sie der neue Gärtner?«
»Nöö.« Er beförderte eine Schaufel Kompost in den Graben.
Ich sah ein, daß es angebracht war, ihm Fragen zu stellen, die er nicht mit ja oder nein beantworten konnte, insbesondere nicht mit nein. »Wie heißen Sie?«
»Bill.«
»Und was machen Sie hier, wenn ich fragen dürfte?«
»Den Hausmeister.« Zwei ganze Worte. Sehr ermutigend.
»Ich bin auf der Suche nach Jordan. Es ist ziemlich wichtig. Seit mehreren Tagen hat ihn niemand gesehen, und nach Hause ist er auch nicht gekommen. Wo, glauben Sie, könnte er sein?«
Bill schüttelte den Kopf und wischte sich mit dem Handrücken übers

Kinn, wo er einen neuen Schmutzfleck hinterließ. »Weiß nicht. Ist abgehauen und hat zehn Büsche draußen gelassen. Gott sei Dank hat's gestern geregnet, sonst, wer weiß.« Er schüttelte wieder den Kopf und grummelte: »Eigentlich nicht meine Arbeit. Aber absterben kann ich sie auch nicht lassen, oder? Haben doch gutes Geld gekostet.«
»Richtig, Jordan hätte sie nicht so zurücklassen dürfen«, pflichtete ich ihm bei. »Ich werde ihm erzählen, was Sie gesagt haben, wenn ich ihn finde. Wo, glauben sie, hält er sich auf?«
Bill zuckte die Achseln. »Wird sich im Wald versteckt haben.«
»Wieso denn das?«
»Weiß nicht.« Er tippte sich an die Stirn. »Unberechenbar, der Junge.«
»Ich wette, Sie kennen sich selbst recht gut in den Wäldern aus. Würden Sie ihn nicht finden, wenn Sie ihn suchen würden?«
»Vielleicht ja, vielleicht nein.«
Ich holte meine Brieftasche hervor und entnahm ihr einen Zehner. »Wie wär's, wenn Sie's mal versuchen?«
Wieder spuckte er Kautabak an mir vorbei. »Mister, ich hab' meine Arbeit. Der kommt schon wieder, wenn er soweit ist.« Ich zog einen Zwanziger heraus, und Bill streckte eine schmutzige Hand danach aus. Der Schein verschwand in seiner Tasche. »Garantieren kann ich nichts«, sagte er. »Könnte sein, daß Sie Ihr Geld verschwenden.«
Ich trat gerade noch rechtzeitig zurück, um einer Schaufel Kompost zu entgehen.

Droben im Verwaltungsgebäude war niemand – keine Physiker, die zwischen den Anschlagbrettern umherirrten, kein Gerald an seinem Tisch. Und keine Judith hinten im Treppenhaus, soviel stand fest. Und als ich den Wagen geparkt hatte, waren mir nicht die üblichen Physikergruppen beim Fachsimpeln auf dem Rasen aufgefallen. Wo waren sie nur alle?
Ich sah auf die Uhr. Die Polizei würde jeden Moment im Institut eintreffen und als erstes Judiths Büro durchsuchen wollen. Ich rechnete mir aus, daß es gut wäre, ihr zuvorzukommen. Ich schlich durchs Treppenhaus und betrat den Raum, in dem ich am Vortag mit ihr gesprochen hatte.
Judiths Schreibtisch, erfuhr ich bald, enthielt ebensowenig persönliche Papiere wie der in ihrem Schlafzimmer. Ich entdeckte Briefe, aber die hatten alle mit dem Institut zu tun. Als nächstes nahm ich mir den Aktenschrank am Fenster vor. Ich erhoffte mir nicht viel und fand auch nichts Interessantes, bis ich die unterste Schublade aufmachte. Sie war nur halb voll, aber ganz hinten entdeckte ich unter einem Häkelschal eine leere Flasche Digoxin mit den Namen Saul Sachs auf dem Etikett.
Ich ließ die Flasche an Ort und Stelle. Entweder hatte Judith Moore-Gann

umgebracht – oder der Mörder hatte sich vorgenommen, sehr gründlich vorzugehen.
Ich trat aus Judiths Büro und fragte mich, was ich als nächstes tun sollte. Wenn Jordan sich irgendwo in den Wäldern versteckt hatte, konnte ich ihn allein nicht finden. Ich war nie bei den Pfadfindern. Aber vielleicht hatte Bill mehr Glück.
Ich wurde das unangenehme Gefühl nicht los, daß unsere Beschäftigung mit dem Fall demnächst ein jähes Ende nehmen würde. Am Vorabend hatte Sabina behauptet, zu wissen, wer der Mörder war; wenn das stimmte, wäre es mir lieber gewesen, sie hätte es mir gesagt, damit wir gemeinsam nach Beweisen suchen konnten. Ich war sicher, daß alle Physiker einschließlich des Kuratoriums den Fall liebend gern abgeschlossen gesehen hätten, vor allem, wenn die Schuldige nicht nur kein Physiker und allgemein unbeliebt war, sondern, besser noch, eine Leiche. Konnte man sich eine sauberere Lösung denken? Es würde keinen Prozeß geben, keine Zeugenaussagen, keine peinlichen Enthüllungen...
Wenn Judith es nicht war, wer dann? Jean-Paul doch wohl nicht, der hatte die Nacht im Gefängnis verbracht; und es fiel mir schwer, zu glauben, daß im Institut gleich zwei Killer frei herumlaufen sollten.
Ich ging in den Empfangsraum zurück und fand dort Gerald an seinem Tisch vor. Als ich näherkam, blickte er auf und sagte: »Ach, Sie sind's, Vic. Ich hatte angenommen, alle wären bei Theresas Vortrag.«
»Da sind sie also hin verschwunden?«
»Ja. Drüben in der Scheune. Wollen Sie nicht auch hin? Das soll angeblich ein furchtbar historisches Ereignis sein.« Er schnitt eine Grimasse. »Ursprünglich war vorgesehen, daß dies der Tag der Nobelpreisträger wird. Moore-Gann morgens und Sachs nachmittags, beide am selben Tag, damit niemand sich zurückgesetzt fühlt. Ein recht anstrengender Tag, aber manchmal können diese großen Denker unglaublich kindisch sein. Glauben Sie einem, der es wissen muß.«
»Vielleicht höre ich mir tatsächlich Theresas Vortrag an«, sagte ich. »Zumindest das Ende. Übrigens, haben Sie in letzter Zeit Jordan zu Gesicht bekommen?«
»Nein, hab' ich nicht«, sagte er mit Nachdruck. »Nicht ein Haar aus seinem prächtigen roten Schopf, und Brad ist davon gar nicht erbaut. Jordan sollte für uns ein paar Rosen umpflanzen, ist aber nicht erschienen. Da müssen Sie schon Judith fragen – Sie Glücklicher.« Er runzelte die Stirn. »Das heißt, wenn sie kommt. Sie müßte längst hier sein. Aber sie ist weder erschienen, noch hat sie angerufen. Vielleicht liegt das in der Familie – obwohl es ihr wirklich nicht ähnlich sieht.« Er schien perplex zu sein.
»Ich glaube, sie kann heute nicht.« Mit diesen Worten ging ich zur Tür.

Gerald rief hinter mir her. »Sie haben sie gesehen? Sie haben sie gesprochen?«
»Ich hab' sie gesehen«, erwiderte ich und verließ das Gebäude.
Um zwanzig vor zwölf erreichte ich die Scheune. Theresas Vortrag ging seinem Ende zu. Die Zuhörerschar war groß – sie bestand nicht nur aus Physikern, sondern auch aus deren Ehepartnern und Kindern. Damit hatte ich nicht gerechnet. Sie saßen auf den bunt zusammengewürfelten Stühlen, die zu einem dichten Halbkreis angeordnet waren. Alle Stühle waren besetzt, und dahinter standen schweigend und aufmerksam weitere Leute. Der weitläufige fensterlose Raum war düster und trotz des Feuers, das im Kamin brannte, kalt und feucht, als wäre das unwirtliche Wetter des Vortages durch Wände und Fußboden eingedrungen.
Theresa stand im unbarmherzigen Strahl eines Scheinwerfers, der im Dachgebälk befestigt war. Ihre hochgewachsene, geschmeidige Bergwandererstatur schien über Nacht hager geworden zu sein. In ihren Augenhöhlen sowie unter Nase und Kinn lagen tiefe Schatten. Sie sprach schnell, mit klarer, volltönender Stimme, die von den kahlen Wänden widerhallte. Manchmal gestikulierte sie mit einem Stück Kreide, manchmal schrieb sie das eine oder andere Symbol an die Tafel, die hinter ihr stand. Beim Sprechen ging sie hinter einem hölzernen Pult auf und ab, auf dem Papiere ausgebreitet waren. Sie würdigte sie keines Blickes, sondern sprach frei und schien ganz in ihrer Darstellung aufzugehen.
Ich reihte mich hinten ins Stehpublikum ein. Theresa sagte gerade: »Und obwohl es stimmt, daß die vereinheitlichte Meßtheorie sich im Hinblick auf die Interaktion von Quarks und Leptonen als sehr erfolgreich erwiesen und in der Entdeckung der vorausgesagten Bosone *W* und *Z* bei CERN ihren bisherigen Höhepunkt gefunden hat, gibt es, wie Sie wissen, nach wie vor eine Reihe unbefriedigender Erscheinungen ...«
Ihre Worte sagten mir nichts, aber der Hauch von Autorität, der ihrem Vortrag anhaftete, war nicht zu übersehen, obwohl – oder vielleicht weil – ihr Tonfall beinahe argumentativ war. Sie schien mit einem zähen, skeptischen, allerdings unsichtbaren Opponenten zu debattieren: nicht mit dem Publikum, sondern vielleicht mit ihrem toten Mann. Sie kam mir wie ein anderer Mensch vor, anders als die Frau in ihrer verlassenen Küche, die ich am Abend zuvor gesehen hatte.
Sie fuhr fort: »... Der wesentliche konzeptionelle Unterschied zwischen String- und Feldtheorien besteht darin, daß man sich die fundamentalen Objekte nicht als Punkte, sondern als Fäden vorstellt, und daß Vibrationen dieser Fäden als Leptonen, Quarks und Bosone identifiziert werden können.« Sie hielt inne, um zwei Kringel und eine Wellenlinie an die Tafel zu zeichnen. Dann löschte sie mit einer ungeduldigen Bewegung des Unterarms ein früheres Diagramm und wischte die Kreide an ihrem

Rock ab, auf dem sich bereits mehrere Flecken abzeichneten. »Die Superstringtheorien bieten die unglaublich aufregende Möglichkeit, zum ersten Mal eine endliche Quantentheorie der Schwerkraft zu entwerfen...«
Die Physiker im Publikum waren restlos hingerissen; einige machten sich im Halbdunkel Notizen.
Da ging das Scheunentor auf. Es quietschte laut, als es über den Zementboden scharrte. Gerald, dessen Gesicht blaß und erschrocken wirkte, kam mit einem Zettel herein – einer Nachricht, vermutete ich, die Judiths Tod betraf – und lieferte ihn bei Florian Gawthrop ab, der neben Saul Sachs in der ersten Reihe saß. Gleich darauf erhob sich Florian, bückte sich, als er vor Theresa vorbeikam, und verließ mit Gerald hastig die Scheune. Theresas Stimme geriet ins Schwanken. Dann fuhr sie fort: »Um mathematische Konsistenz zu erzielen, benötigt man unglücklicherweise ein zehndimensionales Raum-Zeit-Gefüge, daher muß man sich auf die Idee der Kompaktifizierung einlassen, um realistische Modelle zu finden, wie es Kaluza-Klein getan haben...«
Zwanzig Minuten später war die Vorlesung beendet. Es kam lauter Beifall auf, und dann erhob sich Saul Sachs immer noch klatschend von seinem Sitz in der ersten Reihe und blieb so, bis nacheinander alle anderen aufgestanden waren und Theresa eine Ovation bereiteten. Sie wurde rot, lächelte und schüttelte den Kopf. Dabei lehnte sie sich ans Pult, und ihr Körper sackte vor Erschöpfung in sich zusammen. Jemand machte Licht, der Applaus verstummte, und das Publikum begann aus der Scheune zu strömen. Mehrere Physiker, darunter Pesnik und Modzalewski, umringten Theresa, um ihr Fragen zu stellen. Nun erhob sich Magda. Es gelang mir, sie auf mich aufmerksam zu machen, aber als ich in ihre Richtung aufbrach, wandte sie das Gesicht ab – wütend, nahm ich an, weil ich Jean-Pauls Verhaftung nicht verhindert hatte. Egal, bald würde er frei sein, wenn er es nicht schon war.
Magda trat zu Theresa, legte den Arm um ihre Taille und flüsterte der älteren Frau etwas ins Ohr. Theresa schüttelte lächelnd den Kopf und wandte sich wieder der Gruppe zu, in deren Mittelpunkt sie sich befand. Pesnik kritzelte etwas an die Tafel und argumentierte aufgeregt. Neben ihm hörte der große Pole genau zu und kratzte sich dabei am Kopf. Magda stieg vom Podium und verließ die Scheune. Saul Sachs kam und streckte Theresa die Hand entgegen, die sie nach kurzem Zögern ergriff. Im Publikum stand Vita auf und gähnte. Sie wandte den glatten schwarzen Kopf hin und her und sah sich über die Schulter um, als suche sie nach jemandem. Sie trug schwarze Stretchhosen und einen engen türkisfarbenen Pullover, passend zu den Strängen indianischer Perlen, die sich zwischen ihren Brüsten ergossen. Sie erspähte Bruno und schickte sich an,

zu ihm zu gehen. Im selben Moment beschloß er, auf mich zuzueilen. Ich war nicht sicher, daß er sie gesehen hatte, nahm es jedoch an; ich fragte mich, ob er auf Nummer Sicher gehen wollte, und ob Sabina ihm immer noch böse war. Er nahm meinen Arm und führte mich rasch aus der Scheune. Ich sagte: »Sie haben's aber eilig, Bruno. Was halten Sie von Theresas Vortrag?«

Wir schritten im Eiltempo aus, ohne daß er meinen Ellbogen losließ. »Er war grandios, Vic. Ein wahrhaft bedeutender Vortrag. Ich freue mich, daß Sie dabei waren – konnten Sie dem Gesagten folgen?« Er warf einen hastigen Blick zurück. Was er sah, mußte ihn beruhigt haben, denn er ging wieder zum normalen Schrittempo über.

Ich sagte: »Nur, daß es um diese Superstrings ging, die mir jeder zu erklären versucht, bisher allerdings ohne rechten Erfolg.«

»Sie hat einen Überblick gegeben«, sagte er. »Zusammengefaßt, womit sich die Physiker verschiedener Länder in den letzten paar Jahren befaßt haben, erklärt, wo sie übereinstimmen und wo nicht, und wo in Zukunft weitergeforscht werden muß. Sie hat eine wundervolle Synthese eines umfangreichen, wirren, schwierigen Themas geleistet – und dabei unglaubliche Tiefen der Gelehrsamkeit offenbart. Natürlich muß Moore-Gann das meiste vorgearbeitet haben, sein Stil war klar zu erkennen, aber Theresas Vortrag war trotzdem beeindruckend. Es wird interessant, ihre künftige Karriere zu verfolgen, nachdem Moore-Gann tot ist. Sie ist gewiß eine kluge Frau.«

»Meinen Sie, daß sie eher als eigenständige Physikerin anerkannt werden wird?«

Bruno nickte. »Das würde mich nicht überraschen. Wissen Sie, die Leute überlegen seit Jahren, wieviel Einfluß sie auf seine Arbeit gehabt hat. Sie hat immer seine Aufsätze begutachtet, ehe er sie zur Veröffentlichung freigab, und was sie noch alles beigetragen hat, kann man nur vermuten. Nach dem heutigen Tag wird es, glaube ich, einige Spekulationen darüber geben.«

Wir hatten das Verwaltungsgebäude erreicht. Ich wollte gerade Judiths Tod erwähnen, als er sagte: »Lassen Sie uns einen Moment reingehen, ich muß meine Post abholen.«

Wir gingen die Treppe hinauf zum Postraum und begegneten Magda, die einen Luftpostumschlag mit ausländischen Briefmarken drauf in der Hand hielt. Sie riß ihn soeben mit gesenktem Kopf vorsichtig auf. Ich sagte: »Hi«, aber sie hob nicht den Kopf.

Bruno holte seine Post und stopfte sie in die Einkaufstasche, die er statt einer Aktenmappe mit sich herumträgt. Dann sagte er: »Vic, dürfte ich Sie wohl um Rat fragen?« Er zupfte an seinem Bart, wie er es immer tut, wenn er Kummer hat. »Gehen wir doch zusammen zum Lunch.«

»Sie können jederzeit meinen Rat haben«, sagte ich. »Was er auch wert sein mag. Aber ich kann es mir, glaube ich, nicht leisten, zum Lunch zu gehen. Ich muß mit Sabina reden. Es ist nämlich was passiert – Sie wissen noch nicht davon.« Ich erzählte ihm von Judiths Tod und Jordans Verschwinden, während wir auf die Zufahrt hinaustraten.
Er war entsetzt. »Wie schrecklich, so zu sterben! Die arme Frau!« Er schauderte. »Und der Junge – was soll nur aus ihm werden, ohne seine Mutter? Sie können über Judith sagen, was Sie wollen, aber wenigstens war sie eine hingebungsvolle Mutter.« Bruno hätte selbst an einer Boa constrictor, die sich um seine Taille geschlungen hatte, etwas Liebenswertes entdeckt.
Ich lieferte ihm noch einige Details. Als ich den Abschiedsbrief erwähnte, schüttelte er den Kopf. Dann sagte er: »Wissen Sie, Vic, das ist eine schreckliche Sache. Schrecklich, aber ich kann nicht umhin, froh zu sein, daß alles vorbei ist.«
In seinem Ton klang Erleichterung an, und ich wußte, daß ich soeben die Stimme der Physikergemeinde gehört hatte, die Verlautbarung eines Konsensus, der sich bilden würde, sobald sich die Nachricht verbreitet hatte. Ich sagte: »Sabina glaubt nicht, daß es vorbei ist.«
»Sabina«, sagte er nervös. Er konnte Vita den Hügel herabkommen sehen, zusammen mit ihrem Mann und Pesnik. Bruno packte erneut meinen Arm. »Kommen Sie doch wenigstens ein paar Minuten mit in mein Büro. Es ist nicht weit. Droben im Hühnerhaus.«
»Hühnerhaus?«
»Das Gebäude wurde früher als Hühnerstall genutzt«, sagte er geistesabwesend und schob mich einen Kiesweg entlang.
In seinem Büro angekommen, ließen wir uns auf zwei harten Stühlen vor einer Tafel nieder, die mit Gleichungen bedeckt war.
»Vic, Sie sind Junggeselle«, sagte er. »Sie haben reichlich Erfahrung mit Frauen.«
»Das eine folgt nicht unbedingt aus dem anderen, Bruno.«
Er lächelte, als hätte ich einen Witz gemacht. Dann wurde sein Gesicht ernst. Die gutmütigen braunen Augen hinter seinen Brillengläsern blickten sorgenvoll. Er seufzte. »Ich weiß gar nicht, wie ich da hineingeraten bin«, sagte er und verfiel in bedrücktes Schweigen.
Ich fragte: »Geht es um Vita?« Er nickte. Seine Miene war schuldbewußt, aber zugleich erleichtert, weil ich es erraten hatte. Ich sagte: »Sie wollen mir doch wohl nicht erzählen, daß wirklich was zwischen Ihnen vorgeht?«
»Das hängt davon ab, wie Sie ›vorgehen‹ definieren. Sie werden es Sabina gegenüber mit keinem Wort erwähnen, oder?«
»Bei Gott, nein. Was hätte das für einen Sinn?« Ich musterte seinen

untersetzten, dickbäuchigen Körper, die mit Kreide beschmierte Hose und das ausgeleierte Tweedjackett, den ungleichmäßig gestutzten Bart, seine generelle Ausstrahlung zerstreuter Heruntergekommenheit. Ich sagte: »Tut mir leid, Bruno, aber irgendwie kann ich mir eine heiße Liebesbeziehung zwischen Ihnen und Vita Sachs nicht vorstellen.«
»Wieso nicht?« fragte er indigniert. Auf seiner Jacke war ebenfalls Kreide. »Ich war mit ihr im Bett, Vic.« Ich wollte meinen Ohren nicht trauen, doch dann fügte er hinzu: »Vor Jahren, natürlich.« Vor Jahren, das war etwas anderes. »Es war ein Versehen, ich bin dort erschienen, um an einem Physikerempfang teilzunehmen, und es stellte sich heraus, daß ich den falschen Abend erwischt hatte. Saul war nicht daheim und – eines führte zum anderen, Sie wissen ja, wie das ist. Es ist bei dem einen Mal geblieben. Ich fand es nicht richtig, die Angelegenheit weiterzuführen, weil ich noch mit Babs verheiratet war, obwohl die Ehe damals gerade auseinanderfiel. Ich will darauf nicht näher eingehen – darum geht es nicht.« Er beugte sich vor. »Das Problem ist, daß sie sich eine Wiederholung wünscht. Und zwar *jetzt.*«
»So, so.« Sabina hatte mit ihrer Intuition also wie üblich richtiggelegen – richtiger, als ihr klar war, und richtiger, als sie je erfahren würde, wenn's nach mir ging. Sie mußte ihre Energien darauf verwenden, diesen Fall zu lösen, nicht auf eine häusliche Krise. Ich sagte: »Bruno, das wäre das Allerschlimmste. Sagen Sie Vita einfach, daß Sie nicht interessiert sind. Sie sind doch nicht interessiert, oder?«
Er schüttelte den Kopf und sagte irgendwie bedauernd: »Nein, nein, keine Frage. Ich liebe Sabina, wie Sie sehr wohl wissen. Außerdem hat sie hellseherische Fähigkeiten. Ich könnte nicht verhindern, daß sie mir auf die Schliche käme, wenn wirklich etwas vorgehen würde. Sie hat mich jetzt schon im Verdacht. Und dann erst –« Er erschrak bei dem Gedanken.
»Verstanden. Übrigens, wo waren Sie gestern nachmittag? Sind Sie wirklich ins Museum gefahren?« Er schüttelte schuldbewußt den Kopf. »Ich fürchte, ich habe Sabina nicht die Wahrheit gesagt, Vic. Wir sind in der Tat zum Museum aufgebrochen, aber dann haben wir am Ufer des Champlain-Sees gepicknickt. An einem Aussichtspunkt, den Vita zufällig kannte. Wir waren allein.« Er seufzte. »Zunächst haben wir uns über Saul unterhalten, seine Krankheit, die Probleme, die sie mit ihm hat – sie hat einiges durchgemacht, Vic. Sie hat erzählt, daß es ihn sehr aufgeregt hat, Moore-Gann nach all den Jahren wiederzusehen, daß er sie sogar beschuldigt hat, sie habe eine Affäre mit ihm anfangen wollen. Bei der Gelegenheit hat sie erwähnt, daß Moore-Gann ihr einen Antrag gemacht hat, als er und Sachs noch zusammengearbeitet haben. Sie sagte, Saul habe davon gewußt. Ich fragte, ob das den Bruch herbeigeführt habe, und

sie sagte: nein, dazu sei es über ein Jahr später gekommen. ›Er hat mir nie verraten, warum er aufgehört hat, mit Moore-Gann zu reden‹, sagte sie. ›Aber Sie können davon ausgehen, daß es nicht meinetwegen war.‹ Sie hat das Gefühl, daß Saul sie als gegeben hinnimmt, sie als Prügelknaben benutzt. Sie sagte: ›Jedesmal, wenn ihn was ärgert, läßt er es an mir aus.‹ Dann hat sie angefangen zu weinen...« Bruno verstummte.
»O je.« Ich sah es kommen. »Und Sie haben, unschuldig, wie Sie nun mal sind, tröstend den Arm um sie gelegt.«
»Woher wußten Sie das?«
»Und wie zuvor hat eins zum anderen geführt.«
»Nicht, wie Sie denken«, protestierte er tugendhaft. Er räusperte sich. »Ich hätte das nicht tun dürfen, ich weiß. Nun hegt sie gewisse Erwartungen. Wie komme ich da nur wieder heraus?«
»Bruno, sie hat Ihnen eine Falle gestellt – die einsame Stelle, die sie ›zufällig kannte‹, und all so was. Sie ist kein Kind mehr und genießt die Aufmerksamkeit, die andere Männer ihr schenken. Ich weiß nicht, was für ein Arrangement sie und Saul getroffen haben, aber ich möchte wetten, daß sie ziemlich oft fremdgegangen ist. Es wird ihr schon nicht das Herz brechen, wenn Sie ›Nein danke‹ zu ihr sagen.«
Bruno schüttelte den Kopf. »Sie verstehen Vita nicht«, sagte er vorwurfsvoll. »Sie ist eine temperamentvolle, leidenschaftliche Frau, die Schreckliches durchmacht und Wärme und Unterstützung braucht –«
»Sex braucht sie –«
»Auch. Denken Sie nur an die Verfassung, in der Saul sich befindet –«
»Na gut, sie braucht Sex, aber braucht sie ihn von Ihnen?«
»Also – nein. Ich kann mich da nicht hineinziehen lassen. Wirklich, Vic, ich will das nicht.« In seinen Augen zeichnete sich Panik ab. »Um Himmels willen, nein. Damit würde ich nicht fertig.«
»Dann sagen Sie ihr, sie soll abhauen – auf die nette Tour natürlich, immerhin ist sie eine alte Freundin, und noch dazu die Frau eines Nobelpreisträgers.«
Er schüttelte wieder den Kopf. »Das kann ich nicht! Das ist unmöglich. Sie ist zu verletzlich, zu –«
»Ersparen Sie mir die Einzelheiten. Das Problem ist: Sie können nicht nein sagen.«
»Ich will sie nicht verletzen.«
Au Backe. »Okay, Bruno, ich will sehen, ob ich Ihnen nicht helfen kann. Ist es das, was Sie wollen?«
»Würden Sie das für mich tun?«
»Ich werde versuchen, dafür zu sorgen, daß sie Sie in Ruhe läßt.«
Seine Augen strahlten vor Erleichterung. »Aber auf die nette Tour.«
»Wie ich bereits sagte, auf die nette Tour.«

»Und was immer Sie tun, verraten Sie es nicht Sabina.«
Ich sagte: »Ich weiß gar nicht, warum ich mich von Ihnen in die Sache hineinziehen lasse.«
Er blickte beleidigt drein. »Wenn Sie nicht wollen –«
»Schon gut. Ich hab' doch gesagt, ich tue es.«

26

Sabina war schon wieder zu Hause. Ich fand sie im Wohnzimmer vor, in einem Sessel, den sie ans Fenster gestellt hatte, um dort hinauszustarren. Sie las nicht, sie malte nicht, sie trank keinen Tee, sie tat gar nichts. »Hallo, Vic«, sagte sie niedergeschlagen, als ich das Haus betrat. Sie sah sich nicht einmal nach mir um.

Ich ließ mich auf der Couch nieder. Diese Stimmung kannte ich. »Hören Sie«, sagte ich. »Es ist nicht Ihre Schuld. Sie haben Judith nicht umgebracht. Kann ich Ihnen eine Tasse Tee besorgen?«

»Ich brauche nichts. Vic, wenn ich gestern mit Captain Eaken gesprochen hätte – wenn ich ihm mitgeteilt hätte, wen ich verdächtige und warum... Aber es gibt keine Beweise, überhaupt keine. Er hätte mir nicht geglaubt. Dennoch –«

»Ohne Beweise?« Ich schüttelte den Kopf. »Er war überzeugt, daß Jean-Paul der Mörder ist. Übrigens hat er ihn gestern abend hopsgenommen. Sollten Sie also wirklich Grund haben, sich zu schämen, sind Sie nicht die einzige.«

»Der Vergleich hinkt. Immerhin ist eine Frau gestorben.«

»Eine Frau, die niemand leiden konnte.«

»Es steht Ihnen nicht zu, über andere zu urteilen.«

»Nun sagen Sie bloß nicht, daß Sie Gewissensbisse kriegen.« Sabina antwortete nicht. »Natürlich hätten Sie *mir* davon erzählen können.« Sie winkte mit schlaffer Hand ab, als sei es undenkbar, daß alles anders gekommen wäre, wenn sie sich mir anvertraut hätte. »Also, ich finde schon.«

Wir saßen eine Weile schweigend da. Dann sagte sie: »Wo ist Jordan?«

»Vermutlich in einem Versteck in den Wäldern. Hat jedenfalls der Hausmeister gesagt, und der scheint ihn ziemlich gut zu kennen. Ich habe so eine Ahnung, daß mit Jordan alles okay ist, Sabina. Er hat so was schon mal gemacht.«

»Hoffentlich haben Sie recht.« Sie versank tiefer in ihren Sessel. Ich konnte ihr Gesicht nicht sehen, nur ihren Hinterkopf; das graubraune Haar, das sie zum Knoten aufgesteckt hatte, war schon wieder dabei, sich zu lösen. In ihrem Nacken hingen einzelne Strähnen herab. Sie begann automatisch, sie zu ordnen, indem sie die Schildpattklammern aus dem

Knoten zog und dann erneut hineinstieß. »Hey«, sagte ich. »Eines Tages werden Sie sich mit diesen Dingern noch selbst eine Lobotomie beibringen, und dann werde ich arbeitslos.«
Sie lachte kläglich. Dann sagte sie verdrossen: »Wie können Sie behaupten, daß mit Jordan alles okay wäre? Seine Mutter ist tot.«
»Er hat fünfzigtausend Dollar, oder jedenfalls wird er sie bekommen, sobald Judiths Versicherung abgewickelt ist. Natürlich erst, nachdem Sie nachgewiesen haben, daß ihr Tod kein Selbstmord war.«
Sie richtete sich ein wenig auf. »Ja, aber wer soll das Geld für ihn verwalten? Er persönlich kann das nicht.«
»Sabina, das ist nicht Ihr Problem.«
»Möglich. Aber traurig ist es doch. Schrecklich traurig.« Sie wandte mir das Gesicht zu. »Jordan weiß etwas, Vic.«
Ich sagte: »Warum sind Sie so sicher, daß Judith nicht die Mörderin war? Offen gestanden sah ihr Tod für meine Begriffe wie Selbstmord aus: die mit Zeitungspapier verstopften Ritzen, der Abschiedsbrief – und als ich ihr Büro durchsucht habe, bin ich auf die verschwundene Flasche Digoxin gestoßen. Sie lag im Aktenschrank.«
»Wo Judith sie zurückgelassen hat, damit die Polizei sie finden konnte, wann immer sie sich bequemt, danach zu suchen? Ich bitte Sie. Was den Abschiedsbrief angeht: Da wird Moore-Ganns Tod mit keinem Wort angesprochen. Sie kann das jederzeit und zu jedem Thema geschrieben haben. Sie sagten doch, er stand auf einem abgerissenen Stück Papier?«
»Ja.«
Es klopfte an der Tür.
»Sehen Sie nach, wer da ist«, sagte sie. Sie stand auf und drehte ihren Sessel herum, bis er wieder auf den Raum ausgerichtet war. Das hieß, daß es ihr schon besser ging.
Ich spähte durch den Vorhang, der die Glasscheibe in der Haustür bedeckte: »Unser Klient«, sagte ich. »Ich gehe jede Wette ein, daß man uns entlassen will.«
Ich machte die Tür auf. »Hallo, Victor«, sagte Florian und schüttelte mir die Hand. So was hatte er noch nie getan. Das war der Judaskuß, keine Frage. »Ist Sabina – oh, da sind Sie ja, meine Liebe. Das ist gut.«
»Kommen Sie herein«, sagte sie. »Nehmen Sie Platz, Florian. Kann ich Ihnen Tee anbieten?«
»Nein danke. Ich möchte nichts. Mein Anliegen wird, glaube ich, nicht allzuviel Zeit in Anspruch nehmen.« Er setzte sich aufs Sofa, und ich nahm ihm gegenüber auf einem Stuhl Platz. »Also«, sagte er. Ein Hauch von Unsicherheit huschte über sein kultiviertes Gesicht, während er sich das blonde Haar zurückstrich. »Wie es scheint, hat sich die Situation geändert – Sie haben zweifellos davon gehört?«

»Ich habe die Leiche gefunden«, sagte ich. »Wir haben's also gehört.«
»Ah, wenn das so ist –« Er räusperte sich. »Natürlich läßt dieser traurige Vorfall Moore-Ganns Tod in völlig neuem Licht erscheinen.« Was für eine Ausdrucksweise! »Die arme Judith, kaum zu glauben, daß sie dahingeschieden ist. Ich kenne sie seit meiner Jugend. Sie können sagen, was Sie wollen, aber sie hattte einen wirklich tragischen Lebensweg.«
»Ich denke, die meisten Leute würden es tragisch nennen, ermordet zu werden«, antwortete Sabina trocken. »Und genaugenommen, selbst im klassisch griechischen Sinn des Wortes ›Tragödie‹, müßte ich Ihnen in diesem Fall zustimmen. Judiths Tod erscheint mir als Resultat – als unvermeidliches Resultat, könnte man meinen –« der Gedanke schien sie ein wenig aufzumuntern «– ihrer charakterlichen Defekte.«
Florian beugte sich vor und sagte mit schneidender Stimme: »Aber sie wurde doch gar nicht ermordet, Sabina. Sie hat sich umgebracht. Sie hat wohl Reue empfunden, weil sie den Mann vergiftet hatte, in den sie früher einmal verliebt war. Oder –« Unsicher runzelte er kurz die Stirn. »Vielleicht hatte sie Angst, verhaftet zu werden. Ihre exakten Gedankengänge werden wir natürlich nie erfahren. Aber in groben Zügen scheint alles klar zu sein.« Eifrig fügte er hinzu: »Wir werden jemanden finden müssen, der sich Jordans annimmt, einen Verwandten vielleicht – obwohl sie sich ihrer Familie ziemlich entfremdet hatte. Jedoch –« er wakkelte zur Betonung mit dem langen Zeigefinger »– besteht wenigstens nicht mehr die Gefahr, daß ein unschuldiger Mann um ihres Verbrechens willen leiden muß. Wußten Sie, daß Jean-Paul gestern abend verhaftet wurde?« Wir nickten. »Ein schreckliches Versehen. Gott sei Dank wurde er inzwischen freigelassen. Ich habe sowieso nie glauben können, daß ein Teilnehmer unserer Institutstagung Moore-Gann umgebracht haben soll.« Er verstummte so plötzlich, daß man den Eindruck hatte, es sei ein Uhrwerk abgelaufen. Dann fügte er unsicher hinzu: »Sie haben es doch wohl nicht ernst gemeint, als Sie angedeutet haben, Judith sei ermordet worden?«
»Ich deute nicht an, ich stelle fest.«
»Und haben Sie irgendwelche Beweise?«
»Keine, die vor Gericht Bestand hätten.«
Er schüttelte den Kopf. »Die Polizei ist sicher, daß es sich um Selbstmord gehandelt hat, und nachdem ich die Indizien erwogen habe, muß ich sagen, daß ich derselben Meinung bin. Es geht nicht darum, daß ich – oder das Kuratorium – Ihre Bemühungen nicht zu schätzen wüßten. Wir sind durchaus bereit, Sie für die aufgewandte Zeit zu entschädigen. Schicken Sie uns Ihre Rechnung – egal, wie hoch, wir haben nicht vor, Sie herunterzuhandeln.« Er bedachte uns mit einem herablassenden Lächeln und beugte sich vor, als wäre er schon auf dem Sprung.

Sabina sagte: »Es geht nicht ums Geld, Florian. Ist Ihnen nur darum zu tun, die Physikergemeinde vor Peinlichkeiten zu bewahren, oder interessiert es Sie, die Wahrheit zu erfahren?«
Er stand auf und sagte steif: »Diese Bemerkung war überflüssig, wenn Sie meine bescheidene Meinung hören wollen. Wenn Sie Beweise haben, legen Sie sie vor. Wenn Sie glauben, ein anderer als Judith habe Moore-Gann vergiftet, sagen Sie mir, um wen es sich handelt.«
Sabina sagte nichts. Sie schüttelte bedächtig den Kopf. »Das kann ich nicht – noch nicht. Ich muß die Untersuchung fortsetzen. Geben Sie mir weitere vierundzwanzig Stunden.«
Er wandte sich zur Tür, bereit, ein Gespräch zu beenden, das er als unangenehm empfand. »Die Polizei ist überzeugt, daß Judiths Tod Selbstmord war...«
Ich sagte: »Mit Jean-Paul hat sie schiefgelegen, also könnte sie auch jetzt wieder unrecht haben.«
»Vic«, sagte Sabina, »den können Sie nicht mehr umstimmen.«

Nachdem Florian gegangen war, sagte Sabina: »Lassen Sie uns Tee trinken.«
Ich eilte in die Küche und stellte den Kessel auf. Im Wohnzimmer klingelte das Telefon, und ich hörte, wie Sabina sich meldete.
»Es ist für Sie, Vic«, rief sie.
Ich nahm den Hörer des Nebenanschlusses ab. Am Apparat war Betsy Fiorentino von der Bostoner Polizei: »Hi, Vic«, sagte sie. »Hört da noch jemand mit?«
»Ich«, sagte Sabina.
»Sabina, wie geht's denn?«
»Gut, Betsy, nur heute nicht.«
»Was ist denn heute passiert?«
»Wir sind gerade achtkantig rausgeflogen«, sagte ich. »Und das tut weh. Hast du was rausgefunden?«
»Mehr oder weniger. Deine Frage war, ob Florian Gawthrop vorbestraft ist. Also, ist er nicht. Keine Vorstrafen, keine Verhaftungen, keine Aktenvermerke über Verbrechen, Moralverletzungen, unbezahlte Strafzettel, was auch immer.«
»Na gut. Trotzdem vielen Dank, Betsy.«
»Warte. Das ist nur, was in den Akten steht – oder vielmehr nicht steht. Aber ich habe mich mit einem Kollegen namens Bert Rincone darüber unterhalten, der nächstes Jahr in den Ruhestand geht. Er ist schon ziemlich lange dabei und hat ein ausgezeichnetes Gedächtnis.«
»Und?«
»Nach Rincones Aussage wurde Gawthrop irgendwann in den siebziger

Jahren wegen Notzucht und Verführung eines Minderjährigen zu Straftaten verhaftet. Der Minderjährige, um den es ging, war ein dreizehnjähriger Junge namens Willie Bennett. Er hielt sich regelmäßig in einer Gegend auf, die als Versammlungsort von Strichern beiderlei Geschlechts einschlägig bekannt war, vor allem der ganz jungen. Offensichtlich war Gawthrop bei Willie längere Zeit Stammkunde – Rincone meint, er hätte den Jungen richtig gerngehabt, jedenfalls hat Gawthrop das bei seiner Verhaftung behauptet. Gawthrop sagte, er hätte den Jungen unter seine Fittiche genommen, ihm gute Ratschläge gegeben, ihn zum Football mitgenommen et cetera, wie ein großer Bruder. Soweit stimmte die Aussage. Die Anzeige wurde von Willies Mutter und Stiefvater erstattet, die sich normalerweise nicht darum zu kümmern schienen, was der Junge trieb. Das war eine von diesen Problemfamilien, dem Präsidium wohlbekannt: die Mutter Alkoholikerin, der Vater drogenabhängig und dauerarbeitslos, unzählige Kinder, die auf unterschiedliche Weise Schwierigkeiten machten. Mindestens zwei von Willies Schwestern waren Prostituierte.«

Ich sagte: »Wie kommt es dann, daß nichts in den Akten zu finden ist?«

»Kurz bevor der Fall vor Gericht kommen sollte, wurde die Anzeige zurückgezogen. Der Stiefvater gab zu Protokoll, Willie habe sich das Ganze nur ausgedacht, und bis auf gute Ratschläge, Footballspiele etc. sei nichts gewesen. Es täte ihm, dem Stiefvater, furchtbar leid, aber wie hätte er das wissen sollen, und er wolle Willie eine Tracht Prügel verabreichen, die er nicht so schnell vergessen könne. Rincone ist sicher, daß die ganze Sache ein Lügengebilde war und daß Gawthrops Vater sie bestochen hatte. Sohn Gawthrop stammt aus einer alten Bostoner Familie, keine Prominenz, aber vornehme Leute. Gawthrop Junior hatte damals als Dozent an der Bostoner Universität noch nicht soviel Kohle übrig. Aber nachdem beide Eltern tot sind, schwimmt er natürlich in Geld.«

»Das ist sehr interessant«, sagte ich. »Aber es überrascht mich doch, daß nichts in den Akten steht, wenn der Fall schon so weit gediehen war.«

»Rinconce war auch überrascht. Das wird eines von vielen kleinen Rätseln bleiben, Vic.«

Ich stellte Betsy noch ein paar Fragen, aber sie wußte nichts mehr beizutragen, außer daß Willie gegenwärtig wegen Drogenhandels im Gefängnis saß, nicht zum erstenmal, trotz der guten Ratschläge, die er erhalten hatte, ganz zu schweigen von den Prügeln. Danach wurde das Gespräch persönlich, und Sabina legte auf, als Betsy mir erzählte, was ihr Arzt über die Vor- und Nachteile von empfängnisfördernden Mitteln gesagt hatte.

Als ich mich von Betsy verabschiedet hatte, setzten Sabina und ich uns in die Küche und tranken russischen Tee. Sie leerte schweigend ihre Tasse, dann stellte sie sie ab, daß es nur so klirrte. »So!« sagte sie. Ich war froh, daß sie sich wieder gefangen hatte. »Kein Wunder, daß Florian so darauf erpicht ist, den Fall abzuschließen. Judith muß ihn mit der alten Geschichte erpreßt haben. Anders kann es nicht gewesen sein. Seine Lage war prekär, weil er Lehrer war, und wurde noch prekärer, nachdem er seinen derzeitigen Posten als Studentendekan angetreten hatte. Wir werden wahrscheinlich nie erfahren, wie sie dahintergekommen ist; vielleicht gab es damals Gerüchte, die ihr irgendwie zu Ohren kamen und die sie auszunutzen beschloß.«

»Dann stammten die Einzahlungen in ihrem Scheckbuch von Florian.«

Sabina nickte. »Höchstwahrscheinlich. Theresa hat ihr gelegentlich Geld geschickt, aber die Beträge, die Sie erwähnt haben, lagen viel zu hoch. Woher hätte das Geld sonst stammen sollen? Nicht von ihrer Familie – mit der hatte sie sich entzweit. Außerdem waren deren Vermögensverhältnisse bescheiden – ihr Vater hat seinen Lebensunterhalt mit dem Reinigen von Heizöfen verdient.«

Ich sagte: »Wenn man bedenkt, daß Florian so getan hat, als wäre er über ihren Tod völlig untröstlich! Wie hat er noch gesagt: ›Die arme Frau hatte einen wirklich tragischen Lebensweg.‹ Rührend, wenn man in Betracht zieht, daß er eigentlich einen öffentlichen Freudentanz aufführen müßte, weil er sie endlich los ist. Er muß sich zu Tode gefürchtet haben, daß Sie oder die Polizei hinter sein Geheimnis kommen könnten. Womöglich hat er Judith persönlich umgebracht, selbst wenn er nichts mit Moore-Ganns Tod zu tun hatte. Vielleicht hat er seine Chance erkannt, eine ständige Bedrohung loszuwerden, ohne Verdacht auf sich zu lenken. Warum er Moore-Gann oder Magda hätte vergiften wollen, kann ich mir allerdings nicht vorstellen.«

Sabina erhob sich. »Ich möchte, daß Sie mit Florian sprechen. Was mich angeht, ich werde an Saul Sachs herantreten und sehen, ob ich ihn nicht überreden kann zu befürworten, daß wir die Untersuchung fortsetzen. Immerhin gehört er dem Kuratorium an und ist wohl sehr einflußreich. Außerdem will ich ihn fragen, was zu seiner Kontroverse mit Moore-Gann geführt hat – obwohl ich glaube, daß ich es längst weiß.«

Ich sah auf die Uhr. »Saul hält heute nachmittag eine Vorlesung. Ehe die vorbei ist, können Sie nicht mit ihm reden. Mit ziemlicher Sicherheit wird Florian auch dort sein.«

»Dann lassen Sie uns Sauls Vorlesung besuchen.«

»Die würde ich lieber auslassen, wenn Sie nichts dagegen haben. Ich hab' zumindest vorläufig genug von der Physik.«

»Unsinn. Sachs ist weltberühmt; so eine Gelegenheit können Sie sich nicht entgehen lassen. Es wird Ihnen guttun, Ihren Verstand ein bißchen anzustrengen.«

»Ist das ein Befehl oder ein Vorschlag?«

»Sie können es einen Befehl nennen, wenn Sie wollen. Als Ihre Vorgesetzte habe ich ein berechtigtes Interesse an Ihrer Fortbildung. Eines Tages werden Sie mir dafür dankbar sein.«

»Okay. Solange ich Ihnen nicht gleich dankbar sein muß. Übrigens, haben Sie nicht was vergessen?«

»Ich glaube nicht.«

»Etwas, das Sie mir sagen wollten? Zum Beispiel, wer Moore-Gann umgebracht hat?«

»Ich denke, damit warten wir lieber, bis Sie bei Florian waren und ich mit Saul gesprochen habe. Dann werden wir uns zusammensetzen und eine Strategie ausarbeiten.«

27

Wir fanden noch Sitzplätze in der Scheune, wo Saul seine Vorlesung hielt. Die Menge war recht groß, wenn auch nicht so groß wie jene, die sich versammelt hatte, um Theresa zu hören; es waren weniger Ehefrauen dabei, und gar keine Kinder. Saul mochte weltberühmt sein, aber er war nicht ermordet worden, daher konnte sein Vortrag einfach nicht soviel Interesse erregen.

Im Scheinwerferlicht wirkte er zerbrechlich, doch die Kraft seines Intellekts und des Zorns, Grolls, oder was bei ihm sonst noch direkt unter der Oberfläche schmorte, war deutlich zu spüren. Er sagte gerade: »Ich sage Ihnen das nicht gerne, aber vieles von dem, was Sie auf dieser Tagung hören werden, ist Schrott. Modischer Schrott. Das ist die schlimmste Sorte, weil jeder zeigen will, daß er auch imstande ist, ihn zu produzieren. Das führt leicht zu epidemischem Dünnschiß, der so lange zum Himmel stinkt, bis ein schlauer Kopf anfängt, Kalk auszustreuen. Meistens noch gerade rechtzeitig.« Er zeigte mit dem Finger ins Publikum, starrte es mit rotgeränderten Augen an und rieb sich mit dem Handrükken die Nase. »Ich hoffe doch, daß Sie gut aufpassen. Die meisten von Ihnen scheinen es nicht zu tun. Schon gut. Sie werden ja sehen, was Sie davon haben.« Er drohte den Anwesenden mit dem Finger, bis nervöses Gelächter aufkam. »Lassen Sie mich eine andere Metapher anbringen.« Die Möglichkeit, öffentlich zu sprechen, schien dem kranken Mann gutzutun. Sein gebeugter, magerer Körper hatte sich aufgerichtet, und er ging vor der Tafel auf und ab. Dann blieb er stehen und versank eine Weile in ihren Anblick. Es stand nicht viel darauf, obwohl nur noch zwanzig Minuten übrig waren. »Ich verwende gern Metaphern, sie erhöhen die Qualität des Vortrages«, sagte er, drehte sich schleppend zum Publikum um und schaffte es, den Eindruck zu erwecken, als sei er herumgewirbelt – oder zumindest, daß er zu Zeiten besserer Verfassung herumgewirbelt wäre. »Physik«, deklamierte er, »ist keine Akrobatik! Zur Hölle damit, werfen wir noch eine Metapher ein: Physik ist kein Seiltanz! Das möchten Sie gern vergessen. Sie glauben, sich das leisten zu können. Aber ich sage: ›Ha!‹ Dort draußen –« Er zeigte mit dem Finger in die generelle Richtung des Dachs, »ist *etwas*. Nennen Sie's, wie Sie wollen, die Welt, das Universum, Gott, die Naturgesetze. Alles greift ineinander, ist dem Wesen nach schlicht, auch wenn wir uns die Köpfe zerbrechen müssen, um auch nur eine Andeutung davon wahrzunehmen, einen Schimmer. Vergessen Sie das nicht, während Sie mit Ihren acht Dimensionen herumpfuschen, Ihren zehn Dimensionen. Sicher, sie sind ganz nett, sie machen Spaß, sie sorgen dafür, daß Ihr Name in den *Physical Review Letters* erscheint. Aber ist es das, worauf es ankommt in der Physik?«

Er ließ die Frage in der Luft hängen. Nach einer Minute oder so kam im Publikum wieder vereinzelt Gelächter auf, aber nicht viel.

Ich bemerkte Bruno, der in der ersten Reihe neben Vita saß. Sie hatte es also geschafft, ihn in die Enge zu treiben, und er hatte es zugelassen. Ich würde mich noch einmal mit ihm unterhalten müssen. Ich warf einen Blick auf Sabina und sah, daß sie mit nachdenklicher Miene in dieselbe Richtung starrte. Da wußte ich, daß ich etwas unternehmen mußte, sonst würde sie sich noch ernsthaft ablenken lassen. Sobald Sauls Vortrag vorbei war, mußte ich Vita darauf ansprechen, auch wenn ich keine Ahnung hatte, was ich sagen sollte.

Mehrere Reihen hinter Bruno sah ich Jean-Paul Brocchiu, der sich soeben umdrehte und den Raum absuchte; neben ihm saß Andrzej Modzalewski und hatte ihm eine große Pranke auf die Schulter gelegt, als wolle er verhindern, daß Jean-Paul sich von seinem Sitz erhob. Ich sah mich nach Magda um, aber sie war nicht in der Scheune. Ich fand es merkwüdig, daß sie nicht gekommen war, um Sachs anzuhören, und noch um einiges merkwürdiger, daß sie nicht mit dem Korsen zusammenwar, nachdem die Polizei ihn freigelassen hatte.

In der vordersten Reihe saßen Seite an Seite Theresa und Florian. Er hatte den Arm um ihre Stuhllehne gelegt. Was ging da vor? Zwischen den beiden gab es eine irgendwie geartete Verbindung. Andererseits waren Florians sexuelle Vorlieben nicht auf Frauen gerichtet, wenn man Betsy Fiorentino glauben durfte.

Saul beendete soeben seinen Vortrag. »Mehr habe ich nicht zu sagen. Wenn das kein Rekord ist: ein Physiker, der den Mund hält, obwohl er noch zwanzig Minuten Redezeit hat. Ich möchte keine Fragen beantworten. Entweder haben Sie verstanden, was ich sagen wollte, oder nicht. Wenn nicht, sind Sie unverbesserlich.«

Er hörte zu sprechen auf. Die Anwesenden rutschten unbehaglich auf ihren Stühlen hin und her. Es kam nur schwacher Applaus auf.

Dann begannen die Leute aufzustehen und dem Ausgang zuzustreben. Sie blickten so niedergeschlagen drein wie eine Menge, die aus einem Kino strömt, in dem ein Film läuft, dessen Held ein böses Ende nimmt. Sabina flüsterte mir ins Ohr: »Ich werde mich jetzt mit Sachs unterhalten.« Sie begab sich dorthin, wo er neben der Tafel stand. Er war allein,

was mich nicht überraschte, da er seinem Publikum nahegebracht hatte, jeder, der ihm eine Frage stellen wolle, sei unverbesserlich.
Florian und Theresa kamen zusammen mit einer Gruppe anderer Physiker auf dem Weg nach draußen an der Reihe vorbei, in der ich saß. Ich hörte ihn sagen: »... seit der Institutsgründung meine Sekretärin. Ich kann es kaum glauben.«
»Es fällt schwer, sich die Organisation ohne sie vorzustellen«, sagte Theresa, und um sie herum wurde zustimmend genickt.
Jean-Paul eilte durch die Menge auf uns zu, gefolgt von Andrzej. »Madame Moore-Gann«, brüllte er. Theresa drehte sich um, doch als sie sah, daß es Jean-Paul war, der ihren Namen gerufen hatte, starrte sie ihn nur ausdruckslos an, ohne zu antworten. »Madame Moore-Gann, verzeihen Sie die Störung –« Die Nacht im Gefängnis war ihm nicht anzusehen, obwohl er offensichtlich außer Fassung war. Er leckte sich nervös die dicken roten Lippen und schwitzte, obwohl es in der Scheune kühl war. Theresa wandte ihm den Rücken zu und strebte wieder dem Ausgang zu. Da packte Jean-Paul ihren Arm und fragte: »Bitte – wo ist Magda?« Sie schüttelte ihn nicht regelrecht ab, so unhöflich war sie nicht, aber eine Sekunde später stand er allein da und blickte verwirrt in die Runde. »Wo ist sie?« rief er ihr kläglich nach.
»Ich weiß es nicht, Dr. Brocchiu.«
»Bitte – sagen Sie es mir!«
Sie ging weiter, begleitet von Florian, der über die Schulter gewandt sagte: »Tut uns leid, Jean-Paul. Ich fürchte, wir wissen es nicht. Vielleicht ist sie in die Stadt gefahren.«
»Aber –«
Die Gruppe marschierte aus der Scheune und ließ Jean-Paul neben Andrzej stehen. In seinem gutaussehenden Gesicht mit der olivgetönten Haut stand tiefe Enttäuschung geschrieben.
Der große Pole legte ihm eine Hand auf die Schulter und dröhnte: »Wir gehen was trinken, ja? Ist besser, Sie werden sehen.« Gleich darauf nickte Jean-Paul und warf seinem Kumpan einen düsteren, aber dankbaren Blick zu. Sie verließen gemeinsam die Scheune.
Ich stand auf und überlegte, was wohl aus Magda geworden war. Natürlich konnte es sein, daß sie einen harmlosen Botengang erledigte, aber es störte mich, daß niemand zu wissen schien, wo sie sich aufhielt. Erst Jordan, und nun Magda. Wo konnte sie nur sein?
Bruno und Vita kamen auf mich zu. Die Kette mit den vielen Strängen bewegte sich im Gehen zwischen ihren Brüsten. Er sah mich an und zuckte hilflos die Achseln, während sie sich bei ihm einhakte. Ich bedachte ihn mit einem kurzen, aber strengen Kopfschütteln und sagte: »Da sind Sie ja, Bruno. Sabina hat nach Ihnen gesucht.«

»Oh«, sagte er und riß den Kopf herum, als rechne er damit, daß sie jederzeit aus dem Nichts erscheinen könne. »Wo ist sie denn?«
»Da vorn.« Vita sah erst ihn und dann mich an, als ich fortfuhr: »Warum gehen Sie nicht –«
»Ja«, sagte er dankbar. »Sie entschuldigen mich doch, Vita? Meine Frau –« Er machte seinen Arm frei und verschwand.
Vita hob die Augenbrauen. »Was hat das zu bedeuten?«
Ich nahm ihren Ellbogen und führte sie aus der Scheune. »Sie riechen aber gut«, sagte ich. »Chanel Nummer Fünf? Altbewährt, doch nie gereut.«
»Das ist der übergreifende Effekt, den ich anstrebe«, sagte sie, warf das glatte dunkle Haar in den Nacken und sah mit einem angedeuteten Lächeln zu mir auf. »Ich denke, in diesem Stadium bleibt mir nichts anderes mehr übrig.« Ich konnte nicht umhin, ihre Brüste in dem enganliegenden türkisfarbenen Pullover zu bemerken; dazwischen reflektierten die Perlenstränge das Licht.
»Das kann ich nicht beurteilen, aber wenn Sie es wirklich anstreben, haben Sie damit zweifellos Erfolg«, sagte ich. »Wie wär's mit einem Drink?«
Die spöttischen dunklen Augen begegneten meinem Blick. »Da sind Sie bei mir genau richtig, Kleiner. Das war heute schon die zweite Physikveranstaltung, die ich durchhalten mußte, und das sind zwei zuviel. Ich habe Saul gesagt, daß ich nicht mit will, aber –« sie zuckte die Achseln »– *noblesse oblige* und all dieses alberne Zeug. Jedenfalls war es für mich in diesem Sommer das letzte Mal, und wenn sie Einstein wiederbeleben und vor eine Tafel stellen würden. Also?«
»Also was?«
»Meine Frage von vorhin. Bruno – sind Sie sein Beschützer, oder was?« Sie lachte auf, aber ihre Augen waren wachsam.
»Glauben Sie denn, er braucht einen Beschützer?«
Ihre Schultern zuckten ratlos unter ihrem Pullover. »Ich weiß nicht, was er braucht. Ich bete Bruno an, nur ab und an würde ich ihm am liebsten einen Tritt verpassen – geht es Ihnen nicht auch manchmal so?«
»Das eine oder andere Mal.« Wir gingen den Hügel hinab und näherten uns dem Verwaltungsgebäude. Ich hielt immer noch ihren Ellbogen fest. Sie versuchte nicht, sich loszumachen. Ich fragte: »Und was brauchen *Sie*, Vita?«
Sie wandte mir das Gesicht zu und ließ sich Zeit, mich von Kopf bis Fuß zu mustern. Dann lachte sie wieder. »Als erstes brauche ich einen Drink. Entführen Sie mich der Physik, Vic. Fahren Sie mich nach Hause. Okay? Dann mache ich uns einen Eimer Martinis oder dergleichen. *Keine* Bloody Mary.«
»Und Saul?«

»Er kann selber fahren, um Himmels willen. Er hat das Auto. Ich bin doch nicht sein *Kindermädchen.*« Ich fuhr sie nach Hause.
In ihrem Wohnzimmer gab es einen breiten, gepolsterten Fenstersitz mit Ausblick auf den Champlain-See. Ich setzte mich und sah zu, wie der Nebel über den See trieb, während sie an der Eßtheke zwischen Wohnzimmer und Küche Martinis mixte. Als sie fertig waren, reichte sie mir einen, ließ sich neben mir in einem Nest von Kissen nieder und schlug die langen Beine unter. »Okay, raus mit der Sprache«, sagte sie, nippte an ihrem Drink und beobachte mich über den Rand ihres Glases hinweg. »Wie komme ich zu der Ehre? Bin ich verdächtig, und Sie wollen mich mit Alkohol gefügig machen, oder soll ich wegen Bruno verwarnt werden?«
»Wer macht hier wen mit Alkohol gefügig?«
Sie lachte. Dieses Lachen war jung, kehlig, perlend und eigenartig intim. »Sie sind süß«, sagte sie. »Hat Ihnen das schon mal jemand gesagt? Sabinas süßer kleiner Spürhund. Sie und Sabina sind offenbar ein Herz und eine Seele. Sie müssen etwas übrig haben für ältere Frauen.« Sie warf mir einen fragenden Blick zu. »Wie alt sind Sie übrigens?«
»Ich habe den Führerschein.« Ich sagte mir, daß es nicht schwer sein konnte, ihr auf die nette Tour beizubringen, sie solle sich von Bruno fernhalten, aber mir war doch unbehaglich dabei. Die Dame hatte etwas an sich, das mein Verständnis für Brunos Schwierigkeiten im Umgang mit ihr wachsen ließ – vor allem deshalb, weil ich mich hin und wieder tatsächlich von älteren Frauen angezogen fühle. Warum, ist leicht festzumachen, alte Mutterbindung und so weiter. Aber zu wissen warum, ändert nicht unbedingt die Situation. Ich fand Vita attraktiv, obwohl sie nicht zu der Art von Attraktionen gehörte, bei denen es mir die Zunge verschlägt, weil ich Hochzeitsglocken läuten höre. Ich sagte: »Sabina ist meine Chefin, wir haben eine gute Beziehung von Arbeitgeber zu Arbeitnehmer. Punktum.«
Sie schürzte die Lippen. »Na so was, da hab' ich mich aber vertan. Die arme Sabina, was für eine Verschwendung.«
»Sabina und Bruno sind glücklich verheiratet.« Ich betonte das Wort »verheiratet«. »Er ist ein guter Kerl und verletzt nicht gern die Gefühle anderer Leute. Er kann nicht nein sagen.«
Sie füllte mein Glas auf und sang: »*He's just a boy who can't say No, he's in a terrible fix*... Okay, ich hab' verstanden.« Ihre Singstimme war angenehm, aber verraucht. Sie schüttelte den Kopf und sagte: »Davon, daß ich mal singen konnte, ist nichts mehr zu bemerken. Jawoll, wie wir in Vermont zu sagen pflegen. Ich habe fast zwei Jahre lang die Nellie in *South Pacific* gespielt, bei einem Tourneetheater. Das war vermutlich der Höhepunkt meiner nicht gerade brillanten Karriere.« Sie verzog den

Mund. »Ach was, jedenfalls hat es Spaß gemacht.« Sie leerte ihren Martini und stellte das Glas auf der Fensterbank ab. »Sie wollen also wissen, was ich brauche. Richtig? Nun, komisch, daß Sie sich danach erkundigen.« Sie zog einen Schuh aus, hob ihren Fuß und bog ihn durch. Unter der Sohle war das stramme schwarze Gummiband ihrer Stretchhose zu erkennen. Der Fuß selbst war schlank, gebräunt und hübsch, die Zehennägel blutrot lackiert. Sie ließ ihn über mein Bein gleiten und beobachtete mich mit hungrigen, dunkel umschatteten Augen. »Spüren Sie was?« fragte sie.

»Sie sind sehr direkt, Vita.«

»Spüren Sie's?«

»Im Augenblick nicht, nein.«

»Und jetzt?« Ihr Fuß hatte mir die Jeans über die Wade hochgestreift, und nun senkte sich ihr Knie herab und umschloß meinen Schenkel. Sie lehnte sich an mich, warm und weich, und küßte seitlich meinen Hals, während sie die Arme um mich schlang. Ich küßte sie auf die Lippen – nicht leidenschaftlich, nur probehalber. Unsere Lippen verschmolzen, aber sie wurde nicht gleich habgierig, ein großes Plus. Sie nahm sich einfach die Zeit, sich küssen zu lassen. »Vic«, raunte sie. »Sie haben keine Ahnung, wie lange ich darauf gewartet habe. *Furchtbar* lange. Sie schmecken gut.« Falls sie von Küssen redete, auf die hatte sie, wenn man Bruno glauben durfte, nicht lange warten müssen, gerade vierundzwanzig Stunden. Aber ich nahm an, daß es darum nicht ging. Ich küßte sie noch einmal. Dann stand ich auf und goß mir einen weiteren Martini ein, obwohl ich eigentlich keinen mehr wollte. Sie sagte: »Ach, muß das denn sein?« Halb schmollend, halb lachend lehnte sie sich in ihre Kissen und beobachtete mich.

Ich füllte ihr Glas nach und sagte: »Vita, Sie sind eine überwältigende Frau.«

»So?«

Ich sagte: »Mir will nicht gefallen, daß wir jeden Moment unterbrochen werden könnten. Das ist alles andere als förderlich.«

»Von Saul? Dem macht das nichts aus. Würde ihn vermutlich sogar anmachen, wenn ihn überhaupt noch etwas anmacht, was ich bezweifle. *Ich* schaffe es jedenfalls nicht mehr.«

»Wie schade, Vita.«

Sie warf mir einen wachsamen Blick zu, um festzustellen, ob ich es sarkastisch gemeint hatte. Aber dem war nicht so. Sie zündete sich eine Zigarette an und blies den Rauch in einem langen Strom durch die Nase. »Allerdings ist das schade.«

»Sie sind eine attraktive Frau. Sicher hatten Sie viele Bewunderer.«

»Hey, passen Sie auf. Wir wollen doch nicht die Vergangenheitsform benutzen, oder etwa doch?«

»So hab' ich es nicht gemeint. Und Sie sind leidenschaftlich und empfindsam. Stimmt es, daß Sie sich früher einmal für Hervé Moore-Gann interessiert haben?«

»Oh? Wer hat Ihnen das erzählt?« Sie drückte mit einer jähen Bewegung ihre Zigarette im Aschenbecher aus.

»Theresa.«

»Wirklich? Und was hatte die liebe Theresa sonst noch zu sagen?«

»Sie sagte, er sei nicht interessiert gewesen.«

»Was! Also, diese frigide alte Ziege! Was weiß die denn davon? Die Zunge ist ihm herausgehangen, so uninteressiert war er.« Sie griff nach einer weiteren Zigarette und riß das nächste Streichholz so heftig an, daß der Kopf aufflammte, durch die Luft flog und auf dem Teppich landete. Ich trat es mit der Schuhspitze aus. »Ich war es, die nicht wollte. Nee, vielen Dank! Er war mir unheimlich.« Sie schauderte übertrieben. »Er ist mir zu schnell rangegangen, wissen Sie? Zu aufdringlich, zu starkes Bedürfnis, was auch immer. Ähnlich wie ich heutzutage, nehme ich an.« Sie verzog den Mund, und dann brach sie in boshaftes Gelächter aus. »Ich glaube, Theresa hat sich überhaupt nie herabgelassen, es mit ihm zu treiben. Ich meine, können Sie sich etwa vorstellen, wie sie's tut?« Sie schüttelte den Kopf, und ihre Augen glitzerten vor Gehässigkeit. »Offen gestanden, kann ich mir nicht einmal vorstellen, daß sie je auf dem Klo war. Dazu ist sie doch viel zu fein, die große Dame.«

»Sie behaupten also, *er* sei es gewesen, der ein Verhältnis wollte, nicht Sie.«

»Finden Sie nicht, daß ich das am besten wissen muß, Darling?« sagte sie eisig. »Ich war dabei. Nicht Königin Theresa.« Draußen fuhr ein Auto vor. Vita schluckte, was von ihrem Drink übrig war. »Saul. O Gott. Er muß erschöpft sein, nachdem er die verdammte Vorlesung gehalten hat.« Sie sprang vom Fenstersitz und eilte zur Tür. Ich hatte das Gefühl, vergessen zu sein. Die Vordertür ging auf, und Vita rief: »Saul?«

»Ja, ja.«

»Ich komme, Saul.«

Gleich darauf hörte ich die beiden schleppend langsam die Treppe hinaufgehen. Ich wartete, aber sie tauchte nicht wieder auf, also ging ich.

28

Im Institut fand ich Florian in seinem Büro im Obergeschoß des Verwaltungsgebäudes. Die Tür war unverschlossen, und ich blieb einen Augenblick lang davor stehen und blickte hinein. Er saß an einem großen Schreibtisch im Kolonialstil, der mit Papieren überhäuft war, und polierte mit einem Taschentuch seine randlose Lesebrille. Nachdem er sie einmal von allen Seiten abgewischt hatte, führte er sie zum Mund, hauchte sie an und polierte weiter. Er bemerkte mich nicht, sondern fuhr fort, sie zu polieren, und plazierte sie dann auf seiner Nasenspitze. Er lehnte sich zurück, starrte ins Leere und lächelte vor sich hin wie ein Mann, der zu Geld gekommen ist und darüber nachdenkt, wie er es ausgeben wird.

Ich trat ohne Anklopfen ein, und als er mich sah, runzelte er die Stirn und nahm ein Blatt Papier, als wollte er den Eindruck erwecken, er habe zu arbeiten und dürfe nicht gestört werden. »Ah, Victor. Wie komme ich zu dem unerwarteten Vergnügen? Ich fürchte, ich bin ziemlich beschäftigt, aber –«

»Ich bin vorbeigekommen, um über den Fall zu sprechen, Florian. Wäre Ihnen das recht?«

»Den Fall?« Er wirkte überrascht. »Was Sie und Sabina angeht, gibt es doch gar keinen ›Fall‹ mehr. Ich dachte, ich hätte mich klar ausgedrückt.« Er ordnete einen Stapel Papiere. »Es sei denn, Sie hätten mir die Rechnung mitgebracht. Geht es darum?« Er lächelte, allerdings nicht mit den Augen, die so undurchsichtig wirkten wie graue Kieselsteine. »Ich denke, das ist das Wichtigste, worüber wir uns unterhalten müssen, nicht wahr? Nun, nachdem die Polizei zufrieden ist? Sie werden mir verzeihen, wenn ich das sage, aber Ihre Nachforschungen waren wohl nicht sehr fruchtbar; aber darauf will ich nicht näher eingehen.«

»Wir haben einiges in Erfahrung gebracht.«

»Das will ich Ihnen gerne glauben, obwohl Sie sich nicht bemüßigt gefühlt haben, mir davon zu berichten.« Er schob seinen Stuhl zurück. »Übrigens habe ich Sie bei Sauls Vorlesung gesehen. Es ist Ihnen sicher aufgefallen, daß man Jean-Paul entlassen hat und ihm nicht mehr der geringste Verdacht anhaftet. Es wäre doch schade gewesen, wenn ein Justizirrtum eine derart vielversprechende wissenschaftliche Laufbahn zerstört hätte. Wenn auch keine akademische, natürlich«, fügte er in jenem herablassenden Ton hinzu, den ich von Physikprofessoren kannte, wenn sie von Physikern sprachen, die in der Privatwirtschaft tätig waren. »Er ist ein Experte seines Fachs, sagt man mir – irgend etwas mit Luftaufnahmen aus großer Höhe. Sehr wichtig für die Verteidigung unseres Landes, nehme ich an«, sagte er und gab sich richtig Mühe, einem Kerl gegenüber fair zu sein, der nicht gut genug gewesen war, um an der Universität unterzukommen. Er stand auf und kam um den Tisch herum. »Wie ich Ihnen bereits sagte, habe ich natürlich nie geglaubt, er hätte Moore-Gann umgebracht. Irgendwie rechnet man einfach nicht damit, daß – wie soll ich es ausdrücken, Leidenschaften dieser Größenordnung? – unter theoretischen Physikern zum Ausbruch kommen, obwohl wir wahrscheinlich nicht weniger frei von menschlichen Schwächen sind als jeder andere.« Er stand jetzt neben mir, berührte leicht meinen Arm und begann mich in Richtung Tür zu schieben.

Ich sagte: »Meinen Sie die Art von Schwächen, die dazu führen können, daß man wegen Verführung eines dreizehnjährigen Jungen verhaftet wird?«

Abrupt ließ er meinen Arm los. Nach einem Moment, währenddessen ich seinen kieselgrauen Augen ansah, daß er überlegte, wieviel ich davon wußte, schloß er die Bürotür und nahm wieder hinter seinem Schreibtisch Platz. »Also, was wollen Sie?« fragte er in eisigem Ton. Er nahm seine Brille ab. Zurück blieb ein roter Striemen auf seinem Nasenrücken.

Ich sagte: »Hätten Sie etwas dagegen, wenn ich mich setze?«

»Von mir aus können Sie sich setzen.« Unter seinen Wangenknochen waren zwei Höhlungen erschienen, als würde er nervös an der Innenseite seiner Wangen saugen.

Ich nahm Platz. »Florian, Sie waren nicht sehr offen mit uns, ist es nicht so? Ich habe Sie gefragt, warum sie Judith nie entlassen haben, und Sie haben behauptet, sie sei unentbehrlich. Aber das war nicht der Grund. Judith wußte von ihrer damaligen Verhaftung in Boston, sie hat sie jahrelang erpreßt. Ihr Tod kam Ihnen sehr gelegen.« Ich beugte mich vor. »Sie haben keine Minute geglaubt, sie hätte sich aus Reue selbst umgebracht. Sie wußten verdammt gut, daß das nicht ihre Art war.« Er saß da und klammerte sich am Tischrand fest. Sein gutaussehendes Gesicht war blutleer. »Richtig?«

»Kann sein –« Er stand auf und trat ans Fenster. Seine Hände zitterten. Er preßte sie flach gegen das Fensterbrett und sah hinaus. Der Regen, der sich den ganzen Nachmittag über angekündigt hatte, prasselte wie Hagel gegen die Scheiben. »Judith war eine Sau«, sagte er schließlich. Seine Schultern zuckten unter dem Kaschmirpullover. »Aber – alles ist relativ.« Er drehte sich nach mir um. »Sie hat mir das Leben schwerer gemacht, als es hätte sein müssen, und mir einiges Geld abgenommen, in-

sofern haben Sie recht. Glücklicherweise konnte ich's mir leisten.« Er lachte auf, kurz und verdrossen. »Ich habe ihr die erste Sekretariatsstelle an der University of Vermont verschafft – nun, mein Vater hat seine Beziehungen spielen lassen. Er hat wohl geglaubt, sie sei eine alte Freundin von mir. Man hätte annehmen sollen, daß ihr das genügt – das, und ein gelegentlicher ›Zuschuß‹. Aber die liebe Judith konnte nie genug bekommen. Leider mußte sie einer der wenigen Personen über den Weg laufen, die über meine Verhaftung Bescheid wußten – einer jungen Frau aus Vermont, die an der Bostoner Universität als Sekretärin beschäftigt war, bis sie entlassen wurde, weil sie anderer Leute Telefongespräche belauscht hatte.« Er verzog den Mund. »Danach hatte mich Judith richtig am Haken. Wenn Sie allerdings andeuten wollen, ich hätte sie getötet – der Gedanke ist absurd. Wenn ich es all die Jahre nicht getan habe – warum sollte ich es jetzt tun? Es ist schließlich nicht so, daß mir plötzlich das Geld ausgegangen wäre.« Er begann, im Zimmer auf- und abzugehen.
»Jemand hat sie umgebracht.«
»Es kann genausogut Selbstmord gewesen sein«, widersprach er dickköpfig. »Sie mag Gründe gehabt haben, von denen wir nichts wissen. Vielleicht war sie krank...« Er breitete die Hände aus. »Außerdem, wie hätte man sie umbringen können – auf diese Art? Man sagt mir, daß es keine Anzeichen eines Kampfes gab.«
»Sie könnte unter Drogen gesetzt worden sein oder einen Schlag auf den Kopf bekommen haben, so daß sie benommen war.«
Er winkte ab und beugte sich abrupt vor. »Victor, weiß Sabina über – die andere Sache Bescheid?« Ich nickte. Wieder erschienen die eingefallenen Stellen auf seinen Wangen, und seine blassen Augen bewegten sich unstet, während er sich hastig seine Chancen ausrechnete. »Dürfte ich fragen, was Sie beide in dieser Angelegenheit zu unternehmen gedenken? Der – angebliche Vorfall, den Sie erwähnt haben, ist Jahre her, und die Anzeige wurde zurückgezogen – könnten Sie die Information nicht für sich behalten? Wenn sie ans Licht kommt, selbst jetzt noch, könnte sie dem Institut schaden, ganz zu schweigen von meiner Karriere. Und was wäre damit gewonnen?«
»Ich habe nicht gesagt, wir würden sie publik machen.«
»Aber irgend etwas wollen Sie doch. Was? Geld?«
Ich schüttelte den Kopf. »Nicht mehr als unser übliches Honorar und die Unkosten. Aber Sabina möchte den Fall gern weiter bearbeiten.«
»Warum können Sie es nicht einfach gut sein lassen?« rief er. »Judith war eine bösartige Frau, jeder hat sie gehaßt, und Selbstmord ist nicht auszuschließen...«
»Sie hat nicht Selbstmord begangen.« Ich stand auf. »Florian, Sie überraschen mich, wirklich. Kümmert es Sie denn gar nicht, daß da jemand in

Ihrem Institut herumwandert und Leute umbringt? Angenommen es kommt zu einem weiteren Todesfall? Bereitet Ihnen das keine Sorge, würden Sie sich in dem Fall nicht verantwortlich fühlen?«
»Dazu wird es nicht kommen«, sagte er tonlos, als würde er eine eindeutige Tatsache konstatieren. »So dumm ist am Institut niemand, da können Sie sicher sein. Nachdem die Polizei nun den Fall abgeschlossen hat, wäre doch keiner so idiotisch, noch einen Mord zu begehen – selbst wenn, wie Sie behaupten, ein anderer als Judith Moore-Gann umgebracht hätte. Und Sie haben dafür keine Beweise, überhaupt keine.«
»Aber garantieren können Sie's nicht.«
Seine Augen wichen mir aus, doch dann riß er sich zusammen, sah mich direkt an und straffte die schlaffen Lippen. »Wollen Sie damit sagen, daß Sie, wenn ich Sie die Untersuchung fortsetzen lasse, die... andere Sache für sich behalten werden, aber wenn ich mich weigere, machen Sie sie publik?«
Es tat mir leid, daß er es offen ausgesprochen hatte. Ich hätte es lieber bei der stillschweigenden Drohung belassen, weil sie eine leere Drohung war. Nun blieb mir nichts anderes übrig, als zu sagen: »Nein, ich versuche nicht, Sie zu erpressen.« Es gibt in unserem Beruf ethische Regeln, obwohl man davon manchmal nichts merkt. Einen Klienten zu erpressen ist definitiv verboten.
Vor Erleichterung bekam sein Gesicht wieder Farbe. Er dachte eine Weile nach und schüttelte schließlich den Kopf. »Dann wünsche ich nicht, daß Sie die Untersuchung fortsetzen. Ich bin der festen Überzeugung, daß Judith sich selbst umgebracht hat.«
Ich stand auf. »Ich werde Sabina mitteilen, was Sie gesagt haben.«
»Und Sie werden diese... Episode gegenüber niemandem erwähnen?«
»Wir werden's versuchen. Es sei denn, sie wird relevant.«
»Können Sie mir keine feste Zusage geben?« Seine Lippen verloren etwas von ihrer Straffheit.
Ich schüttelte den Kopf. »Tut mir leid.«
Das Telefon klingelte. Er ging zu seinem Schreibtisch und hob ab. »Hallo? Oh, ja, meine Liebe.« Er lauschte. Ich konnte das Gezischel einer Stimme am anderen Ende der Leitung hören. Dann zogen sich perplex seine Augenbrauen zusammen, und er ließ sich am Schreibtisch nieder. »*Wo* ist sie? Was hat sie denn in Barre zu suchen?« Er verstummte, während die Anruferin zu einer aufgeregten Erklärung ausholte. »Also, Theresa«, sagte Florian, »nun beruhigen Sie sich erst einmal. Es geht ihr doch gut. Ja. Ja, natürlich, ich hole sie ab oder veranlasse jemanden, sie zu holen. Nein, nicht ihn. Ich verstehe schon. Nein, nein. Ja, ich verspreche es. Also, wo genau ist sie?« Er notierte etwas auf einem Blatt Papier. Schließlich legte er auf. »Du meine Güte, was denn noch alles?« sagte er

verdrießlich. »Wissen Sie, Vic, obwohl das alle abzustreiten scheinen, ist der Betrieb eines physikalischen Instituts mit ziemlich viel Arbeit verbunden. Immer diese Störungen, und dann die Polizei, und nun, wo Judith nicht mehr da ist –«

Ich sagte: »Was ist denn vorgefallen?«

Er seufzte. »Das war Theresa. Magda hat einen Unfall gehabt. Ihr Wagen ist von der Straße abgekommen. Glücklicherweise ist ihr nichts passiert.« Er schüttelte den Kopf. »Diese jungen Leute fahren zu schnell, sie passen einfach nicht auf. Sie ist in Barre, ausgerechnet.«

»Wo liegt Barre?«

»Ungefähr siebzig Kilometer von hier, in der Nähe von Montpelier, der Hauptstadt von Vermont.« Er blickte verwundert drein. »Ich kann mir nicht vorstellen, warum sie nach Barre gefahren sein soll. Dort gibt es nichts als Granit. Er wird dort gehauen und bearbeitet – für Grabsteine, wissen Sie. Granit aus Vermont scheint für Grabsteine sehr beliebt zu sein. Er hält sich gut, angeblich wäscht er nicht so schnell aus. Nun ja.« Er seufzte wieder und stand auf. »Theresa möchte, daß ich hinfahre und sie abhole.«

»Ich kann Magda holen, wenn Sie zuviel zu tun haben.«

»Also – ich weiß nicht. Ich nehme an – ja, doch, das wäre eine große Hilfe.«

»Kein Problem. Sagen Sie mir nur, wo sie ist.«

Er gab mir eine Wegbeschreibung und brachte mich zur Tür. »Und was die andere Sache angeht, werden Sie und Sabina doch niemandem etwas sagen ...«

»Nur, wenn's nicht anders geht, Florian.«

Als ich ging, blickte er mir ängstlich nach.

Es war bereits halb dunkel, als ich die Straße von Barre nach Montpelier erreichte. Sie führte durch eines jener schäbigen Industriegebiete, wie man sie überall in den USA findet. Die Entdeckung, daß Vermont davon nicht ausgenommen war, desillusionierte mich ein wenig. Magda saß über einer Tasse Kaffee in einer Pizzeria. Ich ließ mich an ihrem Tisch nieder und sagte »Hi«. Sie sah gar nicht gut aus. An ihrer rechten Schläfe befand sich eine Schramme, und ihre haselnußbraun gefleckten Augen hatten ihren Glanz verloren. Ich hatte den Eindruck, daß der Schock des Unfalls ihr noch in den Knochen steckte. Sie wirkte zwanzig Jahre gealtert, fade, beinahe häßlich. Selbst der Glanz ihres dichten schwarzen Haars war verschwunden, als wäre ihr die Aufgabe, sie zu kämmen, zuviel geworden. Ich hatte zwar nicht damit gerechnet, sie in Topform vorzufinden, doch diese augenscheinliche Veränderung entsetzte mich.

»Hallo, Vic«, sagte sie. »Wie nett, daß Sie gekommen sind, mich abzuholen.« Ihre Stimme war tonlos.
»Vics Abholdienst, immer bereit.« Ich legte meine Hand auf die ihre und drückte sie. Sie schien es nicht zu bemerken. Ich sagte: »Dann erzählen Sie mir mal, was passiert ist.«
»Ich hatte einen – Unfall.« Sie zögerte bei dem Wort. »Ich bin auf einem dieser schmalen, gewundenen, unbefestigten Wege durch den Wald gefahren – Sie kennen sie? Es war naß und glitschig – nicht leicht zu fahren. Der Weg verlief plötzlich steil nach unten, und ich trat auf die Bremse, aber sie hat nicht funktioniert. Immer wieder habe ich draufgetreten, aber das Auto ist schneller und schneller geworden... Dann habe ich die Handbremse angezogen, und dann kam eine Kurve, und der Wagen ist vom Weg abgekommen und in den Wald gerast.« Sie unterbrach sich. Ihr Atem klang keuchend, als würde sie den Aufprall noch einmal erleben. »Glücklicherweise waren die Bäume nicht groß. Das Auto hat mehrere umgelegt, ehe es schließlich zum Stehen kam. Ich habe mir den Kopf gestoßen.« Sie berührte ihre Schramme. »Ich war bewußtlos, wie lange, weiß ich nicht.«
»Sie sollten einen Arzt aufsuchen –«
»Hab' ich schon. Der Mann an der Tankstelle hat mich hingebracht. Die Leute waren sehr nett zu mir.« Vor ihr auf dem Tisch lag ein Brief in einer Sprache, die jedenfalls nicht Englisch war, auf dünnem Luftpostpapier, das zerknittert war und an den Ecken hochgebogen, als hätte es ständig jemand in der Hand gehabt. »Der Arzt hat mir versichert, ich hätte keine Gehirnerschütterung.«
Die Kellnerin kam herüber. Ich bestellte eine große Pfannenpizza mit Pilzen und zwei Salate vom Büffet, obwohl Magda gesagt hatte, sie wolle nur Kaffee. »Sie sollten etwas essen«, sagte ich.
Sie zog die Schultern hoch. Dann verzerrte sich ihr Gesicht vor Schmerzen, und sie legte die Hand an ihre Seite. »Eine Rippe ist angeknackst«, sagte sie. »Der Arzt hat mich verbunden, aber es tut trotzdem weh.«
Wir standen auf und gingen zum Salatbüffet. Ich sah, daß ihr das Gehen schwerfiel. Als wir uns wieder gesetzt hatten, sagte sie unvermittelt: »Jemand versucht, mich umzubringen, Vic.« Sie warf mir einen ausdrucklosen, irgendwo erstarrten Blick zu. »Ich habe Angst. Zunächst hatte ich keine Angst, aber jetzt schon. Als Moore-Gann gestorben ist, habe ich nicht wirklich glauben können, daß das Gift für mich bestimmt war.« Sie schluckte krampfhaft und schloß die Augen. Ihre Hände auf dem Tisch verflochten sich. »Wo das Auto vom Weg abkam, lag ein großer Stein, riesig war er, ein Findling – ich wußte, daß ich mit ihm zusammenstoßen würde, frontal. Aber in letzter Sekunde ist das Auto weg-

gerutscht, und ich habe ihn knapp verfehlt.« Sie bedeckte ihr Gesicht mit den Händen. »Oh, Vic! Ich sehe es immer wieder vor mir! Dieser Felsbrocken – ich sehe ihn auf mich zukommen.« Sie schüttelte schaudernd den Kopf. »Wenn das nur aufhören würde!« Sie begann zu weinen, ein tiefes, krampfartiges Schluchzen. Ich legte den Arm um sie und hielt sie fest. Dabei mußte ich einen Moment an Bruno und Vita denken. Sie versteifte sich und entzog sich mir. Das Schluchzen ließ nach.
Ich sagte: »Sind Sie sicher, daß es kein Unfall war?«
»Ich weiß es! Der Mechniker hat mir gesagt, daß jemand an den Bremsen herumgepfuscht hat. Ich habe nicht genau verstanden wie, aber irgendein Verbindungsstück war halb durchgefeilt, so daß es beim Fahren brechen mußte.« Sie starrte mich an, über ihre Hände hinweg, die nach wie vor halb ihr Gesicht bedeckten, als hätte sie sie vergessen. Ihre Lider waren geschwollen und rot.
Kein Wunder, daß sie Angst hatte! Erst Moore-Gann, dann Judith, und nun dieses knappe Entkommen für Magda: Das gefiel mir gar nicht, und Sabina würde es genauso gehen. Während die Polizei den Abschluß des Falles feierte und den Applaus der Physiker genoß, hatte sich ein Mörder an Magdas Fersen geheftet. Es erschien nun wahrscheinlicher denn je, daß bereits das erste Verbrechen auf sie abgezielt hatte. Ich sagte: »Haben Sie die Polizei benachrichtigt?«
»Nein! Und ich habe auch nicht die Absicht! Warum sollte ich, glauben Sie etwa, die wird mich beschützen?« Ihre Stimme klang verächtlich.
»Nun –«
»Ich nämlich nicht. Die Polizisten sind Idioten. Ich habe kein Vertrauen zu ihnen.«
Ich sagte: »Haben Sie eine Ahnung, wer an Ihrem Wagen herumgepfuscht haben könnte, oder wann es geschehen ist?«
»Ich habe darüber nachzudenken versucht. Wer?« Ihre Augen begegneten den meinen. Sie waren jetzt weniger ausdruckslos, da sie sich Mühe gab, ihren Verstand in Gang zu setzen. »Ich habe keine Ahnung. Aber ich glaube, ich weiß, wann. Es ist vermutlich passiert, nachdem Theresas Vorlesung heute morgen um elf angefangen hat und vor eins, als ich das Institut verlassen habe.«
»Wieso sind Sie so sicher?«
»Heute morgen, vor der Vorlesung, bin ich nach Burlington gefahren, um einiges einzukaufen. Es war neblig, und ich bin schnell gefahren. Einmal wäre mir fast ein Reh ins Auto gelaufen. Ich mußte sehr stark bremsen. Das Auto kam ins Schleudern, blieb jedoch rechtzeitig stehen. Ich erinnere mich noch, daß ich dachte: ›Was für ein Glück, daß die Bremsen in Ordnung sind!‹ Hätten sie nicht schon da versagen müssen, wenn sie beschädigt gewesen waren?«

»Durchaus möglich. Wann war das?«
»Ungefähr Viertel vor elf – ich hatte Angst, ich würde zu Theresas Vortrag zu spät kommen, deshalb bin ich so schnell gefahren. Sobald ich zurück war, bin ich in die Scheune gerannt. Ich kam gerade noch rechtzeitig.«
Und dann waren vermutlich alle bei der Vorlesung versammelt, natürlich abgesehen von Gerald, der im Verwaltungsgebäude die Stellung hielt und, soweit ich wußte, keinen Grund hatte, Magda etwas anzutun. Theresas Vortrag war um die Mittagszeit vorbeigewesen, und alle hatten die Scheune verlassen; vermutlich hatte sich jemand danach an ihren Bremsen zu schaffen gemacht. Ich sagte: »Wo war das Auto zwischen zwölf und ein Uhr?«
»Es stand an der Zufahrt zu unserem Haus. Sie ist vom übrigen Institutsgelände aus nicht zu sehen, wegen des umgebenden Waldes.«
Mit anderen Worten: hübsch abgeschieden. »Und wo waren Sie zwischen zwölf und ein Uhr?«
»Ich bin im Wald spazierengegangen. Ich hatte schlechte Nachrichten erhalten.« Sie wandte abrupt den Kopf, und ihre Hand schloß sich krampfhaft um den Brief.
»Sie haben um eins das Institut verlassen. Warum?«
Sie zog die Schultern hoch. »Ich wollte einfach herumfahren. Ich mußte mich eine Weile absetzen.«
»Nach Barre? Warum Barre?«
»Ich wollte den Friedhof besuchen.«
»Den Friedhof?«
»In dieser Stadt gibt es einen berühmten Friedhof. Ich hatte in einem Reiseführer davon gelesen. Ich bin hingefahren, um ihn zu besichtigen.«
Ihr Salat war immer noch unberührt. Ich sagte: »Essen Sie.« Nach einem Moment nahm sie die Gabel und aß eine Scheibe Rote Beete. Ich sagte: »Überall in Vermont gibt es Friedhöfe. Was ist an diesem so besonderes, daß sie plötzlich das Institut verlassen und nach Barre fahren mußten, anstatt die Vorlesung von Saul Sachs zu besuchen?«
Sie schüttelte den Kopf. »So war es nicht. Ich wollte einen Ausflug machen – egal, wohin. Um allein zu sein. Ich bin auf die Durchgangsstraße und von dort in östlicher Richtung gefahren, sehr schnell. Es war mir egal, wohin die Straße führte. Dann habe ich den Namen ›Barre‹ auf einem Schild entdeckt und mich an den Friedhof erinnert. Dort sind die Steinmetze beerdigt, diejenigen, die die Grabsteine behauen haben, Sie verstehen schon. Einige haben sich selbst ihre Steine gemeißelt, richtige Prachtexemplare. Ich beschloß spontan, mich dort umzusehen, und habe die nächste Ausfahrt genommen. Nachdem ich den Friedhof be-

sucht hatte, bin ich einfach drauflosgefahren, auf den kleinen Bergstraßen, die dorthin führen, wo es keine Ortschaften mehr gibt. Auf dem Rückweg kam es zu dem Unfall.« Sie erschauerte, kniff die Augen zu und preßte beide Hände gegen ihre Lider. »Gott, wann werde ich endlich aufhören, diesen Felsbrocken zu sehen?«
»Denken Sie nicht daran. Erzählen Sie weiter.«
»Hinterher mußte ich lange gehen, ehe ich ein Telefon fand. Das war nicht einfach.« Sie legte die Hand an ihre Rippen und verstummte. »So war das.«
Die Kellnerin brachte unsere Pizza. Ich legte Magda ein Stück vor und bestand darauf, daß sie davon aß. Sie hatte einen Teil ihres Salats aufgegessen, und es schien ihr gutgetan zu haben. Zumindest war sie ein wenig munterer geworden.
Als sie mit ihrer Pizza fertig war, versuchte ich ihr noch eine Scheibe zu geben, aber sie wehrte ab und sagte: »Nein, ich kann nicht mehr. Wirklich nicht, Vic.«
Ich legte das Stück auf meinen eigenen Teller. »Sie sagten, Sie hätten schlechte Nachrichten erhalten.« Ich tippte mit dem Finger auf den Brief, der vor ihr auf dem Tisch lag. »Steht es hier drin? Schlechte Nachrichten aus der Heimat?«
»Ja.«
»Das tut mir leid. Was –« Ich ließ den Satz unvollendet.
Sie wurde mucksmäuschenstill. Dann sagte sie mit leiser Stimme, ohne mich anzublicken: »Meine Mutter ist tot. Ich glaube, ich wußte es längst. Oder vielleicht habe ich es nur befürchtet. Ich hatte so lange nicht mehr von ihr gehört.« Sie nickte, doch ihre Augen blieben trocken.
Ich sagte: »Tut mir leid. Tut mir wirklich leid, Magda. Wer hat Ihnen denn geschrieben?«
»Meine alte Freundin Elisaveta. Meine beste Freundin.« Sie nahm den Brief. »Sie hat ihn einem Mann mitgegeben, der zu einer Konferenz nach Kanada gereist ist, damit er ihn an mich aufgibt. Sie hatte Angst vor der Zensur. Elisaveta gehört auch zu *Solidarnosc*, sie muß sehr vorsichtig sein.« Magda atmete tief ein. »Sie hat über vertrauenswürdige Leute erfahren, daß meine Mutter vor zwei Monaten im Gefängnis an Lungenentzündung gestorben ist. Sie hat keine angemessene ärztliche Betreuung erhalten.« Nun kam sie in Rage: »Das ist alles so widerlich, so schrecklich! Was ich auch sage, sie wird davon nicht wieder lebendig.« Magda ballte die Fäuste und schüttelte den Kopf. »Ich finde keine Worte. Sie hat immer zu den Leuten gesagt: ›Geh doch zum Arzt‹, selbst wenn sie nur ein bißchen krank waren. Sie hat an die Medizin geglaubt, als wäre sie eine Religion. Ich habe sie manchmal ausgelacht. ›Geh doch zum Arzt! Geh doch zum Arzt!‹« Erbittert fügte sie hinzu: Diese Schweine!

Warum mußte sie sterben? Sie war eine junge Frau, gerade erst siebenundvierzig.«
Magda hatte also einen Brief aus Polen erhalten, in dem stand, daß ihre Mutter gestorben sei, und dann hatte ausgerechnet während der nächsten Stunde jemand an ihren Bremsen herumgepfuscht. Vielleicht bestand da kein Zusammenhang, aber... Ich sagte: »Haben Sie jemandem von dem Brief erzählt? Theresa vielleicht?«
Sie schüttelte den Kopf. »Ich habe Theresa nichts davon erzählt. Ich wollte es tun, aber sie hatte gerade ihre Vorlesung beendet, und die anderen wollten sie zum Lunch ausführen. Zum erstenmal seit Moore-Ganns Tod hat sie beinahe glücklich ausgesehen.« Sie schüttelte den Kopf. »Ich werde es ihr später sagen.«
»Und haben Sie jemand anderem davon erzählt?«
Sie schien zu zögern. »Vom Tod meiner Mutter? Nein –« Sie hörte zu sprechen auf und saß da, die Ellbogen auf dem Tisch, das Gesicht in ihren Händen vergraben. Nach einer Weile flüsterte sie vor sich hin: »Die arme Mama tot... Moore-Gann tot... Jean-Paul verhaftet...«
»Der ist längst wieder frei«, sagte ich sanft.
»Frei? Sagen Sie mir auch die Wahrheit?« Sie wollte aufspringen, doch ein Schmerz durchzuckte sie, so daß sich ihre Brauen zusammenzogen. Sie preßte die Hand gegen ihre Rippen. »Ich muß zu ihm!«
Ich hielt sie zurück. »Hören Sie, Magda, Jean-Paul kann warten. Wir müssen uns unterhalten. Sie sind in Gefahr, in ernster Gefahr, das haben Sie selbst gesagt. Ich bin nicht der Ansicht, daß Sie irgend etwas allein unternehmen sollten, ehe der Fall aufgeklärt ist. Jemand hat Ihnen zweimal ernsthaft nach dem Leben getrachtet. Beim nächstenmal könnte er Erfolg haben.«
»Ich weiß, aber Jean-Paul –«
»Auf Jean-Paul kommt es jetzt nicht an!« Ihre Augen hatten wieder zu leuchten begonnen, und sie warf mit einer ungeduldigen Bewegung ihr Haar zurück. Ich blieb hartnäckig. »Vielleicht wäre es am besten, wenn Sie die Tagung verlassen. Fahren Sie heim nach Cambridge. Oder noch besser, besuchen Sie eine Freundin, und bleiben Sie eine Weile dort.«
»So eine Freundin habe ich nicht – nicht in Amerika. Außerdem liegt es mir nicht, einfach davonzulaufen. Wer weiß, ob es was nützen würde. Wer garantiert mir, daß ich dort sicherer wäre? Wenn mich jemand umbringen will, könnte er mir dorthin folgen, nicht wahr?«
»Nicht, wenn niemand wüßte, wo Sie hingefahren sind.«
Sie schüttelte entschieden den Kopf. »Nein. Ich bleibe. Ich verspreche Ihnen, vorsichtig zu sein. Nun möchte ich Jean-Paul sehen. Fahren Sie mich bitte zu ihm? Mein Auto wird erst morgen repariert. Bitte?«
Ihre Sturheit brachte mich zur Verzweifelung. Ich fragte: »Wieso ma-

chen Sie sich solche Sorgen um Jean-Paul? Er ist ein gewalttätiger, egoistischer, infantiler Kerl. Er ist weniger intelligent als Sie, und er kompensiert den Mangel, indem er Sie zusammenschlägt. Wahrhaftig, ein echtes Herzchen. Wozu brauchen Sie ihn? Als Sexualpartner? Sitzen Sie denn wirklich so auf dem Trockenen?«
Eine dunkle Röte hatte ihre Wangen überzogen. »Also«, sagte sie, biß sich auf die Lippen und warf mir einen verunsicherten Blick zu, als wüßte sie nicht, ob sie beleidigt sein oder sich rechtfertigen sollte. »Sie haben recht«, murmelte sie schließlich und wich meinem Blick aus. »Ich brauche ihn nicht, das habe ich ihm und mir oft genug gesagt. Ich werde nicht zu ihm zurückkehren. Vic. Niemals.« Sie schüttelte mit Nachdruck den Kopf, sah mich aber immer noch nicht an. »Bloß *sehen* will ich ihn. Um ihm von meiner Mutter zu erzählen, um mich zu vergewissern, daß es ihm gutgeht... Drei Jahre haben wir zusammengelebt. Selbst wenn zwischen uns alles aus ist, sind wir uns noch lange nicht fremd.«
Ich winkte der Kellnerin zu, um zu bezahlen. Sie brachte die Rechnung und ließ sie auf dem Tisch zurück. »Kommen Sie«, sagte ich zu Magda. Captain Eakens Worte fielen mir ein, sein Spruch von der »passenden Macke«. Es war mir unheimlich, und es störte mich – wahrscheinlich ging es mich nichts an, wie Magda ihr Leben gestaltete, aber ich bin nun einmal ein verhinderter Psychiater, und diese Frau war so klug, so entschlossen selbstständig, wenn es um ihre Arbeit ging, daß es unglaublich erschien, wie sehr sie an diesem Widerling hing, an einem Kerl, der sie mit Sicherheit früher oder später wieder verprügeln würde, wenn sie zu ihm zurückkehrte.
Und wenn sie lange genug am Leben blieb. Ich sagte: »Vielleicht sollten Sie Polizeischutz verlangen, Magda.« Wie ich erwartet hatte, schüttelte sie den Kopf. »Und es besteht wirklich keine Möglichkeit, Sie zu überreden, daß Sie sich eine Weile aus dem Institut fernhalten?«
»Ich reise nicht ab«, sagte sie trotzig. Dann fuhr sie auf, als hätte sie sich an etwas erinnert. Sie sagte: »Übrigens, ich stehe auf dem Programm. Ich muß drei Seminare abhalten. Das erste findet morgen statt. Ich bin nicht fertig mit meiner Vorbereitung und habe heute abend noch zu arbeiten –« Sie blickte auf die Uhr.
»Na gut. Ich fahre Sie zurück.«
»Sie werden mich zu Jean-Paul begleiten.«
Ich warf ein paar Scheine auf den Tisch. »Nur, wenn ich die ganze Zeit dabeibleiben und Sie hinterher bei Theresa abliefern darf. Ich will, daß Sie ihr bis auf weiteres nicht von der Seite weichen. Gehen Sie nirgendwo allein hin und seien Sie sich ständig darüber im klaren, daß jemand Ihnen was antun könnte. Glauben Sie, das schaffen Sie?«

Sie begegnete meinem Blick. »Ich schaffe es. Ich werde sehr vorsichtig sein. Ich will nämlich nicht sterben. Und jetzt fahren Sie mich. Sonst –« ihr Tonfall wurde hart »– sonst besorge ich mir einen Leihwagen.«
»Das wird nicht nötig sein.« Ich stand auf. »Kommen Sie, gehen wir.«

29

Jean-Paul war auf dem Institutsgelände in einem weitläufigen alten Gebäude untergebracht, das als Junggesellenhaus bekannt war und aussah, als hätte es im 19. Jahrhundert sein Leben als Wirtshaus begonnen. Jean-Pauls Zimmer lag im zweiten Stock. Ich begleitete Magda die breite Treppe hinauf. Die Flure waren menschenleer, aber aus mehreren Zimmern drang Stimmengewirr. Durch eine offene Tür erspähte ich einen indischen Physiker, der an eine Tafel schrieb und dabei ununterbrochen redete, während ein Japaner in einem T-Shirt mit dem Aufdruck *Champlain Valley Physics Institute* kopfschüttelnd danebenstand, als wäre er nicht überzeugt.

Obwohl Magda sich nicht beklagte, bereitete ihr das Treppensteigen offensichtlich Schmerzen. Sie stützte sich schwer auf das polierte Eichenholzgeländer, und als wir endlich oben waren, glänzte ihr Gesicht vor Schweiß. Ich folgte ihr den Flur entlang, immer ein paar Schritte hinter ihr, bis sie vor einer Tür stehenblieb und klopfte. Drinnen waren Schritte zu hören, und dann wurde die Tür von Andrzej Modzalewski geöffnet. Als er Magda sah, trat er einen Schritt zurück und riß das Maul auf, als hätte ihr Anblick ihn völlig verblüfft. Dann vollzog sich eine plötzliche Verwandlung. Es war, als hätte er eine Maske der Trunkenheit angelegt. Sein Körper sackte zusammen, sein Mund wurde schlaff, seine Augen schielten. »Na so was!« dröhnte er. »Wir haben Besuch! Hübsche Dame!« Er wandte den Kopf ab und sagte über die Schulter hinweg: »Raten Sie, wer da ist, mein Freund!« Hinter ihm hing Jean-Paul in einem Sessel, eine Flasche Wodka und ein Glas in der Hand. Er goß sich etwas ins Glas. Der Wodka schwappte über und tropfte auf seinen Schoß. Auf dem Boden neben seinen Füßen lag eine leere Flasche. Er blickte auf, verkniff die Augen, gab sich Mühe, geradeaus zu sehen.

Ich trat neben Magda, die mir einen zugleich besorgten und empörten Blick zuwarf.

Andrzej wurde auf mich aufmerksam und dröhnte: »Und hübscher Herr!« Er lachte laut, beugte sich vor und drapierte seine Arme um meinen Hals. »Willkommen, mein Junge.« Ich konnte riechen, daß er Alkohol getrunken hatte, aber er war nicht so hinüber, wie es den Anschein hatte – sehr interessant. Noch interessanter war der Blick, mit dem er

Magda empfangen hatte. Warum hatte er so schockiert gewirkt? Hatte er vielleicht Grund, nicht mit ihr zu rechnen?
Jean-Paul rappelte sich hoch. »Magda«, stammelte er und stand heftig blinzelnd und schwankend auf. Als er auf uns zutaumelte, schwappte Wodka aus seinem Glas. Das Zimmer war unaufgeräumt: das Bett ungemacht, Papiere auf dem Schreibtisch und dem Fußboden verstreut, Schubladen aufgezogen, als hätte jemand hastig darin herumgewühlt.
Magda kam Jean-Paul entgegen, nahm ihm das Glas ab und rief: »Was für ein Anblick! Warum tust du dir das an?«
»Magda«, artikulierte er mühsam. »Warum bist du nicht früher gekommen?« Er legte wie ein Kind den Kopf an ihre Schulter, und seine Beine drohten unter ihm nachzugeben.
Sie legte stützend die Arme um seine Taille. »Du mußt ins Bett«, sagte sie streng. »Komm, ich helf dir. Du bist sehr betrunken – du weißt doch, daß du nicht trinken sollst.«
»Die Polizei hat mich gehen lassen. Ich dachte, du würdest kommen.« Er stieß ihre Arme weg und torkelte rückwärts. »Es war dir egal!« sagte er anklagend.
»Jean-Paul, wie kannst du so etwas sagen?«
Ich erspähte aus dem Augenwinkel eine Bewegung und drehte gerade noch rechtzeitig den Kopf, um zu sehen, wie Andrzej verstohlen einige Papiere an sich nahm, die auf dem Schreibtisch gelegen hatten. Er strahlte mich mit leerem Blick an und sagte: »Ich gehe jetzt, laß sie allein, die kleinen – wie sagt man? – Turteltauben? Ah, der arme Jean-Paul! Er war so traurig, und jetzt ist er froh. Ich nehme meine Sachen und gehe.« Wankend verließ er das Zimmer.
Magda sagte: »Vic – bitte, würde es Ihnen etwas ausmachen, wenn wir –«
»Ich warte draußen«, sagte ich und trat auf den Flur. Ich hörte, wie Andrzejs schwere Schritte unterwegs nach unten auf dem Treppenabsatz im ersten Stock haltmachten, als sei er unschlüssig, ob er in sein Zimmer gehen sollte oder nicht. Dann setzten sie ihren Weg fort. Ich warf einen Blick übers Geländer und sah, daß er schnell und zielstrebig die Treppe hinabging. Er war offenbar vollkommen nüchtern. Wollte er das Gebäude verlassen? Nein, als er im Erdgeschoß angekommen war, bog er in einen der Flure ab, und das Echo seiner Schritte auf dem blanken Holzfußboden wurde leiser. Ich hätte mich zu gern rasch in seinem Zimmer umgesehen, wußte aber nicht genau, wo es lag. Ich erinnerte mich, daß in den Unterlagen des Instituts Zimmernummern angegeben waren. Falls Jean-Paul nicht zu voll war, konnte ich ihn fragen, ob ich in seinem Informationspaket nachsehen durfte. Ich wollte gerade wieder ins Zimmer treten, da hörte ich aus dem Erdgeschoß ein Geräusch – einen mechanischen Laut, ein leises Summen, dann ein Klicken, das Ganze mehrfach

wiederholt. Es war mir vertraut, aber ich kam nicht darauf, worum es sich handelte. Dann hörte ich Andrzejs Schritte zurückkommen, und gleich darauf erspähte ich ihn am Fuß der Treppe. Er hatte Papiere in der Hand, mehr Papiere als zuvor. Natürlich! Das Geräusch, das ich gehört hatte, stammte von einem Fotokopierer. Ich zog mich leise aus der Sichtlinie zurück und lauschte, während er den ersten Stock erreichte und dort den Flur entlangeilte. Eine Tür ging auf und schloß sich wieder.

Hinter mir in Jean-Pauls Zimmer hörte ich Magda rufen: »Laß das!«

Ich machte die Tür auf. Der Korse hockte auf der Bettkante und hielt ihre Hand fest. Sie stand vor ihm und versuchte, sich loszureißen; aber er drehte ihr den Arm um. Sie versetzte ihm einen Stoß, so daß er rücklings auf die zerknitterten Laken fiel, riß sich vor Schmerzen keuchend los und preßte dann beide Hände gegen ihre Rippen. Jean-Paul vergrub das Gesicht in den Kissen und begann zu heulen.

Ich stand in der Tür und beobachtete die zwei. Er war zu besoffen, um echten Schaden anzurichten, obwohl Magda mit ihrer angeknacksten Rippe leichte Beute war. Ihre Augen begegneten voller Verzweiflung den meinen. »Zeit zu gehen«, sagte ich.

Sie kam wortlos zu mir, und Jean-Paul machte keine Anstalten, sie aufzuhalten. Er schluchzte nur weiter in sein Kissen. Wir verließen gemeinsam das Zimmer. Ehe ich die Tür hinter uns zuzog, knipste ich das Licht aus.

Ich lieferte Magda in Theresas Haus ab und verordnete ihr, die Nacht im Zimmer der älteren Frau zu verbringen, das mit zwei Einzelbetten ausgestattet war. Nachdem der Schock überwunden war, den Theresa bekommen hatte, als sie erfuhr, daß der »Unfall« Folge des vorsätzlichen Versuchs gewesen war, Magdas Auto zu sabotieren, verhielt sie sich gefaßt und sachlich. Sie machte sich in der Küche zu schaffen und kochte Kaffee, während Magda und ich am Tisch saßen.

»Sie glauben also, daß es innerhalb einer Stunde nach dem Ende meines Vortrags um zwölf Uhr passiert ist«, sagte Theresa und stellte Zucker und Sahne vor uns hin.

»Ja, höchstwahrscheinlich«, erwiderte ich. »Sind Sie nach Hause gefahren, um sich frischzumachen, ehe Sie zum Lunch ausgegangen sind?«

»Nein«, sagte sie und hatte mich sofort verstanden. »Ein Jammer, sonst hätte ich wohl jemanden gesehen. Nein, ich bin sofort mit der Gruppe aufgebrochen.«

»Wer hat zu der Gruppe gehört?«

»Florian. Saul und Vita Sachs.« Magda blickte überrascht auf, und Theresa sagte: »Oh, ja, Saul ist ausgesprochen freundlich, seit Hervé tot ist. Ich weiß auch nicht, warum. Ich konnte ihn nicht gut ausladen.« Sie brachte den Kaffee zum Tisch und sagte in vorwurfsvollem Ton zu Magda: »Ich habe überall nach dir Ausschau gehalten, konnte dich aber nicht entdecken. Ich dachte, du würdest mit uns zum Essen kommen.«

»Ich weiß, Theresa. Tut mir leid. Ich konnte nicht. Ich hatte schlechte Nachrichten erhalten und mußte allein sein.«

Theresa sah bekümmert drein. »Schlechte Nachrichten?«

»Nachrichten, die meine Mutter betreffen. Sie ist tot, Theresa. Sie ist im Gefängnis gestorben, an Lungenentzündung.«

»Oh, nein! Oh, Magda, wie schrecklich! Oh, es tut mir so leid, ich weiß gar nicht, was ich sagen soll. Meine Liebe, warum hast du mir das nicht sofort erzählt?« Sie streichelte Magdas Haar, strich es ihr aus der zerschrammten Stirn. »Mein armes Mädchen, was hast du nur für einen Tag hinter dir.« Die Art und Weise, wie ihre Hand über Magdas Gesicht strich, hatte etwas Besitzergreifendes, beinahe Gieriges an sich.

Magda schien es nicht zu stören. »Ja. Ein schrecklicher Tag.« Sie nahm kurz Theresas Hand und preßte ihre Wange hinein. »Ich wußte, daß man Sie zum Lunch ausführen wird. Ich wollte die Feier nicht stören – die hatten Sie nämlich verdient, nach allem, was Sie durchgemacht haben, und nach dem wunderbaren Vortrag –«

»Unsinn, du hättest es mir sofort sagen müssen.« Sie legte den Arm um Magdas Schultern.

Ich sagte zu Theresa: »Sie sagten, Sie seien mit Florian und dem Ehepaar Sachs zum Lunch ausgegangen. War noch jemand dabei?«

»Ein halbes Dutzend Leute.« Sie nannte mehrere Namen, die ich nicht kannte.

»Sonst niemand? Leo Pesnik, zum Beispiel, oder Andrzej Modzalewski?«

»Nein.« Sie streichelte beiläufig Magdas Haar. »Ich glaube nicht, daß Pesnik zum Mittagessen ausgegangen ist. Ich habe gesehen, wie er in der Nähe des Verwaltungsgebäudes unter einem Baum saß und ein Sandwich aß.«

»Dort habe ich ihn auch gesehen«, sagte Magda.

»Und Modzalewski?« Sie schüttelten beide die Köpfe und versicherten, ihn nicht gesehen zu haben.

Ehe ich mich verabschiedete, machte ich die Runde durchs Haus, schloß und verriegelte alle Fenster und vergewisserte mich, daß die Türen abgeschlossen waren. Das Haus war alt, mit locker sitzenden Tür- und Fensterrahmen. Die Schlösser ließen sich ohne weiteres von außen aufbrechen, falls jemand entschlossen war, dort einzubrechen. Ich glaubte zwar nicht, daß Magda in Gefahr war, solange sie in Theresas Zimmer schlief, aber sie hatte zwei Anschläge auf ihr Leben hinter sich, deshalb konnte ich nicht sicher sein. Ich erwog sogar einige Zeit, die Nacht draußen im Wald zu verbringen und alles im Auge zu behalten. Doch schließlich

entschied ich mich dagegen. Es gab zuviel mit Sabina zu besprechen – Magdas sogenannter Unfall und Modzalewskis Reaktion, als er sie sah, und was er dann getan hatte. Ich war beinahe überzeugt, daß er der Mörder war, den wir suchten, obwohl daran nicht alles klar war. Zum Beispiel das Motiv. Warum sollte er Magda ermorden wollen? Sagen wir, der große Pole war doch kein *Solidarnosc*-Held, sondern ein Spion, den die Sowjets in die amerikanische Physikergemeinde eingeschleust hatten. In dem Fall wäre es verständlich gewesen, daß er sich an Jean-Paul heranmachte, der nach Florians Aussage an wichtigen Verteidigungsprojekten arbeitete – daß er Kopien seiner Papiere anfertigte oder gar versuchte, ihn zu rekrutieren. Vielleicht hatte Andrzej Angst, Magda könne etwas wissen, das seine Tarnung auffliegen ließ. Aber wenn dem so war, warum machte sie dann nicht den Mund auf? Und warum hatte Andrzej Hervé Moore-Gann vergiftet? – Nun ja, vermutlich war Magda als Opfer vorgesehen. Ein Rätsel blieb allerdings, warum er Judith hätte umbringen sollen.
Ich verabschiedete mich von Magda und Theresa, stieg in meinen Wagen und setzte mich in Richtung Ausfahrt in Bewegung. Als ich am Verwaltungsgebäude vorbeikam, fiel mir Bill, der Hausmeister, beim Gießen der Büsche auf, die er am selben Morgen gepflanzt hatte. Das brachte mich auf eine Idee. Ich stelle das Auto ab und schlenderte zu ihm hinüber.
»Hi, Bill, wie geht's, wie steht's?«
»Gut bis mittelprächtig.« Ein Klumpen Kautabak flog an meiner Nase vorbei und landete in einem Haufen Unkraut. »Hab' im Wald Ausschau gehalten, wie Sie gesagt haben, hab' den Jungen gesehen.«
»Jordan? Sie haben ihn gefunden? Prima! Wo ist er?«
Kopfschüttelnd ließ er einen Wasserstrahl über einen Busch laufen, dessen Namen ich nicht kannte. »Keine Ahnung.«
»Aber Sie sagten doch, sie hätten ihn gesehen.«
»Jawoll.« Er zeigte auf den Wald, der hinter uns hügelaufwärts lag. »Hinter der Kuppe sind Felsen, die an einer Quelle eine Höhle bilden. Gute Quelle, versiegt nie. Dort hatte er sich versteckt, mit ein paar Konserven.« Er schüttelte wieder den Kopf. »Ist davongelaufen, als er mich gesehen hat. Unberechenbar, der Junge.« Bill zuckte die Achseln. »Ist vermutlich zum Angeln gegangen, gibt viele Weiher in Vermont. Kann überall sein. Wissen Sie, was ich glaube?« Ich wartete. »Ich glaube, er wird von allein rauskommen, sobald er soweit ist.«
Aha. Nun, wenigstens konnte ich Sabina berichten, daß Jordan am Leben war, immerhin etwas. »Danke, Bill. Halten Sie weiter die Augen offen.« Ich holte einen Zehndollarschein aus meiner Brieftasche, und die kleinen Augen in seinem fleischigen Gesicht leuchteten auf. »Ob ich Sie wohl bitten dürfte, noch einen Auftrag für mich zu erledigen? Sie kennen doch

das Häuschen, in dem Mrs. Moore-Gann untergebracht ist, die Dame, deren Mann gestorben ist?«

»Jawoll. Altes Farmhaus, hat mal der Familie Willis gehört.«

»Könnten Sie es bewachen? Es im Auge behalten und dafür sorgen, daß niemand einzubrechen versucht?«

»Die ganze Nacht?« Er wirkte nicht begeistert.

Ich zog einen zweiten Zehner heraus. »Für zwanzig Dollar?«

Er dachte darüber nach. »Na gut.« Zwanzig schien sein Standardhonorar zu sein.

Ich gab ihm das Geld und ging.

30

Als ich zu Hause ankam, fand ich Bruno schachspielend im Wohnzimmer vor. Er braucht zum Spielen keinen Gegner. Das ist auch gut so, denn es fällt ihm nicht leicht, einen ähnlich starken Spieler zu finden. In diesem Fall spielte er eine Partie nach, die er aus der Schachspalte der *New York Times* ausgeschnitten hatte. Während er seinen nächsten Zug überdachte, aß er aus einer Papiertüte Schokoladenkekse. Sabina war nirgends zu sehen.

»Hi, Bruno«, sagte ich. Der Anblick der Kekse erinnerte mich an die Tatsache, daß ich nichts gegessen hatte seit der Pizza, die ich mir mit Magda an der Straße von Barre nach Montpelier geteilt hatte, und das war lange her.

»Vic! « Er sah sich verstohlen um und flüsterte: »Haben Sie mit ihr geredet?«

»Mir ihr? Ach, Sie meinen Vita. Ja, wir haben uns unterhalten.« Ich versenkte meine Hand in der Kekstüte.

»Und? Haben Sie – Sie wissen schon, ihr Bescheid gegeben?«

»Daß sie Sie in Ruhe lassen soll?«

»Mein Gott, Vic, so haben Sie es hoffentlich nicht ausgedrückt?« Seine gutmütigen braunen Augen blickten erschrocken..

»Nein, nein, natürlich nicht. Trauen Sie mir etwa nicht? Moment, ich will mir eben ein Glas Milch dazuholen.«

»Halt – sagen Sie mir erst, was sie gesagt hat.«

Sabina kam im Bademantel die Treppe herab, das Haar in ein Handtuch gewickelt, die Haut bestens durchblutet. »Da sind Sie ja endlich, Vic. Sie waren lange weg.« Sie ignorierte Bruno, abgesehen davon, daß sie sich einen Keks aus der Tüte holte, die er immer noch in der Hand hielt. »Ich hab' mehrere Anrufe entgegengenommen, darunter einen von Vita Sachs.« Sie warf einen lässigen Blick in Brunos Richtung und beobachtete seine Reaktion auf den Namen Vita. Er blickte schuldbewußt drein. Sabina spitzte die Lippen. »Sie hat darum gebeten, daß Sie sie morgen früh anrufen, sie hätte Ihnen etwas mitzuteilen. Weitere Einzelheiten wollte sie mir nicht verraten.« Sabina knabberte zierlich an ihrem Keks.

»Was die nur will?« Ich glaubte es zu wissen und nahm nicht an, daß es viel mit dem Fall zu tun hatte. »Ich war heute einige Zeit mit ihr zusam-

men, bei ihr zu Hause.« Ich erzählte Sabina eine angemessen redigierte Fassung meines Besuchs bei Vita, während Bruno zuhörte und so tat, als wäre er ganz in sein Schachspiel vertieft. Natürlich redigierte ich nicht alles heraus, weil ich dachte, es würde sie in bezug auf Bruno erleichtern, wenn sie wußte, daß es zu Zärtlichkeiten gekommen war.
Es klappte. »Vita ist eine ziemliche *femme fatale*, nicht wahr?« bemerkte sie, als ich fertig war. Sie wirkte nicht mehr so gespannt und unterdrückte ein Lächeln. »Bruno, hast du noch Kekse in deiner Tüte?«
»Eins ist noch da. Möchtest du es haben?« Er überreichte ihr die Tüte, hocherfreut, daß sie ihn direkt angesprochen hatte.
Ich sagte: »Ich habe mich mit Florian unterhalten, habe ihm gegenüber angedeutet, daß wir über seine Verhaftung in Boston Bescheid wissen, aber er will trotzdem nicht, daß wir die Untersuchung fortsetzen.« Ich berichtete ihr im Detail von dem Gespräch. »Wie ist Ihre Begegnung mit Saul verlaufen? Haben wir einen Klienten oder nicht?«
Sie setzte sich, schlug die Beine übereinander und zog den Bademantel über ihren Knien zusammen. »Wir haben keinen. Er hat gesagt, er könnte uns nicht beauftragen, die Untersuchung fortzusetzen, ehe er sich mit dem Kuratorium abgesprochen hat. Technisch hat er recht, nehme ich an. Aber ich glaube, er hätte es tun können, wenn er gewollt hätte – Ich hatte den Eindruck, daß er nicht gerade darauf erpicht war, den Fall wieder aufzurollen, nachdem die Polizei ihn abgeschlossen hat. Er hat schließlich versprochen, im Kuratorium darüber abstimmen zu lassen.«
»Also – kein Klient. Das ist schlecht. Vielleicht hätte ich doch Magdas Reiseschecks annehmen sollen.« Ich setzte mich auf die Couch und legte die Füße hoch, während Sabina begann, sich das Haar zu frottieren. »Lassen wir die Untersuchung fallen?«
»Natürlich nicht. Ich war immer der Meinung, daß wir als Profis gelegentlich freiwillige Leistungen erbringen müssen, *pro bono publico*.« Wenn das stimmte, war es mir jedenfalls neu. »Hier haben wir die Gelegenheit. Ich werde unsere Unkosten als Geschäftsverlust von der Einkommenssteuer absetzen.«
»Kann man das?«
»Das ist illegal, Sabina«, sagte Bruno. »Warum siehst du den Tatsachen nicht ins Gesicht? Du bist einfach arbeitswütig.«
»Du weißt nicht mit Sicherheit, daß es illegal ist«, sagte sie. »Ich werde das mit meinem Steuerberater besprechen, und vorerst machen wir weiter. Vic, Sie hatten noch einen Anruf. Von Mort Goldman. Er hat im Hinblick auf Andrzej Modzalewski Zweifel bekommen. Beim Durchsehen der Akte ist er auf ein Detail gestoßen, das ihn nachdenklich gemacht hat.«
»Wie interessant«, sagte ich und beugte mich vor. »Was für ein Detail?«

»Als Modzalewski im Gefängnis saß, hat er übers Wochenende Ausgang erhalten, um seinen kranken Vater zu besuchen, das hatten wir bereits gehört. Und an eben diesem Wochenende ist es seinen Freunden gelungen, ihn aus dem Land zu schmuggeln. Mort zufolge hat der Vater aber schon seit ewigen Zeiten die Parkinsonsche Krankheit – und hat sie vermutlich immer noch –, und in der Akte finden sich keinerlei Hinweise, daß er gerade eine gesundheitliche Krise hatte, als Modzalewski gestattet wurde, ihn zu besuchen. Mort fand das merkwürdig. Er hat die entfernte Möglichkeit erwähnt, daß Modzalewski ein Spion ist. Wenn ja, sagte er, dann würde seine Haft, auch wenn er sie tatsächlich abgesessen hat, als nachprüfbarer Teil seiner Tarnung dienen.«

»Das ist es!« sagte ich. »Und Magda weiß etwas über ihn, das seine Tarnung auffliegen lassen könnte. Er ist der Gesuchte, Sabina! Warten Sie nur, bis Sie alles gehört haben.« Ich lieferte ihr einen vollständigen Bericht über die Ereignisse des Tages, darunter auch Einzelheiten über Magdas Unfall und unseren Besuch in Jean-Pauls Zimmer im Junggesellenhaus.

Als ich fertig war, hatte sich Sabinas Miene sorgenvoll bewölkt. »Ich verstehe das nicht«, sagte sie schließlich. »Dieser Unfall von Magda ist mir gänzlich unverständlich. Prüfen Sie das lieber morgen in der Werkstatt nach.«

»Aber er ist durch und durch verständlich«, sagte ich. »Modzalewski hat Angst, daß sie etwas verraten könnte, etwas, das sie vergessen hat, das ihr aber wieder einfallen könnte –«

»Möglich wär's«, gab sie zu. »Sie könnten recht haben. Andererseits ist Modzalewski weder für Moore-Ganns noch für Judiths Tod verantwortlich, da bin ich ganz sicher.« Sie schüttelte zweifelnd den Kopf. »Könnte ich mich irren? Nein, das ist nicht möglich, alles paßt zu genau.«

Natürlich konnte sie sich nicht irren. »Was denn alles?« fragte ich hoffnungsvoll. »Wenn ich schon *pro bono publico* arbeite, hab' ich doch sicher das Recht, zu wissen, was vorgeht?«

»Sie doch nicht«, sagte sie. »Ich. *Sie* bekommen wie üblich Ihr Gehalt. Und einen verlängerten Urlaub in Vermont.« Sie rubbelte sich mit ihrem Handtuch das Haar und machte ein geistesabwesendes Gesicht. Nachdem sie eine Minute oder zwei ihr Gehirn massiert hatte, verkündete sie irgendwie entschlossen: »Vic, ich möchte, daß Sie losfahren und Magda hierherholen. Ich kann mich erst wieder beruhigen, wenn ich sie unter meinem Dach habe. Dieser tabakkauende Dorftrottel, an den Sie mein gutes Geld verschwendet haben, flößt mir kein Vertrauen ein – obwohl es mich natürlich erleichtert zu hören, daß er Jordan heute gesehen hat, einmal angenommen, wir können ihm das glauben. Ich verstehe zwar nicht ganz, was da vorgeht, aber es besteht kein Zweifel, daß Magda in

Gefahr ist. Wir wollen doch nicht, daß sich der Vorfall mit Judith wiederholt. Holen Sie sie.«
Ich konnte nicht glauben, daß sie es ernst meinte. »Es ist zehn Uhr abends«, sagte ich. »Was ist, wenn sie nicht mitkommen will? Die Frau ist erschöpft. Sie hat gerade erfahren, daß ihre Mutter gestorben ist. Ihr Auto ist kaputt. Sie hat eine angeknackste Rippe. Wenn sie vernünftig ist, hat sie ein paar Schmerztabletten geschluckt und ist ins Bett gegangen.«
Bruno schüttelte den Kopf. »Das glaube ich nicht. Sie hält morgen nachmittag ein Seminar ab und bereitet vermutlich ihren Vortrag vor. Wie es aussieht, hatte sie dafür den ganzen Tag über keine Zeit.«
»Das meine ich auch«, sagte Sabina. »Victor, fahren Sie los,und holen Sie sie her. Sie kann in Ihrem Zimmer schlafen, und Sie bekommen die Couch.«
Ich ging los. Ich rechnete damit, daß Magda, von Theresa ganz zu schweigen, mich zum Teufel schicken würde, wenn ich dort mit der Ankündigung hereinplatzte, Sabina habe entschieden, daß Magda die Nacht bei uns verbringen müsse. Deshalb beschloß ich, schrittweise vorzugehen. Ich wollte damit anfangen, daß ich Magda mitteilte, Sabina müsse sie wegen ihres Unfalls befragen, der, wie ich wußte, Magda große Sorgen bereitete. Hatte ich Magda erst dazu gebracht, mit mir nach Burlington zu kommen, wollte ich Sabina den Rest überlassen.

Ich war auf den Einspruch Theresas gefaßt, hatte aber nicht vorhergesehen, daß Florian ebenfalls dort sein würde. Die zwei saßen im Arbeitszimmer in zwei Schaukelstühlen am Kamin, während Magda am Tisch arbeitete. Ein friedliches Bild. Kaum hatte ich erläutert, warum ich gekommen war, da schüttelte Theresa den Kopf.
»Diese junge Dame geht heute abend nirgends mehr hin«, konstatierte sie entschlossen. »Sie hat für heute wirklich genug erlebt.« Dann wandte sie sich an Magda, die mit Papierstreifen als Lesezeichen bestimmte Passagen in einem Buch markierte. »Magda, das kann doch wohl bis morgen warten.«
Magda blickte auf und sagte: »Aber wenn es doch wichtig –«
»Du hast gesagt, du müßtest an deinem Referat arbeiten. *Ich* finde nicht einmal das nötig. *Ich* finde, du solltest ein wenig schlafen. Und morgen arbeiten, früh aufstehen. Dein Seminar ist doch erst nachmittags.«
»Ich kann nachts besser arbeiten«, sagte Magda abwehrend. »Ich bin kein Morgenmensch.«
»Du machst dich noch ganz krank.« Theresa seufzte und wandte sich wieder an mich. »Also wirklich, Vic, das ist ganz und gar unvernünftig.«
Florian räusperte sich. »Regen Sie sich nicht auf, meine Liebe. Es gibt überhaupt keinen Grund, warum Magda gehen sollte.« Er bedachte mich

mit einem strengen Blick. »Junger Mann, der Fall ist abgeschlossen, Sie haben nichts mehr damit zu schaffen. Was Magdas Unfall angeht: Sie fährt zu schnell – doch, das tun Sie, Magda, Sie sind diese Bergstraßen nicht gewohnt.«
»Aber der Mechaniker hat gesagt –« widersprach sie.
»Ich weiß, ich weiß.« Er tat ihren Widerspruch ab. »Unglücklicherweise sind Kfz-Mechaniker alles andere als unfehlbar, wie wir zu unserem Leidwesen im Laufe der Jahre alle feststellen müssen.«
Magda warf ihren Bleistift hin und sagte: »Jemand hat versucht, mich umzubringen, Dr. Gawthrop! Aber Sie stellen es so hin, als wäre nichts passiert!«
Recht so, Magda! Ich sagte: »Was uns angeht, ist der Fall nicht abgeschlossen, Florian.«
»Ach? Dürfte ich vielleicht fragen, wer Ihr Klient ist? Oder stecken Sie einfach Ihre Nase in Angelegenheiten, die Sie nichts angehen?« Er wandte sich an Theresa und sagte: »Das Kuratorium ist sehr zufrieden mit der Art und Weise, in der die Polizei die Sache gehandhabt hat. Wayne Eaken ist ein kompetenter Mann. Ich kenne ihn seit meiner Jugend.«
»Ach, wirklich«, sagte Theresa. »Wie interessant, Florian. Das wußte ich nicht. Wie haben Sie ihn kennengelernt?«
»Auf der Sonntagsschule, eines Sommers, als ich noch recht klein war...«
Offenbar hatten sie beschlossen, mich zu ignorieren und darauf zu hoffen, daß ich von allein gehen würde. Ich hob die Stimme: »Magda ist meine Klientin. Sie hat mich gebeten, in ihrem Auftrag zu handeln.«
Theresa blickte erschrocken auf. »Magda, stimmt das?«
Magda sah uns der Reihe nach an. Als unsere Blicke sich begegneten, nickte sie. »Ja, ich habe ihn gebeten.« Sie erhob sich. »Ich werde mitkommen, Vic, wenn Sie es für wichtig halten. Hoffentlich dauert es nicht allzulange, ich habe nämlich noch zu arbeiten.«
»Bringen Sie Ihre Arbeit mit, vielleicht können Sie auf der Fahrt noch etwas nachlesen.« Das hatte mir Sorgen bereitet. Selbst Sabina hätte sie nicht überreden können, die Nacht ohne ihre Unterlagen zu verbringen, die sie zur Vorbereitung ihres Seminars brauchte.
Sie warf mir einen wachen Blick zu, dann murmelte sie: »Ich packe nur schnell meine Mappe.«
Theresa erhob sich, zog die Schultern hoch und strich sich das Haar aus den Augen. »Magda, das ist absolut lächerlich. Du brauchst Ruhe, Schlaf. Du hast heute alle möglichen Schocks durchgestanden – körperlich *und* emotional. Ich verbiete Dir zu gehen.«
»Sie verbieten es mir, Theresa?« Magda hob das Kinn.
Die beiden Frauen starrten einander lange an, bis Theresa endlich den

Blick abwandte. »Geh nur«, sagte sie erbittert. »Geh ruhig mit ihm, wenn du willst. Du willst ja doch von hier fort.« Florian legte ihr die Hand auf den Arm, aber sie schien es nicht zu bemerken.

Als wir bei Sabina und Bruno angekommen waren, bedurfte es keiner großen Überredungskünste, um Magda zum Bleiben zu bewegen. »Ja, ich fühle mich hier sicherer«, stimmte sie zu. »Es sind mehr Leute da, und niemand weiß, wo ich bin. Aber was ist mit Theresa?«
»Vic wird sie anrufen«, sagte Sabina.
»Nein, ich meine, ist sie dort sicher?«
»Ganz und gar.«
Ich ging ins Nebenzimmer und rief Theresa an. Ich teilte ihr mit, sie brauche heute Nacht nicht mehr mit Magda zu rechnen. »Sagen Sie niemandem, wo sie ist. Auch Florian soll darüber schweigen. Zu ihrem Schutz.«
Sie legte wortlos den Hörer auf. Man hätte annehmen können, daß Magda eine Halbwüchsige wäre und ich vorhätte, sie zu verführen. Kopfschüttelnd ging ich zurück ins Wohnzimmer.
Sabina sagte gerade: »Wie gut kannten Sie Andrzej Modzalewski in Polen?«
»Nicht sehr gut.« Magda hielt eine Tasse Tee in der Hand und wirkte blaß, aber gefaßt. Als sie mich sah, fragte sie: »Und, was hat sie gesagt?«
»Theresa kann warten«, sagte Sabina. »Beantworten Sie zunächst meine Fragen.«
Magda fuhr fort. »Modzalewski kam einmal zu einer Gastvorlesung an die Universität von Warschau, als ich dort studierte. Ich habe mich hinterher mit ihm unterhalten, und er versprach, mir den Nachdruck eines Artikels zu schicken den er gerade vorbereitete.«
»Hat er sein Versprechen eingelöst?«
»Ja. Der Nachdruck kam ein paar Wochen später.«
»War ein persönlicher Brief dabei?«
»Nein. Er hatte nur auf die Titelseite geschrieben: ›Beste Empfehlungen. A. Modzalewski.‹ Ich fand es nett, daß er mich nicht vergessen hatte.«
»Haben Sie danach noch einmal Kontakt mit ihm gehabt?«
Sie schüttelte den Kopf. »Nein.«
Sabina beugte sich vor. »Das ist sehr wichtig, also überlegen Sie gut, ehe Sie antworten. Können Sie sich einen Grund vorstellen, warum Modzalewski den Wunsch haben sollte, Sie umzubringen?«
Magda holte tief Luft. »Aha«, sagte sie nach einem Moment. »Sie glauben also, er ist der Schuldige.« Langsam wurde ihre Miene ernst, beinahe finster. Dann nickte sie rasch und entschlossen. »Ja, ich verstehe. Ja, natürlich. Wie dumm von mir, richtiggehend dumm.«

Sabina sagte: »Ihnen ist etwas eingefallen. Was?«
»Der Brief von Elisaveta. Vic hat Ihnen davon erzählt?« Sabina nickte. »Darin stand etwas, das ich Ihnen gegenüber nicht erwähnt habe, Vic.« Sie sah mich Verzeihung heischend an. »Elisaveta schreibt, meine Mutter hätte wenige Tage vor ihrer Verhaftung einen Besucher empfangen – einen Herrn aus Wroclaw, der in der Stadt, in der wir lebten, auf der Durchreise war. Sie soll sich sehr gefreut haben, ihn zu sehen, obwohl sie ihn nicht kannte. Er hat ihr –« einen Augenblick lang versagte ihre Stimme –» er hat ihr Neuigkeiten über mich gebracht. Er hatte in einer internationalen Fachzeitschrift einen Artikel von mir gesehen und gab ihr eine Kopie. Nett von ihm, nicht wahr?« Plötzlich klang ihre Stimme richtiggehend höhnisch. »Nun teilt mir Elisaveta mit, daß bestimmte Genossen der Ansicht seien, er sei es gewesen, dieser nette Herr aus Wroclaw, der sie an die Behörden verraten hat! Sie muß ihm vertraut, ihm etwas verraten haben.« Magda ballte die rechte Hand zur Faust. »Am Tag, als er in unser Haus kam, hat ein junges Mädchen meiner Mutter an der Druckerpresse geholfen. Das Mädchen hat den Mann gesehen, aber nicht seinen Namen erfahren.«
»Haben Sie eine Ahnung, wer es gewesen sein könnte?«
»Ja. Jetzt schon. Nachdem ich den Brief gelesen hatte, habe ich ihn Modzalewski gezeigt. Ich habe ihn gefragt, ob er sich denken könne, wer der Mann war.«
»Aha.«
Nun setzte Schweigen ein.
Dann sagte Madga: »Ja, jetzt verstehe ich alles. *Er* war der Besucher aus Wroclaw. Er gehört nicht der *Solidarnosc*-Bewegung an, sondern ist ein Agent der Regierung. Er hat meine Mutter umgebracht – und nun versucht er, mich umzubringen.«
Sabina nickte. »Er hat geglaubt, Sie könnten erfahren, daß er der Besucher aus Wroclaw war. Deshalb hat er, während Sie im Wald spazierengingen, an der Bremsanlage Ihres Autos herumgepfuscht. Er hatte Angst, Sie könnten ihn verraten.«
»Zu Recht«, sagte sie entschieden. »An wen muß ich mich wenden? An die Polizei?«
»Nein, lassen Sie das vorerst sein. Wir haben immer noch keine stichhaltigen Beweise, obwohl ich sicher bin, daß Sie richtigliegen. Vielleicht finden wir morgen etwas heraus. Erst einmal wird Vic einen Freund beim CIA informieren.«
»Gut. Wenn ich dazu beitragen kann, ihn zu überführen –«
Sabina nickte. »Das können Sie. Sie brauchen nur morgen Ihr Seminar abzuhalten. Höchstwahrscheinlich wird Modzalewski es besuchen, und wir können sein Zimmer durchsuchen, während er fort ist. Ich habe

Grund zu der Annahme, daß wir dort etwas Brauchbares finden werden.«
»Wie dumm von mir, ihm den Brief zu zeigen«, sagte Madga erbittert. »Wie meine Mutter habe ich keinen Verdacht geschöpft.«
»Natürlich. Seine Tarnung war von erster Güte. Er ist ein echter Physiker – nichts besonderes, aber er hat, wie ich höre, respektable Arbeit geleistet. Sobald er hier eingereist war, hat er sich als Held der *Solidarnosc* einen Namen gemacht, dank eines Artikels in der *Washington Post*, der häufig nachgedruckt wurde. Warum hätte man ihn nicht für echt halten sollen? Er kennt die meisten Physiker in Wroclaw – so viele kann es davon nicht geben. Es war also vernünftig, ihn zu fragen, wer seiner Meinung nach Ihre Mutter verraten hat.« Sabina beugte sich vor und nahm Magdas Hand. »Das ist nicht Ihre Schuld.«
»Aber wenn es Modzalewski war, der mich umzubringen versucht hat, muß er dann auch Hervé und Judith ermordet haben? Ich sehe nicht ein, warum er das getan haben sollte.«
»Ich denke nicht, daß er es war«, sagte Sabina.
»Wer dann?«
»Bis ich Beweise habe, möchte ich mich dazu lieber nicht äußern.« Sie warf einen Blick auf die Uhr und stand auf. »Zeit, ins Bett zu gehen. Kommen Sie, ich zeige Ihnen Ihr Zimmer. Ich denke, ich kann auch ein Nachthemd finden, daß Ihnen paßt.«
»Danke«, sagte Magda. Als sie aufstand, schwankte sie leicht. »Ich bin, glaube ich, zu müde, um noch an meinem Vortrag zu arbeiten; damit mache ich morgen weiter.«
Sie gingen nach oben.
Bruno sagte in gedämpftem, vorwurfsvollem Ton: »So haben Sie also Vita überzeugt, daß ich mich nicht mit ihr einlassen kann – Sie haben sich selbst mit ihr eingelassen!«
»Ein Menschenopfer«, erklärte ich und legte die Hand aufs Herz. »Nein, ich habe nur Spaß gemacht. Ich kann nicht im Ernst behaupten, ich hätte mich *eingelassen*, Bruno.«
»Ich wüßte nicht, wie Sie es sonst nennen wollen. Sie haben mit ihr herumgemacht, und wenn Saul nicht nach Hause gekommen wäre, wer weiß, was sonst noch passiert wäre?« Er schien doch tatsächlich verstimmt zu sein.
»Das ist mir ja ein schöner Dank. Mich brauchen Sie nicht nochmal zu bitten, daß ich Ihnen aus der Klemme helfe.«
»Ich bin keineswegs undankbar, Vic. Ich will nur nicht, daß man Vita wehtut. Das ist alles.«
»Bruno, geben Sie's auf. Sie sind eifersüchtig.« Auf der Treppe waren Sabinas Schritte zu hören.

»Bin ich nicht.« Bruno erhob sich, schob die Schachfiguren in ihre Schachtel, faltete das Brett und zog sich in würdevoller Haltung zurück, die nur dadurch beeinträchtigt wurde, daß an seinem Hosenboden ein langer Streifen Klebeband hängengeblieben war.

»Für die Nacht wäre sie erstmal untergebracht«, sagte Sabina fröhlich, als sie noch einmal ins Wohnzimmer kam. »Ich möchte, daß Sie morgen vormittag bei ihr bleiben, sie nach dem Mittagessen ins Institut fahren und so lange bewachen, bis Modzalewski verhaftet ist.«

»Sie wissen, was das bedeutet, nicht wahr?«

»Was denn?«

»Noch ein Vortrag über Physik. Ich hatte geschworen, daß der von Sachs der letzte sein würde, dem ich beiwohne.«

»Unsinn, das kommt Ihrer Allgemeinbildung zugute.«

»Und wo werden Sie sein?«

»Ich werde mich in Modzalewskis Zimmer umsehen, falls er das Vormittagsseminar besucht. Bruno kann mitkommen und an der Tür Wache stehen. Außerdem will ich mir Bill vornehmen, den Hausmeister, über Jordans Verbleib. Vielleicht kann ich ihn dazu bringen, mit der Sprache herauszurücken, wo der Junge sich versteckt.«

»Viel Glück. Bill ist nicht gerade gesprächig.«

31

Ich war gewöhnlich als erster wach, aber als ich nach einer unruhigen Nacht auf der Wohnzimmercouch am nächsten Morgen die Augen aufschlug, hörte ich in der Küche Geschirr klappern. Ich stand auf und ging dem Geräusch nach. Magda saß in einem Negligé von Sabina am Tisch und rührte mit der einen Hand in einer Tasse Pulverkaffee, während sie sich mit der anderen Notizen machte. Sie sah bezaubernd aus.

»Morgen«, sagte ich und spähte über ihre Schulter auf ein Blatt voller Wellenlinien und mathematischen Formeln. »Bringen Sie Ihr Tagebuch auf den neuesten Stand?«

»Tagebuch? Ich bereite mein Seminar vor.«

»Ich weiß, ich weiß.« Mir war momentan entfallen, daß sie keinen Humor hatte. »Wollen Sie nicht lieber richtigen Kaffee? Ich koche gleich eine Kanne voll.«

»Danke, nein, der hier schmeckt gut. Hätten Sie wohl ein Aspirin?«

»Klar. Tut die Rippe weh?«

Sie nickte, ohne aufzublicken, und machte einen Vermerk. »Der Arzt hat mir Schmerztabletten mitgegeben, aber die sind jetzt bei Theresa.« Ich ging nach oben, um das Aspirin zu holen, und brachte gleich die ganze Flasche mit. Sie nahm zwei Tabletten. Ich probierte mehrere Gesprächseröffnungen an ihr aus, aber sie war nicht in Plauderstimmung. Nach einer Weile nahm sie ihr Notizbuch und den inzwischen kalten Kaffee und zog sich auf ihr Zimmer zurück. *Mein* Zimmer.

Es war beinahe sieben Uhr – zu früh, nahm ich an, um Vita zu stören, obwohl sie hinterlassen hatte, ich solle sie gleich morgens anrufen. Acht Uhr kam mir wie eine vernünftige Zeit vor. Auf der Suche nach einer Methode, mir die Zeit zu vertreiben, nahm ich mir ›*The Good Soldier* – Die allertraurigste Geschichte‹ vor. Das Buch lag immer noch dort, wo Sabina es nach dem Auslesen abgelegt hatte. Es kam mir nicht wie ein Reißer vor, und kurz war es auch nicht. Aber Sabina hatte behauptet, sie hätte daraus erfahren, wer der Mörder war, also beschloß ich, es anzugehen. Nachdem ich mich in der Nähe des Telefons niedergelassen hatte, fing ich an zu lesen. Ich erwartete einen Anruf von Mort Goldman. Ich hatte ihn endlich sehr spät abends in seinem Apartment in Crystal City erwischt. Er war in dienstlicher Angelegenheit in einer mexikanischen

Cantina tanzen gewesen. Dort sollte er die Spur desjenigen aufnehmen, der das Auto des mexikanischen Botschafters mit einer Feuerbombe in die Luft gejagt hatte. Aber er hatte am Ende nur eine reizende *Señorita* aufgespürt, die illegal aus der Dominikanischen Republik eingewandert war. Sobald ich ihm von Modzalewski erzählt hatte, wurde er sachlich. Ich hatte ihm die Einzelheiten übermittelt, und er hatte gesagt, er wolle gleich morgens nach Burlington fliegen. »In einer Situation wie dieser, wenn wir es mit einem aufgeflogenen Spion zu tun haben«, hatte er gesagt, »ziehen wir es normalerweise vor, ihn zu beobachten und seine Kontakte ausfindig zu machen, während wir ihn mit Fehlinformationen füttern. In diesem Fall weiß ich nicht recht. Du sagst, er will die Tenofska umbringen?«

»Eindeutig.«

»Und es wäre ihm zuzutrauen, daß er es wieder versucht?«

»Vermutlich. Sabina rechnet damit. Sie hat mich rund um die Uhr als Aufpasser für das Mädel angesetzt.«

»Hm. Also, wenn er tatsächlich vorhat, sie umzubringen, müssen wir wohl eingreifen.« Er hatte in bedauerndem Ton gesprochen. »Bist du sicher, daß sie als Physikerin wirklich erste Klasse ist?«

»Also, Mort. Hast du in dem Ethikseminar damals an der Uni denn gar nichts gelernt?«

»Ich hab' knapp bestanden«, sagte er. »Hör mal, ich ruf' dich vom Flughafen aus an, nachdem wir einen Wagen gemietet haben.«

›*The Good Soldier*‹ ist ein höchst seltsames Buch. Erstmal hat es nichts mit dem Krieg zu tun, nur für den Fall, daß Sie sich vom Titel ebenso haben irreführen lassen wie ich. Zweitens – ach, egal. Ich will Ihnen nicht den Spaß verderben, sollten Sie je beschließen, es zu lesen.

Um ehrlich zu sein, ich habe es nicht wirklich gelesen, nur überflogen. Als ich einmal kurze Zeit arbeitslos war, habe ich mir einen Kurs im Schnellesen an der Evelyn-Woods-Schule für Lesedynamik geleistet. Sabina hat sich entschieden abfällig geäußert, als ich ihr davon erzählte. Sie hat gemeint, ein gutes Buch einer solchen Behandlung zu unterziehen, sei so ähnlich, »als würde man guten chinesischen Tee gefriertrocknen – dabei gehen alle Aromastoffe verloren«.

Sie hatte irgendwie recht. Wenn ich ein Buch überlas, bekam ich etwa ein Zehntel mit, wenn nicht weniger. Aber manchmal erwies sich dieser Bruchteil als nützlich, und ich hatte das Gefühl, daß das auch in diesem Fall zutreffen könnte. Ich hatte beinahe fünfzig Seiten hinter mir, bis es acht Uhr wurde und ich das Buch beiseite legte, um Vita anzurufen. Magda war nicht wieder aufgetaucht, von Sabina und Bruno keine Spur, und ich wußte immer noch nicht, wer der Mörder war.

Vita nahm den Hörer ab. »Hi«, sagte ich. »Vic am Apparat. Ich habe Ihre Nachricht bekommen.«

»Hallo«, sagte sie. »Ich hab' schon auf Ihren Anruf gewartet.« Ihre Stimme klang gedämpft, oder vielleicht war sie morgens nur heiser – von den vielen Zigaretten? Aus welchem Grund auch immer, sie war sexy.
»Sie sind Frühaufsteherin. Das überrascht mich.«
Sie lachte kehlig. »War ich schon immer, Liebling. Wieso? Haben Sie sich vorgestellt, ich würde den halben Tag in meinen seidenen Laken schwelgen?«
»Hört sich an, als könnte das Spaß machen.«
»Süßer, könnten Sie heute morgen vorbeikommen? Ich würde mich gern mit Ihnen über etwas unterhalten.«
»Tut mir leid. Ich fürchte, ich kann nicht. Erst die Arbeit, dann das Vergnügen.« Ich sorgte dafür, daß sie mein Bedauern hörte; es fiel mir nicht schwer. »Warum sagen Sie mir nicht gleich, worum's geht?«
»Nicht am Telefon. Sie können also *wirklich* nicht vorbeikommen?«
»Ehrenwort.«
»Dann komme ich zu Ihnen. Wo sind Sie?«
»Bei Sabina und Bruno in Burlington.«
Sie zögerte. »Sind die beiden auch da?«
»Ja, aber sie fahren zum ersten Vortrag ins Institut. Kommen Sie doch dann vorbei, wenn Sie wollen.«
»Warum nicht. Aber ich verstehe nicht, warum Sie dortbleiben müssen, Vic.«
»Ich muß.«
»Na gut. Sie sind so geheimnisvoll. Ich bin fasziniert. Bis später dann.«
Sie hängte ein, und ich wandte mich wieder dem Buch zu.
Nach einer Weile erschienen Sabina und Bruno und erweckten den Eindruck, als sei es während der Nacht zu einer großen Versöhnungsszene gekommen. Ich freute mich, denn erstens hatte ich ihr den Weg bereitet, und zweitens erhoffte ich mir, daß Sabina sich wieder richtig auf die Arbeit stürzen würde. Selbst als ich erwähnte, daß Vita später vorbeikommen wolle, behielt Sabina ihr sanftes Lächeln, während Bruno seinen Haferschleim löffelte, ohne schuldbewußt dreinzublicken.
Sie brachen gegen neun Uhr dreißig zum Institut auf. Ich brachte Magda eine frische Tasse Kaffee, die sie mit einem widerstrebenden »Danke schön« annahm, als wäre sie lieber nicht gestört worden. Ich nahm erneut den Roman zur Hand und wunderte mich, warum Mort noch nicht angerufen hatte. Ich las eine Weile, dann rief ich am Flughafen an und erkundigte mich nach Flügen aus Washington. Um die Mittagszeit sollte einer eintreffen, ich ging also davon aus, daß er den nehmen würde. Ich las weiter. Das Buch war gar nicht übel – wenn ich anderer Stimmung gewesen wäre, hätte es mir vielleicht sogar gefallen. Aber es ging so langsam voran, und ich war ziemlich nervös. Ich wollte

etwas unternehmen. Ich brauchte *Action*. Offen gestanden fand ich die Aufpasserei langweilig.
Es klopfte an der Tür. Ich spähte vorsichtig hinaus, aber es war nur Vita. Ich ließ sie herein.
»Vic, Liebling«, sagte sie und küßte mich. Dabei hüllte sie mich in eine Wolke Chanel Nummer Fünf, ein Parfüm, das mir schon immer gefallen hat.
Wir nahmen auf dem Wohnzimmersofa Platz. Sie trug ein ärmelloses weißes Tenniskleid mit einem Faltenrock, der kaum lang genug war, um ihre dazu passenden Shorts zu verdecken. Jedenfalls erhaschte ich einen Blick darauf, als sie sich setzte. Nachdem sie die langen, gebräunten Beine übereinandergeschlagen hatte, begann sie den sandalenbewehrten Fuß mit den rotlackierten Zehennägeln auf- und abzuwippen, als wäre sie ungeduldig oder nervös. Allerdings sah sie sonst gelassen und entspannt aus, als sie sich zurücklehnte und mir ein verführerisches kleines Lächeln zukommen ließ. Ich glaubte zu wissen, warum sie gekommen war, und hatte noch nicht entschieden, wie ich damit umgehen wollte. Ich wollte sehen, worauf alles hinauslief, und gedachte der Natur ihren Lauf zu lassen. Aber es stellte sich heraus, daß ich unrecht hatte. Sie wollte mir wirklich etwas mitteilen.
»Ich habe über Ihre Fragen nachgedacht«, begann sie.
»Welche Fragen?«
»Sie wissen schon. Ob ich ein Verhältnis mit Moore-Gann hatte. Ausgehend von einer Bemerkung der lieben Theresa, ich wäre ihrem kostbaren Ehemann nachgelaufen.« Sie zündete sich eine Zigarette an und stieß ungeduldig den Rauch aus. »Ihr kostbarer Ehemann! Wenn Sie die Wahrheit hören wollen, diese Ehe war die kaputteste, die ich je erlebt habe.«
»Was meinen Sie mit kaputt?«
»Sexuell kaputt.« Sie zappelte mit dem Fuß.
»Wirklich? Woher wissen Sie das?«
»Woher schon? Hervé hat es mir erzählt. Im Bett.« Sie zuckte die Achseln. »Ja, wir waren in all den Jahren ein paarmal zusammen im Bett, mehr als nur ein paarmal. Keine große Affäre. Wir hatten nie das, was ich eine Liebesbeziehung nennen würde. Ich konnte den Kerl nicht recht leiden. Er war nichts als ein kleiner Judenbengel aus Brooklyn mit Ambitionen.«
Die Bemerkung gefiel mir gar nicht. »Saul ist doch auch Jude.«
»Bei Saul ist das was anderes. Lassen wir Saul doch aus dem Spiel. Ich bin nicht hergekommen, um über ihn zu sprechen. Ich dachte lediglich, wenn die liebe Theresa Geschichten über mich verbreitet, könnte ich ein paar über sie zum besten geben. Das ist doch fair, nicht wahr?«

»Warum sind Sie mit Moore-Gann ins Bett gegangen, wenn Sie ihn nicht leiden konnten?«

Sie zuckte die Achseln. »Warum tut man, was man tut? Ich weiß es nicht, ich habe es zu dem Zeitpunkt richtig empfunden. Ich brauche Aufmerksamkeit, und Saul war immer ziemlich auf die Physik festgelegt, vielleicht lag es daran. Vielleicht war ich zwischen zwei Engagements – ich kann mich nicht genau erinnern. Saul wußte nicht Bescheid über mich und Hervé, nehme ich zumindest an. Aber Theresa wußte davon, weil Hervé es ihr erzählt hat.« Sie kniff die Augenbrauen zusammen. »Können Sie sich so was vorstellen? Das war ein Teil der verqueren Beziehung, die die beiden hatten. Ich war damals sehr aufgebracht. Ich war nicht scharf drauf, daß sie mich in ihrer selbstzufriedenen, überheblichen Art ansah, als wollte sie sagen: ›Ich weiß über dich Bescheid, du verdorbenes Gör.‹ Und solches Zeug. Wer braucht das schon? Wir hatten zu der Zeit ständig mit den beiden zu tun, wir wurden immer auf dieselben Partys eingeladen.« Sie lachte. »Das hat sich natürlich geändert.« Sie drückte ihre Zigarette aus und kramte eine neue aus ihrer Handtasche.

Ich sagte: »Sie rauchen zuviel.«

»Fangen Sie nicht auch noch an.« Sie zündete die Zigarette an und schnippte das Streichholz aus. »Nun hat aber Hervé seine blitzsaubere Theresa eines Tages mit einem anderen Mann im Bett erwischt. Oh, mein Gott, hat ihn das umgeworfen! Sonst hätte er mir wohl nie die ganze Geschichte erzählt.«

»Nämlich?«

Sie warf mir einen ironischen Blick zu. »Sitzen Sie auch bequem?«

»Ich denke, ich kann damit umgehen. Ich bin nicht leicht zu schockieren.«

»Ach, ja? Dann hören Sie sich folgendes an: Hervé zufolge war seine Ehe nie vollzogen worden.«

»Was?« Womit ich auch gerechnet haben mochte, damit jedenfalls nicht. Sie lehnte sich mit einem triumphierenden kleinen Lächeln zurück. »Sie haben richtig gehört. Kaputt, nicht wahr?«

»Na ja, ungewöhnlich ist es schon. Glauben Sie, es stimmt?«

Sie wippte mit dem Fuß und wirkte einen Augenblick verunsichert. »*Er* hat es mir jedenfalls so erzählt. Ich weiß, es ist schwer zu fassen.« Dann zuckte sie die Achseln. »Natürlich glaube ich es, er hat eine Menge medizinischer Details dazugeliefert. Sie konnte sich, Sie wissen schon, nicht richtig entspannen – als hätte sie keinen Eingang oder so ähnlich. Ich meine, natürlich hatte sie einen, aber er hat es nie zur Penetration gebracht, beziehungsweise sie hat ihn nicht gelassen. In der Hinsicht war er nicht sicher. Sie waren bei mehreren Ärzten, aber das hatte offenbar nichts genützt. Eine schöne Ehe, finden Sie nicht auch?«

»Warum haben sie sich dann nicht scheiden lassen?«

»Oh, er wollte nicht. Und sie auch nicht, nehme ich an. Wer weiß, vielleicht gefiel es ihnen, sich gegenseitig unglücklich zu machen. Das einzige Mal, daß sie ernsthaft an Scheidung dachten, war damals, als er sie mit dem anderen Mann erwischt hat. Und das ist Jahre her.«

»Wer war der Mann?«

»Raten Sie mal. Wer ist ihr lachender Kavalier? Sagen Sie bloß nicht, es wäre Ihnen nicht aufgefallen.«

»Sie meinen Florian?«

Sie nickte. »Ja, Schatz, es war Florian, der große Macholiebhaber. Übrigens würde es mich nicht überraschen, wenn die zwei demnächst heiraten. Er hat immer noch was für sie übrig, aber fragen Sie mich nicht, was.« Sie lachte. »Ich denke, sie passen recht gut zusammen. Der warme Bruder und die Betschwester – er ist nämlich andersrum, wußten Sie das? Noch so eine wunderbar gesunde Beziehung, stimmt's?« Sie schüttelte den Kopf. »Theresa soll gesagt haben – so hat Hervé es mir gegenüber dargestellt –, sie sei nur deshalb mit Florian ins Bett gegangen, um ihm auf den rechten Weg zu helfen – ein Witz, nicht wahr? Als wollte ein Blinder dem andern über die Straße helfen. Na ja –« Sie zuckte die Achseln. »Am Ende hat Hervé ihr verziehen.«

Ich sagte: »Wie sicher sind Sie, daß Saul nichts von Ihrem Verhältnis mit Moore-Gann wußte?«

»Ganz sicher.«

»Er muß davon gewußt haben. Er ist kein Idiot, und Sie sind nicht gerade ein Ausbund an Diskretion, Vita.« Die Bemerkung von dem Judenbengel ging mir immer noch nach. »Ich denke, das wird die Fehde zwischen ihm und Moore-Gann ausgelöst haben.«

Ihre Augen blitzten wütend auf. »Was soll das heißen, Kleiner? Hüten Sie ihre Zunge. Außerdem liegen Sie total falsch. Was wissen Sie schon« Sie drückte wütend ihre Zigarette aus. »Meinetwegen haben die ihre Zusammenarbeit bestimmt nicht beendet, das garantiere ich Ihnen.«

»Sie unterschätzen sich.«

»Hören Sie, Schlaumeier – das sind Sie nämlich, wissen Sie, Sie halten sich für so schlau, so jung, so adrett – und haben verdammtnochmal keine Ahnung, wovon Sie reden.« In ihren Tonfall hatte sich Boshaftigkeit eingeschlichen. Sie zögerte, dann fuhr sie fort: »Zu Ihrer Information: Saul hatte herausgefunden, daß ein Großteil von Hervés Beitrag zu ihrer preisgekrönten Zusammenarbeit auf den Ideen einer dritten Person beruhte.« Sie lehnte sich zurück, beobachtete mich mit ihren glanzlosen dunklen Augen und wippte wütend mit dem Fuß. »Das hätte ich Ihnen wohl nicht verraten dürfen.«

»Waren das Pesniks Ideen?«

Sie schüttelte den Kopf. »Nein. Und das ist alles, was ich diesbezüglich sagen werde.«
Ich sagte: »Ist mir recht. Ich glaube Ihnen sowieso nicht.«
»Was?«
»Ich glaube Ihnen kein Wort. Wenn das tatsächlich so abgelaufen wäre, hätte derjenige, dessen Ideen gestohlen wurden, doch enorm auf die Pauke gehauen – ich meine, warum hätte er darauf verzichten sollen? Aber dazu ist es nie gekommen. Vita.« Ich sah sie herausfordernd an, als wolle ich mich überzeugen lassen.
»Sie Blödmann«, sagte sie, stand auf und strich hastig die Falten ihres Minirocks glatt. »Sie Chauvie. Es ging um Theresas Ideen. Glauben Sie etwa, sie hätte ihren Mann verraten?« Sie starrte mich wütend an.
Auf der Treppe waren Schritte zu hören, und gleich darauf kam Magda ins Zimmer, immer noch in Sabinas Negligé. »Vic«, sagte sie. »Liegt das Aspirin hier irgendwo?«
Vita sah erst sie, dann mich an. Sie schnappte sich ihre Handtasche und sagte mit einem bösen Auflachen: »Erst die Arbeit, dann das Vergnügen, sagten Sie? Leben Sie wohl, Vic, es war mir ein Vergnügen.«
Sie stürmte hinaus – anders konnte man es nicht bezeichnen. Die Vordertür fiel hinter ihr ins Schloß.
Magda sagte verlegen: »Tut mir leid, wenn ich Sie gestört habe.«
»Schon gut, Magda, schon gut. Verschwenden Sie keinen Gedanken daran. Das Aspirin finden Sie in der Küche.«
Sie holte die Flasche und ging wieder nach oben, während ich die Lektüre von ›*The Good Soldier*‹ fortsetzte. Das Buch begann mich zu fesseln – vielleicht, weil mich gewisse Aspekte daran an Vitas Aussage erinnerten. Ich ertappte mich immer wieder dabei, wie ich im Normaltempo las, und mußte mich zum Schnellesen zwingen, sonst hätte ich mehrere Tage gebraucht, bis ich es ausgelesen hatte.
Kurz vor Mittag erschien Sabina, zufrieden lächelnd und mit einem großen braunen Umschlag in der Hand. Sie streifte die hochhackigen Schuhe ab. »Na, haben Sie sich ein wenig Buchwissen angelesen, Vic?«
»Ich hab' die Passage gefunden«, sagte ich.
»Und?«
»Ich weiß, wer es getan hat, und warum. Aber wie, verdammt noch einmal, sollen wir das beweisen? Ich denke nicht, daß ›*The Good Soldier*‹ als Beweisstück anerkannt würde.«
»Leider nicht. Immerhin freue ich mich, daß Sie beim Lesen des Buchs auch auf die Parallele gestoßen sind. Ich hatte schon befürchtet, daß sie Ihnen wegen Ihrer sogenannten obskuren Lesetechnik entgeht.«
»Ich bin nicht allein durch das Buch drauf gekommen«, sagte ich und erzählte ihr im einzelnen von Vitas Besuch.

Sie hörte zu, massierte sich die Zehen und stöhnte hin und wieder. »Ich war den ganzen Morgen auf den Beinen.« Als ich fertig war, sagte sie: »Gut gemacht, Vic. Sie haben sie richtig angepackt.«
»Danke.« Ich war hocherfreut. Sabina wirft nicht gerade mit Lob um sich. »Was ist denn in dem Umschlag, wenn ich fragen dürfte?«
»Sie dürfen.« Sabina holte aus dem Umschlag ein Blatt Papier, das wie eine Fotokopie aussah. Als sie es mir überreichte, verbiß sie sich ein Lächeln.
Ich sah es mir an. Das Blatt war mit handschriftlichen Notizen bedeckt, die ich nicht lesen konnte. »Was ist das? Polnisch?«
»Ich nehme es an. Vielleicht können wir Magda bitten, es uns zu übersetzen. Hier ist etwas Interessantes.«
Sie holte acht bis zehn zusammengefaltete Seiten hervor, wieder eine Fotokopie. Obwohl sie es umgekehrt hielt, konnte ich den großen schwarzen Stempel GEHEIMSACHE am oberen Rand erkennen. Auf dem Briefkopf stand: »Allied Techtronics Inc.« mit einer Adresse in Boston, und darunter »Forschungsabteilung«. Es handelte sich um eine Aktennotiz an Jean-Paul Brocchiu mit dem Titel: »Neue Ideen zur Luftüberwachung: Kritische Betrachtung.«
Ich sagte: »Nett. Und das haben Sie in Modzalewskis Zimmer gefunden?«
Sie nickte. »Die Originale. Ich habe mir Kopien gemacht. Als ich mit der Durchsuchung fertig war, habe ich alles so zurückgelassen, wie ich es vorgefunden hatte. Er wird uns also kaum in Verdacht haben, daß wir ihm auf der Spur sind. Was Neues von Mort?«
Das Telefon klingelte. »Das könnte er sein.«
Er war es. »Hi, Vic«, sagte Mort. »Wollte dir nur Bescheid sagen, daß wir da sind. Wie, sagtest du, hieß der Polizeichef – Eakins?«
»Eaken. Müßt ihr den einschalten?«
»Das ist so am besten, Vic. Wie du weißt, können wir keine Verhaftungen vornehmen. Hast du was gegen ihn?«
»Das beruht auf Gegenseitigkeit. Ich halte ihn für einen Bauerntölpel. Wie war euer Flug?«
»Schrecklich. Grauenhaft.«
»Oh, das tut mir leid«, sagte ich. »Turbulenzen?«
»Durchfall. Ich hab' mir, glaub' ich, gestern in der *Cantina* eine Lebensmittelvergiftung geholt. Kennst du hier zufällig einen guten Arzt?«
»Nein, leider nicht. Ich weiß aber, wo das Krankenhaus ist.«
»Dann sag's mir lieber, für alle Fälle.« Ich gab ihm die Adresse, und er schrieb sie sich auf.
Sabina sagte: »Lassen Sie mich mal mit ihm sprechen.« Ich überließ ihr den Hörer.

»Mort? Sabina. Hören Sie, ich hab' mich ein wenig im Zimmer des fraglichen Herrn umgesehen und einige Papiere gefunden – Ja. Ja, sieht gut aus. Es sind geheime Dokumente darunter, die er dem Korsen abgenommen hat.« Sie schwieg, während Mort etwas sagte. »Warum er sie mit nach Vermont gebracht hat? Was weiß ich? Das fällt in Ihre Abteilung. Außerdem habe ich mehrere Seiten Aufzeichnungen in polnischer Sprache. Kann ich Miss Tenofska bitten, sie zu übersetzen?« Wieder entstand eine Pause, während derer sie den Hörer zuhielt und mir zuflüsterte: »Er ist dagegen.« Schließlich sagte sie. »Ja, gut. Sicher, ich verstehe schon. Ich gebe sie Ihnen im Institut. Wir können uns beim Nachmittagsseminar treffen. In der Scheune – fragen Sie sich einfach durch. Tut mir leid, daß es Ihnen nicht gutgeht. Haben Sie's mit Kaopectat versucht?« Sie verstummte, dann wiederholte sie mit erhobener Stimme: »Ka-o-pectat.« Sie buchstabierte es ihm. »Ah, Sie haben davon gehört. Gut. Besorgen Sie es sich gleich, es wirkt Wunder.« Sie legte auf, wandte sich mir mit funkelnden Augen zu und rieb sich die Hände. »Endlich kommt Schwung in die Sache, Vic. Oh, ich habe vergessen, Ihnen zu erzählen, daß ich ein Hemd aus Modzalewskis Zimmer habe mitgehen lassen. Ein besonders schrecklich grünes Flanellhemd. Ich habe es ganz unten im Wäschekorb gefunden, nehme aber an, daß er es gestern getragen hat. Es ist mit Schlammspritzern und augenscheinlich sogar Wagenschmiere verschmutzt. Hier ist es.« Sie machte ihre Schultertasche auf und zog naserümpfend das Hemd hervor. Es roch verschwitzt. »Wenn Sie Magda ins Institut bringen, brechen Sie ein paar Minuten früher auf, damit sie Ihnen zeigen kann, wo genau ihr Wagen in dem Zeitraum geparkt war, der für die Sabotage in Frage kommt. Nehmen Sie ein paar Bodenproben. Wenn Magda ihr Seminar gehalten hat, können Sie gemeinsam nach Barre fahren, um ihr Auto abzuholen. Verwickeln Sie den Mechaniker in ein Gespräch und nehmen Sie eine Probe von der Wagenschmiere. Von der alten, natürlich; nicht von der frisch aufgebrachten.«

»Das traue ich mir gerade noch zu«, sagte ich.

Sabina stand auf. »Und jetzt mache ich uns eine Kanne Tee.«

Sie machte sich auf in die Küche. »Russischer Tee erscheint mir den Umständen angemessen.« Sie warf einen Blick auf ihre Uhr. »Halb eins. Wir haben noch eine knappe Stunde, ehe wir losmüssen, Zeit genug, um Pläne zu schmieden. Dieser Fall ist irgendwie frustrierend: Obwohl wir wissen, wer der Mörder ist, gibt es keine Beweise, die vor Gericht standhalten würden. Ich glaube, wir müssen ihm eine Falle stellen, Vic – Sie nicht auch? Ich sehe keine Alternative.«

32

Am Spätnachmittag fing es zu regnen an. Ich wußte, daß ich den Abend im Gebüsch würde verbringen müssen, daher hoffte ich auf Besserung. Endlich klärte sich der Himmel auf, bis auf einzelne Wolken, die immer wieder den Mond verdeckten, so daß die Nacht im einen Augenblick taghell war, und im nächsten stockdunkel. In den Niederungen stand Bodennebel.
Ich suchte mir einen schönen großen Zierstrauch unter dem Küchenfenster des Hauses Moore-Gann aus und richtete mich dort so bequem wie möglich ein. Leicht war das nicht. Die Kälte hatte längst angefangen, durch meinen Anorak zu dringen, und jedesmal, wenn ich mich bewegte, bekam ich eine kalte Dusche. Das Fenster über mir stand einen Spalt offen, und ich konnte Sabinas Stimme hören. Leise richtete ich mich so weit auf, daß ich sie sehen konnte. Sie stand am Tisch und knöpfte soeben ihren Mantel auf. Theresa stand in irgendwie steifer und förmlicher Haltung neben ihr und sagte: »Ich habe gerade Kaffee gekocht, möchten Sie eine Tasse?« Sie ging zum Herd, auf dem eine Kaffeekanne dampfte.
»Danke, sehr gern.« Sabina setzte sich, schlüpfte aus den Ärmeln ihres Mantels und drapierte das gute Stück über ihre Stuhllehne. Sie schlug die Beine übereinander, und das Licht erfaßte ihre Nylonstrümpfe und die spitzen Patentlederabsätze ihrer Pumps.
Theresa trat mit der Kaffeekanne an den Tisch. »Stimmt es, daß Andrzej Modzalewski als Spion verhaftet wurde? Magda hat mir davon erzählt. Sie hat gesagt, er wäre es gewesen, der an ihren Bremsen herumhantiert hat – das klingt alles so abwegig! Wirklich, ich weiß kaum, was ich davon halten soll. Als Magda gestern behauptet hat, jemand habe versucht, sie umzubringen, habe ich geglaubt, sie bildete sich das nur ein. Ich konnte mir nicht vorstellen, wer zu so etwas fähig wäre.«
»Jemand ist dazu fähig«, sagte Sabina. »Oder war es zumindest.«
»Oh, entschuldigen Sie!« rief Theresa. »Ich habe Ihre Tasse zu voll gegossen, und jetzt ist Kaffee in Ihrer Untertasse. Ich gebe Ihnen eine neue.«
Sabina hob ihre Tasse und tupfte die Untertasse mit einer Papierserviette ab. »Schon gut, machen Sie sich nicht die Mühe.«
»Sind Sie sicher?« Theresa setzte sich. Sie rührte Sahne in ihren Kaffee. »Es heißt, Sie seien es gewesen, die Modzalewski dem CIA gemeldet hat. Stimmt das?«

»Vic und ich, ja.«
»Wie klug von Ihnen, daß Sie ihm auf die Schliche gekommen sind! Ich habe gehört, daß er außerdem Jean-Paul Brocchiu rekrutiert hatte. Also, *das* überrascht mich nicht«, sagte sie mit Genugtuung. »Ich hatte nie etwas für ihn übrig. Nun ja – in gewisser Hinsicht ist dies das Positive an dem ganzen schrecklichen Durcheinander. Magda wird endlich gezwungen sein, den Tatsachen ins Auge zu sehen, was diesen Mann angeht. Ich habe immer wieder versucht, ihr die Augen zu öffnen, aber –« Sie schüttelte den Kopf. »Wir lernen alle aus Erfahrung. Das arme Ding ist ganz außer Fassung.« Sie nippte an ihrem Kaffee. »Wenn ich bedenke, was sie in den letzten Tagen durchgemacht hat...«
»Für Sie war es aber auch nicht einfach«, murmelte Sabina.
»Nein. Das stimmt. Aber Dinge dieser Art sind für junge Leute schwer zu verkraften. Sie haben noch nicht gelernt, sich darüber zu erheben.« Sie beugte sich über den Tisch, näher an ihren Gast heran. »Sabina, ich finde, ich muß mich bei Ihnen entschuldigen – und bei Victor. Zugegeben, ich war gestern abend sehr betroffen, als er kam, um Magda ohne jede Erklärung mitzunehmen, und als er dann anrief, um mir zu sagen, daß sie nicht mehr nach Hause kommt. Jetzt begreife ich, warum. Sie wollten verhindern, daß sie die Nacht verbringt, wo Modzalewski sie ausfindig machen kann. Trotzdem denke ich, Victor hätte mich wenigstens zum Teil einweihen sollen – und Florian, da er nun schon einmal dabei war.« Ihr Tonfall war vorwurfsvoll. »Vielleicht sollte ich das Victor gegenüber erwähnen. Er spielt, glaube ich, gern ein wenig den Einzelgänger, und sein Urteilsvermögen läßt manchmal zu wünschen übrig. Wie könnte es anders sein, er ist ja noch jung.« Sie lachte ein wenig. »Er hätte uns vertrauen können. Jemand wie Modzalewski ist eine Schande für die Gemeinschaft der Physiker. Was sollten wir dagegen haben, daß man ihm auf die Spur kommt. Wir hätten kein Wort verraten.« Sie hielt inne, aber Sabina sagte nichts. »Wahrscheinlich hat Victor es gut gemeint. Eines verstehe ich allerdings noch nicht.«
»Was denn?«
»Warum kann Magda immer noch nicht nach Hause kommen? Sie sagten, Sie hätten darauf bestanden, daß sie noch eine Nacht bei Ihnen verbringt.« Ihre Stimme klang flehentlich. »Modzalewski befindet sich in Gewahrsam. Sie glauben doch wohl nicht, daß sie immer noch in Gefahr ist?« Sie beugte sich vor und sah Sabina unverwandt an.
»Möglicherweise nicht.«
»Möglicherweise? Aber wer sonst sollte ihr etwas antun wollen?«
»Jemand, der zwei Menschen auf dem Gewissen hat, Theresa. Ich will nicht, daß sie die Nummer drei wird – Sie doch wohl auch nicht.«
»Natürlich nicht! Was wollen Sie damit sagen?« Sabina antwortete

nicht. Die beiden Frauen saßen schweigend da. Schließlich ergriff Theresa das Wort: »Jeden Abend findet in der Scheune eine Party statt, und alle gehen hin außer mir. Ich komme mir ein wenig wie Aschenbrödel vor. Obwohl ich eigentlich gar nicht hinwill.« Sie nippte wieder an ihrem Kaffee. »Ich denke, es geht darum, sich am Ende des Tages zu entspannen, sich formlos zu unterhalten – ich kann es niemandem verdenken.« Sie seufzte. »Florian meint, es könne nichts schaden, wenn ich mich in der Scheune einfinde. Er muß natürlich dort sein, das Institut repräsentieren, das sagt er jedenfalls.« Sie stützte die Ellbogen auf den Tisch und legte das Kinn in ihre Hände. »Finden *Sie*, ich sollte hingehen? Ich muß bis zum Ende des Sommers dableiben ...« Auch jetzt antwortete Sabina nicht. »Manchmal mache ich mir zuviel Sorgen um die Meinung der Leute. In meiner Position hat man nicht auf Partys und andere Feiern zu gehen. Das wird von einem erwartet, nicht wahr ...?« Ihre Stimme verklang unsicher. »Ich bin Moore-Ganns Witwe, so sehen mich die Leute. Und früher haben Sie mich als Moore-Ganns Frau gesehen. Was ich ja auch war. Ich meine, was sollte ich sonst gewesen sein?« Sie schwieg und schlürfte Kaffee. »Andererseits sind das keine richtigen Partys. Man könnte sie als Fortsetzung der Arbeit am Institut begreifen. Man unterhält sich dort viel über Physik – eigentlich ganz nützlich.« Sie stellte ihre Tasse ab. »Ich weiß, es ist lächerlich, mich ausgeschlossen zu fühlen. Ich war immer stolz darauf, daß ich konstruktiv mit meiner Zeit umzugehen wußte. Das mußte ich lernen, weil Hervé so oft auf Reisen war. Egal, ich weiß nicht, warum ich sie mit alledem belästige.«

»Sie belästigen mich doch nicht.«

Theresa lächelte wehmütig. »Sie sind eine gute Zuhörerin, Sabina. Vielleicht habe ich den Wunsch, mich Ihnen anzuvertrauen, weil Sie nicht dem konventionellen Frauenbild entsprechen.«

»Und *Sie*, Theresa?«

»Ich?« Theresa lachte auf. »Oh, durch und durch, würde ich sagen. Eigentlich zu sehr. Kann ich Ihnen einen Weinbrand anbieten?«

»Nein, danke.«

»Ich gönne mir einen Tropfen.« Theresa trat ans Büfett, auf dem eine Flasche Cognac stand. Ich fragte mich, wie viele sie sich schon vor Sabinas Eintreffen gegönnt hatte. Sie goß sich behutsam einen kleinen Schuß ein, als hätte sie gern mehr getrunken, wenn es nicht unschicklich wäre. »Hervé hat mir immer vorgeworfen, ich sei zu konventionell. Manchmal hat er mich ›Madam Zimperliese‹ genannt. Das war eine Art Scherz zwischen uns. Er sagte, er könne mich nicht ›Fräulein Zimperliese‹ nennen, weil ich verheiratet wäre. Wenn ich ihm nur mehr ... Zuneigung hätte geben können – wenn ich offener und, äh, freier hätte sein können, aber wenn man auf bestimmte Weise erzogen ist, wenn einem beigebracht wurde, daß gewisse Dinge richtig sind und andere falsch, kann man das nicht einfach hinter sich lassen.« Sie beugte sich vor. »Versucht habe ich es. Ich war sogar ein paarmal beim Psychiater. Meine Güte, das habe ich noch *keinem* erzählt! Geholfen hat es nichts. Ich bin noch genauso gehemmt wie eh und je. ›Gehemmt‹ – das ist heutzutage ein Schimpfwort.« Sie kicherte ein wenig und goß sich Cognac nach. »In was für einer komischen Welt wir doch leben. Wirklich, Sabina, ich wünschte, Sie würden mir sagen, wie Sie darüber denken – *soll* ich abends in die Scheune gehen, oder nicht?«

»Theresa, ich bin nicht gekommen, um mich darüber zu unterhalten.«

»Natürlich nicht. Also, worum ging es noch mal? Ich habe mich schon gewundert. Geht es um Hervés Tod? Florian sagte, Sie seien nicht überzeugt, daß Judith ihn vergiftet und dann Selbstmord begangen hat.« Sie stellte vorsichtig das halbleere Glas auf dem Büfett ab. »Ich verstehe nicht, wieso. Die Polizei glaubt das doch auch.«

»Und Sie?«

»Oh, ja.« Nach momentanem Zögern fügte sie hinzu: »Ich gebe zu, der Gedanke, daß Hervé wegen einer Sache ermordet wurde, die vor zwanzig Jahren passiert ist, erscheint mir ein wenig unglaubwürdig, aber welche andere Erklärung könnte es geben? Judith hat immerhin einen Abschiedsbrief hinterlassen.«

»Der war nicht sehr überzeugend.«

»Finden Sie? Warum nicht?«

»Vom Tod Ihres Mannes war darin nicht die Rede. Er bestand nur aus ein paar Sätzen – wütend und auf perverse Art stolz. Er war eine Fälschung – vermutlich vom wahren Mörder aus einem alten Brief herausgerissen.«

»Was für eine interessante Theorie.«

»Judith hat Ihnen doch gelegentlich geschrieben, nicht wahr, Theresa? Weil Sie ihr Geld geschickt hatten.«

»Warum fragen Sie mich das ausgerechnet jetzt?« Theresas Tonfall war beinahe wieder kläglich. Sie verschränkte die Arme und lehnte sich ans Büfett.

»Weil mir gewisse Dinge rätselhaft sind – zum Beispiel Teile Ihrer Aussage, die offensichtlich nicht der Wahrheit entsprechen. Ich dachte, wenn ich Sie von Angesicht zu Angesicht um eine Erklärung bitte –«

»Das weiß ich zu schätzen, Sabina. Ich hasse es, wenn die Leute hinter meinem Rücken reden.« Theresas Stimme klang liebenswürdig. »Also, was genau wollten Sie mich fragen?«

»Erinnern Sie sich an das Blatt Papier, das Vic Ihnen vorgelegt hat? Das mit der Passage aus ›*The Good Soldier*‹?«

»Oh, ja.«

Der erste Ausrutscher. Sie hätte sagen müssen, sie wisse nicht, woher die Passage stammte. Das hatte sie mir gegenüber nämlich behauptet.
»Sie haben Vic erzählt, Ihr Mann hätte das Blatt gleich bei der Ankunft in seinen Unterlagen vorgefunden.« Sabina schüttelte den Kopf. »Dieses Papier war sehr ungewöhnlich, sehr leicht wiederzuerkennen. Ihr persönliches Papier, nicht wahr? Wir haben sogar eine Zeugin, die zu beschwören bereit ist, daß sie von Ihnen einmal einen Brief auf diesem Papier erhalten hat.« Das stimmte zwar nicht, aber wir hatten beschlossen, das Risiko einzugehen.
Theresas Nacken rötete sich. »Na und?« sagte sie. »Das ist reiner Zufall.«
Sabina schüttelte den Kopf. »Sie sind Wissenschaftlerin, Theresa. Wie wär's, wenn sie sich kurz die Wahrscheinlichkeit ausrechnen? Ein einzelnes Blatt eines sehr ungewöhnlichen Papiers, *Ihres* Papiers, mit einem Zitat aus einem Buch, das zufällig in diesem Augenblick in Ihrem Arbeitszimmer im Regal steht, soll auf geheimnisvolle Weise in den Unterlagen Ihres Mannes aufgetaucht sein, als er im Institut ankam – nach Ihrer Aussage. Sie haben gelogen. Warum?«
Theresa versteifte sich, und ihre Augen blickten trotzig, als sie verkündete: »Unwahrscheinlich ist nicht gleichbedeutend mit unmöglich. Judith hat sehr wohl meinen Mann umgebracht, sie hat sehr wohl Selbstmord begangen. Die Polizei hat doch sogar die leere Digoxinflasche in ihrem Büro gefunden!«
Noch ein Ausrutscher, diesmal ein schlimmer. Dieses Detail hatte die Polizei nämlich bisher für sich behalten. Sabina antwortete barsch: »Woher wollen Sie das wissen? Die Polizei hat davon nie etwas verlauten lassen.«
»Anders kann es nicht gewesen sein. Ich will sagen, mir hat man es mitgeteilt, ich bin nicht die Allgemeinheit, ich bin seine Witwe –«
»Gut, wir können die Polizei ja danach fragen.«
Theresa wandte ruckartig den Kopf ab. Sie kam an das Fenster geeilt, durch das ich spähte. Ich duckte mich und hörte gleich darauf direkt über mir ihre Stimme. »Hier zieht es«, sagte sie und schlug das Fenster zu. Ich glaubte nicht, daß sie mich gesehen hatte, war jedoch nicht sicher, deshalb zog ich mich, so weit es ging, unter meinen Zierstrauch zurück und hielt den Atem an. Ich konnte immer noch Stimmengemurmel hören, allerdings ohne ein Wort zu verstehen. Nervös tastete ich nach der Pistole in meinem Schulterhalfter. Es fiel mir schwer zu entscheiden, was ich als nächstes tun sollte. Ich hielt es für keine gute Idee, in diesem Moment zum Fenster hineinzuschauen. Aber noch weniger ratsam erschien es mir, Sabina mit Theresa alleinzulassen, ohne zu wissen, was vorging.

Ich redete mir ein, daß Sabina in keinerlei Gefahr schwebte. Sie war zu gewieft, um Theresa den Rücken zuzukehren. Außerdem hatte ich darauf bestanden, daß sie in ihrer Rocktasche eine Pistole mitführte, obwohl sie eigentlich nur das kleine Tonbandgerät mitnehmen wollte und eine Schußwaffe überflüssig fand, weil ich ja dasein würde, um ihr Rückendeckung zu geben.

»Klar, aber wenn ich nun umfalle und einen Herzinfarkt erleide?« hatte ich dagegengehalten.

»Dafür sind Sie zu jung«, hatte sie gesagt. Aber sie hatte es eingesehen.

Plötzlich wurde mir klar, daß keine Stimmen mehr zu hören waren. Hatten die beiden die Küche verlassen? Es blieb mir nichts anderes übrig, obwohl es hieß, von unserem Plan abzuweichen: Ich mußte Sabina ins Haus folgen, wenn möglich, ohne entdeckt zu werden.

Leise kroch ich zwischen den Sträuchern vom Haus weg, bis ich einen Baum erreicht hatte. Dann spähte ich vorsichtig um den Stamm herum in Richtung Küchenfenster. Der Raum dahinter war leer. Ich überquerte mit wenigen Schritten den Rasen, hielt auf die Vordertür zu.

Hinter mir raschelte es im Gras. Ich erstarrte, spannte sämtliche Muskeln an, griff nach meiner Pistole – zu spät. Aus der Dunkelheit erschien ein Arm und legte sich mit Nachdruck um meine Kehle. Ich zog das rechte Knie an und trat nach hinten aus, zielte auf die Weichteile des Angreifers, während ich gleichzeitig versuchte, den Arm zu lockern, der mir das Atmen schwermachte. Er fing meinen Tritt mit dem Bein ab und versetzte mir einen Schlag auf die Halsseite, der mich benommen machte. Ich stolperte und ging in die Knie, wobei ich ihn mitzog. Wir wälzten uns raufend im Gras, teilten Fußtritte und Hiebe aus, während ich immer noch nach meiner Pistole angelte. Der andere war ein großer, stämmiger Bursche, der was von Nahkampf verstand. Ich hörte sein Grunzen, als er versuchte, mich am Boden festzuhalten. Aber ich rollte jedesmal beiseite, wenn auch nie weit genug, um die Pistole zu ziehen. Dann spürte ich unter dem Ohr an meinem Hals kaltes Metall, und er sagte: »Okay, Junge, Hände hoch. Das ist eine Schrotflinte.«

Ich erspähte im Mondlicht den Lauf, setzte mich vorsichtig auf und hob die Arme über den Kopf. Ein vertrauter Gestank breitete sich aus. Gleich darauf erkannte ich ihn: Es roch nach Jauche. Ich sah mir den Angreifer genau an. »Sagen Sie mal, sind Sie nicht Bill?«

»Jawoll.« Der Flintenlauf zog sich ein Stück zurück. »Und wollen Sie mir vielleicht sagen, wer *Sie* sind?«

»Vic Newman«, sagte ich mit soviel Selbstvertrauen in der Stimme, wie ich aufbringen konnte, obwohl ich noch halb außer Atem war. »Erinnern Sie sich denn nicht mehr an mich, Bill?«

»Ich kenn' niemanden, der so heißt.«

Wo, zum Teufel, waren Sabina und Theresa? Ich wollte aufstehen, doch Bill versetzte mir einen Stoß mit der Mündung der Flinte. »Bleiben Sie, wo Sie sind«, sagte er. »Also, was fällt Ihnen ein, so um Mrs. Moore-Ganns Haus herumzuschleichen?«
»Bill, um Himmels willen, ich bin derjenige, der Sie gebeten hat, das Haus zu bewachen. Ich habe Ihnen zwanzig Dollar gegeben. Aber das war für gestern abend gedacht – nicht heute.«
»Nur für gestern?« Er ließ das Gewehr sinken.
Ich stand auf. Erst einmal schwappte eine scheinbare Ewigkeit lang mein Gehirn hin und her, so benommen war ich. Ich streckte die Hand nach einem Baum aus und hielt mich fest, bis das Schwindelgefühl sich gelegt hatte. »Ich gehe jetzt ins Haus«, sagte ich. »Sie bleiben am besten hier und halten jeden auf, der rauskommt. Das gilt auch für Mrs. Moore-Gann – besonders für Mrs. Moore-Gann.«
»Die kann ich nicht aufhalten. Die wohnt hier und kann kommen und gehen, wann sie will.«
Ich gab mich geschlagen, machte kehrt und taumelte auf die Veranda zu. Nachdem ich die Stufen erklommen hatte, verschaffte ich mir Zugang durch die unverschlossene Tür und blieb in der Diele stehen, um zu lauschen. Es war kein Laut zu hören. Ich durchsuchte im Erdgeschoß sämtliche Zimmer. In einigen brannte Licht, aber von Sabina oder Theresa keine Spur. Was war nur aus ihnen geworden?
Ich beschleunigte meine Schritte, ging nach oben. Das erste Stockwerk war dunkel, die Stille absolut. Still wie ein menschenleeres Haus. Als ich gerade das letzte Zimmer verlassen wollte, wurde ich draußen auf einen Lichtschimmer aufmerksam. Ich trat ans Fenster. Unter mir fiel aus einem rückwärtigen Fenster Licht auf eine Art Pfad, der in den Wald hineinführte. Gleich darauf sah ich wieder den Lichtschimmer. Jemand war mit einer Taschenlampe im Wald unterwegs.
Ich raste die Treppe hinunter und zur Hintertür hinaus, wo ich mich auf dem Pfad wiederfand, den ich von oben entdeckt hatte, Bill war nirgends zu sehen. Der Mond kam zum Vorschein, und ich begann den Pfad entlang in den Wald zu sprinten. Das Gras unter meinen Füßen war naß und rutschig. Dann senkte sich der Boden abwärts, so daß ich, nachdem ich einen Purzelbaum geschlagen hatte, langsamer weitergehen mußte. Sobald ich den Wald betreten hatte, war das Mondlicht von den engstehenden Bäumen verdeckt worden, und ich tastete mich im Dunkeln zwischen Felsbrocken und Baumstümpfen voran. Einmal erspähte ich vor mir ein Licht.
Schließlich dünnte der Baumbestand aus. Ich hatte den Waldrand erreicht. Hier herrschte Nebel. Er waberte zwischen den Stämmen, an manchen Stellen dicker, an anderen dünner. Sobald ich aus dem Wald

heraus auf eine Wiese trat, stand ich im dichten Nebel. Ich hörte Wasser plätschern und wußte, daß der Pfad, dem ich gefolgt war, mich zum Teich geführt hatte, den ich jedoch wegen des Dunstes, der über der Wasserfläche hing, nicht sehen konnte. Es war nicht festzustellen, welche Richtung Sabina und Theresa genommen hatten, links oder rechts; einen Moment lang wäre ich beinahe in Panik geraten. Wenn Sabina nun etwas passierte...

Ich wandte mich nach rechts, in der vagen Hoffnung, dort zu der hölzernen Brücke über den Abflußkanal zu gelangen. Bald wurde der Nebel ein wenig dünner, und ich konnte hin und wieder die Binsen am Ufer sehen. *Plop*! Das Geräusch ließ mich hochschrecken, aber es war nur ein springender Fisch.

Dann vernahm ich ganz leise noch einen Laut: Stimmen, die von irgendwo vorn zu mir herüberschwebten. Wenigstens bewegte ich mich in die richtige Richtung. Ich rannte los. Der kurze dichte Rasen dämpfte meine Schritte. Als ich ein bis zwei Minuten so dahingesprintet war, stieß ich mit etwas zusammen und fiel zu Boden, wobei mein Schuh mit einem soliden *Bonk*, das in der Stille nachhallte, auf Holz traf. Ich war über die Bank gestolpert, auf der Magda und ich gesessen hatten.

Die Stimmen hatten aufgehört, aber gleich darauf hörte ich sie wieder, von der Brücke her. Ich rappelte mich auf und rannte, so schnell ich konnte, darauf zu. Nach einem Moment totaler Stille waren Kampfgeräusche zu hören. Plötzlich hörte ich Sabina aufschreien: »Vic!« Ich hastete mit wild klopfendem Herzen auf die Stelle zu, an der ich die Stimme gehört hatte, und dann schlug etwas, vielleicht ein Körper, schwer auf dem Wasser auf. Wieder einen Moment später entfernten sich Schritte.

Ich erreichte die Brücke. Sie war leer. Darunter, unter dem wogenden Dunst lag glatt und still die Wasseroberfläche. Ich brüllte: »Sabina!« Doch niemand antwortete mir.

Ich rief noch einmal, dann sprang ich von der Brücke ins Wasser. Der Schock, als mich die Kälte traf, war immens. Ich machte unter Wasser die Augen auf, konnte jedoch in der Schwärze nichts erkennen, während ich erst auf den Grund hinabtauchte und dann von einer Seite zur anderen schwamm, mit ausgestreckten Armen tastend, bis ich gezwungen war, zum Luftholen hinauf an die Oberfläche zu schießen. Ich tauchte ein ums andere Mal, ohne etwas zu finden. Die ganze Zeit kämpfte ich gegen die heftige Strömung an, die mich der Sperre und dem Abflußkanal entgegenzerrte. Als ich das nächste Mal hochkam, waren am Ufer Suchscheinwerfer erschienen. Ich glaubte, Bills Stimme zu erkennen. »Hier drüben!« schrie ich und tauchte erneut. Doch diesmal überließ ich mich der Strömung, ließ mich von ihr tragen, bis ich gegen den schleimbedeckten

Beton des Damms gepreßt wurde. Obwohl ich kaum noch Luft hatte, kroch ich mit ausgebreiteten Armen an der Sperrmauer nach unten – und da war sie! Ich ertastete eine Schulter... einen Hals... ein Ohr... Ich packte sie beim Schopf und zog sie an die Oberfläche. Sie gab nach wie eine Leiche, regungslos treibend.

33

Um zwei Uhr am folgenden Nachmittag schleppte ich Stühle in Sabinas Krankenhauszimmer. Saul Sachs war da, außerdem Florian und Magda; Captain Eaken war noch nicht eingetroffen. Sabina hatte sie eingeladen und sich über die Einwände ihres Arztes hinweggesetzt, um zu erklären, was in der vergangenen Nacht passiert war – und warum.
Sie saß aufrecht im Bett. Der große Verband um ihren Kopf verbarg die Wunde, die ihr Theresas Wanderstock beigebracht hatte. »Ich sehe nicht ein, warum ich nicht nach Hause kann«, sagte sie zu Bruno, der an ihrem Bett saß. »Was ist schon dran an einem bißchen Kopfschmerzen?«
»Es sind doch nur noch vierundzwanzig Stunden«, sagte er mit beruhigender Stimme und tätschelte ihre Hand. »Du hast eine leichte Gehirnerschütterung, deshalb ist es besser, wenn sie dich zur Beobachtung dabehalten.«
Sie schnitt eine Grimasse. Dann fing sie zu husten an. Ich wußte, daß sie Blut gehustet hatte und ihr Arzt darüber sehr besorgt war. »Wie gut, daß Sie sie so schnell herausgezogen und sofort mit der Mund-zu-Mund-Beatmung begonnen haben«, hatte er zu mir gesagt. »Ein bißchen länger, und wir hätten es mit einer wesentlich ernsteren Situation zu tun gehabt. Den Umständen entsprechend müßte sie in ein, zwei Tagen wieder auf dem Damm sein. Sie hat eine kräftige Konstitution.«
Sabinas Hustenanfall legte sich, und sie nahm einen Schluck Wasser aus dem Becher, den Bruno ihr hinhielt. Sie hatte sich auf den Empfang ihrer Gäste vorbereitet, indem sie Bruno veranlaßt hatte, ihr in Burlington ein spitzenbesetztes Bettjäckchen zu besorgen, das sie nun anhatte. Außerdem hatte sie es geschafft, aus unbekannter Quelle eine handgenähte Flickendecke zu requirieren, die über ihre Knie drapiert war.
Auf dem Korridor waren Schritte zu hören, und Captain Eaken marschierte ins Zimmer. Er trat ans Bett und musterte Sabina mit einem ratlosen Ausdruck in seinen kühlen, grauen Augen. »Also, Sie sehen gar nicht so angeschlagen aus«, sagte er endlich und verschränkte die Arme. »Vielleicht könnten Sie uns das nächste Mal, wenn Sie beschließen, in einen Teich zu springen, vorher anrufen.« Er warf einen Blick auf mich. »Das gilt auch für Sie.«
»Ich bin nicht gesprungen, ich wurde gestoßen«, erwiderte Sabina würde-

voll. »Bitte nehmen Sie Platz, Captain Eaken.« Er nahm sich einen Stuhl, und Sabina sah der Reihe nach die Versammelten an. »Nachdem nun alle da sind, können wir anfangen. Es ist wohl allgemein bekannt, daß Theresa Moore-Gann wegen Mordes an ihrem Mann und Judith festgenommen wurde.«
»Die arme Theresa!« seufzte Florian.
»Komm mir bloß nicht mit der armen Theresa, Flor'«, sagte Eaken ungeduldig. »Sie hat zwei Leute umgebracht. Fast wären's drei geworden.«
»Aber warum?« sagte Florian. »Ich verstehe nicht, was sie dazu getrieben hat.«
Eaken wirkte unbehaglich. »Also – das ist eine schwierige Frage.« Er warf Sabina einen hoffnungsvollen Blick zu.
»Das ist es, in gewisser Hinsicht«, stimmte sie zu. »Weil Theresas Charakter nun einmal recht komplex ist. Allerdings war ihr Mordmotiv von klassischer Schlichtheit, obwohl unvorhersehbare Ereignisse die Situation ziemlich kompliziert haben.« Sie lehnte sich zurück, machte es sich in ihren Kissen bequem. »Als Florian mich gebeten hat, den Fall zu untersuchen, bin ich davon ausgegangen, daß der Schlüssel zu diesem Mord im Charakter des Toten zu suchen sei; die naheliegende Frage lautete: ›Wer hatte ein Motiv, Hervé Moore-Gann umzubringen?‹ Und es gab eine Reihe möglicher Kandidaten: Berufskollegen, denen er geschadet hatte, denn er war ein kalter, rücksichtsloser, wenn auch brillanter Mann; Frauen, mit denen er ein Verhältnis gehabt hatte – insbesondere Judith, die offenbar ein Kind von ihm hatte, das er nicht anerkennen wollte. Möglicherweise eine eifersüchtige Ehefrau – obwohl Theresa nicht weit oben auf der Liste stand, weil sie seine Seitensprünge jahrelang, wenn nicht jahrzehntelang hingenommen hatte. Hinzu kam ein möglicher politischer Aspekt; er hatte viel mit Regierungsangelegenheiten zu tun.
Eines jedoch hat mir von Anfang an zu schaffen gemacht, und zwar, daß Moore-Gann nicht trank. Er hatte ein Jahr zuvor jeglichen Alkohol aufgegeben, als körperliche Fitness bei ihm zur fixen Idee wurde, und das war allgemein bekannt. Warum hätte jemand, der ihn gut genug kannte, um ein Mordmotiv zu haben, ihn ausgerechnet auf diese Weise umbringen sollen?
Die Antwort auf diese Frage ließ nicht lange auf sich warten. Magda Tenofska erzählte Vic, daß die vergiftete Bloody Mary für sie bestimmt gewesen sei. Jean-Paul habe sie ausgeschenkt und ihr überreicht – aber sie habe nichts mehr trinken wollen, habe das Glas neben sich auf einem Tisch abgestellt und dort stehenlassen. Einige Zeit später, nach der dramatischen Begegnung der zwei Nobelpreisträger, habe Moore-Gann gesagt, er brauche einen Drink, und sie habe ihm ihr Glas gegeben.
Sobald ich das hörte, war mir klar, daß Magda das ausersehene Opfer war.

Eine gewisse Unsicherheit blieb bestehen – es war theoretisch denkbar, daß der Mörder so geschickt vorgegangen war, daß er den Drink vergiftet hatte, während Moore-Gann ihn bereits in der Hand hielt – aber das war unwahrscheinlich, da er ihn sehr schnell ausgetrunken hatte. Demnach war es Magda, die hätte sterben sollen. Aber warum – wer wünschte sich ihren Tod?

Hier schien sich Jean-Paul anzubieten, ihr ehemaliger Geliebter, obwohl es ihm nur darum zu gehen schien, die Beziehung wiederaufzunehmen. Sie hatte immer noch eine Schwäche für ihn, und obwohl sie seit Monaten nicht mehr mit ihm zusammenlebte, bestand die Möglichkeit, daß sie schließlich zu ihm zurückkehren würde. Vic hat das gleich gemerkt, und Theresa fürchtete sich offensichtlich sehr davor; hätte es Jean-Paul also nicht auch so weit auffallen müssen, daß er nicht völlig die Hoffnung aufgab? So erschien es mir wenigstens. Andererseits ist Jean-Paul ein gewalttätiger, impulsiver, nachtragender Mensch – vielleicht war er ja wirklich der Mörder. Die Polizei, das wissen wir, war dieser Ansicht. Man verhaftete ihn – und ließ ihn am nächsten Tag wieder frei, nach Judiths Tod.

Wenn Jean-Paul nicht versucht hatte, Magda umzubringen, wer dann? Niemand sonst schien ein Motiv zu haben. War sie Moore-Ganns Geliebte gewesen, konnte Theresa allen äußeren Anzeichen zum Trotz eine mörderisch eifersüchtige Ehefrau sein? Vielleicht – wenn es allerdings etwas gab, über das sich alle einig waren, dann erstens, daß Magda viel zu ehrgeizig war, um ihren Ruf als Physikerin durch eine Affäre mit ihrem Mentor zu ruinieren, und zweitens, daß Theresa das Mädchen anbetete und praktisch als Tochter adoptiert hatte.

Damit blieb nur Andrzej Modzalewski übrig. Ich fragte mich, ob zwischen den beiden in Polen eine Verbindung bestand, von der niemand etwas wußte. Die Verbindung mit *Solidarnosc* war bekannt – Magdas Mutter saß im Gefängnis, und Andrzej war ebenfalls im Gefängnis gewesen. Ich beschloß, einen Kontaktmann beim CIA zu befragen und Andrzej im Auge zu behalten. Und am Ende stellte sich heraus, daß es tatsächlich eine Verbindung gab, von der Magda keine Ahnung hatte. Es war Andrzej, der ihre Mutter an die Regierung verraten hat.« Sabina betrachtete ihr Publikum. »Sie wissen inzwischen alle, daß er als Spion festgenommen wurde.«

Saul Sachs schüttelte angeekelt den Kopf. »Andrzej! Die vielen Anrufe, die ich getätigt habe, und die Drähte, die ich ziehen mußte, um für diesen Schweinehund eine Stellung zu finden! Leicht war es nicht, er ist nämlich nicht sehr gut.« Er zuckte die Achseln. »Man kann nicht immer gewinnen.« Er beugte sich zu Magda und tätschelte ihr die im Schoß verkrampften Hände. »Das mit Ihrer Mutter tut mir leid, Mädel. Ich hab' davon erfahren. Schlimme Sache.«

»Ja. Danke«

»Wenn ich etwas tun kann –«

»Durchaus möglich«, sagte Sabina. »Magda hat Visaprobleme. Warum besprechen Sie das nicht später. Jetzt sollten wir, denke ich, weiter machen.« Sie nahm einen Schluck Wasser. »Modzalewski hat tatsächlich versucht, Magda umzubringen, indem er ihren Wagen sabotiert hat. Aber das ist erst wenige Tage her. Er wußte, daß sie Nachrichten aus Polen erhalten hatte, die es ihr ermöglichen mußten, ihn als Spion zu entlarven, sobald sie zwei und zwei zusammengezählt hatte. Das hatte jedoch nichts mit dem Mordfall Moore-Gann zu tun; es war nur eine Komplikation, ein Nebenschauplatz.

Um es zusammenzufassen, dies waren einige der Faktoren, die ich in Betracht gezogen hatte. Es gab noch andere –« sie warf einen Blick auf Florian »– auf die ich nicht näher einzugehen brauche; sie sind nicht relevant.

Und dann kam ein neues Element hinzu: ein Blatt Papier mit einer seltsamen maschinenschriftlichen Textpassage, das Vic im Arbeitszimmer des Hauses Moore-Gann fand. Sobald er es mir gezeigt hatte, spürte ich intuitiv, daß es sich als wichtig erweisen würde. Und das, obwohl es oberflächlich gesehen keinerlei Bedeutung zu haben schien. Ich habe eine Kopie hier. Lassen Sie mich den Text vorlesen.« Sie holte ihre Brille hervor und setzte sie auf.

> »Es ist beinahe zu schrecklich, dieses Bild vom Jüngsten Gericht, das mir manchmal zu nächtlicher Stunde erscheint. Vermutlich geht es auf ein Bild zurück, daß ich einmal irgendwo gesehen habe. Jedenfalls meine ich, auf einer immensen Fläche, die mitten in der Luft hängt, drei Gestalten zu erblicken, von denen zwei in intensiver Umarmung zusammenstehen, während die dritte unerträglich einsam ist. Es ist schwarz-weiß, mein Bild vom Jüngsten Gericht, wahrscheinlich eine Radierung; dabei kann ich eine Radierung nicht von einer fotografischen Reproduktion unterscheiden. Und die immense Fläche ist die Hand Gottes, die sich meilenweit erstreckt, mit den Weiten des Raums darüber und darunter.«

Die Gesichter der Anwesenden ließen Ratlosigkeit erkennen. Sabina gab mir das Blatt, und ich ließ es herumgehen, damit jeder, der wollte, es studieren konnte. Sie sagte: »Es sagt Ihnen nichts? Mir hat es zunächst auch nichts gesagt; dennoch war etwas daran, das mir keine Ruhe ließ, eine nicht greifbare Erinnerung. Erst kam ich darauf, daß ich das beschriebene Bild wohl irgendwo gesehen hatte, aber dann hat Captain Eaken die ausgesprochen intelligente Bemerkung gemacht, es höre sich

an wie aus einem Buch.« Eaken rutschte auf seinem Stuhl herum und war geschmeichelt. »Ich wußte sofort, daß er recht hatte. Die Passage stammte aus einem Buch, das ich gelesen hatte, deshalb war sie mir so vertraut vorgekommen. Und als ich sie mir noch einmal vornahm, wunderte ich mich immer mehr über das erwähnte Dreiecksverhältnis, aus dem einer der Beteiligten offenbar ausgeschlossen war, und deshalb ›unerträglich einsam‹. Hatte sich einer der drei Angehörigen des Moore-Gannschen Haushalts so stark mit der einsamen Figur identifiziert, daß er oder sie diese qualvoll verzweifelte Passage kopiert hatte?
Ich wußte es nicht, fand es jedoch merkwürdig, als Theresa Vic erzählte, ihr Mann habe das Blatt in seinen Unterlagen vorgefunden, als er sie in Empfang nahm. Vic waren außer den Physikbüchern, die man dort erwarten würde, im Arbeitszimmer der Moore-Ganns mehrere Romane aufgefallen; einer dieser Romane war Ford Madox Fords ›*The Good Soldier* – Die Allertraurigste Geschichte‹, eines der Meisterwerke englischer Literatur. Sobald mir diese Tatsache einfiel, wurde mir klar, daß der Stil der Passage mich an das Buch erinnerte. Ich schäme mich, das einzugestehen, aber ich hatte es vor so langer Zeit gelesen, daß ich kaum noch wußte, worum es ging. Es gelang mir jedoch, in der Bibliothek ein Exemplar zu besorgen, und beim Wiederlesen bin ich auf die fragliche Passage gestoßen.
Es erschien mir unwahrscheinlich, daß das Zitat schlicht in Moore-Ganns Unterlagen ›aufgetaucht‹ war, während das Buch, aus dem es stammte, in seinem Arbeitszimmer stand und offensichtlich einem Mitglied seines Haushalts gehörte. Theresa hatte gelogen – eine ziemlich dumme Lüge. Den Grund sah ich ein, als ich das Buch gelesen hatte: Es teilte mir mit, daß *sie* es war, die Moore-Gann vergiftet hatte – und warum sie es getan hatte. Leider war ›*The Good Soldier*‹ als Beweismaterial ungeeignet – zumindest vor Gericht. Und ein wesentliches Problem dieses Falls bestand darin, daß wenig oder gar keine stichhaltigen Beweise zu finden waren. Ich war überzeugt, daß Theresa die Mörderin war, konnte es jedoch nicht belegen.«
Da mischte sich plötzlich Magda ein: »Ich verstehe das nicht«, sagte sie aufgeregt, als habe sie Sabinas Schilderung wirklich nicht folgen können. Von allen Anwesenden schien sie am stärksten erschüttert zu sein, und das war kein Wunder. Innerhalb einer Woche hatte sie ihre nächsten Angehörigen verloren: ihre Mutter, beide Moore-Ganns und Jean-Paul, den man am vergangenen Nachmittag in Gewahrsam genommen und wegen Weitergabe von Geheimdokumenten an Modzalewski angeklagt hatte. In ihrer Stimme klang Hysterie mit, als sie zu wissen verlangte: »Warum sollte Theresa Hervé umbringen wollen? Er war ihr ein und alles.«
»Sie wollte ihn nicht umbringen«, sagte Sabina und fügte nach einer Weile hinzu. »Nein, sie hat versucht, *Sie* umzubringen.«

»Theresa wollte Magda umbringen?« sagte Florian ungläubig. »Unsinn, sie hat sie angebetet!« Er schüttelte mit Nachdruck den Kopf. Auch Saul blickte skeptisch, und Eaken schien total verwirrt zu sein.
Magda sprang auf. »Nein, Sie irren sich! Es muß eine andere Erklärung geben. Theresa hat mich geliebt, sie brauchte mich! Ich war ihre Stütze – seit Moore-Ganns Tod noch viel mehr! Nein, das ist unmöglich. Ich hätte es gemerkt, wenn sie mich so sehr gehaßt hätte, daß sie mich umbringen wollte. Ich hätte es gespürt, hier.« Sie legte die Hand aufs Herz.
»Bitte setzen Sie sich wieder. Ich habe nie behauptet, sie hätte Sie gehaßt«, sagte Sabina. »So war es auch nicht. Sicher, sie war von Ihnen abhängig, hat Sie vielleicht sogar geliebt. Dennoch hat sie versucht, Sie zu vergiften, Magda. Moore-Ganns Tod war ein Versehen. Sie hat das Vic gegenüber bei zwei Gelegenheiten erwähnt – einmal im Krankenhaus, und dann noch einmal, als er sie nach Hause gefahren hat, nachdem ihr Mann gestorben war. Beide Male meinte sie es wörtlich. Sie hatte nicht damit gerechnet, daß er die vergiftete Bloody Mary trinken würde, die sie Ihnen zugedacht hatte, weil er dem Alkohol abgeschworen hatte. Eine ziemliche Ironie des Schicksals.«
»Aber warum, warum, warum –«
»Warum sie Sie töten wollte? Darauf komme ich gleich. Es besteht keinerlei Zweifel, daß sie an Ihnen hing. Als wir gestern Nacht zum Teich unterwegs waren, hat sie mir erzählt, wie sehr sie sich immer ein Kind gewünscht hatte. Sie haben die Leere in ihrem Leben ausgefüllt, eine wahrhaft enorme Leere. Moore-Gann hat ihr emotional nie viel gegeben. Alle, die ihn kannten, scheinen sich einig zu sein, daß er ein kalter, egoistischer, ehrgeiziger Mann war. Dessen ungeachtet hat sich ihr Leben nur um ihn gedreht, bis Sie gekommen sind. Jahrelang hatte sie über seine Seitensprünge hinweggesehen, hatte ihre eigene Karriere geopfert – wieviel ihr dieses Opfer abverlangt hat, wußte keiner.« Sie wandte sich an Saul Sachs. »Bis auf Sie. Sie wußten es, nicht wahr?«
Sauls zerbrechlicher Körper hing zusammengesunken in einem Sessel. Er hatte die Beine übereinandergeschlagen. Seine Knie zeichneten sich spitz durch den Stoff seiner Hose ab, und oberhalb seiner verrutschten Socke war ein Stück seines ausgemergelten Knöchels zu erkennen. Es dauerte einen Moment, bis er sagte: »Ja, ich wußte wohl Bescheid.« Er sah sich im Zimmer um. Unter dem spärlichen Haarflaum, der seinen schmalen Schädel zierte, runzelte er die hohe Stirn. »Ich hab' was gegen Konferenzen im Krankenhaus. Also machen wir's kurz und schmerzlos, okay?«
»Wir können's versuchen«, sagte Sabina. »Jeder in der Welt der Physik wußte natürlich von der Fehde zwischen Hervé Moore-Gann und Saul Sachs, zwei herausragenden Physikern, die sich seit ihrer Kindheit kann-

ten und völlig unterschiedliche Persönlichkeiten waren, die jedoch feststellten, daß sie intellektuell ein bemerkenswertes Team abgaben.«
Saul nickte. »So kann man es, glaube ich, ausdrücken. Die meisten Ideen stammten von mir. Nicht alle, natürlich. Aber Harvey war ein brillanter Rechner – viel besser als ich. Er hatte die Gabe, physikalische Ideen in mathematische Gleichungen umzusetzen, und er war ein Pedant *par excellence*. Seine Berechnungen waren unfehlbar; wenn er ein Resultat vorlegte, wußte man, das es korrekt ist.«
Sabina fuhr fort. »Mit anderen Worten, Sie haben sich hervorragend ergänzt. Und natürlich lief die Zusammenarbeit eine Zeitlang gut – so gut, daß Sie den Nobelpreis dafür bekamen. Dann die plötzliche Veränderung – Sie haben aufgehört, mit Moore-Gann zu sprechen. Sie haben sich sogar geweigert, bei Konferenzen aufzutreten, wenn er zugegen war. Jeder in der Welt der Physik hat sich gefragt, warum, aber niemand hat die Wahrheit gekannt.« Sie wandte sich an Saul. »Ich glaube, es hat sich so zugetragen: Sie haben entdeckt, daß einige der Ideen, für die Sie den Nobelpreis erhalten haben, – und zwar solche, die Moore-Gann beigetragen hatte, nicht von ihm, sondern von Theresa stammten.«
Er starrte sie verblüfft an. »Wie, zum Teufel, sind Sie darauf gekommen?«
»Mein Gott!« brauste Magda auf. »Mein Gott, das hat er getan? Und Theresa hat es zugelassen?«
»Klar hat sie, Kleines«, sagte Saul. »Ich hätte ihr die nötige Anerkennung zukommen lassen, wenn ich es gewußt hätte – aber ich bin erst später dahintergekommen. Leo Pesnik hat mich einmal gebeten, mir einen Ordner mit alten Briefen durchzulesen, den andere Physiker, darunter Harvey und Theresa, ihm geschrieben hatten. Er wollte meinen Rat, ob er Harvey eine Plagiatsklage anhängen sollte. Ich riet ihm ab, weil er es nicht hätte beweisen können und mehr verloren als gewonnen hätte, auch wenn seine Behauptung der Wahrheit entsprach.« Er winkte ab. »Aber das hat mit der Sache nichts zu tun. Ich habe den Ordner durchgesehen, und raten Sie einmal, was ich gefunden habe? Mehrere Briefe von Theresa an Leo, aus der Zeit vor ihrer Heirat, als sie noch in der Forschung tätig war. Ich las sie, und die Haare standen mir zu Berge. Damals hatte ich noch Haare.« Er schwieg einen Augenblick. »Da stand er, in ihrer Handschrift, der Kern einer wesentlichen Idee, die Harvey mir als die seine vorgelegt hatte. Ich hatte Angst, ich würde platzen. Bin gleich zu ihr gegangen. Raten sie, was sie mir gesagt hat? Ich soll den Mund halten. Wenn ich einen Wirbel mache, würde sie sagen, ich sei nicht recht bei Trost. Dabei hat sie die Sache selbst zugegeben. Harvey hatte sich ihre Ideen zunutze gemacht, als wären sie sein Eigentum, und er tat es immer noch. Es würde mich nicht überraschen, wenn eine Menge Ideen, die er

für sich beansprucht hat, im Grunde von ihr stammten – vielleicht sogar die meisten. Wirklich umgehauen hat mich aber, daß sie diesen Wahnsinn offenbar für vernünftig hielt, nur weil sie verheiratet waren. Ich glaube, sie hat sich Sorgen gemacht, daß Moore-Gann sie verlassen würde, wenn sie Einspruch erhob.« Er hob beide Hände, kehrte die Handflächen nach außen und zuckte die Achseln. »Was konnte ich tun? Ich habe ihr erklärt, die ganze Sache sei lächerlich, widersinnig, wenn nicht gar kriminell. Der Hundesohn hatte kein Recht, ihre Ideen zu klauen. Und ganz gewiß hatte er kein Recht, sie mir zu unterschieben und *meine* Arbeit zu besudeln! Aber unter den gegebenen Umständen konnte ich nichts tun. Und das war es auch, was ich tat – nichts. Ich kann nicht ernsthaft behaupten, ich wäre wild darauf gewesen, der Welt davon zu erzählen. Es gibt immerhin sowas wie eine Gemeinsamkeit in der Blamage.« Er seufzte. »Ich habe Harvey damit konfrontiert, und er hat alles abgestritten, hat mir ins Gesicht gelogen. Ich habe ihn wissen lassen, was ich von ihm halte, und danach habe ich mich von ihm ferngehalten.« Er verstummte und ließ den Kopf nach hinten gegen die gepolsterte Lehne seines Sessels fallen.

Sabina, die Saul die ganze Zeit unverwandt angesehen hatte, blickte sich nun im Zimmer um. »Wir können nicht mehr feststellen, ob Moore-Gann sich tatsächlich von Theresa hätte scheiden lassen, wenn sie ihm verboten hätte, ihre Ideen auszunutzen. Die Ehe der beiden war gewiß eine seltsame Angelegenheit. Das, was man als Liebe bezeichnet, war kaum vorhanden, und mit Sicherheit keine sexuelle Leidenschaft. Theresa hat sich gestern abend mir gegenüber sehr offen geäußert. Zweifellos glaubte sie, nachdem sie sich dazu durchgerungen hatte, mich zu töten, daß es nicht mehr darauf ankäme, was sie sagte. Als ich sie danach fragte, hat sie mir jedenfalls erzählt, daß ihre Ehe mit Moore-Gann nie ganz vollzogen wurde. Sie litt – und ich bin sicher, daß ›litt‹ das richtige Wort ist – unter einer pathologischen Aversion gegen sexuelle Handlungen. Das war der wahre Grund für ihre Kinderlosigkeit – nicht Unfruchtbarkeit, wie sie die Leute glauben ließ.«

»Unglaublich«, murmelte Bruno. »Die beiden waren zwanzig Jahre miteinander verheiratet.«

»Nicht vollzogene Ehen sind keineswegs etwas Unerhörtes«, sagte Sabina, die mich am selben Morgen in die Bibliotek der University of Vermont gehetzt hatte, um ihr einen Artikel zu dem Thema zu besorgen. »Sie sind weniger selten, als man denkt. Nach allem, was Theresa mir erzählt hat, bin ich ziemlich sicher, daß sie ein Leiden namens Vaginitis hatte, das in der Vagina gewöhnlich aus psychologischen Gründen so schwere unwillkürliche Krämpfe auslöst, daß keine Penetration möglich ist. Sie und ihr Mann scheinen sich schließlich damit abgefunden zu ha-

ben, auf ihre Weise. Moore-Gann hat seine sexuellen Bedürfnisse außerhalb der Ehe gestillt, worüber Theresa Bescheid wußte und es hinnahm. Die wahre Grundlage dieser Ehe war vermutlich intellektuelle Übereinstimmung. Auf dieser Ebene war sie für beide befriedigend, wenigstens am Anfang, und das, obwohl er ihre Arbeit ausgebeutet hat – und sie es gestattete. Vielleicht war sie der Ansicht, das sei der Preis, den sie zahlen müsse, um wie andere Frauen einen Ehemann abzubekommen, trotz ihrer Behinderung. Doch mit der Zeit machte ihr die mangelnde emotionale Bestätigung schwer zu schaffen, während sie zugleich mit Haut und Haar von ihrem Mann abhängig war. Er hat ihre ganze Welt definiert, ihre ganze Identität. Wenn das gleichbedeutend mit Liebe ist – nicht für mich, aber –« Sie zuckte die Achseln. »Sie hat ihn geliebt.
Womit wir bei der Rolle angelangt sind, die Magda im Leben der Moore-Gann gespielt hat, und bei ›*The Good Soldier*‹.« Inzwischen hatte das Blatt die Runde gemacht und lag wieder auf Sabinas Bett. Sie hob es auf. »Ganz einfach. Magdas Eintreffen auf der Szene hat in beiden so starke Gefühle ausgelöst, daß das bizarre und unsichere Gleichgewicht ihrer Ehe einfach... in sich zusammengebrochen ist.
Es muß Theresa aus der Fassung gebracht haben, als Vic ihr plötzlich die Passage aus dem Roman zeigte, eine Passage, die sie persönlich abgeschrieben hatte, weil sie für sie zutiefst bedeutsam war. Ich nehme an, sie log, weil sie überhaupt etwas sagen mußte. Sie war sich der verräterischen Parallelen zwischen der Handlung und ihrer eigenen Ehe wohl bewußt.« Sabina lehnte sich einen Augenblick in ihre Kissen und schloß kurz die Augen, als tue ihr der Kopf weh. Dann sprach sie weiter.
»In ›*The Good Soldier*‹ kommt ein Paar namens Ashburnham vor – Captain Edward Ashburnham, der ›brave Soldat‹, von dem im Titel die Rede ist, und seine Frau Leonora. Sie führen nach außen hin eine glückliche, wenn auch kinderlose Ehe. In Wirklichkeit aber hat er mehrere Seitensprünge begangen und spricht nur noch mit seiner Frau, wenn andere zugegen sind. Die zwei haben ein Mündel mit Namen Nancy, das seit seiner Kindheit bei ihnen lebt und das beide, insbesondere die Frau, wie ihr eigenes Kind lieben. Als Nancy jedoch neunzehn Jahre alt wird, verliebt sich der Mann heftig in sie. Die Frau erfährt davon und fühlt sich zutiefst verraten. Sämtliche Figuren werden hin- und hergerissen von Loyalitätskonflikten und Sehnsüchten, und die Geschichte endet tragisch.« Sabina betrachtete ihr Publikum das mit großer Konzentration zuhörte.
»Gewisse Ähnlichkeiten mit dem Leben der Moore-Ganns, vor allem nach Magdas Einzug, sind unverkennbar, andere weniger. Magda zufolge hat Moore-Gann ihr bald, nachdem sie als Assistentin mit ihm zu arbeiten anfing, Avancen gemacht, und sie hat ihn rundheraus zurückgewiesen.

Wonach ihm damals der Sinn stand, war wohl eine kurze sexuelle Liaison, wie er sie zuvor schon oft mit anderen Frauen gehabt hatte. Er erzählte seiner Frau wie üblich von dieser Schwäche für Magda. Möglicherweise genoß er es, mit seinen Eroberungen zu prahlen. In diesem Fall war er zwar nicht sehr erfolgreich gewesen, aber vielleicht gefiel es ihm einfach, eine hingebungsvolle Zuhörerin zu haben, der er alles und jedes anvertrauen konnte. Oder vielleicht machte er Theresa wegen ihrer sexuellen Verklemmtheit für seine Affären verantwortlich und wollte sie verletzen, indem er ihr seine Frauengeschichten erzählte. Theresa hat mir gegenüber gestern zugegeben, daß sie es als schmerzlich empfand, davon zu hören, obwohl sie sich nicht dagegen wehrte. Natürlich war es schmerzlich für sie; schließlich hat sie ihn geliebt.

Jedenfalls bin ich sicher, daß Theresa froh war zu hören, daß sie von Magda, die sie damals kaum kannte, nichts zu befürchten hatte. Dabei kann ihr nicht klargewesen sein, daß ihr Mann im weiteren Verlauf der Zusammenarbeit sich wie der ›brave Soldat‹ unsterblich in die junge Frau verlieben würde – in Moore-Ganns Fall vermutlich zum erstenmal in seinem Leben. Wenigstens hat niemand, der ihn kannte, je von einer echten Liebesbeziehung gesprochen, obwohl er so ein Schürzenjäger war. Moore-Ganns Liebe zu Magda muß ihn total überrascht und dafür gesorgt haben, daß er auf nie gekannte Weise litt – er machte sogar Saul Sachs gegenüber eine diesbezügliche Andeutung, als die beiden sich zum erstenmal seit vielen Jahren die Hand gaben. Er glaubte wohl, ohne Magda nicht leben zu können, und wünschte sich verzweifelt, sie an jedem Aspekt seines Lebens teilhaben zu lassen. Der Altersunterschied muß ihn gequält haben, was, glaube ich, auch seine plötzliche Besessenheit auf körperliche Fitness erklärt. Er machte Dauerläufe und Körpertraining, er verzichtete auf Alkohol, als könne er dadurch wieder jung werden. Er stellte sich vor, wie es wäre, sie zu heiraten.

Zugleich jedoch fühlte er sich an Theresa gebunden, die so lange bei ihm ausgehalten hatte und so enorm zu seiner Arbeit beigetragen hatte – weit mehr, als es angemessen oder moralisch vertretbar war. Das war ihm klar, und er wußte, daß es seinen Kollegen auch klar sein würde, wenn sie je dahinterkamen. Sie würden wie Sachs reagieren. Er hatte Angst, sie würde, falls er sich von ihr scheiden ließ, die Tatsache publik machen, daß er die Anerkennung für ihre Ideen eingeheimst hatte.

Er steckte in einem entsetzlichen Dilemma. Monatelang unternahm er nichts, wahrscheinlich in der Hoffnung, daß seine Schwärmerei sich legen würde. Aber dann kehrte er von einer Reise zurück und mußte feststellen, daß Magda nun sogar in seinem Haus lebte. Er sah sie Tag und Nacht, und seine Liebe zu ihr muß immer stärker geworden sein.

Ich glaube nicht, daß Theresa Verdacht schöpfte. Sie scheint sich mehr mit Magda beschäftigt zu haben als mit ihrem Mann. Man könnte sagen, daß sie sich ebenfalls in Magda verliebte – wenigstens war sie bis zur Besessenheit von ihr fasziniert, als versuche sie, alle mütterlichen Sehnsüchte ihres Lebens auf einmal loszuwerden. Die Tatsache, daß Magda, genau wie sie in diesem Alter, eine talentierte Physikerin war, machte es ihr leicht, sich mit ihr zu identifizieren und stellvertretend ihre beruflichen Erfolge zu genießen, als wäre Magda wirklich ihre Tochter. Zunächst war Magda dankbar, was Theresas Phantasien beflügelte, denn Magda war körperlich und seelisch angegriffen und vermißte ihre eigene Mutter, die sie in Polen zurückgelassen hatte. Doch als sie sich zu erholen begann, ging ihr Theresas übertriebene Fürsorge häufig auf die Nerven. Theresa spürte, daß sie sich entzog, und klammerte sich noch stärker an sie.

Schließlich – meiner Meinung nach nicht lange vor der geplanten Abreise nach Vermont – muß Moore-Gann wieder einmal seiner Frau ›gebeichtet‹ haben. Allerdings muß er ihr diesmal erzählt haben, er sei leidenschaftlich in Magda verliebt und entschlossen, sie zu heiraten. Das ist die einzig mögliche Erklärung für die nachfolgenden Ereignisse – doch als ich gestern abend Theresa fragte, ob ihr Mann jemals von Scheidung gesprochen habe, stritt sie es heftig ab. Ich denke, sie konnte sich einfach nicht überwinden, es zuzugeben.

Moore-Gann wußte, daß er in Kürze zum Botschafter ernannt werden sollte, und hatte wohl das Gefühl, daß dann die Meinung der wissenschaftlichen Gemeinde in seinem Leben keine so große Rolle mehr spielen würde, selbst wenn Theresa ihn öffentlich beschuldigen sollte. Oder vielleicht war sein Bedürfnis, diese letzte Chance zum Glück wahrzunehmen, so überwältigend, daß ihm die Konsequenzen egal waren.«

»Aber ich habe nie gesagt, daß ich ihn heiraten würde!« rief Magda. »Er hat mich nie gefragt; wie hätte er darauf kommen sollen, daß ich ihn heiraten würde, wenn er sich scheiden ließ?«

»Offensichtlich wegen der Situation mit Ihrem Visum«, entgegnete Sabina. »Sie haben doch mit ihm über die Möglichkeit diskutiert, einen Amerikaner zu heiraten, um Ihre Probleme mit der Einwanderungsbehörde zu lösen.«

»Oh, mein Gott!« sagte Magda. »Aber ich wäre nie darauf gekommen –«

»Moore-Gann muß überzeugt gewesen sein, daß Sie ihn heiraten würden, sobald er frei war, daß Sie dem Prestige, das mit seiner Position verbunden war, nicht würden widerstehen können.« In dem Schweigen, das nun eintrat, war nur Magdas Schluchzen zu hören.

Sabina fuhr fort: »Wie mag sich das auf Theresa ausgewirkt haben? Sie war schlicht am Boden zerstört – wenn nicht gar vorübergehend geistig verwirrt. Es ist durchaus denkbar, daß ihre Anwälte sich vor Gericht darauf berufen werden. In dem Moment, als sie glaubte, endlich die Familie zu haben, die sie sich immer gewünscht hatte, und glücklicher war als seit Jahren, mußte sie plötzlich feststellen, daß sie alles verlieren sollte: ihr Zuhause, ihren Mann, ihren Status als Frau einer wissenschaftlichen Spitzenkraft, und nun auch noch – Magda. Sie quälte sich mit Gedanken an die beiden –« Sabina las aus dem Zitat vor, das sie immer noch in der Hand hielt – »›... drei Gestalten, von denen zwei in intensiver Umarmung zusammenstehen‹, und sie war die dritte, die ›unerträglich einsam‹ ist. Und sie haßte es, allein zu sein, obwohl sie sich gern mit ihrer Selbstgenügsamkeit brüstete.

Sie muß gegrübelt haben und dabei immer wütender und erbitterter geworden sein. Moore-Gann hatte sie ausgenutzt – ihr Leben, ihre Arbeit, ihre Ideen – und nun, da sie nicht mehr jung war, hatte er vor, sie loszuwerden, ihr nichts zu lassen. Sie, die Könige und Präsidenten kennengelernt hatte, die sich darauf gefreut hatte, die Frau eines Botschafters zu werden. Wie konnte sie in ihrem Alter noch einmal ganz von vorne anfangen? Nein. Magda mußte sterben – obwohl sie sie in gewisser Hinsicht nach wie vor liebte. Sie muß die Notwendigkeit bedauert haben. Ich glaube nicht, daß sie Magda die Schuld gab; aber wenn sie Magda ausgeschaltet hatte, würde alles wieder beim alten sein, wenigstens muß sie sich das eingeredet haben.« Sabina unterbrach sich. Magda erschauerte und preßte ein zerknülltes Taschentuch an ihre Lippen.

Saul Sachs meldete sich zu Wort. »Also hat sie mein Digoxin gestohlen und Magdas Bloody Mary vergiftet.«

»Ja. Vermutlich hat sie die Flasche entdeckt, als sie im Medizinschrank nach Mercurochromtinktur für Magdas zerschundene Knie suchte. Das war nach der Rauferei mit Jean-Paul, in die Vic eingegriffen hat. Als Theresa das Digitalis sah, muß ihr plötzlich die Idee gekommen sein, das Mädchen auf der für den Abend geplanten Cocktailparty zu vergiften. Wir wissen ungefähr, wann das Digoxin gestohlen wurde, und es sieht aus, als würde der Zeitpunkt stimmen. Theresa muß gedacht haben, es sei einfacher, unerkannt ein Verbrechen zu begehen, wenn viele andere Leute dabei sind, die es genauso begangen haben könnten.

Aber jemand hat sie dabei beobachtet. Leider kein besonders geeigneter Zeuge für den Gerichtssaal. Es war Jordan. Ich habe mich gestern nachmittag mit ihm unterhalten – Bill, der Hausmeister, hat mich in einem Jeep zu dem Teich gefahren, an dem er sich zum Angeln aufhielt, eine recht abenteuerliche Fahrt. Jordan hat mir mitgeteilt, er habe gesehen, wie eine Dame etwas in Magdas Drink geschüttet hat, während er auf dem Tisch stand, und habe seiner Mutter davon erzählt. Judith muß augenblicklich gewußt haben, was das zu bedeuten hatte. Sie hat Jordan eingeschärft, niemandem etwas zu verraten, und ihm gedroht, ihn streng

zu bestrafen, falls er es doch tat. Er bekam es mit der Angst und ist davongerannt. Dann versuchte sie Theresa zu erpressen, die sie seit Jahren haßte, weil sie ihr, meinte sie, Moore-Gann weggeschnappt hatte.«
»Jordan ist heute morgen heimgekommen«, sagte Eaken. »Ich hab' mich mit ihm unterhalten, und er hat mir dasselbe erzählt wie Sabina. Wir werden heute noch feststellen, ob er Theresa identifizieren kann – ich rechne fest damit.« Er schüttelte den Kopf. »Ich hatte angenommen, daß er vom Tod seiner Mutter total geschmissen wäre, war er aber nicht. Vielleicht hat er's noch nicht richtig begriffen.«
Magda verkündete mit gedämpfter Stimme: »Was Sie sagen, ist logisch. Aber warum war Theresa nicht feindselig mir gegenüber, nachdem Moore-Gann aus Versehen umgekommen war? Ich hatte sogar das Gefühl, daß sie auf noch größere Nähe aus war. Wie ist das möglich?«
»Sobald Moore-Gann tot war, Magda, waren Sie alles, was ihr blieb. Sie war entschlossen, Sie zu behalten, weiter Ihre amerikanische Mutter zu spielen und einfach zu vergessen, daß sie Ihnen je nach dem Leben getrachtet hatte. Sie ist eine sehr pragmatische Frau mit der bemerkenswerten Fähigkeit, ihre heftigsten Gefühle zu unterdrücken. Wie sie es ausdrückte: Sie hatte gelernt, sich über Triviales zu ›erheben‹. Sie brauchte Sie, Magda – sie konnte es nicht ertragen, ganz allein zu sein. Außerdem hat sie sich wohl vorgestellt, in Ihrem Leben eine Rolle zu spielen, die derjenigen nicht unähnlich war, die sie im Leben ihres Mannes gespielt hatte. Das heißt, sie wollte mit Ihnen über Physik diskutieren, wollte stellvertretend an Ihrem Erfolg teilhaben. Vielleicht hatte sie sogar vor, Sie mit Ideen zu füttern, die sie in Ihre Arbeit einbeziehen konnten, um sie durch eine Mischung aus Dankbarkeit und Schuldbewußtsein noch enger an sich zu binden.«
»Ich brauche die Ideen anderer Leute nicht«, sagte Magda steif. »Ich habe selber welche.«
»Selbstverständlich«, besänftigte Sabina sie. »Ich spekuliere ja nur, wie *sie* darüber gedacht haben mag.«
Captain Eaken räusperte sich. »Spekulation schön und gut, aber was wir brauchen, sind Beweise. Übrigens wird es Sie freuen zu hören, daß wir Ihr Bandgerät aus dem Teich gefischt haben. Man versichert mir, daß das Band abspielbar sein wird, sobald es getrocknet ist.«
»Oh, sehr gut!« antwortete Sabina. »Ich hatte schon befürchtet, daß es ruiniert sein würde.« Sie wandte sich an die anderen. »Wie gesagt, ein Problem bei diesem Fall war das Fehlen stichhaltiger, gerichtsverwertbarer Beweise. Wir hatten einen Zeugen, aber er ist ein Junge mit einem IQ im untersten Normbereich, der sich leicht verhaspeln könnte, wenn er von einem geschickten Anwalt verhört wird. Wir hatten Theresa bei einer Lüge ertappt, was die Herkunft des bewußten Blattes mit dem Zitat

anging, aber keine Möglichkeit, ihr diese Lüge nachzuweisen. Meine Beweisführung beruhte hauptsächlich auf Deduktion und Rückschlüssen, und das war nicht genug.

Daher beschloß ich gestern abend, Theresa aufzusuchen, während die übrigen Tagungsteilnehmer in der Scheune feierten. Ich nahm ein Bandgerät mit, in der Hoffnung, sie zu einer verräterischen Äußerung zu provozieren, wenn sie sich mit mir allein glaubte – oder mich, wenn alles andere versagte, von ihr angreifen zu lassen. Ich habe nicht angenommen, daß mir echte Gefahr drohen könnte, da Vic und ich vereinbart hatten, daß er sich die ganze Zeit in der Nähe aufhalten würde.

Wir unterhielten uns eine Weile in der Küche, während Vic sich direkt vor dem Fenster verbarg, und ich deutete ziemlich offen an, ich wüßte, wer der Mörder ist. Nach einer Weile machte sie das Fenster zu und schlug vor, wir sollten einen Spaziergang machen. Sie sagte, sie würde gern jeden Abend nach dem Essen spazierengehen und sei an diesem Abend des Regens wegen noch nicht in der Lage dazu gewesen. Ich hatte den Verdacht, daß sie da bereits vorhatte, mich umzubringen, denn sie begann mit bemerkenswerter Offenheit über das Verhältnis zu ihrem Mann zu sprechen. Ich wollte nichts unternehmen, was sie veranlassen konnte aufzuhören. Ich erklärte mich einverstanden, und wir machten uns auf den Weg zum Teich, auf einem Pfad, der durch den Wald führt. Ich ging davon aus, daß Vic direkt hinter mir war, aber er war auf ein unerwartetes Hindernis gestoßen.«

»Allerdings«, sagte ich und rieb mir den immer noch wunden Hals. »Der gute alte Bill.«

»Sie meinen Bill, den Hausmeister?« sagte Florian.

Sabina nickte. »Richtig. Er hatte sich bereit erklärt, in der Nacht zuvor das Haus der Moore-Ganns zu bewachen, wo Magda nach ihrem Autounfall die Nacht verbringen sollte. Vic machte sich große Sorgen um ihre Sicherheit. Bill hatten wir, fürchte ich, völlig vergessen. Jedenfalls rechneten wir nicht damit, ihn in der folgenden Nacht dort vorzufinden, aber Bill war offensichtlich der Meinung, er müsse das Haus bis auf Widerruf bewachen. Er hielt Vic fälschlicherweise für einen Strolch und hielt ihn eine Weile auf. Bis Vic endlich heraushatte, wohin wir gegangen waren, und uns fast eingeholt hatte, war es Theresa bereits gelungen, mir mit ihrem Wanderstock einen Schlag auf den Kopf zu versetzen und mich in den Teich zu stoßen.«

»Wir haben den Stock gefunden«, sagte Captain Eaken. »Wir haben ihn aus dem Teich geangelt, als wir auf der Suche nach dem Bandgerät waren. Es wird Sie interessieren, daß die Messingkugel am Knauf genau in eine Delle auf Judiths Schädel paßt, unter ihrem Haar. Das nenne ich einen stichhaltigen Beweis.«

»Wunderbar!« Sabinas Hand irrte in Richtung Kopf, als würde sie sich nur zu gut an Theresas Stock erinnern. »Ich wußte, daß sie Judith auf die eine oder andere Weise bewußtlos geschlagen haben mußte. Da Judith wußte, daß sie die Giftmörderin war, muß sie sich sehr vor Drogen jeglicher Art in acht genommen haben. Die arme Theresa! Was für ein Schock muß das gewesen sein, als Judith sie des Mordes beschuldigt – was sie sicherlich getan hat. Erpressung war für Judith nichts Neues, sie hatte schon andere Opfer gehabt. Wir brauchen nicht ins Detail zu gehen, aber auf diese Weise schaffte sie es, Jordans kostspielige Ausbildung zu bezahlen. Sie hat sich ständig um ihn gesorgt, und ihr größter Wunsch war es, für seine Zukunft Rücklagen zu bilden.
Theresa glaubte wohl, sie sei über jeden Verdacht erhaben – als trauernde Witwe, die keinen Grund gehabt hatte, ihren berühmten Gatten zu ermorden. Gewiß nicht wegen seiner Untreue, von der sie seit Jahren gewußt hatte. Vic sah sie am Sonntagnachmittag aus Judiths Büro kommen, wenige Stunden, nachdem sie und Judith in aller Öffentlichkeit böse aneinandergeraten waren. Theresa hat Vic gegenüber damals behauptet, Judith habe ihr mit einigen Sekretariatsarbeiten geholfen.
Das war offenkundig absurd. Nein, sie hätte unter den gegebenen Umständen Judiths Büro nur betreten, wenn ihr nichts anderes übrig blieb. Judith muß ihr mitgeteilt haben, sie habe gesehen, wie sie das Gift in Magdas Glas geschüttet hat. Ich bin sicher, daß Judith sich selbst zur Zeugin erklärte, nicht Jordan. Sie hat ihn immer sehr behütet und hätte ihn in diesem Zusammenhang sicher nicht erwähnt. Ohne es zu wissen, hat sie mit dieser Lüge ihr eigenes Todesurteil besiegelt. Wäre Theresa klargewesen, daß noch ein Dritter beteiligt war, hätte sie vermutlich gezahlt, was Judith gefordert hatte. So aber versprach sie zu zahlen – und fuhr abends, als alle anderen in der Scheune feierten, zu Judiths Haus und ermordete sie. Theresa ist eine hochgewachsene muskulöse Frau, die häufig Bergwanderungen unternommen hat, Judith dagegen klein und zierlich. Es besteht kein Zweifel, daß sie fähig war, Judith zu überwältigen, ihr einen Schlag auf den Kopf zu versetzen und sie in die Garage zu tragen, genau wie sie Magda damals in Cambridge zum Auto getragen hat, als sie sie auf die Notstation brachte.«
»Aber was ist mit dem Abschiedsbrief?« warf Eaken ein. »Wir haben ihn von einem Experten untersuchen lassen, und die Handschrift war eindeutig die von Judith.«
»Ach ja, der Abschiedsbrief.«
Sabina nahm aus dem Becher an ihrem Bett einen Schluck Wasser. »Erst einmal war ich ganz sicher, daß Judith nicht Selbstmord begangen haben konnte. Ihr ganzes Leben drehte sich um ihren zurückgebliebenen Sohn, und wenn es nach ihr ging, hätte sie ihn nie im Stich gelassen. Außerdem

sind Selbstmörder meiner Erfahrung nach eher in sich gekehrte, depressive Typen, die alles in sich hineinfressen. Leute, die sich so offen feindselig verhalten wie Judith, nehmen sich kaum jemals selbst das Leben.

Daraus folgte, daß der sogenannte Abschiedsbrief eine Fälschung sein mußte, obwohl er sich anhörte, als stamme er von Judith, und mit ihrem Namen unterschrieben war. Vic zufolge, der ihn gesehen hat, war er auf einem abgerissenen Zettel geschrieben. Höchstwahrscheinlich handelte es sich um den Abschluß eines Briefes, den Judith an jemanden geschrieben hatte, vermutlich an Theresa – damals war ich bereits davon überzeugt, daß sie die Mörderin ist.

Ich hatte gehört, daß Theresa Judith zu bestimmten Anlässen Geld für Jordan geschickt hatte. Warum, weiß ich nicht genau, aber sie hat die Allgemeinheit darüber informiert – gestern abend sprach sie auch wieder darüber. Ob wohl der Gedanke, daß die anderen sie wegen ihrer angeblichen Großzügigkeit und ihrer Fähigkeit bewunderten, sich über alles zu erheben, ihr Ego befriedigt hat? Wer weiß. Oder sie könnte auf diesem Wege Moore-Gann für seine Untreue bestraft haben, indem sie ihn hin und wieder an die Existenz des zurückgebliebenen Jungen erinnerte, den er zu vergessen trachtete.

In Wahrheit war sie Judith gegenüber nicht sehr großzügig. Zu Jordans Geburtstag hat sie vor kurzem einen Fünfdollarschein geschickt, was Judith als Beleidigung empfand. Und da Judith nun einmal Judith war, hat sie nicht gezögert, ihre Wut zum Ausdruck zu bringen. Sie hat mir persönlich mitgeteilt, sie habe Theresa einen Brief geschrieben – zweifellos in verletzendem Ton – und zu ihren Unterlagen gelegt. Übrigens hat die Entdeckung dieses Briefes Theresa vermutlich auf die Idee für die Lüge gebracht, die sie sich bezüglich der Passage aus ›*The Good Soldier*‹ ausdachte.

Nachdem sie beschlossen hatte, Judith zu ermorden, muß sie vorsichtig die letzten Zeilen dieses Briefs abgerissen und den Zettel in der Garage zurückgelassen haben, neben der bewußtlosen Judith.«

Sabina hörte zu sprechen auf und schloß einen Moment lang erschöpft die Augen.

Bruno beugte sich über sie und sagte: »Wie wär's wenn du –« Er tastete nach ihrer Hand.

Gleich darauf kam eine ältliche Krankenschwester mit betonierter Dauerwelle und eingeschnürtem Busen unter der gestärkten Uniform hereinmarschiert und nahm mit einem einzigen, Anstoß nehmenden Blick die Zahl der Besucher zur Kenntnis. »Die Patientin braucht Ruhe«, konstatierte sie. »Außerdem hat sich die Zahl der Besucher zu jeder Tageszeit auf zwei pro Patient zu beschränken.«

Captain Eaken erhob sich und rückte seine Dienstjacke zurecht. »Das ist

eine Polizeiangelegenheit«, sagte er in amtlichem Ton. »Wir haben die Erlaubnis der Station, diese Konferenz abzuhalten.«
Die Krankenschwester richtete sich auf und warf den Kopf zurück. »Mag sein. Das war wohl die letzte Schicht. Für *die* kann ich nicht sprechen. Aber dies ist *meine* Schicht. Ich bin für das Befinden der Patientin auf dieser Station verantwortlich. Sie müssen alle gehen. Und zwar sofort.«
»Aber mir geht's doch gut«, protestierte Sabina leise.
Die Schwester zauberte ein Thermometer hervor und steckte es Sabina unter die Zunge. »Das werden wir ja sehen.«
Die Anwesenden standen auf und schickten sich an zu gehen. Eaken trat an Sabinas Bett. »Ich muß zugeben, daß alles irgendwie zusammenhängt«, sagte er. »Mal sehen, was auf Ihrem Band zu hören ist, nachdem wir es getrocknet haben.« Er streckte die Hand aus. »Es war interessant, Sie kennenzulernen, Mrs. Herschel.«
»Ich heiße Sabina Swift«, mümmelte sie, so gut es das Thermometer zuließ.
»Nicht sprechen, bitte!« ermahnte die Krankenschwester.
Bruno sagte: »Dürfte ich wohl bleiben? Ich bin der Ehemann.«
»Und ich ihr Sohn«, ergänzte ich mit gewinnendem Lächeln.
Der Blick der Schwester richtete sich wohlwollend auf Bruno, der, weil er wie ein Teddybär aussieht, auf manche Frauen unwiderstehlich wirkt, und voller Mißtrauen auf mich. Ich tat mein möglichstes, den Sohn herauszukehren. Nach einem Augenblick sagte sie widerstrebend: »*Sie* beide können bleiben.«
Die anderen verließen nacheinander das Zimmer.
Die Schwester überprüfte Sabinas Blutdruck und Puls und notierte die Daten auf einem Krankenblatt. Dann ging sie mit den Worten hinaus: »Fünf Minuten.«
Sabina fielen wieder die Augen zu. Plötzlich aber warf sie einen fragenden blauen Blick in meine Richtung. »Mein Sohn, wie?«
»Nur eine Ausrede, keine Sorge«, sagte ich. »Eine Frage hätte ich noch: Wieso haben Sie Theresa mit ihrem Alpenstock den Rücken zugekehrt?«
»Ich bin auf dieser verdammten Brücke mit dem Absatz an einer losen Planke hängengeblieben«, antwortete sie verlegen.
»Hab' ich's mir doch gedacht. Hier«, sagte ich. »Ich hab' Ihnen ein Geschenk mitgebracht.« Ich überreichte ihr einen in Seidenpapier gewikkelten Karton.
»Ein Geschenk?« Sie liebt Geschenke, freut sich jedesmal wie ein Kind darüber. Sie griff mit schwacher Hand nach dem Karton. Dann sagte sie: »Bruno, könntest du es für mich aufmachen?«

Er griff danach und riß das Papier auf. Dann nahm er den Deckel ab und hielt den Karton schräg, so, daß sie hineinschauen konnte. Gleich darauf sagte sie enttäuscht: »Das nennen Sie ein Geschenk?«

»Dieses Geschenk wird Ihr Leben verändern. Ich garantiere Ihnen, daß sie davon begeistert sein werden.« Ich holte ein Paar Tennisschuhe hervor. »Probieren Sie sie an, mehr verlange ich nicht. Dann können Sie die beim nächsten Mal tragen, wenn wir einen Mörder in die Falle locken, und müssen sich keine Sorgen machen, Ihr Absatz könnte sich in einem Loch verfangen. Und ich muß Sie nicht retten.«

»Also, wenn Ihnen das zuviel war –«

»Das hab' ich nicht gesagt.« Ich drückte ihr einen Schuh in die Hand. Er war marineblau mit einem roten Doppelstreifen an der Ferse und roten Schnürsenkeln. Scharf. »Sie werden nie gekannte Bequemlichkeit empfinden, Sabina. Sie werden sehen, eines Tages sind Sie mir noch dankbar.«

Sie hielt den Schuh in der Hand und beäugte ihn kritisch. »Wissen Sie«, sagte sie schließlich, »der sieht gar nicht so übel aus.«

Ich lächelte.

Sie machte die Augen zu, und ließ den Schuh auf die Bettdecke sinken. Im gleichen Moment steckte die Krankenschwester den Kopf zur Tür herein. »Okay«, sagte sie mit einer Stimme, die keinen Widerspruch duldete. »Das war's. Alle Mann raus.«

Bruno und ich zwängten uns lammfromm an ihrem ehernen Busen vorbei. Ich drehte mich ein letztes Mal um und rief Sabina zu: »Wiedersehen, Mutti«. Aber sie war bereits eingeschlafen und hörte mich nicht. Ist vielleicht auch besser so.

FISCHER LOGO

FÜR DEN SPIELRAUM IM KOPF

ERIK ROSENTHAL
DER ALGORITHMUS DES TODES
Ein mathematischer Kriminalroman
Band 8714

Der arbeitslose Mathematiker Dan Brodsky, vorübergehend Privatdetektiv, löst einen Mordfall in Kalifornien. Dabei kommt ihm an überraschender Stelle die Differentialrechnung zu Hilfe... »Hier wird uns,« schrieb die *Times,* »eine charmante Neuheit präsentiert: der Yuppie-Detektiv.«

FISCHER TASCHENBUCH VERLAG

Fi 1079/1